福建师范大学文学院主办

全清小说论丛

第一辑

欧阳健　吴巍巍　欧阳萦雪　主编

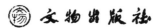文物出版社

图书在版编目（CIP）数据

全清小说论丛. 第一辑／欧阳健，吴巍巍，欧阳萦雪主编
. —北京：文物出版社，2022.3
ISBN 978-7-5010-7451-8

Ⅰ.①全…　Ⅱ.①欧…　②吴…　③欧…　Ⅲ.①古典小
说—小说研究—中国—清代—文集　Ⅳ.①I207.41-53

中国版本图书馆 CIP 数据核字（2022）第 030157 号

全清小说论丛　第一辑

著　　者：欧阳健　吴巍巍　欧阳萦雪
封面题字：吴家驹

责任编辑：刘永海
装帧设计：王文娴
责任印制：陈　杰

出版发行：文物出版社
社　　址：北京市东城区东直门内北小街 2 号楼
邮　　编：100007
网　　址：http://www.wenwu.com
经　　销：新华书店
印　　刷：宝蕾元仁浩（天津）印刷有限公司
开　　本：710mm×1000mm　1/16
印　　张：20
版　　次：2022 年 3 月第 1 版
印　　次：2022 年 3 月第 1 次印刷
书　　号：ISBN 978-7-5010-7451-8
定　　价：120.00 元

目　录

发刊献词

1 / 中国小说史上的盛事
　　——写于《全清小说·顺治卷》《全清小说论丛》出版之际 … 王立兴

缅怀侯忠义先生

12 / 《全清小说》序 ………………………………………… 侯忠义
14 / 侯忠义先生《全古小说》信函摘钞 …………………… 侯忠义
21 / 痛悼侯忠义先生 ……………………………………… 欧阳健

热评《全清小说》

22 / 《全清小说》读后 …………………………………… 程毅中
24 / 回归与传承——读《全清小说》有感 ……………… 徐忆农
30 / 激活全清古体小说整理的有益尝试
　　——《全清小说·顺治卷》评介 ………… 贾海建　潘承玉

特稿

40 / 《聊斋志异》研究的热点和悬案 …………………… 李灵年
76 / 《聊斋志异》手稿探秘 ……………………………… 王子宽

综论

93 / 论顺康雍乾四朝笔记小说之变迁 …………………… 宋世瑞
112 / 清代"世说体"小说述评 …………………………… 宁稼雨
129 / "搜神"与"考神"
　　——论《新搜神记》与中国古代小说的"搜神"传统
　　………………………………………… 赵鹏程　胡　胜

作品论

143 / 老侠末路竟颓唐
　　——刘翼明及其《海上随笔》 …………………… 王宪明

154 / 《南台旧闻》的价值 ……………………… 欧阳萦雪

169 / 《乡谈》摭谈 …………………… 林海清　林骅

179 / 小说之为子部——从一部"孤本"说起 …………… 刘昆庸

192 / 《不寐录》的奇幻性与真实性 ………………… 杨雪玉

200 / 《常谈丛录》中的民俗文化事象初探 ………… 吴巍巍

213 / 《广梦丛谈》的梦境虚无感 ……………………… 魏　露

作者与版本

224 / 《秋灯录》成书与作者略考 ………………… 李连生

230 / 《茶馀客话》版本论考 …………………… 欧阳健

理论与观念

252 / "自古有之，不足异也"
　　　——从俞樾看晚清"志怪"观念的演变 ………… 谢超凡

随笔札记

259 / 《坚瓠集》随笔
　　　——小说考证篇 …………………… 杜贵晨

校理心得

295 / 一片新天地
　　　——校点《全清小说》自我实录 ………… 郭兴良

304 / 存一代精神气象，以待后贤之契会 …………… 刘昆庸

学术动态

306 / 《全清小说》研讨会综述 ……………………… 于　平

※　※　※

补白目录

始知完璧真难得（13）"学生今日，方知志学"（23）铁板镇魔（29）

做家（39）血影僧（75）"红楼接海霞"（111）常衮（128）任环豪气（142）

八府巡按（168）老姥（191）却贿妙法（199）吴雷发的葬花与葬花诗（212）

福州大雪（223）早见"蒋玉函"（229）李芳蕴遇仙（251）并不"此心光明"（305）

中国小说史上的盛事

——写于《全清小说·顺治卷》《全清小说论丛》出版之际

王立兴

一

往事并不如烟。

这已是二十多年前的事了。记得 1997 年春夏之交，获悉侯忠义先生关于召开中国文言小说学术会议的倡议，江苏省社科院明清小说研究中心和江苏省明清小说研究会的几位负责人在商讨本年度学术活动时，不约而同地将标的集中到中国文言小说方面，随即展开会议的筹备。侯忠义先生与全国高校古籍整理研究委员会联系，得到了他们的关注。经与中华书局程毅中、福建师大欧阳健等先生联系，得到了热情支持，遂于 1997 年 10 月 17-19 日在南京召开了"中国全国文言小说研讨会"。来自全国的近 40 位小说研究的专家学者参加了这次会议，全国高校古籍整理研究工作委员会曹亦冰先生也莅临会议。这的确是一次务实的会议，与会者从传统目录学和文体学出发，从文学的角度，就我国古代文言小说的发展演变特点，参照古今中外对小说概念、小说范围的界定，确立以叙事性为区分小说与非小说的标准，初步拟定了"关于编辑《全古小说》的若干说明（凡例）"，并就我国古代文言小说的发展历程，分为唐前卷、唐五代卷、宋元卷、明代卷、清代卷，并确定了各卷的主编，由侯忠义、安平秋先生任总主编[①]。这次盛会，在中国小说史研究上是具有战略意义的。

[①] 参见《明清小说研究》，1998 年第 1 期。

中国小说史的源头是文言小说。文言小说源远流长，在史官文化、巫术道佛文化、民俗文化的熏陶下，以一种独特的方式观照现实，设计情节，构筑故事，展示人物，其题材、体式、架构和艺术手段多姿多彩，不断翻新，涌现了不少优秀作家和优秀作品，展现了中国小说的时代风貌和民族特色。文言小说远早于白话小说，到了宋代，随着城市工商业的发展，市民阶层的壮大，通俗白话小说应运而生，话本小说、章回小说得到了蓬勃发展，明代的"四大奇书"，清代的《儒林外史》和《红楼梦》，都是光耀千古的鸿篇巨制。从这时起，文言小说系统和白话小说系统如鸟之两翼、车之双轮，相辅相成，共生共长，构成了中国小说史上一道独特的风景线。

尽管白话小说取得骄人的成就，但在正统派文人眼里，白话小说仍未能登大雅之堂，清代从《四库全书总目提要》到张之洞《书目答问》"子部·小说家类"，登录的都是文言小说，白话小说竟没有一席之地。这种局面，直到晚清才开始发生了变化。随着西方小说的输入，报刊的兴起，白话小说声势大大盖过了文言小说。到了五四时期，随着"提倡白话文，废除文言文"的倡导，白话小说创作从此占领了整个文坛，文言小说创作渐次淡出了人们的视野。

"提倡白话文，废除文言文"的导向作用，对中国小说史的研究领域影响深远。近百年来，人们把出版和研究的重心都转移到白话小说上。出版方面，不同版本的小说名著一版再版，数量惊人，影印本、排印本、校点本应有尽有，二流、三流小说，以及所能搜寻到的稀见小说也都竞相出版，这就为白话小说的研究提供了充分材料。研究方面，有关白话小说的论文、专著、资料汇编、目录汇编等爆棚式地增长。"四大奇书"和《儒林外史》《红楼梦》更成为热门学问，都有了专门的学术团体和学术刊物，成了"显学"。反观文言小说却遭到了冷落，历朝历代的文言小说都未能整合汇总出版，仍处于模糊混沌景象。研究方面，除了唐代传奇和《聊斋志异》等少数作家作品外，研究者的关注度很低。以《明清小说研究》杂志为例，该刊虽辟有"文言小说专栏"，一次也发表两三篇论文，但与众多的白话小说专栏、一次发表近二十篇论文相比，其数量的悬殊很能说明小说的研究现状。文言小说与白话小说这种失衡失调的研究状态，大大影响了小说史的全面深入研究，亟须改变。

1997 年的这次"全国中国文言小说研讨会"，议定对文言小说文献资料作全面的整合，校点出版；是对丰富的文言小说进行全面的清理和总结，为小说史研究提供完备可靠的文献资料，有助于小说史的全面研究和理论探讨，开拓小说史研究新的格局。

二

这次会议的规划是好的，但践行起来却不那么容易。由于种种因素，前四卷整理校点都搁浅了，只有"清代卷"主编欧阳健先生，克服诸多障碍和困难，到各地图书馆查寻文献，确定篇目，先后约请了福州、南京及国内数十位专家，在两年内整理校点了二百多种。此后虽时断时续，但始终不言放弃，仍然没有停顿文献的搜寻和校点。2019 年恰逢建国七十周年大庆，文物出版社主动与主编联系，签订了出版合同，毅然承担了《全清小说》的编辑出版工作，并于 2020 年 12 月出版了《顺治卷》六大册。经过二十多年的风雨历程，《全清小说》的整理出版终于有了好的归宿，后续工作正在紧锣密鼓地进行中。

客观地说，《全清小说》的整理校点，较之前四卷难度要更大一些。缘由如下：

其一，清代作家作品众多，体量最大。我们在研讨会上预估，"全古小说"总量共五千万字，而"清代卷"现收集到的已达三千万字，大大超过了前四卷的总和。如此大的体量，其编辑力量、出版经费，非一般出版社所能承担胜任。

其二，文献资料的搜寻更困难些。前四卷的古体小说经过历代的整理编纂，大体眉目清楚，已成定局，散失于民间的少之又少，编校起来自然要容易些。而"清代卷"因为距离现代不远，多半还未经整理总结，也没有专题目录；时代越往后，由于动乱兵燹等原因，资料更加零乱，流失的更多，收藏更不易。尽管已有文言小说目录的著作，但大都据前人著录辑成，不够完备，尤其是清代缺失更多。所以"清代卷"是靠主编和校点者亲自去各地、各高校图书馆检索查阅、择取整理的。据主编告知，现在汇总的五百多种小说，未见今人著录的就有一百多种。如《顺治卷》现共收三十一种，其中袁行霈、侯忠义《中国文言小说书目》未收的就有十一种，宁稼雨《中国文言小说总目提要》未收的也有七种。还有清代文网密织，文禁森严，一些受迫害的文人著作往往散落民间，不易查找。如《南山集》文字狱受害者戴名世（1653-1713）《忧庵集》（未刊稿），今在安徽发现，其中就有笔记小说六则①。再如石庞（1670-1701）的《天外谈初集》，被列入《清代禁毁书目》，此书有康熙刻本，书中就有作者撰写的《王氏传》《偷儿传》《天君传》三篇小说②。戴名世、石庞小说都作于康熙年间，应收入《康熙卷》中。现编《康熙卷》26 册 114 种小说中，尚未收入以上稀见小说，可酌情补入。

其三，晚清小说格局已发生了变化，白话小说创作的数量远远超过了文言小说，但文言小说创作并未消歇。查考晚清的各种报刊，在小说方面虽以刊登白话小说为主，但也给文言小说以一席之地，如梁启超主编的《新小说》就辟有"札记小说"专栏，吴趼人等主编的《月月小说》也辟有"笔记小说"专栏。即便是以白话相标榜的《杭州白话报》，固以刊登白话小说为主，但也刊登了少量短篇文言小说。《申报》馆主办的《点石斋画报》也选登文言小说，王韬的《遁窟谰言》就是首先连登于此的。晚清各地报刊有数百种之多，查寻甄别是很棘手的事。还有民国初年出现的一些虞初体小说集，如王葆心编的《虞初支志》，胡寄尘编的《虞初近志》，姜泣群编的《重订虞初广志》等，都辑录了一些清人的纪传体小说，对这些作品如何审订去取，也颇费周章。

---

① 见汪庆元：《新近发现戴名世〈忧庵集〉中的几则笔记小说》，《明清小说研究》，1990 年第 2 期。

② 按：石庞《王氏传》后经云南人张汉修润，改名为《太湖王氏传》，此篇后为民初王葆心辑入《虞初支志》中。参见董雪莲：《清代小说〈太湖王氏传〉作者参辨》，《明清小说研究》，2018 年第 4 期。

其四，对流散于海外的清代文言小说，如何查寻，困难更多一些。五四以来，受到白话文运动的影响，一些学者在海外访书时，注意力主要集中于白话小说上，对文言小说大都付之阙如，或收之甚少。如董康《书舶庸谭》、孙楷第《日本东京所见小说书目》、谭正璧《日本所藏中国佚本小说述考》、谭正璧、谭寻《古本稀见小说述考》①、柳存仁《伦敦所见中国小说提要》、李田意《日本所见中国短篇小说述略》② 等。可喜的是，近年见到我国学人在海外访书时，已关注到对文言小说的收录。如吴肖丹《日本内阁文库所藏中国文言小说叙录》③，张云、马义德《圣彼得堡大学东方系图书馆所藏的中国古典小说》（其中收录历代文言小说计 39 种）④。这是一个好的迹象，但寻访的路还很漫长。

《全清小说》目标是"全"。但"全"只能是相对的，一如上述，今后拾遗补阙的工作还很多，时间还很长，还会出现《全清小说》补编若干册，这是文献整理的一般规律。如程千帆、张宏生主编的《全清词》，仅《顺康卷》就补编了四大册。可以说，《全清小说》的辑佚工作任务还很重，需要有人不断接力做下去。

《全清小说》的整理校点工作，不曾列入各级学科规划，是在主编的组织协调下，约请国内数十位专家学者同心协力完成的。在搜集校点书籍过程中，所有交通费、复印费、排印费、邮寄费等，全都是校点者自费付出的。为了给文化建设和学术事业添砖加瓦，他们在不懈地辛勤劳作，默默地耕耘。

三

《全清小说》的文献整理，要求做好两项工作。一是做好"题解"工作，一是做好"校点"工作。

---

① 按：此书中收录有日本、英国、法国、西班牙所藏中国小说。
② 见台湾省《清华学报》新一卷二期。
③ 见《明清小说研究》，2019 年第 3 期。
④ 见《明清小说研究》，2021 年第 4 期。

"题解"主要包括作者介绍和版本介绍两方面内容。作者介绍除对其生平里居、经历著述简要记叙外，还有几点需注意者：

第一，对作者生平事迹介绍要精当，定位要准确。以已出的《顺治卷》为例，作者李清、周亮工、张岱、李渔、冒襄、屈大均等，介绍的就很到位。但也有少数作家定位不足。如《妇人集》的作者陈维崧，为阳羡词派的开创者，与朱彝尊、纳兰性德合称清词三大家；《说铃》的作者汪琬为著名散文家，与侯文域、魏禧合称清初散文三大家；《美人判》的作者尤侗为清初著名戏曲家，工诗文词曲，有传奇《钧天乐》、杂剧《读离骚》《黑白卫》，有《西堂全集》。他们都是清初文坛上有名的诗词散文和戏曲大家，介绍这些内容，可全面了解当时文言小说的创作阵容。

第二，与小说有关的作者行迹可酌情入辑。如《虞山妖乱志》的作者冯舒，与其弟冯班俱以诗名，著有《默庵遗稿》《诗纪匡谬》，校定《玉台新咏》，并与弟班评点《才调集》。冯舒性抗直，遇事敢为，邑令构陷其所撰《怀旧集》为讪谤书，曲杀之。可见清代不仅中央大兴文字狱，上行下效，地方上也有文字狱冤案。明乎此，冯舒写的《虞山妖乱志》就易理解了。

第三，对作家作品的写作年代需进行考辨，对佚名作家要查证正名。如冯舒的《虞山妖乱志》，袁行霈、侯忠义以及宁稼雨的著录都说是"（明）冯舒撰"，实际其书的写作已在清初。再如《云间杂志》，《四库全书总目提要》及以上两书著录都说是"明人撰"，但书中已记有"鼎革"时事，可见已进入清代。以上著录还都题此书"不著姓氏"，但今据道光元年刊的诸联《明斋小识·杂记》所记，证明《云间杂志》作者为李绍文。李绍文为华亭（今上海市松江）人，松江古称"云间"；而诸联为青浦（今亦属上海市）人，对李绍文著述颇多了解，其记录是可信的。

"题解"的另一内容是版本的介绍，主要是对版本的抉择选取。校书必备众本，因为一种书往往有不同的本子，这就要求校点者运用目录学和版本学知识，对有关目录及藏书情况作全面调查，掌握版本的刊刻单位（官刻、家刻、还是坊刻），刊刻的时间和地址，版本的流变情况（存、残、佚）等，进行审阅厘定，以确定校点的底本、对校本和参校本。对只有写本、稿本等孤本和唯一刻本的书，就径直作为底本。

底本的选取最为重要，一般应选择刻印较精，错误较少，流传较广的版本作底本。张之洞选择善本的标准，一是足本（没有残缺），二是精本（前人精校精注本），三是旧本（距祖本年代较早，接近原貌）①，此可作为选取底本的参考。底本的选定是保证校点质量的前提条件，只有对各种版本的优劣和异同得失认真比较，才能精准地定位底本、对校本和参校本。

广罗众本除校点的需要外，有时还会有意想不到的收获，如清中叶著名藏书家吴骞撰有《桃溪客语》《扶风传信录》两种小说，但我们从上海博古斋影印《拜经楼丛书》三十种本中（南京大学图书馆有藏本），发现吴骞还撰有单篇传奇小说《夜明竹记》。此小说袁、侯所著书目中没有著录，宁稼雨的书目提要也认为此篇"未见著录与传本"，"已亡佚"，两书著录都有失误。《夜明竹记》现已据以收录校点。可见，多识版本，有时还会有新发现呢。

另外，本书对底本的各种序跋、附录，做到应收尽收，对其他版本的序跋、附录也酌情收录，这将有助于对作者的生平事迹、文艺观点、小说创作动因和流传情况，有较深入的了解。

章学诚《校雠通义》有言曰："辨章学术，考镜源流。"本书的每一篇"题解"，都具有导读的作用。待《全清小说》出齐后，建议将此五百多种小说的"题解"汇总成一册大型目录书。人们可以全景式地鸟瞰《全清小说》，也可按图索骥，各取所需，查阅自己所欲探求研讨、所感兴趣的作家作品，从中将会获得收益。

四

校点工作是本书的重中之重。

校点是一门专门学问。几千年来中华文化之所以生生不息，发扬光大，

---

① 张之洞：《輶轩语·语学篇》。

在世界文化史上大显异彩，校点工作功莫大焉。汉字的书写工具，在陶器、甲骨、青铜、石刻之后，其所经历的简牍、帛书、纸书、雕版印刷、活字印刷不同的历史阶段，在书写、传抄、刻版、排字、印刷各个环节中，出现讹误是难免的。所以从汉代刘向起，就十分重视典籍的校勘工作，总结了其中一些错讹形态，如形近而误、音同而误、字形残缺、简牍脱落等。之后，历朝历代在编书修史时都十分重视典籍的校勘工作。到了清代，校勘工作更达到了高峰，几乎所有朴学家都在校勘上下过功夫，校勘学成了一门专门学问。他们在前人基础上及自己的实践中，对校勘学的原理和方法，文献资料讹误的原因及各种形态，校勘学与目录学版本学的关系，校勘成果的处理形式等，都做了分析总结，为后人提供了宝贵的经验。

古代典籍校勘后，即成定本，并未使用标点符号。到了宋代始有标记句读的符号，一般只用圈（。）和点（、）两种表示文句结构的句和读。五四新文化运动时才出现了新式标点，1920 年胡适、钱玄同六教授倡议使用新式标点，得到推广。就古代小说而言，上海亚东图书馆就先后出版了《水浒》（70 回本）、《红楼梦》、《儒林外史》、《镜花缘》、《老残游记》等新式标点本。文言小说也出了鲁迅选校的《唐宋传奇集》、史锡华校《选印聊斋志异原稿》、俞平伯校《浮生六记》等新式标点本。中华人民共和国成立后，1951 年国家出版总署公布了《标点符号用法》，在全国推行；1996 年将《标点符号用法》16 种作为国家标准再次颁布，成为著书撰文、校点古籍遵循的标准。如上所述，从校勘学的历史来看，是先有校勘，后有标点，到了现代才有了新式标点；各种典籍也是先行校勘，然后才能标点、断句、分段。长期以来，在古籍整理命名时，学术界各行其是，有的名曰"点校"，有的名曰"校点"，其实还是以后者为妥。校点，校点，先校后点，这才符合历史事实和校勘学的操作规程。应该正名了。

校勘学告诉我们，典籍校点因体裁的不同和数量的多少（一种专集、文集或大型文献汇编），其校点方法也就有所不同。考虑到《全清小说》是小说作品，体量太大，所以本书除校点外，不做校记，不做注释。这样做，对《全清小说》的校点质量不是要求低了，而是要求高了。其具体操作是：

（一）对有不同版本的书，采取对校和理校相结合的方法；对只有孤本的书（写本或只有一种刻本），则采取理校的方法。对校是校勘学的基本操作方法，底本选定后，可用对校本、参校本与之对校，勘正错误。勘正内容包括文字上（如讹、脱、衍、倒等）、体例上（如正文与注文互窜等）、史实上（如人名、地名、年代、典制等）的一些错误。对校是有据可查的；而理校是推理的方法，不必有佐证，当改则改之。因此理校要求更高，必须以科学的态度，踏实严谨地加以发掘剖正。试以《顺治卷》中的《云间杂志》为例，其文中的"趺坐"当为"趺坐"（高僧坐化）；文中记叙的"仅箭手数千人"当为"数十人"（此从文中定端词"仅"作出判断改正）。当然，理校宜慎，不能率意更改。

（二）本校与他校。本校法指同一种书时有前后文不一致的地方，如人名、地名、职官名、年代、数字等，可以从前后文对比中发现问题，改正错讹处。他校法指以他书校本书，因本书中常有取之他书的引文和述文，这就需要查找有关资料与之对勘。

（三）对异体字、古今字、俗体字、简化字、通假字、避讳字等，由主编和编辑部制定"通用字表"，加以规范化；对少数民族含侮辱性的字词，一律加以改正。

（四）全书校正后，准确运用16种标点符号，加以标点、断句、分段，成为校点本。当然操作时，也可边校边点，最后再总揽全书，统一体例。

为保证校点质量，《全清小说》在校点时采取了以下流程。

第一步，由校点者根据底本、对校本、参校本或孤本进行校点，对底本在文字上、体例上、史实上的错讹一一加以勘正，勘正后进行标点断句分段，成为校点本，交由主编审正。第一步工作是基础性的工作，最为重要，只有基础牢实了，以下各步才能顺利进展。因为底本再好，或多或少都会有一些讹误。如《康熙卷》的彭贻孙《客舍偶闻》，用的是品质较优的《振绮堂丛书》本作底本，全书二万多字中，文字上仅讹字脱字就有20多处，体例上也多处出现正文和注文互相错位的情况。这就需要认真细致地校正。

第二步，排成电子版，再由校点者根据校点本与电子版对校。现代科技的发展，出书时都先要排成电子版，以提高出书的效率。因电子版排印者水平参差不齐，本书排的又是繁体字本，所以电子版往往错误较多，如《咸丰卷》的王济宏《篷廊琐记》共十二万多字，电子版错误就很多，校对时每页飘红，少则错十几处，多则达四十馀处，有的地方整行挂黑脱排。这样的电子版，还需校点者改正后，排成第二次电子版，经校正后，才能送达主编审订。

第三步，主编审订电子版后，即可送交出版社编辑部，经审校后，即可设计版面排成竖体字版草样。

第四步，编辑部将草样寄给校点者，由校点者校正后寄给编辑部，编辑部再进行二校。

第五步，编辑部经二校印成二校样后，应再寄给校点者复校。这一环节非常重要，因校点者对所校书十分熟悉，易于发现排印中的失误。反思《顺治卷》所以出现一些瑕疵，就因为丢了这一环节。为了保证质量，从《康熙卷》起，在校点流程中应补上这一环节。

第六步，校点者复校完二校样后寄给编辑部，经编辑部三校终审后，成为定本，即可正式付印出版。

可见《全清小说》成为定本付印出版，不是一蹴而就的，是经过主编、校点者、编辑部辛勤劳作、多方努力的结果，是一个不断完善的过程。《全清小说》的校点追求的是完美无误。但正如古人所说："校书如尘埃风叶，随扫随有。"① 这也提醒我们，校点工作是没有穷尽的，还需我们不断地努力。

"纸上得来终觉浅，绝知此事要躬行。"② 只有身入其境，躬耕其中，才能体味到其中的甘苦。

五

万事开头难。经过二十多年的不懈努力，《全古小说·清代卷》的整理

---

① （宋）鲍彪：《战国策注·序》。
② 陆游：《冬夜读书示子聿之三》。

出版终于开花结果。真期望《全古小说》前四卷也能上马，最好能列入国家规划，有挂靠单位，有选定的主编和工作团队，并能得到出版单位的全力支持。《全古小说》的文献整理如能成为全璧，这将是多么美好的愿景啊！

《全清小说·顺治卷》出版后，主编和文物出版社为了总结经验，找出问题，把后续各卷的出版工作做得更好，由文物出版社主办，并得到南京师范大学文学院的大力支持，于2021年5月在南师大专家楼召开了"《全清小说》研讨会"。这是一次工作会议，结合《顺治卷》的出版，主要对《全清小说》校点的学术问题和技术问题，《全清小说》的新发现与新收获作了讨论。为了给《全清小说》研究提供学术平台，会议还专门对筹备《全清小说论丛》问题做了讨论。

配合《全清小说》各卷的陆续出版，《全清小说论丛》刊物的创办，为全清小说和中国小说史研究提供了新的学术增长点，是很有学术眼光的。小说是一个综合性艺术体，它以人物为中心，以叙事为手段，反映的社会生活面最为广泛，最为深厚，其故事的情节和细节，人物的生态和心态，较之正规的史书更为真实。《全清小说》可开拓的内容很多，可以作宏观的专史研究和理论探讨；可以对某一专题、某一体式、某一流派的梳理和作家作品的个案剖析，以及辨伪、考订、辑佚、溯源等；也可以从大文化视域，从历史学、社会学、文化学、民俗学、宗教学、艺术学等不同角度发力。

由福建师范大学文学院主办、文物出版社出版的《全清小说论丛》，将是一个百花争妍的园地，愿岁岁年年花满园。

王立兴，男，1934年3月生，安徽定远人，南京大学文学院教授，《全清小说》顾问。

《全清小说》序

侯忠义

按：侯忠义先生是《全清小说》的倡导者、策划者与推动者。值此《〈全清小说〉论丛》创刊之际，特刊发他亲撰的《〈全清小说〉序》，以及世纪之交有关《全清小说》的信函十一通，以为纪念。

欧阳健先生邀我为《全清小说》写序，我的心情久久不能平静，使我想起了许多往事。

中国古代小说，种类繁多，卷帙浩繁，具有重要文学价值与史料价值。而文言之小说，又因其年代久远，作品分散，搜求不易，使用不便，遂有整理编纂《全古小说》总集之议，并得到了全国高校古委会的支持，列入了古籍整理规划。

为此，二十世纪九十年代，全国部分高校同仁，在南京、长春进行过两次研讨，就古小说的概念、选书的范畴及校勘的体例，进行了详细讨论，并取得了一致意见。此所谓古小说，区别于宋元以后之白话通俗小说，专指以文言撰写之小说，实即为史官与传统目录学家于子部小说家类所列各书。以今例古，其中多有不类小说者。从文学的角度，依古今结合的原则，确定以叙事性为区分小说与非小说的标准，分编成唐前卷、唐五代卷、宋元卷、明代卷、清代卷，确定了各卷主编人选。会后联系出版单位，均承认此书的学术和文献价值，但限于当时条件，资金短缺，篇幅过大，运作不易，事遂中辍。

唯主编"清代卷"之欧阳健先生，不离不弃，精益求精。在二十年中，广为搜罗，多方访求，力求完备。凡见于艺文志、官私目录、地方志者及晚清小说杂志者，均一一加以考察、甄别。然古代目录之于小说家类，取舍不尽相同，一书或隶史部，或隶子部；同隶子部者，或入小说家类，或不入小说家类，并无定论。为此又深入北京、杭州、南京、福州、太原各大图书馆，兜底调查，查阅鉴定（审查量不少于千种），以免疏漏。《全清小说》所得底本，均追真求实，精加校勘，多所纠谬，几成善本，为读者交出了满意的答卷。全书十卷三千万字，是清代古体小说的总集成，也是对清代古小说全面的搜集、整理和总结，是重大古籍整理工程。此一项目，历经坎坷和磨难，集众人之力，始得完成，实在值得赞扬和肯定。

感谢文物出版社，慷慨支持《全清小说》的出版，与作者共襄义举，十分感佩。

适逢《全清小说》出版之际，聊记数语，以代贺词。期盼《全清小说》对思想学术界有所裨益。此为序。

二〇一九年六月序于北京大学，时年八十三岁

※　※　※

始知完璧真难得

清代科举考场，常因校勘惹出事端。戴璐《藤阴杂记》卷四，载赵翼壬午（1762）所作《秋闱杂咏》，其《勘卷》一首云："校勘深防吏议持，闱中先自细求疵。世情肯为微瑕掩？宦况愁停薄俸支。入彀仍怜危缰落，干霄或厄闰年迟。始知完璧真难得，看取纵横抹笔垂。"

考生写了错字，会影响录取与等第。赵翼诗中有注："头场已中，后场有疵者停科。"后世的文廷式已定状元，后见试卷将"闾阎"写成"闾面"，降为榜眼。考官看不出错字，也会受到"吏议"，轻则停薄俸支，重则降官治罪，弄得人人自危。古人云："校书犹扫落叶，随扫随有。"一代大家赵翼，尚发"始知完璧真难得"的感叹，且有"世情肯为微瑕掩"恳求，是耐人寻味的。（斯欣）

侯忠义先生《全古小说》信函摘钞

按：侯忠义先生从 1996 年 6 月至 2001 年 10 月，就《全古小说》编纂事宜，致信欧阳健十馀通，兹摘钞于此，以为纪念。为省篇幅，已将问候诸语省略。

1996 年 6 月 5 日

欧阳兄：

学校通知我，决定七月十日至廿三日，我去泰国访问，我想廿三日回来当日，乘夜里十一点的火车与王老师一起赶到大连，那就要晚到两天。我想我还是赶去大连为好，不去就见不到你们了。

我回来后，与小曹谈了两个项目事。一是请他们赞助拟于明年十月在南京开一次文言小说研讨会，数目一万元，会上拟讨论编《全古小说》的体例等问题，算是准备；二是赞助《全古小说》四十万元。她说廿万有可能，多了怕不行。由我和陈熙中的名义提出项目申请，陈可不参加，但需列入编委才妥。在三峡船上，××提出分段编辑，分先秦两汉、魏晋南北朝、隋唐五代、宋辽金元、明、清，并建议设分册（卷）主编、副主编，设总书的全编、编委会。他并提出了分卷正副主编的名单。到大连时我再与你相商。

侯忠义

六月五日

1996 年 6 月 20 日

欧阳兄：

六月十一日惠书收悉。估计我去泰国之前不能写信了（可通电话），有些事我先说一下，你心里有数。如无意外，我将于七月十日至廿三日去泰国访问（共六人），我回国的当天，拟与王老师乘火车去大连，廿四日晚七时，可到大连，会已开了两天，还有两天。我去是一定要去的，主要就是为了审稿问题。大连会我们一定会见面。

《全古小说》到大连再谈。

侯忠义

六月廿日

1996 年 9 月 4 日

欧阳兄：

大连匆匆一别，又近月馀，时间过得太快。我于八月四日返回北京，恰值北京阴雨，接着闷热，难过了几天。到九月初，天气开始凉爽，学校又要开学，生活又要开始正规起来，但心似乎尚未收回。

大厚来电话，说第三辑尚未发完稿，主要询问《全古小说》项目，对此极感兴趣，问何时开始；杨爱群提上了编审，两套书都能年底出版。有个学生出任安徽文艺出版社总编，亦来请给他想想选题，如此等等。

在安平秋明年三月去日本讲学之前，我要敲定《全古小说》的经费问题，这样小曹就好办了。

忠义

九月四日

1996 年 11 月 6 日

欧阳兄：

今寄去在大连所摄照片四张，以留存念。

古委会方面，有人忙于出国，有人忙于改选，我也未找他们，过几天我再去跟他们聊一聊各种事情。其实我也明白，有什么事，到时一件件落实就是了，一般问题不大。

北京已进初冬，家里来了暖气，外面较冷。我今年的抵抗力好像差些，身体出现多种不适。只要没有大病，我会慢慢调理的。我在考虑如何进行《全古小说》的运作，很想有机会与你好好商量一下。

侯忠义

十一·六

1997 年 1 月 3 日

欧阳兄：

向你们全家祝贺在榕度过的第二个新年！也是最有意义的新年！好像九六年我们三次相会，福州审稿会并决定了武夷山会的动议；成都及内江会，使我们畅游了巴中之地；大连之会更增加了友谊。九六年的活动，使我悟出了一个道理，遇事不必急，只要心中有数，尽可后发制人。

近日王汝梅来京，言他与朴在渊合作编了十本韩国藏中国小说丛书十种（其中包括《英雄泪》、《型世言》、《包阎罗演义》等），届时也将向大会代表赠送一套。他来找我的目的，是请我当"编委"，并让我请季羡林当顾问和题写书名。我顺便跟他探讨了吉大出版社出《全古小说》的可能性。他提出校长（我的大学同学）当顾问就行（校长夫人也在出版社），他回去积极联系。我是怕巴蜀太慢，春风不可靠，吉大能出也可以。明代卷我就请他与薛洪勣负责，他很高兴。我考虑你们那里负责清代卷就可以了，数量也不少。总之，《全古小说》一定要上。十月份拟在南京开"文言小说研讨会"，是老萧提出他们的项目《文言小说作家评传》要开一个会，我提出研究一下文言小说的界定并审定文言小说作家名单。我已经给他们申请到一万元经费，小曹同意了。这个会也是《全古小说》的启动会，一举两得罢。

祝你的神怪小说史顺利成功。我总愿意隔一段时间我们就聚会一次，这也是我搞《全古小说》的动机之一。我终希望能健康地活着，多干几年事。

侯忠义
元月三日写成

1997 年 2 月 21 日

欧阳兄：

我们都过了一个"年"，明天（星期一，二十四号）学校就开学了。

比较重要的有两件：一是等杨爱群回话，春风搞不搞《文学小丛书》一百种？如搞，就请你飞赴沈阳，耽误你一个星期，我们一起商定选目、作者、撰写要求等。就你、我、张俊，加上辽宁的董文成。丛书不设编委会，免去了很多麻烦。齐裕焜处我已打了招呼，他表示同意你参加运作。如成，四月份我们就要在沈阳重逢了。第二件事是王汝梅来信说吉林人民出版社愿意出《全古小说》，并愿承担开会、审稿费用，五月就想进京签合同。我想此事尚未最后落实，人员、经费都还待定，我想等十月南京会后再定，你看如何？

侯忠义
二月廿一日

1997 年 4 月 28 日

欧阳兄：

四月十一日信早已收到，迟覆为歉。

再过两天就是"五一"节了，北京也是春意盎然，尽管我还穿着毛衣，也阻挡不住春天的脚步。向你和唐老师及全家致春天的祝福，祝节日愉快！

我现在重点考虑《全古小说》事。吉林人民非常愿意出版，我想他们的积极性大概超出了巴蜀、江苏古籍、春风等社，我倾向于答应他们。他们曾提及稿酬，我想千字至少不能低于廿元，最好廿五元。唐五代卷的单位我一直不能落实，原拟武大负责，恐吴××老矣，陈××不熟，操纵不易；想叫××负责，又怕能力不够。你再考虑一下如何处理。现在是唐前—北京，宋辽金元—南京，明代—长春，清代—福州（单称如此）。目前定下的单位，古委会也好拨款，就在拨别的费用时，加拨一些就可以了。

学校最近决定，教授退休年龄提前，我大约要到二〇〇〇年三月份罢。还可以干几年事。

我盼望着我们的相聚。又，程乙本十四回北静王作"世荣"，与程甲本同。顺告。

侯忠义

四月廿八日

1998 年 5 月 8 日

欧阳兄：

信七号才收到，太迟了。所拟《〈全古小说〉技术规定》没什么改变，我已复印寄各分册主编。

对清代卷的操作我异常满意，争取今秋在北京碰一次头。

忠义

五月八日

2000 年 11 月 1 日

欧阳兄：

寄上王老师与唐老师在福州的合影两张，并齐裕焜合影一张代为转交。此次福州之行收获颇丰，我们同行了一路，又到新宅里坐客，甚感欣慰，唯一遗憾是我们未能与你们夫妇两位同游武夷山。

王汝梅从五莲金瓶梅会后，来舍下谈：他的明代卷，已决定由吉林文史出版；他的意思，清代卷能出来就好，稿费低点也可，请斟。你的两个高足我还记得她们，愿她们学有所成。

侯忠义

11.1

2001 年 3 月 13 日

欧阳兄：

今寄上《凤凰池》序，请查收。

《全清小说》尚无最新进展，如有新情况会随时相告。第一批"顺治朝""康熙朝""雍正朝"待目录编定，望寄我一份。同时书中应有一份《全古小说》编委会名单，并向古委会交代一下，以便会后的工作。名单中安是顾问，其他两人：曹、杨、程毅中、陈熙中列编委，还有其他各分卷的主编、副主编，不知宁稼雨还列不列，待征求一下王汝梅的意见。现在还看看社里谁参加。并列各分卷主编、副主编名单，类似"小说百科"。妥否，请斟。

昨上午参加周先慎的博士生论文预答辩，所见皆退休人员，只一个在岗，可笑者导师亦退休也。人生如此，新旧交替，不可抗拒，就个人来讲，或早或晚而已。

安贫乐道，人生之福。

侯忠义

2001. 3. 13

2001 年 10 月 11 日

欧阳：

寄上在新疆的照片三张，以作纪念。

这次我们在新疆、北京共渡过了十馀天，畅谈了我们的现在与未来，是难得的一次经历。对你退休后的工作，我会加以注意，以使我们能够多所聚会多做事情，多为学术界做些贡献。

我们这个年纪，切记心情要平静、豁达，做事要放慢速度，劳逸结合，这样才能保证一个健康的身体。有个好身体太重要了，我们要争取能多看看中国式的社会主义的未来。

侯忠义

10. 11

痛悼侯忠义先生

欧阳健

三十五年莫逆心①，

稗田浩瀚共耕耘②。

昔因提要插双翼③，

今为全清施万钧④。

振臂良知待呐喊，

横眉劣性须除根⑤。

原期相聚功成日⑥，

噩耗乍闻老泪横⑦。

2020 年 9 月 25 日

---

① 1985 年 6 月 8 日，我于徐州初会侯忠义先生，订交莫逆，三十五年。

② 侯忠义先生先后主编《古代小说评介丛书》（1992）、《明代小说辑刊》（1993）、《中国小说史丛书》（1997）等，都邀我担任编委，提携奖掖，感恩不尽。

③ 1985 年我编《中国通俗小说总目提要》，侯忠义先生不但撰写北大藏孤本小说之提要，还动员张俊、苗壮、王青平、钟婴、孙一珍等同志全力参与。

④ 《全清小说》系 1997 年 11 月侯忠义先生倡导的《全古小说》的组成部分。2019 年年初，社长张自成、古籍中心主任贾东营、古籍中心副主任刘永海诸同志，登门拜访侯忠义先生，拍板将《全清小说》交由文物出版社出版，八十三岁的侯先生撰写序言，偕夫人孔书敬承担校点《北东园笔录》等。

⑤ 2010 年 10 月 1 日给侯忠义先生电话，报告《稗海潮》已正式启动。10 月 2 日收到短信："祝贺《稗海潮》开始写作。此书的价值和意义在于，它是一部呼唤学术界公理和良心之作，是一部荡涤学术界腐败和庸俗之作，是一部质疑传统和创新之作。祝成功。"

⑥ 2020 年 9 月 18 日，给侯忠义先生电话，告知《全清小说》顺治卷已经开印，国庆节前能收到新书。期望疫情好转后，在京相聚，共贺成功。他非常高兴，说一定要邀我入住他北京的新居。

⑦ 六天之后的 2020 年 9 月 24 日晚，侯夫人泣告：侯忠义先生周一入医院观察室，周四下午三点半突然去世。我失去了终身莫逆的第一知己，哀哉！刘永海同志微信："我还是没能赶上，临走也没能让侯先生看到《全清小说》正式出版成书，万分愧疚！"

《全清小说》读后

程毅中

《全清小说》"顺治卷"的出版，我感到十分惊喜。这部积压了二十年的大书稿，终于开始问世了。关于它的缘起，侯忠义先生的序言，已经说得很清楚了，1997 年 11 月，他振臂一呼，策划编一部"全古小说"的总集，在高等院校古籍整理研究工作委员会的支持下，于南京召开了第一次研讨会，我也曾参与末议。当时许多研究古代小说的同志，积极响应，并分担了各卷的项目。但限于各种条件，运作不易，事竟中辍。只有承担了"清代卷"的欧阳健先生，不离不弃，广事搜罗，认真整理，按照他修订的规划，发掘了更多的资料，动员了一大批点校者，同心协力，竟编成了收书五百多种、约三千万字的大书。对此我不禁对欧阳先生的勇气和毅力，深表钦佩。对于文物出版社大力支持学术研究大课题的气魄，表示更大的敬意。

遗憾的是，老友侯忠义兄在写出序言一年之后，未见新书之前竟不幸病逝了！几年前他乔迁新居之后，和我中断了联系，直到最近才打听到他已辞世的消息，在此我谨对他深表悼念之情，对他在古代小说研究上的努力重申敬仰之意。从 1981 年他和袁行霈先生合作编著出版了《中国文言小说书目》以来，一直致力于文言小说的研究，当然不限于文言小说，著作宏富，在一定程度上推动了中国小说史的学术研究。他"全古小说"总集的策划，由于各种条件的限制，未能完成，只推动了《全清小说》的产生，还推动了薛洪勣、王汝梅主编《稀见珍本明清传奇小说集》（吉林文史出版社，2007 年）的出版，那就不能说是"赍志而殁"了。

看来，我们那一代过渡阶段的学者，已经基本完成了自己的历史任务，正期待着新时代的学者做出创新性的发展。

从 1997 年至今二十多年来，中国小说史的研究已有很大发展，对中国古代小说有文言小说和白话小说两个体系的特点，虽已得到多数学者的认同，但对文言小说的标准和名称则有很多争议。特别是近年来讨论比较热烈的是，有的学者提出了不能"以今律古""以西律中"的理念，坚持了中国特色的小说观。有一派学者则倾向于用"笔记"来兼并"小说"及其他古籍的文类（如主编《全唐五代笔记》的陶敏先生），已有不少学者刻意回避了"小说"的名称。这从文物出版社的"稀见笔记丛刊"也可见到其趋势。因此《全清小说》的命名，可能会引出一些不同的议论和质疑，如"小说"概念的内涵和外延，"全"字号的标准从宽或从严的选择。关于这一点，同门学友李灵年兄的序言已经作了详细的解释。但根本问题是文言小说的特点就是杂而广，具有文学价值、史料价值和多种文献价值的不同取向，确实需要深入的研究和界定，还需要文献目录学的支撑。《全清小说》的出版，正好提出了一个可供分析探讨的案例。我觉得可以借此机会，进行一次广泛的讨论，就不枉编者和出版者的一番苦心了。

2021 年 2 月 26 日

程毅中，1930 年 3 月生，江苏苏州人。1955 年毕业于北京大学中文系，1958 年北京大学中文系研究生毕业，历任中华书局副总编辑、编审，现为中央文史研究馆资深馆员。

※　※　※

"学生今日，方知志学"

施闰章《矩斋杂记》有《王塘南》，叙太常卿庐陵王塘南，年八十，犹讲学不倦。或问曰："孔子七十，从心不踰矩；今先生八十，何以进于是?"公应曰："学生今日，方知志学。"孔子名言："吾十有五而志于学，三十而立，四十而不惑，五十而知天命，六十而耳顺，七十而从心所欲不逾矩。"而不及七十以后。王塘南年逾八十，方知志学，实堪钦敬。（斯欣）

回归与传承

——读《全清小说》有感

徐忆农

《全清小说》项目起步于 1997 年，主编为小说史研究专家欧阳健先生。经过二十多年的坎坷波折，在文物出版社的大力支持下，"顺治卷"全套 6 册约 240 万字，终于顺利出版，真是可喜可贺。

侯忠义、李灵年、王立兴三位德高望重的文史专家，担任了《全清小说》的顾问，并分别从不同角度撰写了三篇《序》。从三位先生的《序》文中可以获知，二十世纪九十年代，全国高校古籍整理研究工作委员会将编纂巨型《全古小说》项目，列入了古籍整理规划。有关专家学者在南京、长春进行过两次研讨，就古小说的概念、选书的范围及校勘的体例，进行了详细讨论，并取得了一致意见。专家们认为，此所谓古小说，区别于宋元以后之白话通俗小说，专指以文言撰写之小说，实即为史官与传统目录学家于子部小说家类所列各书。以今例古，其中多有不类小说者。从文学的角度，依古今结合的原则，确定以叙事性为区分小说与非小说的标准，按时代先后分编成唐前卷、唐五代卷、宋元卷、明代卷、清代卷，前四卷限于各种条件，事竟中辍，而《全清小说》作为清代卷的整理编纂成果，现在开始陆续出版。作为一名长期从事古籍整理编目工作的图书馆员，我想从以下三方面谈谈自己的阅读体会。

一　回归传统

《全清小说》凡例云："'小说'的界定向有歧义。"在《中国大百科全书》第二版中，"小说"的定义为："一种以散文形式叙述虚构性内容的文学体裁，也指以这种体裁写成的文学作品。"这里的关键词是"虚构性"。那么，古体小说的内容是否都具有"虚构性"呢？

中国最早的图书分类法，产生于两千年前的西汉。当时刘歆（？-23）编撰的《七略》，将图书分为六艺略、诸子略、诗赋略、兵书略、术数略、方技略六大类。《七略》原书已佚，其分类法为东汉班固（32-92）《汉书·艺文志》沿袭。在中国古代"二十四史"及《清史稿》等正史中，史官编纂的图书目录被称为史志目录，《汉书·艺文志》即为最早的史志目录。其后，《隋书》《旧唐书》《新唐书》《宋史》《明史》乃至《清史稿》中，均编有经籍志或艺文志。《隋志》总结前人经验，对图书采用经、史、子、集四部进行分类。此后，中国历代公私书目，大多是用被视为"永制"的四部分类法编制的，清乾隆时官修《四库全书总目》（又称《四库提要》）就是以此法编目的，被称为传统目录学的集大成者。《汉志》沿袭《七略》，将诸子略分为儒、道……小说等十家，其后史志目录中的小说家类或小说类都列于子部，历代公私书目也大都如此，只是收书范围有所不同，体现着编目者的小说观变化状况。

鲁迅先生在《中国小说的历史的变迁》中指出，人类的历史是进化的，中国当然不会在例外。但看中国进化的情形，却有两种很特别的现象：一种是新的来了好久之后而旧的又回复过来，即是反复；一种是新的来了好久之后而旧的并不废去，即是羼杂。文艺之一的小说，自然也是如此。参考袁行霈、侯忠义先生所编《中国文言小说书目》，我们会发现，史官与传统目录学家的小说观有反复，也有羼杂。例如，游国恩等先生主编的《中国文学史》认为，我国小说到魏晋南北朝时期才粗具规模。就其内容说，大体可分为两类，一类是谈鬼神怪异的志怪小说，以干宝《搜神记》成就最高；一类是记录人物轶闻琐事的轶事小说（也称志人小说），刘义庆的《世说新语》为其集大成之作。志怪小说的源头为古代的神话与传说，而我国先秦古籍中保存神话最多的是《山海经》。以此三部名著为例，我们可以通过检索，了解古体小说在传统目录中的实际分类状况。《世说新语》（原名《世说》）一书自诞生起，在《隋志》《旧唐志》《新唐志》《宋志》等史志目录中，以及宋代《直斋书录解题》、清代《四库提要》、《书目答问》等著名的私编、官修目录中，均入子部小说家类或小说类。《搜神记》在《隋志》《旧唐志》皆入史部杂传类，在《新唐志》改入子部小说家类。《山海经》在《汉志》中归术数略形法家，在《隋志》《旧唐志》等目中归史部地理类，在《四库提要》改隶子部小说家类。由以上实例可知，在史官与传统目录学家所编书目中，不具有"虚构性"的志人小说反复出现于子部小说家类，而具有"虚构性"的志怪小说是陆续羼杂进入子部小说家类的。对于这种现象，可借用鲁迅先生的相关论述来解释。如鲁迅先生认为六朝人并非有意作小说，因为他们看鬼事和人事是一样的，统当作事实。所以，《旧唐志》把那种志怪的书，归入历史的传记一类，一直到了宋欧阳修（《新唐志》）才把它归到小说里。

自二十世纪以来，中国小说史的研究已成为显学。可能是受外来小说观念的影响，在不少专家学者心目中，《世说新语》等非虚构性志人作品，具有很高的史料价值，因此在分类时，将此类作品从小说家类移出而归入其他类。如全国789家收藏古籍的机构联合编制的《中国古籍善本书目》，共分经、史、子、集、丛五部，本质上仍是四部分类法的延续，但将《世说新语》等书移入子部杂家类杂记，我们参加编纂的《中国古籍总目》作为扩展项目，自然也沿用此分类细则。再如在高校国家级规划教材《古文献学基础知识丛书》之中，《史部要籍概述》《子部要籍概述》由黄永年先生撰稿讲授。黄先生认同《四库提要》子部小说家类杂事之属所录《世说新语》等书"与杂史最易相淆"之说，就索性将其移归史部杂史类，放在《史部要籍概述》讲授，而在《子部要籍概述》小说这章下面分成志怪和传奇、话本、章回小说三节来讲授。回望历史，东汉班固《汉志》云："小说家者流，盖出于稗官。街谈巷语，道听途说者之所造也。"鲁迅先生认为，诗歌是韵文，从劳动时发生的；小说是散文，从休息时发生的。人到休息时彼此谈论故事，正就是小说的起源。同时他还表示，正事归为史，逸史即变为小说。由此可以推知，史家在最初为图书立类时，小说是叙事性散文，小说与非小说的区别，不在于是否有虚构性，而在于是正事还是逸史。若当代学者将《世说新语》等记载人物轶事的作品从子部小说家类移出，也就告别了史官与传统目录学家的小说观。

《全清小说》是清代古体小说的总集成。鲁迅先生在《中国小说史略》说"至于《世说》一流，仿者尤众"。《全清小说》顺治卷之中的《玉剑尊闻》《女世说》《说铃》，正是在鲁迅先生所举的仿作之例中。与此同时，在《全清小说》顺治卷之中，有《四库提要》子部小说家类存目杂事之属收录的《玉剑尊闻》《筇竹杖》，异闻之属收录的《冥报录》；还有《清史稿·艺文志》子部小说类著录的《玉剑尊闻》《说铃》《影梅庵忆语》。而在《中国古籍善本书目》中，《玉剑尊闻》《筇竹杖》已移入子部杂家类杂记，《说铃》已移入子部杂家类杂纂。由此可知，《全清小说》所选书与史官及传统目录学家于子部小说家类所列各书保持一致，同时强调叙事性，不考虑虚构性，这正是对传统小说观完全意义的回归。

二　全新整理

《全清小说》拟收书 500 余种，共计 3000 余万字。目前已出版的《全清小说》顺治卷，全套 6 册约 240 万字，收书 31 种。据此书凡例介绍，《全清小说》选用善本或年代较早的本子为底本。各书前加写题解，内容包括：著录原书所题撰人；简要介绍作者的生平里居、经历著述；说明所据版本年代和刊刻地点，存、残、佚情况，及参校本等情况。

阅读《全清小说》顺治卷可以发现，此书所用底本不少是费心血收集的版本，其中有海内的孤本、珍本，弥足珍贵。与此同时，点校者尽可能参考其他文献，努力以高质量完成整理校点任务。如《藏山稿外编》一书，只有一部清抄本传世，此书点校者为马晴博士，她除据孤本完成整理校点工作外，还查找大量参考文献，撰写出上万字的专业考证文章。又如《南吴旧话录》一书，最完备的版本为民国四年（1915）印行的二十四卷本，又有 1985 年上海古籍出版社据抄本影印出版的二卷本。此书点校者为连镇标、连宇二先生，他们以前者为底本，以后者为参校本，并核对相关资料，最终完成整理校点工作。再如《玉剑尊闻》一书，点校者为陆林先生，他依据清顺治年间赐麟堂原刻本整理并标点，文字漫漶缺讹处，多参有关史传校补。翻阅此点校本，可以发现收录有钱谦益撰写的《玉剑尊闻序》全文，而在清代有钱序又未入禁书，并为《四库提要》存目所录，这算是幸事。当然也可能四库馆臣所见为失去钱序之本。赐麟堂原刻本现有多部尚传于世，但不一定都存钱序，如核验中华古籍资源库国家图书馆藏本就未见钱序。因而陆林先生所据底本可称为珍本。

《全清小说》顾问王立兴先生在《序》中指出，白话与文言，是清代小说创作的两翼。清代的文言短篇小说，也大大超越了以往任何一个朝代，达到了中国文言小说的最高峰。而据主编欧阳健先生整理统计，在《全清小说》顺治卷所录 31 种书中，未正式校点出版达 26 种，约占 84%，中国知网无研究论文 20 种，约占 64%，这说明过去学界对清代古体小说重视程度远远低于白话小说。因而此次陆续整理出版《全清小说》是迄今为止以最新标准编纂的清代文言小说总集，不仅可为学术界与小说研究界提供完备基础资料，也为公众奉献精良的阅读欣赏文本。

三　学术传承

《全清小说》目前已邀请百位明清小说界专家学者参与整理。其中有相关领域的著名学者，也有刚走出校门的青年学子。《全清小说》顺治卷收书 31 种，点校者共 23 位，从职业上看，有来自高校的 10 位教授、4 位副教授、2 位讲师，还有来自图书馆的 2 位副研究馆员、2 位馆员，另有 3 位分别为中学高级教师、学报编审、机关干部。从学历上看，有 11 位博士，4 位硕士。而在年龄分段上，最长者年近九旬，最年轻者为九五后，可以说老中青各年龄阶段皆有。

刚翻开《全清小说》顺治卷，看到过去非常熟悉的陆林教授姓名，心中不免有些疑惑，因为我知道陆教授数年前就已病逝。后来看到陆教授点校的《玉剑尊闻》题解中这样一段特别的说明："先师陆林先生生前参加《全古小说》整理项目，点校此书，事未竟，遽归道山。本年五月初，接到欧阳健先生邮件，云'希望由其学生再校看一遍书稿'，遂由张小芳、裴喆、孙甲智据先生标点之原稿，核对排出的电子文档，补正扫描转换过程中造成的文字缺讹，凡标点有疑问处，亦由三人讨论确定。但以我们的浅陋，由此而出现的种种疏误，在所不免，其责在弟子辈，请读者谠正。"这段文字不仅帮助解开疑惑，同时也令人感受到深厚的师生情谊，更体会到学术薪火相传的精神力量。因此可以说编纂出版《全清小说》，既是文献整理项目，也是学术传承工程。

总之，《全清小说》顺治卷顺利出版，为推进全书编纂工作开了好头，也积累了丰富的经验。同时，《全清小说》是《全古小说》项目的重要组成部分。人们常说，盛世修典，祈盼《全古小说》前四卷编纂整理工作也能早日启动，通过全面整理清代古体小说的丰富遗产，使中国传统小说的整体样貌得以呈现，进而让更多的人充分领略中华文化异彩纷呈的无穷魅力。

徐忆农，1962年5月生，福建厦门人。南京图书馆研究部主任、研究馆员，全国古籍保护工作专家委员会委员。

※　※　※

铁板镇魔

檀萃（1725-1801）《楚庭稗珠录》卷二云："肇庆府署内，有瓦屋一间，四壁无门，不可入。云包孝肃所建，历代相传，不敢开，呼为'乌台'。大堂后有井一口，亦孝肃凿，以板盖之。行其上，空洞有声，亦不敢发。署中多铁板，高要署中亦然，云以治鬼，或亦镇魔之术也。"此与《水浒》开篇相类。（斯欣）

激活全清古体小说整理的有益尝试

——《全清小说·顺治卷》评介

贾海建　潘承玉

　　小说文本的搜罗、细读，是古代小说研究的前提和基础。鲁迅撰写《中国小说史略》时，就先行搜集、整理了《古小说钩沉》《唐宋传奇集》等，"乾嘉诸大师用以辑校周秦古籍的方法，而用来辑校古代小说的，却以鲁迅先生为开山祖"①。经过几代学者百馀年的努力，散落于中外的孤本、稀见小说作品陆续公之于世；各种类型的小说整理、汇编层出不穷（包括电子书、数据库），获取亦相对容易。

　　在此种背景下，学界出现了新的动向——"竭泽而渔"地搜集、占有材料，各种"全集""全编""集成""丛刊"等，以齐全、完备为追求目标的丛书应运而生。如以白话小说为关注重点的《古本小说集成》《古本小说丛刊》《明清善本小说丛刊》，主要收录文言小说的《笔记小说大观丛刊》《历代笔记小说集成》等，为研究者提供了极大的便利。不过，以上诸书皆为影印本，并不是一般性阅读的最佳选择。更为重要的是，由于对"小说"概念的界定不够合理，以上诸书还存在漏收、滥收等问题，这在文言小说汇编中表现得最为突出。以台北新兴书局《笔记小说大观丛刊》为例，此书收录作品两千多种，书名标示"笔记小说"，但却收录了《豆棚闲话》、"中国历代通俗演义"等白话小说，还有《韩非子》《潜夫论》《风俗通义》《孔子论语年谱》《历代铨选志》《历代漕运志》《历代马政志》及游记、诗话等非小说作品。该书收录小说作品多是随机成册，无法反映小说发展的脉络。因此，

---

① 郑振铎：《中国小说史家的鲁迅》，《人民文学》，1949 年，创刊号。

几十年前就有诸多学者呼吁应组织专业人员编撰《中国笔记小说全书》《全古小说》①。令人遗憾的是，这些美好的愿望时至今日都未能实现。

无论是编纂《中国笔记小说全书》还是《全古小说》，作品数量庞大，单是搜集齐全就会耗费大量的时间和精力，加上校点整理，工作量更是无比繁重，绝非某个学者单兵作战所能完成。但在现有的学术环境下，"具有重大意义的大型科研项目极不容易开展。作为参加者，最后可能是受苦者。作为主持人，邀请自己信得过的同事、友人、门生参加大型长线项目，十年合作，一无所获，自己也就成了坑害朋友的人，可以说是'两厢不情愿'。大型长线项目热热闹闹开题，悄无声息结项，甚至虎头蛇尾、无疾而终，也就是自然而然的事了"②。因此，历代小说的汇编整理进展缓慢，也就在情理之中了。

尽管如此，一些学者出于纯粹的学术理想，仍在愚公移山般地推动小说全编的实现：既然不能毕其功于一役，按照时代逐个突破，无疑是最佳达成路径。如李时人凭一己之力编纂的《全唐五代小说》，收录作品二千一百馀篇，为我们研究唐五代小说提供了较为齐全、精善的小说文本。而近期《全清小说·顺治卷》（文物出版社，2020 年）的出版，则标志着清代古体小说汇编、整理工作的全面激活。

《全清小说·顺治卷》由欧阳健先生牵头，组织众多专家学者编纂完成。《全清小说》的编纂始于 1997 年，是侯忠义等发起的《全古小说》的清代部分。《全古小说》本打算收录自先秦至清末（1911）的全部三千馀种文言小说，并分为唐前卷、唐五代卷、宋元卷、明代卷、清代卷，共五卷③。《全古小说》项目搁置后，欧阳健先生锲而不舍，始终没有放弃自己所负责的清代部分，如今以《全清小说》的崭新面貌出版，既是欧阳健先生之幸，也是

---

① 参见侯忠义：《编辑〈全古小说〉的设想与文言小说的价值》，《吉林大学社会科学学报》，1998 年第 6 期；王国良：《谈近现代笔记小说丛书之编辑印行》，《海峡两岸古典文献学学术研讨会论文集》，上海古籍出版社，2002 年，第 476-477 页。

② 杜泽逊：《谈谈学术评价中的"非量化因素"》，《光明日报》，2021 年 10 月 26 日。

③ 侯忠义：《编辑〈全古小说〉的设想与文言小说的价值》，《吉林大学社会科学学报》，1998 年第 6 期。

学界之幸。

《全清小说》计划分《顺治卷》《康熙卷》《雍正卷》《乾隆卷》《嘉庆卷》《道光卷》《咸丰卷》《同治卷》《光绪卷》《宣统卷》陆续出版,收录小说五百种,共计三千万字,将是对清代文言小说的一次系统盘点和全面整理。先行出版的《顺治卷》收录小说三十一种,虽然只占《全清小说》的很小一部分,但也给学界带来了诸多惊喜,让人对《全清小说》充满了期待。

顺治朝共计十八年,成书于这一时期的小说,其作者无一例外都是经历了王朝更迭的明朝遗民。易代之际的文学,历来是学界关注的热点,所谓"国家不幸诗人幸",国运衰败与命运坎坷的叠加,总是会激起文人书写的欲望。那么,这些由明入清的小说作者,在题材选择、情感表达上与之前有何不同?其作品对明清易代这段特殊的历史,又有着怎样的"证史""补史"作用?《全清小说·顺治卷》为回答以上问题提供了可能。另外,据笔者统计,《顺治卷》收录的三十一种小说中,有十七种是首次校点出版①,尤其是徐芳《藏山稿外编》(第六册),原先深藏图书馆中,这既是首次点校,也是首次公开面世。此种珍稀文献的收录,从一个侧面反映了编纂者的努力与用心,同时也成为《顺治卷》的一大亮点。

当然,文言小说内容庞杂,容易引起争议的问题也多,并且《顺治卷》作为一项成于众手的集体项目,校点质量参差不齐(据介绍,《顺治卷》的部分作品是"赶校"完成的),如此一来,难免会有一些不完善之处。下面就笔者翻阅《顺治卷》过程中的几点疑惑,提出来与编纂者讨论。

一、"小说"的界定及小说作品的取舍问题。文言小说集的编纂历来都不是一件容易的事情。南宋郑樵《通志·校雠略》云:"古今编书所不能分

---

① 欧阳健《其起也以同声相引重,其成也以其书示人——在〈全清小说〉研讨会上的讲话》将《顺治卷》中首次校点的小说统计为二十五种,不确。如《原李耳载》,《元明史料笔记丛刊》收有凌毅点校本(中华书局,1987年),《乔复生王再来二姬合传》之前的点校本有单锦珩《李渔全集》本(浙江古籍出版社,1991年)、董乃斌等《中国香艳全书》本(团结出版社,2005年)。《说铃》有李圣华点校之《汪琬全集笺校》本(人民文学出版社,2010年),《美人判》有杨旭辉点校之《尤侗集》本(上海古籍出版社,2015年),《张灵崔莺合传》有薛洪勣点校之《稀见珍本明清传奇小说集》本(2007年)、谢孝明点校之《黄周星集》本(岳麓书社,2013年)等多个校点本。

者五：一曰传记，二曰杂家，三曰小说，四曰杂史，五曰故事。凡此五类之书，足相紊乱。"李时人也认为："编纂一部断代小说总集……也许最难的倒并不是材料的收罗和作者作品的考订，而是体例的确定。"因此，他在编撰《全唐五代小说》时，最棘手的就是确定："什么是小说？唐五代哪些作品可以算作小说？"究其原因，主要在于古代的小说观念，与现代的小说观念有较大差异。如胡应麟《少室山房笔丛》卷六《二酉缀遗》将小说分为志怪、传奇、杂录、丛谈、辨订、箴规六类，冯梦龙《醒世恒言·序》更是说："六经国史而外，凡著述皆小说也。"这代表了古人对小说尤其是文言类小说的普遍认知。因此，要编撰古代小说集，首先要明确小说的内涵是遵古还是依今，这样才能确定收录的范围。

《全清小说》收录的是有清一代的古体小说（文言小说），而不包含近体小说（白话小说）。面对纷繁复杂的古体小说，编纂者确定了"从文学角度、根据古今结合的原则，以'叙事性'为区分小说与非小说的标准"，以此来取舍小说作品，并将之看作是《全清小说》的一大创新和亮点：

> 《全清小说》的编纂亮点，在于运用叙事的标准，对传统目录进行亦减亦增的工作：将一部分子部小说著录的如丛谈、辩（辨）订、箴规之作剔除；又将一部分杂家、甚至史部的作品列入。这一运作的最大特点，不是以目录学为出发点，而是以作品的客观存在为出发点。本书与《全唐五代小说》《全宋文》《全明诗》编纂的最大不同，是经过鉴定、筛选、编次的清代"古体小说"总集，体现了新的学术成就，是总结中国传统文化的重大工程①。

为当代古代小说研究者及普通读者提供"经过鉴定、筛选、编次"的小说作品，是《全清小说》的主要任务。有关现代小说的定义可能千差万别，但无不将叙事性作为小说的核心特征。因此，以"叙事性"作为取舍小说的

---

① 欧阳健：《其起也以同声相引重，其成也以其书示人——在〈全清小说〉研讨会上的讲话》，《南京师范大学文学院学报》，2021年第4期。

标准，收录"具备一定情节与审美意趣的叙事作品"，是合理而且必要的①。

不过，《全清小说·凡例》又云：

> 全书均为叙事性小说的，自应全部收录；全书均非叙事性小说的，则不予收录。全书内容驳杂，仅有部分叙事性小说的杂俎类著作，本应剔除非叙事的成分，但考虑操作之不易。故仍全书收录。

且不说如何确定一个合适的比重，以决定是否收录"仅有部分叙事性小说"的著作，更为关键的是，如若不剔除"本应剔除"的非叙事作品，坚持"以收录整书为主"，那么《全清小说》所自认为的编纂亮点、学术创新，即"从文学角度、根据古今结合的原则，以'叙事性'为区分小说与非小说的标准"就成了空谈。典型的如施男《筇竹杖》（第二册），该书共七卷，虽然《四库全书总目提要》在小说家类中予以著录，但卷六是施男自己的诗集，卷七主要是对刘湘客、倪元璐等五人诗歌的摘录。因此，不论是依据古代小说的观念还是现代小说的定义，这些作品都与小说毫无关系。小说全集贵在求全，不过追求的应是小说作品的完备，而不是某一著作的完整。

当然，对于一些内容驳杂的杂俎类著作来说，要剔除其中的非叙事成分，的确会存在"操作之不易"的难题。尽管困难，但为了成就一部高质量的小说总集，"鉴定""筛选"的工作还是十分必要的。并且，学界也已有了一些可资借鉴的成果，如李时人编纂的《全唐五代小说》，同样以"近世的小说观念去界定中国古代小说"，而在决定小说作品的取舍时：

> 采取了"宁宽勿严"的态度，以免因为我们的考虑不周或因见仁见

---

① 2021 年 11 月 30 日，教育部公示了 2021 年度教育部哲学社会科学研究重大课题攻关项目的评审结果（https：//www.sinoss.net/c/2021-11-30/616019.shtml，北京大学廖可斌教授主持申报的"《全清笔记》整理研究"通过了专家评审。这意味着又一大型文献整理工程即将启动，清代笔记将得到系统整理。如若《全清小说》坚守"从文学角度、根据古今结合的原则，以'叙事性'为区分小说与非小说的标准"，不仅可以避免重复劳动，而且这种"差异化"能够使之与《全清笔记》相得益彰。

智的原因而漏收作品。出于同样的原因，我们在书后另设"外编"，收录那些在我们看来还没有达到小说标准，但在某些方面具备了一些小说因素，或者说接近小说规范的叙事作品①。

《全唐五代小说》共计正编 100 卷，外编 25 卷，这种编纂体例虽不无可议之处，但力求所收录的小说作品符合既定原则，又兼顾研究者的不同需要，此种努力是值得肯定的。当然，《全清小说》收录作品 500 馀种，体量上远超《全唐五代小说》，因此，《全清小说》的编纂者还应在坚持所收作品符合"叙事性"原则的前提下，探索符合自身的编纂体例。

二、小说作品的编排次序问题。《全清小说·凡例》云："本书各卷中的作品，按成书年代为序；成书年代不清者，按作者年代为序；作者与成书年代均不清者，列本卷之末。"如若这样操作，《全清小说》的目录可看作是简略的清代古体小说编年史，本身就有较高的学术价值。不过，从《顺治卷》的情况来看，《凡例》中所拟定的次序编排原则并未得到很好的贯彻。

既然计划依照小说成书年代编排作品的收录次序，那么小说的成书时间理应是题解的必备内容。但实际情况是，《顺治卷》的小说题解多未对作品的成书时间进行说明。这可能并不是因为小说的成书时间无法考索，而是受制于《凡例》的规定：

> 各书前加写题解，内容包括：著录原书所题撰人（原书不题撰人的，应著录为"不题撰人"）；简要介绍作者的生平里居、经历著述；说明所据版本年代和刊刻地点，存、残、佚情况，及参校本等情况。

可见，题解的体例中就不包含对成书年代的介绍。这也造成了《顺治卷》在作品编排次序上的混乱，以至收录了部分成书于康熙朝的作品。如第一册收录的《无名氏笔记》，其中最后一则有"朱祐明拥五百万之资而遭《明史》之祸"，"祐明之惨"等表述，很明显，此篇当作于"《明史》案"结案，朱祐明及其家中 15 岁以上男丁被处以极刑之后。"《明史》案"于康

---

① 李时人：《小说观念与〈全唐五代小说〉的编纂》，《文学评论》，1999 年第 3 期。

熙二年（1663）五月结案，因此，《无名氏笔记》的成书时间当在康熙二年之后。第五册《花村谈往》，卷一《崒阳事会》叙郑鄤所谓"杖母""奸媳""奸妹"的前因后果，并说"以上三案，吾非私为之洗释也。三十年来知其事而叙之，原其情而谅之……"郑鄤明崇祯五年（1632）以"杖母"被参入狱，崇祯十二年（1639）被"三千六百刀为柳叶剐"。考之"三十年来知其事"之句，这正如清人周中孚《郑堂读书记》所说，《花村谈往》作者是"身居国朝康熙初年，而谈崇祯年间之事"①。因此，《花村谈往》成书时间应为康熙年间。第六册所收徐芳《诺皋广志》《藏山稿外编》，据作品的纪年，成书时间也当在康熙年间。《诺皋广志·鬼化虎》曰："予甲辰春，自绥安买舟趋延津……"徐芳生于明万历四十六年（1618），卒于清康熙九年十一月（1670）②，"甲辰"当是康熙甲辰即康熙三年（1664），《诺皋广志》无疑成书于康熙三年之后。《藏山稿外编》卷八《鬼化虎》与《诺皋广志·鬼化虎》内容、文字皆同③，此外还有诸多篇目写于康熙年间，如《许太翁考终记》（卷六）、《震雷续记》（卷十）等篇作于徐芳去世的当年即康熙九年（1670）。

如若是考虑到每部作品的体量大小不一，从便于分册装订的角度，对小说的编排次序稍做调整，这也可以理解。但同一册中作品的顺序不应混乱。以《顺治卷》第二册为例，所收录的作品及其成书时间分别为：

1. 张岱《快园道古》。据《小序》"岁乙未九月哉生明日，陶庵老人书于龙山之渴旦庐"的题署，《快园道古》成书于顺治十二年（1655）。

2. 李中馥《原李耳载》。据占骁勇《清代志怪传奇小说集创作刊行年表》④，《原李耳载》成书于顺治十四年（1657）。

---

① 周中孚《郑堂读书记》卷19，上海书店 2009 年，第 692 页。
② 潘浩正《清初明遗民文学家徐芳的生卒年及其他》，《文学遗产》2019 年第 6 期。
③ 《诺皋广志》与《藏山稿外编》的篇目多有重叠，而《藏山稿外编》篇目比《诺皋广志》多出数倍（《藏山稿外编》原书不分卷，校点者按册将之分为二十四卷）。从《藏山稿外编》的作品纪年及具体表述来看，各篇写作时间不一，应是徐芳对之前小说作品的汇总、整理。此外，需要指出的是，《诺皋广志》与《藏山稿外编》由不同的人校点，对于两书中的相同篇目，两位校点者在断句、异体字的处理上不尽相同。
④ 《清代志怪传奇小说集研究》，华中科技大学出版社，2003 年，第 340 页。

3. 李渔《乔复生王再来二姬合传》。小说所叙从"丙午"即康熙五年（1666）开始至"甲寅"即康熙十三年（1674）结束，《乔复生王再来二姬合传》当成书于康熙十三年（1674）之后。

4. 冒襄《影梅庵忆语》。据校点者欧明俊所作《题解》，《影梅庵忆语》成书于顺治八年（1651）。

5. 张茂滋《馀生录》。据校点者欧阳健所作《题解》，《馀生录》作于顺治八年（1651）之后，而作者卒于顺治十年（1653），因此，《馀生录》当成书于顺治八年（1651）至顺治十年（1653）间。

6. 梁清远《瘿史》。据《序》之"顺治乙未二月二十日雕丘梁清远书"的题署，《瘿史》成书于顺治十二年（1655）。

7. 汪琬《说铃》。据"顺治十六年冬十月长洲汪琬自序"的题署，《说铃》成书时间为顺治十六年（1659）。

8. 尤侗《美人判》。该作品最初收录于尤侗《西堂杂组一集》，据作者自注，该集收文"自戊寅（1638）至丙申（1656）"①，可知《美人判》成书于顺治十三年（1656）之前。

9. 黄周星《张灵崔莹合传》。文中有"盖吾阅《十美图编》，而后知世间真有才子佳人也。从来稗官家言，大抵真赝参半"云云。《十美图编》又称《十美图》，"创作及刊刻于康熙初"②，因此，《张灵崔莹合传》或作于康熙初年。

10. 施男《筇竹杖》。卷六《庚子除日大雪同杨非侗廖师吉叶清文夏艺公守岁桑落洲得春字》，"庚子除日"即顺治十七年（1660）十二月三十日，因此，《筇竹杖》成书时间当在顺治十八年（1661）或之后。

由此可以看出，《顺治卷》第二册的编排并未按照《凡例》中所确定的"按成书年代为序；成书年代不清者，按作者年代为序；作者与成书年代均不清者，列本卷之末"之原则。许多作品的大体成书时间并不难确定，因此，《全清小说》的编纂者应在编纂体例的制订、已有研究成果的吸收上考

① 徐坤：《尤侗研究》，华东师范大学博士学位论文，2006年，第81页。
② 《古本小说集成》编辑委员会编：《古本小说集成提要》，上海古籍出版社，2018年，第300页。

虑得更加细致。而这些工作都可以在每部作品的题解中予以体现。

《全清小说》所面向的群体或者所服务的对象，主要还是专业的小说研究者，因此，题解的内容还应更加详细、准确，以便于学者的利用。《顺治卷》第一册第一篇《虞山妖乱志》的题解云"冯舒（一五九三——六四五）"，即认定冯舒卒于顺治二年（1645）。但冯舒的卒年有确切的记载且已成定论，即顺治六年（1649），题解中的说法没有依据。第二册《筇竹杖》题解中将施男的生卒年标注为"（一六五五—?）"，说施男生于1655年即顺治十二年，明显有误。据《江西历代人物大辞典》，施男的生卒年为："1610-1680?"①。这些细节处理不好，难免会引起读者对《全清小说》可靠性的质疑。在《全清小说》的众多题解中，我们认为马晴所作《藏山稿外编》（第六册）题解，无论是在信息含量，还是在对最新研究成果吸收上，都可以作为制订《全清小说》题解之体例的典范。

另外，校点底本的选择问题也值得一提。《凡例》要求校点者在题解中"说明所据版本年代和刊刻地点，存、残、佚情况，及参校本等情况"，不过，除了像《藏山稿外编》等只存孤本外，其他有多个版本的，校点者最好说明一下版本选择的依据。如李渔《乔复生王再来二姬合传》、尤侗《美人判》、黄周星《张灵崔莹合传》等皆据《香艳丛书》本校点，而不提李渔、尤侗、黄周星等人文集中的收录情况，其做法似乎欠妥当。虽然《香艳丛书·例言》强调在采录作品时"不敢妄改，以存其真"，但参校他本还是有必要的。以黄周星《张灵崔莹合传》为例，除《香艳丛书》本外，尚有《黄九烟先生遗集》本、《虞初新志》本，且不说在文字上略有差异，正如有学者所指出的，《香艳丛书》本将之题为《张灵崔莹合传》本身就不准确，实际上应为《补张灵崔莹合传》②。

《全清小说·顺治卷》的主编欧阳健先生，现虽已在耄耋之年，在无项目经费支持的情况下，仍奔走各地，寻文献，抄资料，"靠自我成就取得话语权"，得到出版社青睐，将《全清小说》列入出版计划。这种坚毅的治学

---

① 陈荣华：《江西历代人物辞典》，江西人民出版社，1990年，第325页。
② 石昌渝：《中国古代小说总目·文言卷》，山西教育出版社，2004年，第25页。

精神，无疑是令人感佩的，对学界晚辈来讲也是一种垂范和激励。

所谓"智者千虑必有一失"，虽然《顺治卷》还存在着一些问题，但其功绩也是不容抹杀的。闻欧阳健先生在《顺治卷》出版后，已意识到该书存在的不足，并开始着手修订。上面提到的一些问题，想必已在欧阳先生的考虑之中，同时也会为接下来的《康熙卷》《雍正卷》等制订更加精善的编纂体例①。让我们共同期待《全清小说·顺治卷》涅槃重生，并祝愿《全清小说》能成为一部嘉惠学林的学术经典。

贾海建，1983 年生，山东泰安人，文学博士，《绍兴文理学院学报》编辑部副教授、责任编辑。

潘承玉，1966 年生，安徽桐城人，文学博士，二级教授，国家社科基金重大项目首席专家，《绍兴文理学院学报》执行主编。

※　※　※

做　家

龚炜（1703-?）《巢林笔谈》卷三："曾王父至北庄，偶见一系蹄绳，手洗之。先妣问何用？曰：'以缚豆棚可乎？'已而语人曰：'吾岂一绳之惜哉？新妇初做家，使知天下无弃物耳。'"此处之"做家"，当为当家之义。忆及玉山方言，亦有"做家"一说，惟意为节约、节省，如谓"做家得很"。（斯欣）

---

① 编纂者也应妥善处理重复点校的问题。既然是清代古体小说总集，《全清小说》必然要收录《聊斋志异》《阅微草堂笔记》等经典作品，但这些作品的点校本都已有多种，如果重新点校是否能够超越前人或做出自己的特色。如若不能，是否可通过与原校点者或出版社协商、购买版权等方式直接收录，以免造成人力、物力的浪费。从《顺治卷》的情况来看，编纂者也做了这方面的尝试，如第二册收录了佘德馀校点的《快园道古》，而佘德馀就是《快园道古》最早校点本（浙江古籍出版社，1986 年）的校点者之一。

《聊斋志异》研究的热点和悬案

李灵年

蒲松龄的《聊斋志异》问世不久，即"风行天下，万口传诵"（冯镇峦《读聊斋杂说》）。如果从高珩、唐梦赉、王士禛算起，对《聊斋》的点评研究已有三百年的历史了。但蒲学或聊斋学的真正兴盛，还是 20 世纪 70 年代后期的事①。对于新时期以来的研究状况，学术界已有回顾和总结②，特别是 2002 年山东人民出版社出版的袁世硕主编的《蒲松龄志》，以丰富的内容和高度的概括力，成为蒲学研究的里程碑。为此，笔者不必再作过多的重复，仅就目力所见，对几个研究中的热门话题作一陈述。

关于蒲松龄的民族归属

由蒲松龄《族谱引》有"吾族为般阳土著""祖墓在邑西招（照）村之北，内有谕葬二：一讳鲁浑，一讳居仁，并为元总管"等语，而引起蒲松龄民族归属的争论，是蒲松龄家世生平研究的第一个焦点和悬案。

蒲松龄的族属有四种说法：（1）蒙古族说；（2）女真族说；（3）回族说；（4）汉族说。

持蒙古说的人认为，蒲鲁浑像蒙古族的汉译名。蒲氏族人称其祖茔内埋

---

① 据（韩）朴桂花不完全统计，从 1980 年至 1995 年的 16 年间，海内外发表的研究论文 1140 多篇。见《蒲松龄研究》总 21、22、23、25、27、31、32、34 各期连载的《蒲松龄研究论文索引》。又据刘玉湘介绍，20 世纪 30 年代起，海内外共专著 70 多部，见《现代蒲学论著、学术活动及〈聊斋〉对文学影视的影响》，载《蒲松龄研究》，1997 年第 2 期。

② 有汪玢玲：《七十年来的蒲松龄研究》，载《蒲松龄研究》，1994 年第 2 期；王庆云：《新时期以来蒲松龄研究的几个热门话题》，载《蒲松龄研究》，1998 年第 4 期；汪龙麟：《20 世纪中国文学研究·清代文学研究》，北京出版社，2001 年，第 546-578 页。

一石鼓，有"蒙鼓（古）为记"之说。路大荒早年调查时，亦持此说①。由内蒙古自治区蒙古语文历史研究所编写的《蒙古族简史》（内蒙古人民出版社，1977年），则把蒲松龄列入"蒙古族文学家"。杨海儒《蒲松龄的先祖与其民族属说》② 一文认为，蒲氏先祖并非般阳土著，"而是蒲鲁浑、蒲居仁受秩迁淄川，其后成为土著。这在蒲立德、蒲尚荣、蒲国贤所撰三种《重修族谱序》中都说得很明白"。至于蒲松龄在《族谱引》中所言"盖元代受秩，不引桑梓嫌也"，所指"桑梓嫌"，或许泛指同乡、亲属之嫌，亦与般阳土著无涉。杨海儒又据道光《济南府志》、《元史》等文献记载以及民间口碑资料，认为"蒲姓为元世勋"之说，"其有可能是蒙古族人甚至是皇亲国戚"。所谓"遭夷族之祸"，"难道不是元宫室矛盾的株连所致？"杨海儒把揭开蒲松龄先祖民族成分的希望，寄托在挖掘蒲鲁浑与蒲居仁等的墓葬上。

　　章培恒《聊斋志异（三会本）》"新序"（上海古籍出版社，1978年），也说蒲松龄的先祖是蒙古族。盛伟《蒲论三题》③，以流传于蒲姓后裔中的民间口碑，证之以史料和当地的宗谱，认定蒲氏祖先为蒙古族，并对"般阳土著"做出自己的解释。

　　持女真族说者以苏兴最力。他在《蒲松龄的远祖约是女真族》和《蒲松龄的远祖约是女真族补证》④ 中说：蒲鲁浑是金女真族习用的名字，并非姓蒲名鲁浑。例见《金史》卷80《乌延蒲鲁浑传》、卷94《蒲察通传》：蒲察通本名蒲鲁浑。蒲鲁浑依女真族语意，即汉语的布囊——布口袋。按照金人姓和名的关系，蒲鲁浑只是名，还有姓如乌延、普察之类。《元史》卷6《世祖本纪三》称："（至元二年二月）甲子（1265），以蒙古人充各路达鲁花赤，汉人充总管，回回人充同知，永为定制。"可证任总管者必为汉人。而汉人不等于汉族，还包括原属于金统治下的汉族、女真族、契丹、渤海等

① 陈祝义：《蒲松龄是哪个民族的作家》，载《蒲松龄研究集刊》第3辑。
② 载《蒲松龄生平事迹考辨》，中国书籍出版社，1994年。
③ 载《蒲松龄研究》，2000年3-4期合刊，纪念蒲松龄诞辰三百六十周年专号。
④ 分别载《蒲松龄研究集刊》第三辑和《蒲松龄研究》总第五期。

民族。蒲鲁浑、蒲居仁最大的可能是当时汉人中的女真族。

今朔《蒲松龄不像回族人》①一文说，元代总管一职，均由色目人（女真或回族）担任。回族信奉伊斯兰教，只信仰真主，对于多神教的诸神是绝口不谈的。蒲松龄则对佛、道及俗传的城隍、阎王等无不谈及，毫无顾忌，且在《聊斋志异自志》中说自己初生时，其父梦一病瘠瞿昙入室，癯而生松云云，并自谓平生遭际与僧人相似，不像信奉伊斯兰教的回民所为。

持回族说者不但众多而且由来已久。刘阶平在其所著《蒲留仙传》（学生出版社，1970年）中，引明刊《八闽通志》所记蒲居仁事迹，又据日人桑原骘藏著《提举市舶西域人蒲寿庚之事迹》《蒲寿庚考》和罗香林著《蒲寿庚传》，并证之以《蒲寿庚家谱》，钩稽出关于蒲居仁家世的较为系统的资料。在此基础上，白崇人撰有专文，考证颇详②。杨海儒对白文的论点概括为六：一是宋代移居中国的西亚、北非以及南亚的穆斯林，多以"蒲"为姓，见《宋史》《桯史》等。二是蒲鲁浑为阿拉伯人名之汉译，《古兰经》第111章中即有此人名（穆罕默德的叔父），是不鲁罕、白儿罕、不儿罕、包尔汉等同名的不同汉文译法。"蒲"即拉伯 Abu 的音译，即尊者"父亲"的意思；"鲁浑"当即阿拉伯语 run，"灵魂"之意。三是蒲居仁乃汉化后的西域回族人名。《八闽通志》卷27载蒲居仁曾于元泰定年间（1324－1328）任福建处都转运盐运使（正三品）。《泉州府志》卷75《拾遗上》载宋代西域移民蒲开宗之子蒲寿庚与兄寿宬平海寇有功，累官福建安抚沿海都制置使，景炎年间授福建广东招抚使、总海舶。后因助元灭宋，蒲寿庚进昭勇大将军、闽广都提举福建广东市舶事，改镇国上将军、参知政事，并"官诸子若孙，多至显达"。桑原骘藏《蒲寿庚考》，谓蒲居仁或系蒲寿庚之孙。罗香林《蒲寿庚传》，证之以《蒲寿庚家谱》，以为蒲居仁乃蒲寿庚侄辈，可能为寿庚兄寿宬之子。四是元明之际，蒙古、色目人曾遭屠戮，福建蒲氏遭际更惨。福建《蒲姓族谱·小宗谱》记明初其族"惨遭兵燹，流离失所，靡有孑遗。唯林院编修浦诚斋公（十一世），解组潜踪（改从母处杨氏），

---

① 载《北京晚报》，1982年1月14日，第3版。
② 白崇人：《蒲松龄为回族人后裔考》，载《蒲松龄研究》，1992年第1期，总第6期。

提以图存，是为继绝开基始祖也"。而淄川蒲氏亦遭夷族之祸，且《蒲氏族谱》云："世秉清真教，天下蒲姓皆一脉。"五是蒲松龄谓其族"般阳土著"，是以蒲鲁浑、蒲居仁官般阳路总管并卒葬般阳为依据的，符合回族人以先人移居地确定家族籍的常例。六是元明之际回族人被迫隐瞒民族成分而改俗，淄川蒲氏无回族人习俗系其明代祖先改俗结果①。

《人民日报》1981 年 3 月 19 日特约评论员《爱国主义是建设社会主义的巨大精神力量》文中注明蒲松龄是少数民族，引起蒲松龄纪念馆的注意，并撰文考证蒲松龄不是少数民族②。作者以蒲松龄于康熙二十七年（1688）亲自修订的《蒲氏族谱》中所云"吾族为般阳土著"及"盖元代受职不引桑梓嫌"为据，认定蒲姓祖先为般阳土著，连蒲鲁浑、蒲居仁也是当地人，做出蒲松龄不是少数民族的结论。

论者一般认为，蒲松龄的祖先虽是少数民族，但到他的时代与汉族早已同化，其生活习惯、所受教育、社会地位等都已与汉族中小地主阶层的知识分子没有差别，蒲松龄应该算作汉族作家。《人民日报》1981 年 8 月 14 日第 5 版刊登了国家民委政策研究室的文章，题《关于蒲松龄民族成分的四种说法》，在介绍了以上四种说法之后认为："总的来说蒲松龄是少数民族是比较有道理和根据的，当然不能作为定论。"又说民族成分是可以改变的，"不论蒲松龄属于哪个民族，都不决定、也不影响他现在的后裔的民族成分"③。

值得注意的是王枝忠的看法，他在《〈蒲松龄先世为回回说〉质疑》一文中说，研究蒲松龄的民族成分，不能根据蒲松龄写的《族谱引》，因为蒲松龄所言经不起推敲。据史载推测，蒲鲁浑、蒲居仁任般阳总管的时间应在元泰定年间（1324-1328）或稍后，而蒲璋"夷族之祸"时应在元宁宗和顺帝时代（1332-1368），时蒲璋已六、七岁，距蒲居仁去世相隔不远，怎么竟出现蒲居仁"以下世系名讳无所稽考"的怪事呢？何况明洪武初复姓的蒲璋

---

① 见杨海儒《蒲松龄的先祖墓葬与其民族属说》，收入《蒲松龄生平事迹考辨》，中国书籍出版社，1994 年。

② 《光明日报》，1981 年 7 月 26 日，第 4 版。

③ 载《蒲松龄论集》，文化艺术出版社，1990 年。

已到三四十岁的年龄，怎么会把上一两辈的基本事实都说不清楚呢？

看来，蒲松龄的远祖究系何种民族，还须继续探讨。

蒲松龄生平事迹考述

早在 20 世纪 30 年代，路大荒在辑录整理蒲松龄著作的同时，撰写了《蒲松龄年谱》（原名《蒲柳泉年谱》，以下简称"路编谱"），正式发表于 1936 年上海世界书局出版的《聊斋全集》。1955 年和 1957 年又作了修订和增补，再次发表于他所编辑的、1962 年上海中华书局出版的《蒲松龄集》。1980 年 8 月在李士钊主持下，齐鲁书社印行了"路编谱"的单行本。附有路大荒之子路士湘的《蒲松龄年谱补遗》，李士钊也把自己发现的两篇、蒲玉水发现的一篇碑文，按撰写年代的先后插入年谱之中。"路编谱"已大致上把蒲松龄一生的主要经历按年份缕述清楚了，为研究者提供了很大的方便，产生了广泛的影响。但由于是拓荒工作，也留下了一些疑点和空白。尤其是蒲氏青壮年一段，是他一生中变动最频繁最急剧的时期，恰恰存在较多的错误和缺憾。

"路编谱"问世二十多年后，对其中的问题陆续有人提出质疑，但未能展开讨论。20 世纪 80 年代以来，随着蒲学研究的兴盛，众多学者以极大的热情投入蒲松龄生平事迹的探讨、考证之中，取得了突破性进展。"路编谱"蒲氏生平事迹的疑点和空白集中在两个方面：一是他青壮年时期坐馆执教的情况，二是他一生中参加科举考试的情况。弄清这些问题，对了解蒲氏其人，并进而探讨其人生道路都是十分重要的。

一、关于蒲松龄青壮年时期坐馆的情况

这个问题可分两个阶段叙述，以康熙九年（1670）蒲氏"南游"为界，之前为"初馆"阶段，之后为重新执教的阶段。"南游"前蒲氏坐馆情况"路编谱"没有记载，全为空白；"南游"后著为康熙十一年（1672）"初馆同邑名人西铺毕际有家"，则留下了一桩疑案。

下面先说蒲松龄的初馆问题。

要弄清蒲氏初馆的时间，牵涉到蒲松龄生活中的两个事件：一为他父亲蒲盘去世的时间，一为他与兄弟们分家的时间。这两个问题互有联系，可以放在一起讨论。

关于蒲盘去世的时间，蒲松龄的冢孙蒲立德在一篇与车亮采诉讼供单上说："曾祖盘，敏吾公，卒于顺治八年。"路大荒据以为记，但又注明与蒲松龄撰《述刘氏行实》矛盾，只能"姑志于此"。早在 1981 年，王枝忠《关于蒲松龄生平经历的几点考订》① 首先对路编谱提出质疑。他引用《行实》和《般阳蒲氏世谱》的记载，确证蒲盘不但亲自课子读书，还亲自决定主持"析箸"。关于蒲松龄兄弟"析箸"的时间，胡懋勋所著《蒲青笈墓志》有明文记载。由以上材料可以确定，蒲松龄兄弟分家的时间在康熙元年（1662）八月之后，蒲松龄的女儿出生之前。由于蒲盘的卒年文献资料没有记载，研究者只好根据分家的情况作些推测。王枝忠认为，蒲盘之卒与分家可能是相距不远的两件事，并推测蒲盘主持分家之后，很快病倒，并于翌年（康熙四年）正月初五与世长辞。对于王枝忠的推断，马瑞芳有所修正。她在专著《蒲松龄评传》（人民文学出版社，1986 年）"舌耕生涯"一节中，确认蒲盘卒于康熙八年（1669），并于注解中说明，蒲立德把蒲盘的卒年记为"顺治八年"系误记。因为康熙四年蒲盘尚主持了兄弟分家。古人常将皇帝年号记错，而具体年份一般不会记错。如张笃庆自撰《厚斋年谱》，说他自己"康熙十四年"进学，实际为"顺治十四年"，也就是年号误记，"十四年"却准确。蒲盘的卒年为康熙八年，次年即康熙九年正月初五日为其周年。蒲松龄待亡父小祥后，才负笈南游。杨海儒《〈蒲松龄年谱〉中应澄清的问题》② 也持蒲盘可能卒于康熙八年说，认为蒲盘在主持儿子们分家后四、五年间才去世的，享年 70 岁光景。对于这些推断，由于没有确据，都不为淄川区政府编纂的《蒲松龄志》（山东人民出版社，2003 年）和盛伟撰写的《蒲松龄年谱》（附于其编纂的《蒲松龄全集》，上海学林出版社，1998 年；

---

① 初载《蒲松龄研究集刊》第 4 辑，齐鲁出版社，1984 年；后收入《蒲松龄论集》，文化艺术出版社，1990 年。

② 载《蒲松龄研究》，1993 年第 3、4 合期，收入《蒲松龄生平著述考辨》。

以下简称"盛编谱")所采用。

蒲松龄在"南游"之前，究竟有没有出外教书？他初馆的时间究竟在哪一年？其馆东都是些什么人家？要回答这些问题，首先要弄清楚所谓"游学"的含义。

王枝忠《蒲松龄杂考》[①] 一文说：《述刘氏行实》前面说"松龄岁岁游学"，后又以"松龄年七十，遂归老不复他游"相为呼应。因"他游"确实是指在外教书，故"游学"亦应作如是观。又蒲箬《柳泉公行述》云"故岁岁游学，无暇治举子业"，因知"游学"非为"治举子业"事，而是在外设馆教书。另据王枝忠考察，蒲氏诗文中的所谓"耕耘"，也是指执教生涯。

对于王枝忠的诠释，杨海儒提出不同看法，他在《〈蒲松龄评传〉中的讹误辨析》[②] 一文中说，《述刘氏行实》中的"游学"一词，既指周游讲学，又谓外出求学，这里应指在李（希梅）家借读事。早在 1985 年，马振方在其长文《蒲松龄生平考述》[③] 中，依照蒲氏《〈醒轩日课〉序》的确切记载，认为《行实》中的"游学"或者可作"求学"解，《行述》中的"游学"，无疑是指外出教书。并认为"蒲松龄从 19 岁到 31 岁南游的十一年间，并未放弃举业，另谋生路。分家以后，他把一切家务交给刘氏，自己与李希梅一起用功读书，十分刻苦"。

不管学者对"游学"一词作何理解，蒲氏在"南游"之前已开始执教授徒，早有记载。1976 年日本秋山书店出版了前野直彬撰写的《蒲松龄传》，该书在"考试之馀"一节里，引用了蒲氏所作的小曲，题名《新婚宴曲》。在这首小曲的后面，有"特志事略"，开头几句云："康熙六年，仲春之月，适在王村，课蒙为业。"这条材料，明确记载了蒲氏授蒙的时间、地点。可惜这条信息姗姗来迟，直到 20 世纪 80 年代才为国人所知。

在国内，王枝忠首先提出蒲松龄在"南游"之前的几年间，于分家之后，便开始了笔耕墨耘，并引用《新婚宴曲》中的附记，以支持自己的考

① 见《蒲松龄论集》，第 42—43 页。
② 载《蒲松龄研究》，1994 年第 1 期。
③ 载《北大学报·哲社版》，1985 年第 6 期。

证。王枝忠的考证引起了研究界的热烈反响，邹宗良、袁世硕、马振方等陆续发表专文予以讨论。邹宗良《蒲松龄西铺设馆问题新考》①　认为，王枝忠的论定是符合事实的。他从蒲氏的《为人要则》和《妾薄命·赠王八垓》等作品的分析中、确认蒲松龄与王永印（八垓）忘年交，二人过从甚密，为肝胆相照的挚友。蒲氏于康熙三年（1664）春天，应李尧臣之邀，赴其醒轩课读。这年秋冬之际，蒲氏与其父兄"析箸"，于康熙四年起，便设馆于友人王永印家，这一年也是蒲松龄一生漫长的馆斋生活的上限。

马瑞芳对蒲松龄初馆的时间也作了考订。她在所著的《蒲松龄评传》中说：蒲松龄的塾师生涯始于二十五岁以后，其根据是蒲箬《清故显考岁进士候选儒学训导柳泉公行述》，"然自析箸，薄产不足自给，故岁岁游学，无暇治举子业"，说明了从析箸开始坐馆。又据蒲松龄《述刘氏行实》，分家时有长子蒲箬。蒲箬生于康熙元年，即蒲松龄二十岁时。据《〈醒轩日课〉序》，康熙三年（1664）蒲松龄尚在李希梅家读书，而康熙五年，他有了在王村创作的《新婚宴曲》。由此推算，分家及随之以来的坐馆，发生于甲辰（1664）冬与丙午（1666）春之间，也就是康熙四年（1665）。蒲箬的《祭父文》还说："若夫家计萧条，五十年以舌耕度日，凡所交游，皆知我父之至诚不欺，胸无城府。而东西师生三十年……无过于刺史毕家。"说明蒲松龄除在毕家坐馆三十年外，还有十年在他处坐馆，五十年为约数，当不足此数。

袁世硕《蒲松龄事迹著述新考》（齐鲁书社，1988 年）对蒲松龄初馆的时间，更上推至顺治十七年（1660）左右。《蒲松龄早年"岁岁游学"考》一文，根据蒲氏所撰《与沈德符》的书札中提到的"昔与大兄共灯火"数句文字，考出沈德符（名凝祥）的大兄沈天祥（字燕及）。再从蒲松龄与沈燕及的诗文交往中，尤其是他为沈燕及所写的应酬文字中，断定二人绝非一般的朋友关系，蒲氏只能是沈家的西宾，因此有义务为东家代笔捉刀。这些诗文的写作时间在顺治十七年左右，这正是蒲氏与沈燕及"共灯火"的时间。袁世硕认为，所谓"共灯火"常常作"西宾"的同义语。这样，蒲氏

---

①　载《蒲松龄研究》，1989 年第 2 期。

初馆的时间就提前到顺治末年，蒲松龄时年二十岁上下，这时他与兄弟们尚未分家。这与邹宗良、马瑞芳等人的推断有较大的差异。

根据这些考证，关于蒲松龄"南游"之前几年的行踪，大致可以归纳如下：

> 顺治十七年庚子（1660），21 岁，应邀到同邑沈家，与沈天祥"共灯火"。
>
> 康熙三年甲辰（1664），25 岁，应邀与李希梅"共笔砚"，刻苦攻读，冀博一第。有《〈醒轩日课〉序》为证（马振方并认为此种情况延续数载）。
>
> 康熙四年乙巳（1665），26 岁，在本邑王村王永印家坐馆（《蒲松龄志》采纳）。
>
> 康熙六年丁未（1667），28 岁，在王村坐馆。（盛编谱云，依据《新婚宴曲》提供的时间系在康熙五年丙午（1666，蒲松龄 27 岁）。

下面介绍论者对蒲松龄"南游"归来之后执教情况的考查。

王洪谋所撰《柳泉居士行略》说，蒲松龄"南游"归来，有《南游草》一卷，"自是以后，屡设帐于缙绅家"。路大荒根据这条记载，确定蒲氏于"南游"归来的第二年，即康熙十一年壬子（1672）即到毕府坐馆。二十多年之后，国培之和劳洪经过重新考订，提出蒲松龄初馆毕府，不在康熙十一年，而是康熙十九年或二十年。[①] 王枝忠的考订，把蒲氏初到毕家的时间定为康熙十八年的春天。马振方也说：唐梦赉《七夕绰然堂同苏贞下、蒲留仙》七律一首，已为路编谱引用，并系在康熙十九年庚申（1680），"据诗意蒲氏在庚申年之前即至毕家坐馆了，是应定于己未年为其入毕家之时"[②]。这样，蒲氏从康熙十八年春天到毕府坐馆，到康熙四十七年岁暮解馆，正好为时三十年，完全符合蒲箬等在《祭父文》中的记载。

---

① 见国培之《关于〈蒲柳泉年谱〉的几点辨证》和劳洪《〈蒲柳泉先生年谱〉辨疑》，载《文史哲》，1962 年第 4 期。

② 见马振方：《聊斋艺术论》，上海文艺出版社，1986 年，第 232 页。

蒲松龄从中年到老年，在毕府待了三十年，这对他的影响，特别是交游和创作的影响，实在太大了。为了进一步考察他在毕府的情况，袁世硕撰有《蒲松龄在西铺毕家》①的专文，对蒲氏在毕家生活的方方面面，诸如主宾关系，师生情谊，社会交往以及诗文小说的创作等都有深入而系统的考述，使人耳目一新。

这里交代一下路编谱所系蒲松龄初馆毕府问题的馀绪，借以了解学者在这一问题考辨的曲折过程。

1983 年中华书局出版的《文学遗产增刊》十五辑，载有路士湘撰《〈蒲松龄年谱〉的补充意见》一文，文中说："蒲松龄何时初馆于毕家，此问题较为重大。""路大荒的调查来自毕际有对蒲氏的有关记载。蒲氏去毕家年代，从毕氏底本抄来的材料（可惜此文稿在 1967–1976 年间被毁了），他初次去毕家是康熙十一年壬子（1672），三十三岁。从《聊斋年谱初稿》原始材料记录，'相传二次去毕家'没有找到根据，只可做参考，因此用'初馆'这个字眼。"

王枝忠在肯定蒲松龄真正开始去毕家坐馆的年代为康熙十八年时，也说："蒲氏大概从康熙十一年起确曾在西铺教过一段书，时间至多一、二年，随后就到其他地方坐馆，其中以在丰泉王家为较长，最后，从康熙十八年起才长期固定在毕际有家当西宾。"并说"蒲氏初次去毕家，馆东不是毕际有，而是毕际有的兄弟毕际孚"②。

对于蒲松龄曾先后两次在毕家坐馆的说法，邹宗良在《蒲松龄西铺设馆问题新考》③中，对路士湘和王枝忠的说法一一加以剖析。认为路大荒曾两次修订《蒲松龄年谱》，他不可能把路士湘所说的从毕氏底本抄来的材料弃置不用，路士湘的说法是不能令人信服的。至于王枝忠的蒲氏毕府两度坐馆说，所据以判断的关键材料是对毕振叔（盛钰）年龄的推测。王枝忠依据的

---

① 载《蒲松龄研究集刊》第 4 辑，齐鲁书社，1984 年，收入《蒲松龄事迹著述新考》。
② 初载《蒲松龄研究集刊》第 4 辑，齐鲁书社，1984 年。后收入《蒲松龄论集》，文化艺术出版社，1990 年。
③ 原载《蒲松龄研究集刊》第 1 辑，齐鲁书社，1980 年。后收入作者《献疑集》（岳麓书社，1993 年，第 344–366 页）时作了较大增补。

是《淄川毕氏世谱》，但在《毕氏世谱》之外，又有一种《毕氏南村家谱》，所叙较《毕氏世谱》更为详尽。此谱为毕盛钰胞弟盛鉴所修。据此小传，毕盛钰卒于雍正十三年乙卯（1735），年73岁，故其生年当为康熙二年癸卯（1663）。康熙二十一年壬戌（1682）为其弱冠之年，时在康熙十八年己未（1679）蒲氏设馆毕际有家之后，蒲诗《答毕振叔》中所写"君方弱冠时，我如僧挂锡""谬各师事行，实同袜线拆"数句，正描述了这种情况。至此，蒲松龄两次坐馆毕府说不能成立。蒲氏初次在毕府的时间只能定在康熙十八年，已成为公认的定论。

那么，蒲松龄"南游"归来，"屡设帐于缙绅家"何为所指？王枝忠从蒲氏诗作中所透露的信息，从他与丰泉王氏家族人物的密切交往，考定蒲氏在康熙十三年前后，设帐位于淄川北部的丰泉乡王家。邹宗良又根据《聊斋文集》卷五"松、谬厕杂宾"等语，察知蒲松龄的馆东除了毕际有、毕盛钰父子外，还有毕际有的胞弟毕际孚。随后，袁世硕根据王枝忠考证文字中所剥露的一些重要线索，撰写了《蒲松龄与丰泉乡王氏》（收入《蒲松龄事迹著述新考》），对丰泉乡王氏家族的情况进行了全面而详细的考察，指出蒲松龄的馆东是王橘（字雪因），学生是王橘的已故兄长王柱之子王秉政（字毅公），并连带考出蒲松龄与王秉政其他兄弟特别是王观正（号如水）的深情厚谊。从而最终敲定了蒲氏在丰泉乡王家坐馆的事实。

在这篇文章中，袁世硕还附带考察了《陈淑卿小像题辞》的内容。载入《蒲松龄文集》中的这篇"题辞"，曾被田泽长认定为蒲氏为自己的如夫人所作。为此，马振方、邹宗良、杨海儒等都已撰专文指出田氏的误解。袁世硕又从蒲松龄与王氏族人王敏入的交往中寻求新的线索，以确凿的材料证明这位陈淑卿是王敏入的妻子，田泽长之所以乱点鸳鸯谱，是因为他对"题辞"文字诠释的错读，从而轰动一时的所谓对蒲松龄生平事迹的新发现，画上了完全否定的句号。

值得提及的是杨海儒对蒲松龄妻子刘氏的考证，他从访得的道光刊本和民国抄本两种《刘氏族谱》，与传闻的口碑互为佐证，考定蒲松龄的岳父刘国鼎及其次子刘穆（字子壮）的世系与为人情况，证实了蒲松龄在《述刘氏行实》和《祭内弟刘子壮》中的实况记载，从而使人们对与蒲氏"同生死、共患难"的刘孺人的出身、居里、家世有了初步的了解，填补了蒲松龄家庭研究的一个空白①。

关于蒲松龄的生平资料，应该说还是比较丰富的，过去之所以只能对他的生平勾画出一个大致的轮廓，以致留下不少空白和疑问，就是因为缺乏深入的研究，未能对有关资料进行开掘、梳理。袁世硕等人用功甚勤，目光犀利，他们爬罗勾辑、烛幽索隐，采用笺释的方法，以诗见事，以诗证史，以点带面，顺藤摸瓜，终于廓清迷雾，剥落出事实的真相。这对于研究蒲松龄的思想和创作，都有很大的帮助，也是对一般研究工作的一点启示。正如袁世硕在其所著《蒲松龄事迹著述新考·前言》中所说，我们阅读、研究《聊斋志异》中的作品，如果能够熟悉蒲松龄其人兼及其身世，便会感受得更亲切，理解更深刻，能够理会到作品深层次结构所蕴蓄的意蕴，觉察到作品的弦外之音，对它的评说自然也就贴切中肯了。

二、科举考试情况

蒲松龄为"功名"奋斗了一辈子，从顺治十五年他 19 岁时进学，到康熙五十年他 72 岁时到青州考贡，他从未放弃"冀博一第"的努力。但是，由于缺乏确切的文字记载，人们对他参加考试的情况不甚了了。"路编谱"仅著录蒲松龄在一些年份里考试失意后的诗词作品，未能明确记载参加考试的活动，以致使蒲松龄一生的行迹不甚明朗。

蒲松龄什么时候终止乡试，史料记载上颇有出入。《述刘氏行实》中说："先是，五十馀犹不忘进取，刘氏止之曰：君勿须复尔。倘命应通显，今已台阁矣。山村自有乐地，何必以肉鼓吹为快哉！"再据《聊斋词集》"庚午秋闱，二场再黜"词意，及王敬铸《聊斋制艺》附注，把蒲松龄停止参加乡试的时间系在康熙二十九年庚午（1690），时年 51 岁。高明阁在他所撰《蒲松龄的一生》②的长文中，对蒲氏一生参加科考和乡试的情况作了全面的检查和梳理，以蒲氏的诗作为证，认为康熙四十一年壬午（1702），他 63

---

① 见《蒲松龄的夫人刘氏家族史料初探》，载《蒲松龄生平著述考辨》，中国书籍出版社，1994 年。
② 载《蒲松龄研究集刊》第 2 辑，齐鲁书社，1981 年。

岁时仍然赴济南参加乡试。不但这一年的壬午科，连三年前的己卯科，蒲松龄也都参加了。只是在乙酉秋闱，没有再看到去应乡试的迹象。这一年他已经是66岁的老人了。

蒲松龄的文集中存有两卷"拟表"，高明阁认为这是他为乡试作练笔用的。蒲氏所撰79篇"拟表"，有58篇有系年，其中康熙四十四年，仍然写了六题十一篇"拟表"，这只能解释为参加乡试作准备。他参加乡试与否，虽然没有记载，但可以推知他在66岁高龄时，还不死心，没有放弃"冀博一第"的企望。

经过高明阁考证，蒲松龄从39岁到66岁的27年间，共有13次参加乡试的机会。他作了准备和已经参加的有10次，而有文字记载确实参加考试的有5次。这五次是：康熙十七年戊午科，时39岁；康熙二十六年丁卯科，时48岁；康熙二十九年庚午科，时51岁；康熙三十八年己卯科，时60岁；康熙三十九庚辰特科，时61岁。其馀年份蒲松龄都为参加乡试作了准备。但因没有参加的可靠记载，因而难以确定。

有必要说明，高明阁考察蒲松龄一生参加乡试的年份和次数，大致是他44岁"补廪"以后开始计算的。他认为蒲氏"补廪"前所参加的考试，只能是为取得乡试资格所举行的岁科考。马振方也持这种看法。

此后，盛伟在他编的《蒲松龄年谱》中，详细辑录了有关资料，在认真考辨的基础上，对蒲氏参加乡试的情况作了明确的系年。检查盛编谱，可知从顺治庚子（1660）他21岁开始到康熙四十一年壬午（1702）他63岁为止，这42年间，蒲松龄共参加了10次乡试，具体年份是：康熙二年（1663）癸卯科，时24岁；康熙五年（1666）丙午科，时27岁；康熙十年（1671）壬子科，时33岁；康熙十四年（1675）乙卯科，时35岁；康熙十七年（1678）戊午科，时39岁；康熙二十六年（1687）丁卯科，时48岁；康熙二十九年（1690）庚午科，时51岁；康熙三十五年（1696）丙子科，时57岁；康熙四十一年（1702）壬午科，时63岁。另外，马振方认为康熙二十三年（1684）甲子，蒲氏45岁时也参加了乡试。不过，上述蒲松龄参加乡试的次数与年份，在《蒲松龄志》所载《蒲松龄年表》（袁世硕执笔中多有出入，该《年表》只在顺治十七年、康熙二年、康熙十一年、康熙十四年、康熙二十六年、康熙二十九年、康熙四十一年共7次参加乡试，孰是孰非，须作明辨，兹仅录以备考。

尽管蒲松龄一生惨淡经营，却始终未能中举，究其原因，高明阁认为他在青年时就走了"培养清客式师爷的道路"，从一开始就与科举考试背道而驰。正是这样的道路，导致他和他的老友张历友、李希梅辈谁也没有考过乡试这一关。王志民《蒲松龄屡试不第原因新探》，更从心理学角度来分析蒲松龄屡试不第的原因，认为蒲松龄的思维方式是求异性的，与封建统治者所要求的因循守旧、墨守成规的求同性思维方式是相悖的。可以说，求异性的思维方式奠定了蒲氏在文学史上具有开创性历史地位的心理基础，而恰恰也就是他在科举上屡次败北的病根所在，"最根本的原因，就在于有追求功名之念，而没有走专攻举业之路"①。

关于蒲松龄的民族思想

关于蒲松龄的民族思想，是指他对清政府以少数民族统治中国并对汉族实行民族压迫的态度问题。这种思想政治倾向，主要反映在《聊斋》故事的描写之中，一向为治聊斋学的人所注意，并形成交锋的热点。

早在清末民初反清的革命运动高涨时期，研究小说的"索隐派"，多认为《聊斋志异》是反清的民族主义作品，如说"《聊斋志异》一书，喜言狐，狐即胡也，是或以讥满清耳"（冥飞《古今小说评林》引海鸣语）。易宗夔说，其书不为"《四库全书》说部所收者，盖以《罗刹海市》一则，含有讥讽满人、非刺时政之意，如云女子效男儿装，乃言旗俗，遂与美不相容，丑乃愈贵诸事，同遭摈斥也"（《新世说》卷二"文学"）。吴趼人也说，"近日忽有人创说蒲留仙实一大排外家，专讲民族主义者，谓《聊斋》一书所记之狐，均指清人而言，以'狐''胡'同音也。故所载淫乱之事出

---

① 载《蒲松龄研究》第1辑，学林出版社，1989年。

于狐，祸之事出于狐，无非其寓言之云"（《新小说》第一、二卷，1903－1904）①。

这种"索隐派"方法，虽属虚妄，但影响深远，直至今日，仍有人在论述中寻求"微言大义"，而且深入文本，逐字诠释，以发掘作品中隐含的反清的民族情绪。

1949 年中华人民共和国成立之后，人们试图用历史唯物主义和美学鉴赏的眼光重新审视蒲松龄的鬼狐故事，但也对作品中是否含着反清的民族思想，得出截然不同的认识。一种是肯定论，一种是否定论。在肯定论中又有蒲氏有强烈的民族思想和反清意识，以晋驼为代表；一种认为蒲氏有一定的民族意识，并把这种意识隐藏在揭露抨击清王朝的腐败政治和民族高压（屠杀）政策之中，以何满子、杨柳为代表。新时期以来，这种争论的局面不但没有缓解，反而更为激烈。试将各方的论点分别简介于下。

晋驼《〈聊斋志异〉的民族思想》② 一文认为，明末易代之际，民族矛盾和阶级矛盾交织于一体，而居于主导地位的是民族矛盾。在这种民族斗争你死我活的客观现实面前，不反映民族矛盾，或者民族思想不在作品中居主导地位，《聊斋》还成什么现实主义作品？又说，蒲松龄创作《聊斋》，虽然已到了明末清初的第三阶段（1662 年永历被杀，到 1683 年收复台湾），其时民族矛盾已有所缓和，但清廷的"圈地"暴政直到康熙八年（1669）才真正停止，那时《聊斋》已写了十年，在现实和"消化"以前的历史时期的过程中，必然要对那时的民族矛盾有所反映。如果说《聊斋》写作时期，民族矛盾缓和到无可反映了，或者不足以成为作者进行创作的火种热源了，都是隔靴搔痒的臆断。晋驼认为《聊斋》的民族思想有以下几方面的表现：（一）对清兵奸杀掳掠作客观现实的描写，如《林氏》《张诚》《乱离二则》（附以《王烈妇》），以及《韩方》《鬼隶》《宅妖》《野狗》《公孙九娘》等。（二）是关于对拥清派和反清派的描写，蒲氏不肯歌颂清朝的忠烈

---

① 参见汪龙麟撰：《清代文学研究》第十四章，北京出版社，2003 年，第 554 页。
② 载《蒲松龄研究集刊》第二辑，齐鲁书社，1981 年。

和斥骂清朝的叛逆，《聊斋》基本上缺了君臣一伦，但却不怕触犯时忌而在《阎罗》中歌颂明朝的忠烈。在《三朝元老》中咒骂降清明臣洪承畴，在《库将军》中让降清的吴三桂的部将受阴谴而死。（三）作者用神化白莲教寄托人民起义的反清要求，《磨难曲》歌颂"三山"大王任义在永平城北大杀北兵，使北兵全军覆没。（四）传播妖异以诅咒清政权。《聊斋》中只有妖异，没有祥瑞。比如写幻境"山市"，这是自古有之的自然现象，但怕读者误认为祥瑞，最后加一句"又名鬼市"——变成白日见鬼。

赵俪生在《读〈聊斋志异〉札记》[1] 中认为《公孙九娘》在蒲氏的作品中，民族思想流露得如此充沛，揭发暴露如此深刻，应该是《聊斋》四百篇中的案首。《林四娘》是一篇经过蒲松龄二道改写过的故事。一经蒲氏改削，顿时化儿女私情为沉痛地怀追故国的民族凄绝事迹，真所谓"化腐朽为神奇"矣。统观《公孙九娘》《乱离》《韩方》《野狗》诸篇，蒲松龄显然是有意识地（虽然也是有避忌心理地）在暴露满洲贵族在入关前后，都曾经残暴地屠杀过汉族人民起义的历史真实。再如《张氏妇》，就更典型了。根据这些，蒲松龄是有一定成分的民族思想的。不承认蒲松龄是有民族思想的论断，是不能令人同意的。

任访秋也认为《聊斋》作品中的反满情绪值得注意。蒲松龄具有一般知识分子的正义感和民族思想，在作品中时时流露出对异族统治的不满，也是很自然的事。《野狗》和《公孙九娘》两篇，虽主题似乎不全在此，但多少可以看出作者有意地借鬼怪故事，来反映统治者对起义人民的残酷镇压。此外讽刺满人，非刺时政的，则有《夜叉国》《罗刹海市》，末了更发了一顿牢骚，这种不满现实的情结，表现得非常露骨[2]。

何满子《关于蒲松龄的艺术方法的一二理解》[3] 说，认为蒲氏是"以曲折隐晦的笔法，宣泄他的民族思想。如控诉镇压于七起义的大屠杀的《野狗》《公孙九娘》，控诉镇压姜瓖起义的《乱离》，揭露征讨三藩之乱时军队

---

[1]　载《蒲松龄研究集刊》第二辑，齐鲁书社，1981年。
[2]　见《〈聊斋志异〉的思想和艺术》，载《新建设》，1954年第11期。
[3]　载《蒲松龄研究集刊》第二辑，齐鲁书社，1981年。

暴行的《张氏妇》，借嘲弄某中堂的《三朝元老》以及附载鞭挞民族投降分子洪承畴的轶事等等，都是皮里阳秋，用心良苦的"。

许天琪《〈聊斋志异〉民族思想新探》[1] 一文，对有的论者把蒲松龄的著作中只有对清朝皇帝歌功颂德的篇章，而找不到对清廷的半句怨言，作为蒲氏没有民族思想的论据之一，认为这一立论是不科学的。作者认为，表达民族思想的方式是多种多样的，即以《聊斋》而论，《公孙九娘》《林四娘》《韩方》等篇章，均未直接涉及清帝，但它们对清朝贵族的揭露，对降清明臣的鞭挞，对故明忠烈的褒扬，以及在《林四娘》等篇中抒发的故国之思，亡国之恨，不都反映了《聊斋》的民族思想吗？董文成则从蒲氏对待农民起义的不同态度上来分析蒲松龄的民族思想，认为他对于农民起义，有的极端诋毁，有的热情颂扬，其根本原因在于蒲氏本人的民族意识，都是由于维护明朝统治、谴责清朝统治这一基本立场促成的[2]。

张崇琛另辟蹊径，他从蒲松龄与山东诸城遗民集团某些成员的交往中，来观察蒲氏所具的民族思想。他在《蒲松龄与诸城遗民集团》[3] 中，比较系统地钩稽了诸城遗民集团的成员及其活动情况。这个集团以山东诸城为中心基地，与南方的扬州遗民集团同时并存。两相比较，诸城遗民集团有自己的特点。总的看来，较之扬州那种固守名节的遗民集团其表层态度上似乎要灵活些。他们对于清人的入主中原，虽从内心来说是反感的，对鼎革之际满洲大兵的烧杀抢掠以及给人民带来的深重灾难也是深恶痛绝的，但对于统治者的某些措施如平藩、尊孔、赈灾等，又表示不同程度的拥护，也不是不可以出仕做官，并不坚持"不事二朝"的原则。作者认为，明亡时蒲松龄只有五岁，算不上遗民，但他作为一名深受儒家思想熏陶的汉族知识分子，面对异族的入侵，在思想上却与遗民有着天然的相通之处。学术界颇有人不承认蒲氏民族思想，这恐怕与事实不符。作者考察了蒲氏与诸城遗民集团重要成员接触的情况，其中关系较为密切的有李之藻（淡庵）、张贞（起元）、孙瑚

---

[1] 载《上海师范大学学报·哲社版》，1987 年第 2 期。
[2] 《从对农民起义的态度看蒲松龄的民族意识》，载《社会科学辑刊》，1983 年第 3 期总第 26 期。
[3] 载《蒲松龄研究》第二期，1989 年。

（景夏）、奚林（名成樗，僧人）等人，他们与蒲氏亲密交往，情投意合，并且赞赏蒲氏的《聊斋》故事创作，为此还不断提供一些创作的素材，可以证实他们是蒲松龄的同调。所有这些，不能不对蒲松龄的思想产生直接而微妙的影响。

对于肯定蒲松龄的民族思想，近些年莫过于孔祥贤的议论最为鲜明了。他《红楼梦的破译（再论）》（中国文史出版社，2003 年）一书中附有《中国隐真文学简史》，对《聊斋志异》的破译（第四章）约用了 25000 字的篇幅，解读了《聊斋》的政治思想内容。认为《聊斋自志》就是一篇隐真文字，所谓"孤愤"是《韩非子》的篇名，"谓智述能法之士孤立而愤时也。身在满清时代而孤愤，就是反清"。蒲氏愤怒揭发了清军入主中原前后的屠杀、抢掠、奸淫、奴役的事实。文章设置专门名目，对花柳背后所蕴含的真意做出破译，广征博引，浮想联翩，考证甚详。如对《香玉》中的人物，作者说，"黄生"指中原，因为中央戊己土，色黄。"蓝氏"指东北，因为东方甲乙木，色青，而"青出于蓝"。"蓝氏掘牡丹而云佳人已属沙吒利，则沙吒利指满清将领。这里是说清军在中原抢掠汉族妇女"云云，不一而足。在该章的第五节中，专门对《绛妃》中的《讨封檄》作了诠释，认为它是《聊斋》的顶峰之作，是一篇《讨清檄文》，可与骆宾王《讨武曌檄》并传。文章中有对《小棺》一则中三个古怪字的含义的解密。作者引用《东华录》记载的清王朝征讨镇压吴三桂叛乱时调用贝勒、贝子一级指挥官的史实，加以笺注，出人意表，因与蒲氏的民族思想联结较少，这里从略。

在否定蒲松龄有民族思想的论述中，可以冯金起和诚夫的两篇文章为代表。冯金起在其论文中对"民族思想说"作了驳辩。譬如，有人以蒲氏为自己的肖像题词"作世俗装，实非本意，恐为百世后可怪笑也"，认定有反清思想。冯文说，所谓"世俗装"，不能解释为"清服"。蒲氏没有耻于着清服。在此之前两年，即他 72 岁被选为岁贡后，他就焦急地写了《讨出贡旗匾呈》，要求尽快发放"旗匾"。从蒲氏为蒲箬考取秀才而庆幸，从他写了那么多的《谢表》之类的文章，为统治阶级歌功颂德，这些都看不出他与清朝统治者有什么不合作的地方。至于蒲氏对现实政治的揭露与批判，是政治态度问题，与民族观念不能混为一谈。或以为《三朝元老》中讽刺"某中堂"和大汉奸洪承畴，是反对异族统治，讽刺民族败类。冯金起辩解说，《三朝元老》作于康熙十七年前后，早年降清的吴三桂、耿精忠、尚之信又叛清了。在这种情况下，宣传忠君，指斥二臣降将，是统治阶级所需要的，且蒲氏骂"某中堂"和洪承畴，只是从他身为明臣而负明的个人品德着眼。蒲松龄有一种知遇之恩不忘报的传统观念，凡为人臣皆不应对君主怀有二心。《大力将军》《库将军》都说明了这一点。《阎罗》中表彰左萝石（即左懋第），也只能说作者尊崇左氏为君殉身的个人品德①。

诚夫对一些主张蒲松龄有民族思想的文章所使用的分析方法，如"抽象分析法"（董文成文），从"'假'前提推断出'假'结论"②，"谐音比附"（"狐"即"胡"），"引申会意"③ 等并不科学的分析论证方法，都是值得商榷的。作者详细列举了蒲松龄文集中为应试而撰写的许多肯定当朝的文章，认为蒲氏系统地向康熙皇帝提出了治国的措施和建议。他希望清统治者在政治、经济和思想文化方面继承中国长期封建统治的一套经验。他是要"补天"的，希望清王朝的统治能够稳固和长久。之所以如此，是由他所处的时代、他的阶级地位、他个人的经历所决定的。首先，那时激烈、尖锐、复杂的民族斗争和阶级斗争的高潮已经过去了，人民需要休养生息，人心思治，这也是清王朝的政治要求；其次，蒲松龄没有跻身于那越来越稀少的反清人士的行列之中；再次，他是对清王朝充满恩赐和幻想的人，何以能有反清的民族思想？诚夫认为，蒲氏所有的是中华民族的爱国思想，在《红毛毯》中揭露了外国侵略者的狡猾和狡诈；在评价历史人物时，也流露出反对向清王朝投降的民族情绪。如《三朝元老》《秦桧》等，但对吴三桂等起来反清时，他却赞扬"平三逆"。这是他站在当时的立场上，即"统一"的立

---

① 冯金起：《〈聊斋志异〉中有反清思想吗?》，载《泰安师专学报》，1980 年第 3 期。
② 任孚先：《论〈聊斋志异〉中的妇女形象》，《齐鲁学刊》，1982 年第 1 期。
③ 晋驼：《〈聊斋志异〉萌芽状态的资产阶级民主要求》，《蒲松龄研究集刊》，第 1 辑。

场上评价人物。至于揭露清王朝统治下的种种黑暗，这不等于反对封建制度本身。"看一个人物有没有民族思想，关键是看他有没有反映民族压迫，是不是认为民族压迫不合理，在《聊斋》中是找不出这样的篇章的"①。

陈作林《谈〈聊斋志异〉中的〈张氏妇〉——兼及〈聊斋志异〉的民族思想问题》② 认为，《张氏妇》所反映的是封建军队与人民之间的深刻矛盾，是封建地主阶级与被压迫人民之间的矛盾，而绝不是此一民族与另一民族的对立冲突。生活在明末清初的蒲松龄，产生一些民族意识，甚至在他的《聊斋志异》的某些篇章中有所流露，那是完全可能的。但这不等于说"反映民族矛盾，或表现民族思想""在作品中占主导地位"，不等于说《张氏妇》一类作品就是大汉民族排满之作。《聊斋志异》明显是康熙一统时期的文学作品，明明是一颗中华民族共有的艺术明珠，却为什么不问作品的基本倾向而偏偏去研究它的"民族"思想呢？

关于《聊斋志异》的成书卷数和编次

研究《聊斋志异》的卷数和编次，是 20 世纪 60 年代初张友鹤开始的。他在辑校三会本《聊斋志异》时，把现存的半部手稿本和铸雪斋抄本作比照，认定 12 卷铸本的总目为作者原定，并在《后记》中加以论证。

1977 年上海古籍出版社重印三会本《聊斋志异》，章培恒为重印本撰写了《新序》，对张友鹤的说法提出了挑战，就《聊斋》的成书，分卷和编次问题，提出了一系列原则意见。此后，又发表了《〈聊斋志异〉写作年代考》③ 一文，重申并加意补充了他在《新序》中的主张。章氏这种拓垦工作，引起热烈反应，或附和赞同，或质疑商榷，形成了《聊斋》文本研究的

---

① 诚夫《关于蒲松龄民族思想的分析》，载《社会科学辑刊》，1983 年第 3 期。
② 载《锦州师院学报》，1985 年第 2 期。
③ 原载《蒲松龄研究集刊》第 1 辑，齐鲁书社，1980 年。后收入作者《献疑集》（岳麓书社，1993 年，第 344–366 页）时作了较大增补。

热潮①。讨论涉及的头绪繁杂而琐细，这里仅就笔者所见，从几个侧面分述于后。

一、关于《聊斋》的成书，即蒲松龄开始创作的时间和最后完成的年代

《聊斋志异》卷首有康熙十八年（1679）所作《自志》，故有些研究者认为《聊斋志异》在作者四十岁左右即已基本成书②，鲁迅则说"年五十始写定"③。蒲松龄的子孙蒲箬等作祭文，有言"暮年著《聊斋志异》八卷"。《聊斋》究竟成书于何时，是大家关注的重要问题。章培恒把现存四册手稿本和铸雪斋抄本作了勘比考辨，认为《聊斋》基本成书的年代应在蒲松龄写序之后若干年，他大约在康熙十一、二年之间开始写作《聊斋》，而成书却在七十岁左右，前后约为四十年④。郑云波赞同章培恒的意见，他主张打破鲁迅《中国小说史略》所定的框框。他说，《聊斋》作为一部短篇小说集，作者起初并没有全书规模的构图，只是边撰边作，累积成书。从作品所记故事发生的时间考证，最后完成全书已是康熙四十六年的事了，时作者 68 岁。大约从 30 岁开始，用了 40 年左右完成了这部巨著，所以蒲箬说"暮年著《聊斋志异》八卷"，是可信的。至于高珩、唐梦赉等所作的"序"，不过是初步集结时的"题辞"，后来蒲氏作为序言载于全书的卷首⑤。王枝忠在《关于〈聊斋志异〉的成书年代》⑥ 也认为蒲氏写作《聊斋》前后至少持续了 40 年，应该说完成于 70 岁左右，而 50 岁以后的作品，大约有一半左右。从蒲氏与张笃庆、朱湘等友人的交往唱和中，知蒲松龄 60 岁以后仍在积极创作，所谓"书著山中老更勤"（朱湘诗句），实际上 60 岁以后的作品可查

① 见［美］白亚仁《〈聊斋志异〉文本的演变》，原载 1984 年 12 月出版的《哈佛亚细亚学报》第 44 卷第 2 号，由陈建华译成中文，附载于章培恒《献疑集》中《再论〈聊斋志异〉原稿的编次问题》文后。据编者注，此附录删去了原文的附表一和"篇目索引"，把附表二改为附表一。
② 杨柳：《聊斋志异研究》，江苏文艺出版社，1958 年，第 15-16 页；路大荒：《蒲柳泉年谱》，中华书局，1962 年，第 1767 页。游国恩等主编：《中国文学史》第四册，人民文学出版社，1964 年，第 219 页。
③ 见《中国小说史略》第 22 篇。因鲁迅将蒲松龄生年误计十年（1630-1715），故书中有此语，实指康熙十八年蒲氏 40 岁。
④ 见《〈聊斋志异〉写作年代考》，收入《献疑集》，第 364-365 页。
⑤ 见《聊斋志异成书时间志疑》，《徐州师范学院学报》，1980 年第 3 期。
⑥ 见王枝忠：《蒲松龄论集》，文化艺术出版社，1990 年，第 102-112 页。

出不少，例如《夏雪》和《化男》，写的是康熙丁亥（1707）的事，此时蒲氏已 68 岁了。唐梦赉序作于康熙壬戌（1682）仲秋，时蒲氏 43 岁，据序唐梦赉才看到两卷，大约相当于现存手稿本的一册左右，可见 40 岁成书说是站不住的。邵海清认为《聊斋诗集》已巳（1689）有《次韵答王司寇阮亭见赠》七律一首，云："志异成书共笑之，布袍萧索鬓如丝。十年颇得黄州意，冷雨寒灯夜话时。"此诗在考定《聊斋志异》成书年代问题上至关重要。《聊斋》大部分篇章完成在这十年之内（康熙十八年至二十八年），因此 50 岁成书说有一定道理①。邹宗良认为，"暮年成书"说应指作者晚年对《聊斋》初稿进行了改订，从而形成了今存四册的八册本《聊斋》手稿本②。蔡国梁从《聊斋》标出时间，或从当时实有的某些人事推测出时间的篇目约 50 篇左右的作品，把蒲氏的创作分作早、中、晚三个时期，认为早期作品比较明快，中期转入愤激，后期进而深沉③。

在《聊斋志异》成书问题上，学界分歧不大，但在蒲松龄何时开始创作，就有较大的差异了。章培恒以蒲氏于康熙十年作《独坐怀人》诗中"途穷书未著"为据，认为《志异》开始创作当在康熙十一、二年稍后④。冯伟民和赵克⑤都认为蒲氏开始创作《志异》应在康熙九、十年间，并引出《途中》和《感愤》诗为证。冯伟民认为蒲氏在科举失意并遭受生活困苦的情况下，因而胸中郁忿，开始写作《聊斋》在康熙七、八年之间，他 30 岁左右时。又据他"喜人谈鬼""闻则命笔"的自述，认为那些简单的异闻琐事，可能笔录的时间会更早些。孙玉明也对冯、赵二人的观点表示赞同，并做了进一步阐述⑥。马振方认为，大约在康熙九年在"南游"之前某个时候

① 见《蒲松龄和〈聊斋志异〉研究中的几个问题》，载《浙江学刊》，1988 年第 2 期。

② 见《初稿本〈聊斋志异〉考》，载《山东大学学报·哲社版》，1992 年第 2 期。

③ 见《从〈聊斋〉略知时序的篇目试窥蒲松龄创作发展之一斑》，载《蒲松龄研究集刊》第 4 辑。

④ 原载《蒲松龄研究集刊》第 1 辑，齐鲁书社，1980 年。后收入作者《献疑集》（岳麓书社，1993 年，第 344-366 页）时作了较大增补。

⑤ 冯伟民：《关于〈聊斋志异〉写作过程中的两个问题——兼与章培恒同志商榷》，载《蒲松龄研究集刊》第 4 期，第 239-260 页。赵克：《谈〈聊斋志异〉的写作与成书》，载《北方论丛》，1980 年第 5 期。

⑥ 见孙玉明：《试论〈聊斋志异〉的成书分卷和编次问题》，载《蒲松龄研究》第 4 期，1990 年 6 月，第 172-187 页。

已开始写作。蒲氏于南游途中所作的《途中》等诗，除了指创作《聊斋志异》不能作任何别的解释。他认为蒲氏不是因为功名无望、满怀"孤愤"才萌发创作《聊斋》的动机，而是因为他在潜心举业的青年时代，"雅爱搜神""喜人谈鬼"才开始搜奇记异①。又据袁世硕考证，蒲松龄在康熙三年（时25岁）即已开始了《聊斋》的创作。这从张笃庆《和留仙韵》的诗里有"司空博物本风流，涪水神刀不可求。君向黄初闻正始，我从邺下识应侯"便可窥知。这是最早创作《聊斋》年代的认知。

笔者认为，蒲松龄为何会在青年时代即以极大的热情投入《聊斋志异》的创作？原因是多方面的，其中恐怕与文人喜欢搜奇记异的时代风气有关，这从明末清初的文集中常能看到的记鬼神怪异的篇章便可窥知。最近，吕扬从淄川的民俗文化属于历史上古老的海岱文化范畴，来探求蒲松龄喜欢谈狐说鬼的原因。认为从山东半岛环渤海到秦皇岛一带，是秦汉方士的文化区。秦汉方士入海求仙的活动给这一带播下了仙人文化的种子，其后佛教传来，以及宋金时期这个地区道教的兴起，使海岱地区的神仙文化达到了高峰，深深地影响着该地区人民的文化心理。《聊斋》收集并创作怪异故事500篇，王渔洋《池北偶谈·谈异》卷收集异闻七卷1200余条，纪晓岚《阅微草堂笔记》收集"鬼一车"也是1200则，都是海岱文化中怪异趣闻的反映②。

二、分卷（册）问题

章培恒《新序》在对稿本和铸雪斋抄本详加比较的基础上，得出结语：铸雪斋的祖本为雍正时殿春亭抄本，已佚，其分为十二卷，实非蒲松龄的原意，应据蒲箬所作《行述》《祭父文》及张元所作《墓表》，定为八卷。后来蒲立德据其他材料得知蒲松龄原欲分为十六卷，故于乾隆五年所作《聊斋志异·跋》记为十六卷，纠正了八卷之说。章培恒根据有写作时间可考的作品，考定八卷（册）各篇的编排，是以写作时间的先后为顺序的，而且各卷（册）之间也以时间的先后为断限。他从现存四册手稿和铸雪斋抄本，作了互勘后大致排列出八册本的各册的次序是：以《考城隍》为首的一册即有

---

① 见《蒲松龄生平考述》，载《北大学报·哲社版》，1985年第6期。
② 见吕扬著：《聊斋新说》第8题《佳鬼佳狐何以晚出》，中国文史出版社，2003年，第65页。

《序》与《自志》为第一册；以《鸦头》为首的一册当为第二册；以《大人》为首的一册当为第三册；以《某公》为首的一册为第四册；以《云萝公主》为首的一册为第五册；以《刘海石》为首的一册为第六册；以《王者》为首的一册为第七册；以《夜明》为首的一册为第八册①。

任笃行同意章培恒的原则意见，又作了一些修正与存疑。他认为"八卷"说并非无中生有，而是当时客观存在的如实反映。不过"八册"说也有道理，因为没有标明卷次，暂不讲原稿八卷，而代之以八册更为稳妥②。任氏又据"合本"③以八卷形式出现，认定八卷本是可信的。任氏拿四册手稿本与康熙间抄本、铸雪斋本、十四卷本相互比勘，得出八卷的起讫是：卷一，《考城隍》至《猪婆龙》；卷二，《某公》至《鸲鹆》；卷三，《刘海石》至《秦生》；卷四，《鸦头》至《阎罗》；卷五，《大人》至《梦狼》；卷六，《夜明》至《沅俗》；卷七，《云萝公主》至《白秋练》；卷八，《王者》至《一员官》④。

邹宗良《初稿本〈聊斋志异〉考》⑤一文，通过考察勾勒出今存手稿之前《聊斋志异》初稿本的大致情况。认为，（一）八册本《聊斋》手稿并非作者初稿。邹宗良肯定蒲箬等人所说的"《聊斋志异》八卷"即是今存半部的八册，认为"今存手稿全帙八册，实为作者手订，而其序、评、每册字数又无一不与箬等《祭父文》记载相合，则今存半部的八册手稿即蒲箬所说的《聊斋志异》八卷，其事甚明"。但作者同时认为，此八册手稿本不是作者的初稿，它是作者晚年在初稿的基础上改抄修订的定稿本。其主要根据是《聊斋诗文集》旧抄本（中山大学图书馆藏）中所收出自朱缃之手的《寄聊

---

① 原载《蒲松龄研究集刊》第 1 辑，齐鲁书社，1980 年。后收入作者《献疑集》（岳麓书社，1993 年，第 344-366 页）时作了较大增补。

② 见《〈聊斋志异〉原稿编次初探》，载《集刊》第 3 辑，第 249-283 页。

③ 见《一函不同寻常的〈聊斋志异〉旧抄》，载《蒲松龄研究集刊》第 1 辑，齐鲁书社，1980 年，第 174-182 页。按：任氏所谓"合本"指山东博物馆 711 号《聊斋志异》抄本和山东博物馆藏 703 号《聊斋志异》抄本残卷。因二抄本开本格式雷同、字迹一样而可合为一体。任氏说，此本很像手稿本的复制品，最接近手稿本。"合本"是介乎铸本和青本之间的抄本，似乎是一个过渡性的本子。

④ 见任笃行：《浅谈〈聊斋志异〉的编次》，载《蒲松龄研究》，1995 年第 3、4 合期。

⑤ 载《山东大学学报·哲社版》，1992 年第 2 期。

斋》书札四通（原件未署名，经袁世硕考订而确立）。朱缃在信中写明已前后两次向蒲松龄索取十五册《聊斋志异》的初稿，时间在康熙三十六年（1697）之前，到了康熙四十一年，朱缃又向蒲氏索取《聊斋》的续作，更是作者的初稿无疑。就其册数而言，已远远超过了现存的手稿本八册之数，故八册本《聊斋志异》手稿本非作者最初稿本可知。

（二）作者初稿本为十六册说。邹宗良据《聊斋诗集》中《抄书成，适家送故袍至，作此寄诸儿》，诗中有"衣烦爱惜身为用，书到集成梦始安"句。经赵俪生考证，此"书"字即指《聊斋志异》，此诗作于康熙三十六年（1697），此时作者已经有把《聊斋志异》的创作作一结束的想法。在此之后《志异》的创作速度已明显放慢。蒲氏完成《志异》的时间在康熙四十七年（1708），以戊子年张笃庆题诗为标志，此后蒲氏完全停止了《聊斋志异》的写作。蒲立德在《聊斋志异跋》中的"十六卷"说，邹宗良推测有两种可能：一是蒲氏家藏的十六册本即是作者的稿本，乾隆五年（1740）蒲立德为此一稿本写下了"《志异》十六册"跋；二是蒲立德清楚地知道八册本手稿是由十六册的初稿改订而成的，出于某种考虑，他依据八册本中原有的分册标识重新分册，将八册恢复到了初稿十六册的本来面目。不管哪一种可能存在，从作者的子孙仅有"八册""十六册"二说的原作并未分卷的情况看，《聊斋志异》手稿曾以十六册和八册两种形式存在过，则是不谬的事实。八册本的存在已由现存的手稿本予以证实，而合蒲立德、赵起杲的原本"十六卷"之说及朱缃在康熙三十六年已借作者初稿本十五册，此后《聊斋》创作速度明显放慢的情况考察，有理由认为，十六册的《聊斋志异》即作者创作过程中逐渐积累而成的最初稿本。袁健也认为，八卷说，十六卷说，都有可信性。但又说，分卷问题，在目前难以断定[①]。

三、全书各篇的排列顺序问题

与上述两个问题相比，章培恒提出的"稿本实在是按各篇写作时间的先后来排列的"论点，学术界争议得更为热烈。因为关系到《聊斋志异》的原貌，

---

① 见《〈聊斋志异〉分卷与编次研究述评——兼论其分卷与编次暂不可靠》，载《国际聊斋论文集》，北京师范学院出版社，1992年，第268-275页。

关系到蒲氏的创作道路，有重要意义。在讨论中，表示赞成章培恒的有郑云波《聊斋志异成书志疑》①、劳洪《〈蒲柳泉年谱〉辨疑》②，表示怀疑的有李厚基《蒲松龄的生平与著作》③ 等。袁世硕《铸雪斋与铸雪斋抄本〈聊斋志异〉》④、任笃行《〈聊斋志异〉原稿编次初探》⑤，原则上同意按写作年代先后编次的观点，然对章氏确定年代的方法有所保留。李厚基认为，在《聊斋》中标出时间的作品只有寥寥数篇，依据它们排出近五百篇的《聊斋》创作次序，看来很困难。为了说明得更透彻，更明确，更有力，还需要进一步补充材料以充实其证明。对于全书的编次，张友鹤拿铸雪斋抄本的目录，对照半部原稿各篇的编排次序，认为基本相同，从而肯定这部抄本的总目正是作者的原目，而二十四卷也正是作者原定卷数⑥。章培恒认为，铸本"虽然基本上保存了稿本每一册内部的各篇次序，但却把稿本的册次稿乱了"，"把原稿的编次搞乱了"；"它的全书编次实太杂乱无章"，"乱七八糟"⑦。

袁世硕《铸雪斋和铸雪斋抄本〈聊斋志异〉》说：原稿本每册既然未标明册数，颠倒了册次自然是完全可能的，但这不是铸雪斋抄本的底本的抄校者殿春亭主人的乱来；乾隆二十四卷抄本，大体上与铸本全书的篇次以及由铸雪斋抄本所定的原稿本的篇次，还有一致性。这就表明原稿本册次已有过辨认，或者说由于蒲松龄生前未曾进行最后的编订，确定卷数。原稿本身就显得较乱，不能把责任完全归咎于铸雪斋抄本和分作十二卷的殿春亭主人。至于出现目录和篇次不一致的情况，袁氏认为："卷前的总目无疑是抄自朱氏抄本的总目，这个总目反映了朱氏抄本的实际编次……后面各卷的实际编次的变更，则无疑是张氏过录中所变成的。"他具体分析了张氏抄本过程中于抄本中所反映的情况，并认为，由于乾隆十六年因火灾使抄本受损，

---

① 见《聊斋志异成书时间志疑》，《徐州师范学院学报》，1980 年第 3 期。

② 劳洪：《〈蒲柳泉年谱〉辨疑》，载《文学遗产》，1980 年第 1 期。

③ 见李厚基《蒲松龄的生平著作》，载《天津师院学报》，1979 年第 1 期。

④ 载《蒲松龄研究集刊》第 1 辑，1980 年，第 132-156 页。

⑤ 载《集刊》第 3 辑，1982 年，第 248-283 页。

⑥ 见张友鹤三会本《聊斋志异》"后记"，上海中华书局，1963 年，下册第 1722 页。

⑦ 原载《蒲松龄研究集刊》第 1 辑，齐鲁书社，1980 年。后收入作者《献疑集》（岳麓书社，1993 年，第 344-366 页）时作了较大增补。

事后补抄，所以出现了不整齐划一的现象。袁世硕又在另一处文字中说，现已知铸雪斋抄本不是最接近原稿的本子，有随意删改的嫌疑。铸本文字上歧义较多，较之其他几种早期抄本，乃至青柯亭本，与蒲松龄原稿距离更远，则是无疑的①。

王枝忠《〈聊斋志异〉是按写作先后编次的吗——与章培恒商榷》②，以王士禛对《聊斋》作品"点志"的分布情况为依据，认为《聊斋》在数次修改、辑集工作中，曾有多次变动，并没严格按照写作先后编次，早期所写的那一部分作品，不少编入了其他时期的卷册中去了。他确定王士禛"点志"的作品都写于康熙二十八年夏秋之际。检查这三十多篇作品分布的情况，被章培恒以写作时间先后排定的各册次序来看，排定在康熙二十八年之后的各册，确实散布着有王氏评语篇目。如章培恒认为《刘海石》册该是康熙三十二年以后写成的，而《夜明》册更晚至康熙四十六年以后，而恰恰在这两册里有王氏评语，而且前一册有十则，后一册有六则，加起来占王氏评语的半数。这两册中即使只有一、二则王氏评语，也就证明了这两册的全部作品分别作于康熙三十二年与四十六年之后的说法不是事实，从而也就推翻了《志异》是严格按写作先后排序的立论。王枝忠说，如果按章培恒的意见，还出现些怪现象，之一是内容性质相近的几篇恰好排在一起，如《偷桃》《种梨》《狐联》《武夷》等等，都表明蒲氏后来在抄定、整理时，把内容相近的故事分类编排在一起，不可能是偶然的巧合。

冯伟民《关于〈聊斋志异〉原稿写作过程中的两个问题兼与章培恒同志商榷》③认为，关于《聊斋》原稿的编排次序，是一个相当复杂的问题。要恢复它的本来面目，弄清它的编排规律，还需要在史料的发掘和作品的考证上花更大力气。他认为："在《聊斋志异》各册有写作年代可考的作品中，固然有先写的排列在前晚写的排后的情况，但相反的情况也同样存在，更多的则是很难判断其具体写作年代的先后；而各册之间在写作时间上也显

---

① 见任笃行：《全校全注集评本〈聊斋志异〉序》，齐鲁书社，1994 年。
② 载《蒲松龄论集》，第 113–125 页。
③ 载《集刊》第 4 辑，1984 年，第 235–260 页。

然互有交叉，很难说有什么明显的时间断限。因此，断言《聊斋志异》是按各篇写作时间的先后编次的说法是无法成立的。"

孙玉明也认为，仅就将现存的四册手稿本与铸雪斋本相对照来看，铸本并非没有打乱各册内部各篇的次序，而是有所变动的。章氏所谓铸本"绝不将稿本这一册和另一册中的作品杂糅起来"的说法，是不能成立的①。

任笃行《〈聊斋志异〉原稿初探》②，根据对四册手稿本、山东博物馆康熙抄本、铸雪斋抄本以及二十四卷抄本回目编次的逐条对比分析，认为：全书不是严格按照写作先后次序排列，也不是按内容而归类，而是基本保持了原作先后的自然状态。在漫长的写作过程中曾有部分调整。例如《夏雪》和《夜明》写作较晚，却没有排列在最后部分，就是这样造成的。

对编次问题，袁健认为，编次混乱不堪，找不出一定规律。对章氏《新序》中的考证，袁健认为"这些超现实故事中提及的年代不足为证"，而且"即使个别有真实年代可考的作品，也只能断定其写作时间的上限"，"以作品中所提及的年代来排列作品写作时间的先后和编次是站不住的"。并认为，任笃行《〈聊斋志异〉原稿编次初探》，以十四卷本的编次来证明铸雪斋抄本的总目没有打乱整个稿本编次的说法，很值得怀疑。二十四卷本来源不明，其祖本不可考，其抄录者不可知。二十四卷本在文中避乾隆帝"弘"字讳，可证它最早是乾隆年间的产物，甚至是某一乾隆年间抄本的过录本，肯定抄录于铸雪斋本的祖本——殿春亭本（抄于雍正元年）之后，这样就不能完全排除二十四卷本是属于殿春亭本系统这一嫌疑。如果是这样的话，拿二十四卷本来印证铸雪斋本的编次，岂不是等于以自己证自己吗？③

总之，不少研究者认为，仅靠现有的资料是很难在编次问题上做出正确结论的。但不管怎么说，章培恒为《聊斋志异》文本的深入研究奠定了坚实的基础，其开拓创新精神和谨严的科学态度，为学风的健康发展，吹进了一

---

① 见孙玉明：《试论〈聊斋志异〉的成书分卷和编次问题》，载《蒲松龄研究》，第4期。
② 载《集刊》第3辑，1982年，第248—283页。
③ 见《〈聊斋志异〉分卷与编次研究述评——兼论其分卷与编次暂不可靠》，载《国际聊斋论文集》，北京师范学院出版社，1992年，第268—275页。

股清新的空气，功莫大焉。

创作方法、创作心态和艺术创新

一、关于创作方法

关于《聊斋志异》的创作方法，讨论得颇为热烈，大致有三种说法：①浪漫主义说；②现实主义说；③现实主义和浪漫主义相结合说。

林骅《〈聊斋志异〉创作方法辨析》[①] 一文说，对《聊斋》的创作方法进行辨析，是十分必要的，这决不仅仅是给这部作品一个"定性式"的断语，而是决定我们能否科学地把握这部伟大作品的"质的现实性"，正确地认识蒲松龄的创作个性和总结他的独特的创作经验。他认为，《聊斋》创作方法认识上的差异并引起争鸣，究其原因，一是理论界的混乱，二是《聊斋》作品本身的"杂"。《聊斋》是一部积极浪漫主义作品，如果把《聊斋》也冠之以"现实主义"，甚至说是"一部政治历史小说"，那么能称得上积极浪漫主义的中国古典小说就实在不多了。高尔基给浪漫主义的定义是："从既定的现实中所抽出的意义上面再加上——根据假想的逻辑加以推想——所愿望的，所可能的东西。"迄今为止，这仍是较好的定义，它道出了浪漫主义的真谛——创作精神的思想性和表现手段的虚幻性。《聊斋》集中国古典小说虚幻情节之大成，其奇特艺术构思和多数篇章的情节，应该是属于浪漫主义的。

刘烈茂、蓝翎、李茂肃、王立兴、马振方、于天池、蔡国梁等研究者，都持浪漫主义说。刘烈茂认为，聊斋故事的基本精神是浪漫主义的，但有现实主义作为基础。《聊斋志异》幻想的艺术魅力，在于它既来自现实，而又力图改革不合理的现实，真幻结合的艺术构思，由此而产生并形成《聊斋》的独特的艺术特色[②]。蓝翎认为，在蒲松龄所处的那个封建时代，这种对情的追求，只能寄托在浪漫主义的幻想中，也只有在浪漫主义的理想人物（包

---

① 载《蒲松龄研究》第 1 辑，1987 年，第 218-228 页。
② 《论〈聊斋志异〉的艺术构思》，载《蒲松龄研究集刊》第 2 辑，齐鲁书社，1981 年。

括花妖鬼魅）的塑造中，才能最大限度地发挥他的自由想象①。李茂肃认为，《聊斋》是一部充满积极浪漫主义精神的文学巨著，《聊斋》强调理想的描写和对理想的追求②。王立兴《蒲松龄创作思想初探》③一文说，蒲松龄是一位浪漫主义作家，《聊斋》是一部以花妖狐魅为题材的浪漫主义小说。他以幻想的形式来揭露现实，抒发理想，他在结构故事、刻画人物时，主要遵循的不是现实生活的客观逻辑，而是幻想的理想逻辑，因此他的小说，较现实主义创作有更多的自由。蒲松龄的创作思想立意在"孤愤"，指归在"神理"，方法在"击虚"，成功在"狂痴"。马振方《驰想幻域映照人间——〈聊斋〉构思艺术一题》④说，若片面强调"人话"的方面，只看它与现实的相似之处，并以此衡量价值的高下，以至把它等同于直接描写人生的现实主义作品，那就不但不合实际，也不能充分认识艺术价值的力量。因为那样就忽视了作品的另一个重要方面：神话的、浪漫主义的奇光异彩。"《聊斋》通过神奇荒怪的幻设揭示现实生活的本质"，"以其幻想的神话世界比喻实际的人间社会"，"具有明显的象征性"。"这种幻想的形象结构不仅具有象征性，也是对现实生活的直接影射，是象征与影射的结合体，是两者互相交叉，渗透又互相融合的艺术成果。""小说以象征的方法，奇幻的结构，把真实的生活神化了，也典型化了。""这种神话化乃至典型化的一种手段、一种形式，不但与本事血肉相连，水乳交融，而且是现实的概括和升华，用幻想的宝镜照鉴实在的人生。"于天池认为，蒲松龄的美学思想无疑是受到了明代浪漫主义运动的影响。他有崇高真率的性格，他说："天付人以有生之真，阅数十年而烂漫如故，当以天心所甚爱也。"（《寿常戬谷序》）他用烂漫的童心来塑造《聊斋志异》的主人公。但蒲松龄较之明代浪漫主义文学的同道们又有很大的创造性和发展，那就是，他把这种真挚的情感的力量普及到世

---

① 《有情才动人——〈葛巾〉乱弹》，载《聊斋志异鉴赏集》，人民文学出版社，1983 年，第 402-415 页。
② 《〈聊斋志异〉的艺术特征》，载《蒲松龄研究集刊》第 3 辑，齐鲁书社，1982 年，第 110-125 页。
③ 载《蒲松龄研究集刊》第 4 辑，1984 年，第 149-174 页。
④ 载《北京大学学报·哲社版》，1984 年第 2 期。

界万物的身上，移到了他能想到的一切生物身上。同明末浪漫主义文学相比，蒲松龄给我们展现了一个更奇瑰、更浪漫、丰富多彩的精神世界①。

主张《聊斋志异》为现实主义作品者以任访秋、何满子最力。任访秋认为，由于作者基本上运用现实主义的创作方法，因而里面所写的人物，不少具有真实性和典型性。《聊斋》的创作方法，虽然带有浓厚的浪漫主义气息，但其基本精神，还是现实主义的②。何满子《关于蒲松龄的艺术方法的一二理解》③认为，蒲松龄的艺术方法的基本倾向是现实主义的。他不同意是浪漫主义的论调，并说："如果这个浪漫主义是意味着近似欧洲18、19世纪之交与古典主义相对立包括了拜伦、歌德、席勒、巴尔扎克、司汤达、史各脱等人的倾向，也即是后来被巴比塞所指出的那样'浪漫主义是写实的'那种浪漫主义，那么，多少是有近似之处的。但如果是指和现实主义对称的以驰骋理想为主要特征的浪漫主义，那恐怕是值得商榷的。"又说："马克思主义文艺理论中关于艺术方法的倾向问题，从本世纪（指20世纪）30年代高尔基的著名论断起，又经过半个世纪的纷纭议论，已被搞得混乱不堪。高尔基把文艺思潮归为两大倾向，即现实主义和浪漫主义。这个论断至少造成了两种认识上的模糊，首先，它掩盖了现实主义和自然主义的界限。""其次，就现实主义和浪漫主义的关系来说，科学意义上的现实主义能够而且必然包括浪漫主义的积极因素。""现实主义，只要是科学意义上的现实主义，就和消极是无缘的，如果失去了理想，即它本性中必须含有的浪漫主义的积极方面时，它就不复是现实主义，而沦为自然主义或别的什么东西了。因此，把浪漫主义抬高到和现实主义旗鼓相当、平起平坐的位置，是和马克思主义文艺理论格格不入的，也会带来概念上的混乱。"此外，林名均也说："《聊斋志异》是有倾向性的现实主义作品。"④马瑞芳《〈聊斋志异〉与社会现实》⑤一文，引用马克思、恩格斯对英国著名小说家的评论，认为把这些评论应用到蒲松龄身上，也是完全合适的。

---

① 《论蒲松龄的民俗思想》，载《北京师大学报社科版》，1986年第1期。

② 《〈聊斋志异〉的思想和艺术》，《新建设》，1954年第11期。

③ 载《集刊》第2辑，齐鲁书社，1981年。

④ 见《〈聊斋志异〉所表现的民族思想》，载《四川大学学报》，1955年第2期。

⑤ 见《〈聊斋志异〉与现实社会》，载《社会科学》，1990年11号。

而英国小说家狄更斯等、法国小说家巴尔扎克等，皆为现实主义作家，"蒲松龄是个正视现实、深入现实的严格社会学家"。

20 世纪 50 年代，时兴"两结合"创作方法的讨论。当时的一些论著，也有把《聊斋志异》定为现实主义与浪漫主义相结合作品的[①]。孙萏园、孙逊于80 年代初期，发表《一部现实主义与浪漫主义相结合的作品——试论〈聊斋志异〉的创作方法》[②]，认为，现实主义和浪漫主义一个最根本的区别，就在于一个是描写现实为主，一个则以表现理想为主。换句话说，现实主义所描写的是作家所眼见的人类和社会，而浪漫主义描写的是作家希望的人类和社会。按照这个标准来衡量《聊斋》这部小说，那么它不仅具有了现实主义的基本特征（真实地反映了当时的黑暗社会），而且同样具备了浪漫主义的基本特征（强烈地表现了作家的社会理想）。正因为浪漫主义着重表现的是现实中未必存在的作家的愿望和理想，因此伴随而来的浪漫主义的另一个特征，便是作家在创作中所运用的大胆的幻想和奇特的夸张等艺术手段，以及由此而造成的作品的人物和情节都比较离奇的特点。诚然，现实主义并不排斥幻想和夸张，但现实主义所注重的是对现实生活的冷静解剖和精细刻画，所描写的人物、事件和整个情节是现实的是实际生活中确曾发生或可能发生的，而《聊斋》中贯穿了非现实主义的精神，但它的人物、事件和情节毕竟都是非现实的。因此，可以讲《聊斋》具备了相当深厚的现实主义基础，但却不能把它归于现实主义文学系列，因为小说本身所洋溢着的大胆的幻想和奇特的夸张，以及小说到处都充满了神话气息和色彩，这些都是明显的浪漫主义文学的特征。这两种成分在同一部作品中并存是如此的突出，主次难分，因此很难把它归入单一的创作方法之内。唐富龄也认为《聊斋》是现实主义和浪漫主义相结合的产物。如果用我国传统的概念来看，"似真似幻，诞而近情"[③] 八个字，似乎更能确切地概括出它最基本的特点。

孙一珍则以两个论题解说《聊斋》的创作方法，认为从《聊斋志异》中

---

① 游国恩等主编：《中国文学史》，人民文学出版社，1964 年。
② 载《集刊》第 3 辑，齐鲁书社，1982 年，第 93-109 页。
③ 见《文言小说高峰的回归——〈聊斋志异〉纵横研究》，武汉大学出版社，1990 年，第 183 页。

好的或者较好的作品来看，就其主导的一面而言，大部分是积极浪漫主义的，而相当多的一部分却是现实主义的①。章培恒在《三会本聊斋志异》"新序"中说："明代后半期小说中的一个突出现象，是神魔小说的发达，其创作方法为浪漫主义；到清代前半期，现实主义小说获得空前重大的发展，其标志为《儒林外史》《红楼梦》的先后问世。它们在我国小说的历史中各自代表一个阶段，而《聊斋志异》的出现，则显示着从前一阶段到后一阶段的演化。"又说《聊斋》"多采用积极浪漫主义的创作方法而又存在现实主义的一面"。

二、关于创作心态

郭德英在《蒲松龄文化心态发微》② 一文中说，蒲松龄的心态是复杂矛盾的，仅仅对蒲松龄其人作世界观与创作实践之类的政治思想分析，是远远不够的，只有从心理学的角度去揭示他的情感思维和理智思维的矛盾，才能准确而深刻地剖析他的灵魂。《聊斋志异》是蒲松龄"人生大半不如意"的满腔愤郁的倾诉，是"翠绕珠围索解人"的虚缈理想的抒写，也是"缘来缘去信亦疑"的宗教意识的表征。所有这一切，就构成了蒲松龄的文化心态。他的文化心态，代表了封建时代落魄文人的典型心态。

在谈到《聊斋》中对婚姻爱情的描写时，郭德英说："进步的思想和庸俗观念如此和谐地共存于一部小说集中，至少向我们揭示了这么一个无可置辩的事实：从爱情婚姻观入手，恐怕不足以把握蒲松龄的创作心态。"他认为，蒲松龄继承了借香草美人来寄托幽深的主体情感和执着渴望的理想追求。蒲氏执着的态度和集中的注意力审视的是红颜知己。因为他在穷愁落寞的生涯中，最渴望的、最珍惜的就是知己之情。文人在现实的社会政治中的价值失落，终于在幻想的爱情生活中得到补偿。这是封建末世落魄文人的普遍心态。而他们这种虚幻理想的沉迷乃自不可自解，固然维护了他们的心理平衡，固然也是对污浊社会的反叛，而更重要的是销蚀了他们的批判精神和叛道性格，使他们与腐朽的社会在本质上的同流合污。

---

① 孙一珍有《〈聊斋志异〉的积极浪漫主义特色》和《〈聊斋志异〉的现实主义成就》两篇论文，《聊斋志异丛论》（收入齐鲁书社，1984 年）一书中，此处引文见该书，第 58 页。
② 载《文史哲》，1990 年第 2 期。

李永祥和杜桂萍也持相似的观点，李永祥《论以志怪写情爱的结构模式——兼谈〈聊斋志异〉的创新》①说，《聊斋志异》较前代作品更加单一化和主体化。其爱情小说的男主人公多是潦倒落魄或尚未发迹变泰的文士，分明地表现出失意文人的孤芳自赏的心理态势。杜桂萍说，美丽多情的狐女对士子来说负载一种象征意义。她们以身相许表现了一种价值认同，体现了一种价值实现。对男女友情的讴歌、男女情爱的礼赞，使作者得到了心理补偿，获得了生命的永不沉沦②。

王溢嘉《欲望交响曲——〈聊斋〉狐妖故事的心理学探索》③认为，由《聊斋志异》里的狐女故事所组成的"妖精交响曲，事实上是'欲望交响曲'，它们要满足的主要是人们的色欲和财欲"。"妖由心生，狐妖恰似一个人解除压抑后，从心灵底层蹦跳出来的'原我'"。当一个人表现出色欲、财欲、攻击欲，而又无法自圆其说时，就说这是"狐祟"，其实，狐妖更像是原我欲望的代名词或替罪羊。

蒲松龄为什么要不厌其烦地撰写以贫寒书生与出于幻域的女子相恋，这些故事的意义和功能何在，在《蒲松龄志》中作者做了更贴近蒲松龄心态的探秘。执笔者在对390馀篇作品全面考察时，对原来被忽略的内容重新加以审视，尤其注意揭示那些表现理想的篇什的价值，并对其产生这种奇特作品的社会的、个人的具体环境作了深入开掘，认为蒲氏写了那么多的人狐相爱的篇章，不过是白日做梦而已。认为《聊斋》中像《绿衣女》《连锁》《香玉》《小谢》等作品，并无别的意蕴和寄托，联系蒲氏的个人生活状况，有理由认为这正是他长期处在孤独寂寞的生活境遇中所生发的天真幻想。这里聊以自慰的想象，只不过是将他"石丈犹堪文字友，薇花定结欢喜缘"的诗句化为幻想故事，编织成自我安慰的文学图像罢了。明乎此，就会理解为什么在个别篇章中对超越"颠倒衣裳"津津乐道的蒲松龄，却在大多数篇章中"颠倒衣裳"显得有点迫不及待。这不能视为蒲松龄才情贫乏，而是真实地反映了在压抑状

---

① 载《东岳论丛》，1998 年第 2 期。
② 《苦闷·孤独·期待——关于〈聊斋志异〉意蕴的一种阐释》，《学习与探索》，1992 年第 2 期。
③ 载《国际聊斋论文集》，北京师范学院出版社，1992 年，第 213-227 页。

态下情感的饥渴躁动。而这种虚幻方式的介入，则使之得到暂时的排解①。

三、关于艺术创新

袁世硕《〈聊斋〉志怪艺术新质略论》②认为，《聊斋志异》从六朝志怪小说"明神道之不诬"的观念中解放出来，也摆脱了唐传奇"以幻设之奇自见"的偏执，自觉地运用想象和幻想进行文学性的虚构，谈鬼怪狐仙大都有所寄托，借以表现作者的情志。在短篇小说形式上和艺术表现方面，也多有所突破。"在《聊斋志异》的创作中，'志怪'成为文学表现的方法、手段，故事情节作为小说的思想意蕴的载体，也就带有了形式的性质。""正因为'志怪'成了他的表现形式、方法，他也就不拘守前人的作法、模式，为使作品更有情趣，更有魅力，更耐欣赏，他就无顾忌的恣意翻新了。"这些观点，在他与王平共同执笔的《蒲松龄志》里有更深层次的探讨。作者认为，"用传奇法，而以志怪"，鲁迅的这一论断，显然只是从故事情节这一层面做出的概括，还不足以充分显示《聊斋志异》的根本性特征，对此还应当做进一步的补充、深化。《聊斋》之"志怪"与六朝人之"志怪"有着根本性的差异：志怪书的作者记述那些"怪异非常之事"，还只是传述其事而已，并不一一考虑它们含有什么意蕴，要表现什么题旨；《聊斋》的"志怪"的内涵就不同了，它是作者运用想象、幻想进行文学的虚构，以寄托情怀，期望于读者的是能够领会其中的情趣和意蕴。在六朝志怪小说中，"怪异非常之事"是作品的内容；在《聊斋》，神仙精魅怪异故事作为小说的思想内蕴的载体，也就带有表现方法和形式的性质。与这个变化同时发生的还有更深层次的思维性质及其功用的变化。贯穿六朝志怪小说的神道观念及其思维模式，都具有神秘的模式，从思维形式、方式上看并无二致，但却不完全是原来迷信意义上的因袭，而是弃其内质而存其形态，作为文学幻想的审美方式和表现方法用于小说创作中，从而也就摆脱了神道意识的拘束，在这个领域里获得了自由，可以随意地藉以观照现实世界，抒写人生苦乐，出脱个人的内心隐秘③。

---

① 参见《蒲松龄志》第 2 章："作品内涵"，以上引文见该《志》第 125 页。
② 载《文史哲》，1989 年第 6 期
③ 参见《蒲松龄志》，第 133-134 页。

张稔穰在论述《聊斋志异》中的狐鬼形象的总体特征和塑造方式时，认为与自然力量的人格化的以"物"和"人"形体嵌合为特征的上古神话形象不同，与六朝志怪小说重在"物"的怪异性而较少"人"的社会性非现实形象也不同，而是以"人"的社会性（人际关系、思想感情、声态笑貌等）为主体，为内涵，有意识地糅合进某些"物"的属性或人的幻想属性，形成一种复合统一的艺术形象，因为这类形象中的"物性"，包容在"人性"内，所以它们是"带着某些物的特点的人"，而不是"带着人的特点的物"。因为这类形象带有某种物的非人的特点，所以又具有性格内涵的理想性和审美形式的虚幻性①。

李灵年，男，1930年12月生，山东枣庄人，研究生学历，南京师范大学古文献整理研究所研究员。

※　※　※

血影僧

鲍鉁（1690-1748）《㪺勺》，有《血影僧》："嘉兴三塔寺侧，某司宪石牌坊柱上，有血渍僧影。相传国初驻军于此，士卒掳掠妇女多人，闭于寺中，寺僧某乘隙纵之。士卒恚甚，背缚僧于坊柱，攒射而毙，至今血影宛然犹存，其坊亦略无仆损，得非鬼神呵护耶？"借坊柱血渍僧影，写"国初驻军"之暴。（斯欣）

---

① 见《〈聊斋志异〉艺术研究》，山东教育出版社，1995年，上篇第一章"人物论"，并参见袁世硕为该书所撰《序》。

《聊斋志异》手稿探秘

王子宽

　　《聊斋志异》是清代极具传奇色彩的文言短篇小说集，且不说其奇特的志怪题材、高超的艺术成就，单就在三百多年后，竟然还保存有作者的半部手稿这件事，就是其他清代小说所无法复制的。《红楼梦》创作时间在《聊斋志异》之后，我们今天固然可以看到《红楼梦》的多种抄本，但看不到一页曹雪芹的手稿。如果今天也能如《聊斋》一样，留存下半部《红楼梦》的手稿，那将解决红学争论中多少问题！

　　手稿之珍贵，在于后人可以通过对手稿的研究，深入了解作品创作背后的隐蔽过程，了解作者创作的心路历程。本文正是本着这个宗旨，拟通过对手稿的深入分析，揭秘蒲松龄某些隐蔽的创作过程，同时思考《聊斋》手稿与铸雪斋抄本、青柯亭刻本之间的传承关系。

一

　　《聊斋》现存半部手稿并不是作者最初的创作草稿，而是作者的文本誊清稿，是《聊斋》文本第一次系统整理后的誊清稿。在第一次誊清稿之前，作者应先有零星单篇，或单卷成册的手稿。这些零星单篇或单卷的手稿可称为《聊斋》的原始手稿，原始手稿现已不存，但可以从《聊斋》早期的序和一些抄本、一些故事的情节变动中探寻出其存在的痕迹。

　　紫霞道人高珩的序和作者的自序均作于康熙十八年（1679）。自序说："才非干宝，雅爱搜神，情类黄州，喜人谈鬼，闻则命笔，遂以成编。久之，四方同人，又以邮筒相寄，因而物以好聚，所积益夥。"《聊斋》中形形色色的奇闻逸事，不可能全靠作者一人凭空想出来，必先从不同渠道得到种种素材，闻则命笔而成原始记录，再据以整理成篇。《聊斋》是短篇小说集，短篇小说与长篇小说不同，不必如长篇那样要有前后连贯的人物情节结构，每一个短篇都是独立的单元，自成起止。从早期的序及某些故事中透露的时间看，康熙十八年时《聊斋》已编成一卷，作者写作断断续续延续了三十多年，至少在康熙四十六年（1707），蒲松龄还在写，因为《夏雪》《化男》说的都是发生于康熙四十六年的事。蒲松龄生于明崇祯十三年（1640），清康熙五十四年（1715）去世，康熙四十六年时已经67岁高龄。《聊斋》第一卷康熙十八年编成，此时作者三十九岁。豹岩樵史唐梦赉的序则写于康熙二十一年（1682），高序曰："留仙蒲子，幼而颖异，长而特达。下笔风起云涌，能为载记之言。于制艺举业之暇，凡所见闻，辄为笔记，大要多鬼狐怪异之事。向得其一卷，辄为同人取去，今再得其一卷阅之。"从这些文字可以得知：

1. 作者在青年时期即已开始《聊斋》的写作，到中年始着手结集。《莲香》末尾说："余庚戌（康熙九年，1670）南游至沂，阻雨，休于旅舍。有刘生子敬，其中表亲，出同社王子章所撰《桑生传》，万馀言，得卒读，此其崖略耳。"康熙九年，蒲松龄应同窗好友孙蕙之邀，南下江苏宝应县作孙蕙的幕宾，途中阻雨，得读朋友的《桑生传》，《莲香》就是改编自《桑生传》的。《桑生传》万馀言，《莲香》约五千言，蒲松龄在此中所做的改编、加工力度是相当大的。此时蒲才三十岁，距他第一次结集还有九年的时间。这些鬼狐怪异故事是作者多年的积累，他最初当然还是醉心于制艺举业的。在那个时代，只有制艺举业才是安身立命所在。《聊斋》创作只能在举业馀暇为之，所以写作速度很慢，大约是三年成一卷，康熙十八年编成一卷，康熙二十一年又成一卷。成第一卷时，蒲松龄写了自序，并请高珩作序；康熙二十一年，又成一卷，请唐梦赉作序。蒲松龄不是那种下笔千言立马可待的才子型作者，他在《聊斋文集》卷十《戒应酬文》中，曾谈及自己写作应酬文艰难苦涩的情形，在《聊斋》《绛妃》篇中坦诚自己"余素迟钝"，在《织成》篇又说："文贵工不贵速也。"蒲松龄有举业制艺、塾师杂务的影响，写作速度不可能快。

2. 以单卷形式装订的原始稿，成卷之初即已在当地流传。唐梦赉序说："向得其一卷，辄为同人取去，今再得其一卷阅之。"显然唐梦赉得到《聊斋》最初结集稿两卷，第一卷被同人取去，第二卷很大可能后来也会被人取去，而三年前为《聊斋》作序的高珩应该也会得到一卷。这样看来，康熙二十一年时已经有两卷三册的《聊斋》在社会上流行了。可以推想，《聊斋》每成一卷，都有可能被喜欢《聊斋》的人借去抄阅。乾隆三十一年（1766）赵起杲主刻《聊斋》青柯亭本时，其《弁言》说当时搜集到的四种《聊斋》抄本"各有异同"，说明《聊斋》稿最初在社会上流行时，因其出于早期的稿本，不同时期的抄本其文字情节还较为混乱，各有异同。这些在社会上流行的各有异同的文稿反映了《聊斋》最初创作的情况，可惜的是这些初稿已遗失，但可以推断，在相当长的时间里，民间应当还是有不同的抄本在流行的。

当原始手稿积累相当数量后，作者开始整理结集，渐次编定各卷。初次结集在康熙十八年春，第二次结集在康熙二十一年秋。原始手稿陆续增多，结集工作也渐次以进，大约每三年编成一卷，《聊斋》全书如果是十六卷，则到康熙三十八年可编成八卷，完成全书的二分之一，零星结集的手稿在这个过程中陆续流入社会。此后，《聊斋》流行愈广，影响愈大，手边积累的《聊斋》零散稿一定更多。康熙四十七年（1708），蒲松龄从毕际友家解馆归来，空闲时间增多，结集的速度一定会加快。既然《聊斋》中最迟的故事是讲康熙四十六年的事，我们就姑定《聊》全书编定在康熙四十七年或稍后。此时，作者对全稿做了一次系统全面的整理，抄成了目前所见的这部手稿。其整理工作主要有三项：（1）将原先杂乱的初稿全部抄过，在抄写过程中，对一些故事情节、文字等做进一步的修改。（2）把王士禛的评语有选择地抄录在相关篇目后。（3）把结集稿装订为八册，青柯亭刻本依据的祖稿基本上就是这次的改定稿。

一

在现存半部手稿中，有许多对原始手稿作或大或小修改的痕迹。可以明显看到大段修改痕迹的是《狐谐》篇，里面原有狐女讲的一个长达200字的小故事被涂掉，换上另一个故事。这被删去的小故事，在第一次系统整理抄正时还保留着，端端正正地抄在现存手稿上，后来才被删改换掉，现存手稿上的改动痕迹赫然在目。其他故事也有小段删改的痕迹。某些篇名被改动，如《辛十四娘》在手稿中原为《鬼媒狐口》，《云翠仙》原为《跪香女》，《妾击贼》为《妾杖击贼》，《赵城虎》为《虎子》，《萧七》为《徐继长》等，这些改动都能在现存手稿上看到。还有故事人名的改动。如《翩翩》中有一个重要配角，作者初名为"江城"，所以翩翩戏称她的女儿为"小江城"。但后来作者发现后面有一篇《江城》，主角即名江城，作者整理全稿时发现人名重复，于是把《翩翩》中的江城改名花城，可见《翩翩》中的花城，在原始手稿中是作江城的。

《聊斋》多以狐妖鬼魅为题材，又情节相似，如最后没有对全部手稿作一通盘考虑，以便在相同的题材中突出不同的主题，相似的形象中突出相异的个性，那雷同化将难以避免。但我们今日读《聊斋》并无这个感觉：同为狐女，娇娜不同于青凤；同为鬼女，聂小倩也不同于连琐，此类例子不胜枚举。相近的题材，相似的情节，又长达三十多年的创作过程，个中雷同差错在所难免。所以在最后定稿时，一定要对全书进行一次全面系统的审视，这项工作的必要性是可以想见的。

现存手稿还有一些比较隐蔽的修改，这类修改如不细审，往往会被忽略。如《青梅》篇，故事开头写白下程生在狐妻为他生下一女后，复娶湖东王氏，狐妻因而怒，"就女乳之，委于程，曰：'此汝家赔钱货，生之杀之，俱由尔，我何故代人作乳媪乎！'出门径去"。这女婴即后来的青梅。后程生病卒，王氏再醮，青梅怙恃俱失，寄食堂叔家，被卖作婢。依此情节发展，尔后的故事本该写青梅如何被"生之杀之"曲折颠簸的苦难经历，以报复程生负心。但现存手稿中《青梅》的情节却并不是这样的。青梅的苦难经历被略去，成为一个慧眼识英雄的女豪杰，不仅不是"赔钱货"，而且被封为夫人，既富且贵，狐母咒语全无应验。显然，《青梅》原始初稿中当有青梅苦难的情节，但苦难情节后来被作者改了。若依原始初稿，父亲负心，竟报复女儿，毫无道理。作者可能受后面《封三娘》故事中那个得道狐女形象的影响，改写了《青梅》原来的情节，但忘弥缝掩护，因而留下痕迹。青柯亭刻本《青梅》篇有一条王士禛的评语："天下得一知己可以不恨，况在闺阃耶！青梅，张之知己也，乃王女者又能知青梅。事妙文妙，可以传矣。"可见王士禛读到的《青梅》已经是作者改过了的，青梅受难情节只存在于改动前的最初原始手稿中。又如《辛十四娘》，现存稿本开头原有广平冯生"少轻脱，纵酒，年二十馀，盆再鼓，偶有事于姻家"一段话，作者誊稿时随手删去"年二十馀"以下十三字。查今本《辛十四娘》，其后来的情节与冯生的"盆再鼓"毫无关系。由此推知，原始手稿中，冯生的遭遇一定和他"盆再鼓"以及已故妻子们的娘家有关系，所以在故事开头作者便埋下伏线。但这个情节在作者整理原始稿时改了，变成与"盆再鼓"及"姻家"毫无关系。这十三字是原始手稿上的旧话，作者整理时发现这些旧话已成赘语，故删去。再如《鸦头》，鸦头被母亲囚系幽室时，写信给丈夫王文说："君如不忘汉上雪夜单衾、迭互暖抱时，当与儿谋，必能脱妾于厄。"查今《鸦头》，鸦头与王文私奔汉口后，并无"雪夜单衾，迭互暖抱"的窘状。这也不像是用典，虽然其细节类似《赵飞燕别传》中昭仪说的"饥寒甚，不能寐，使我拥姊背同泣"。推想"雪夜单衾、迭互暖抱"细节当载于原始稿，作者整理结集时删去，但漏删信中回忆当初贫困之语，又给我们留下一个旧痕。可以设想，最初原始手稿中定有不少故事的情节与今日有所不同，赵起杲说他搜集到的四种《聊斋》抄本各有异同，并非虚语。只是由于作者的巧妙掩护，所以很多改动痕迹我们今天看不到，留下的这几个痕迹，不过是作者的百密之疏罢了。

以上是现存手稿亦即第一次系统结集誊清稿，对原故事情节的一些修改例。此外，还有一些细节的敲定与修改例。作者誊录文稿时有随抄随改的习惯，在细节敲定上，作者有很敏锐的感觉。如《张老相公》篇，现存手稿有句原作"使二三健男子以大钳举投之，少时鼋毙"，作者抄到这里时，回手圈去"少时""毙"三字，使鼋死过程变作："使二三健男子以大钳举投之，鼋跃出，疾吞而下，少时，波涌如山。顷之，浪息，则鼋死已浮水上矣。"

这不会是抄时看错行，因为后文连"毙"字都没有。合理的解释应该是："使二三健男子以大钳举投之少时鼋毙"是原始稿上的旧文，作者抄到这里，忽觉描写过于简略，缺乏生气，因而随手圈去"少时""毙"三字，把鼋吞钩而死的过程改写成生动壮观的场面。又如《胭脂》篇，现存手稿有处写市井凶徒毛大夜入胭脂家意图行奸，误诣胭脂父卞翁舍，卞翁大怒，操刀追出，"毛大骇，反走，方欲攀垣而卞追已近，急无所逃，反身夺刃，回杀卞，媪大"，原始稿"媪大"之后，当是"呼，女稍痊，闻喧始起"。但作者誊至"媪大"时，突然做了改动，回手圈去"回杀卞"三字，把"大"描改作"起"，于是下文便成为现存手稿的"媪起大呼，毛不得脱，因而杀之，女稍痊，闻喧始起"，这也不会是抄错。因为改前情节是媪见卞被杀始大呼，改后文字是媪见毛大呼，毛不得脱始杀卞，改前是先杀后呼，改后是先呼后杀，呼杀顺序颠倒了。两相比较，改后情节更合理。因为毛如果能逃脱，何必杀卞，酿成大案？就因为媪大呼，毛逃不脱，怕惊动四邻，这才夺刀杀卞，终成一桩人命大案。再如《婴宁》，故事写到家人来寻王子服时，现存手稿上原作："生出门，适相值，便入告媪，媪喜曰请偕女同归，媪喜曰：'我有志匪伊朝夕，但残躯不能远涉，得甥携妹子去认识阿姨，大好。'呼婴……"作者誊稿时忽将前面的"媪喜"二字删去，旁添一"且"字，文字遂变作："生出门，适相值，便入告媪，且曰请偕女同归，媪喜曰……"改动后，"请偕女同归"这句话变成是生的请求了。这也不可能是误抄，因为如果已误抄到"媪喜曰"，则"媪喜曰"前面的"请偕女同归"这句也应漏过，原稿却没漏，可见这是作者随改之又一例。原始稿此处文字本是："生出门，适相值，便入告媪，媪喜曰请偕女同归，呼婴……"作者抄到"媪喜曰请偕女同归"时，忽发觉，原始稿此处不近情理，哪有女方主动提出要男方把女孩带走的道理？于是，作者圈去"媪喜"，旁添一"且"字，变成生请求把婴宁带回，这就合情理了。但此时媪如释重负的喜悦之情还须表达，此前未将婴宁送去的原因也须补叙，于是作者随即添上一段"媪喜曰"以下的话，使行文更严谨合理。

以上数例，仅是作者随抄随改时留下蛛丝马迹的地方。可以推想，以作者严谨认真的创作态度，一定有更多随手改定却未留痕迹的地方。

三

从原始手稿到抄成现存手稿，除一些情节细节的不断推敲外，更大量的修改是文句的修改。这类文句修改的规律是：在内容不变前提下，文字化繁为简，将长句压缩成短句，生动繁复的直接引语改作简洁明快的间接叙述。这是蒲松龄修改文字一直遵循的原则，手稿中虽然也有个别添补文字例，但绝大部分修改都循这原则。此外，蒲松龄其他文稿的修改也遵此原则，而不仅仅限于《聊斋》稿，如《聊斋杂记·公孙弘养猪法》的"凡饲豕加豆以渐而加勿骤令饱之"，被修改为"凡饲豕加豆以渐勿骤令饱"，《鹤轩笔扎》中《十月七日上清河杨求印结启》文的修改也遵此原则。

表①

篇名	现存手稿修改前的文字	现存手稿修改后的文字
莜中怪	翁命多设弓弩俟其来遥射之	翁命多设弓弩以俟之
婴宁	母忧之道巫醮禳病益剧肌革精神朝夕锐减	母忧之醮禳益剧肌革锐减
库官	张曰方在行旅多金恐致累缀劳暂典守北归时可便盘验耳	公虑多金累缀约归时盘验
狐谐	女嘱曰勿以他人共我必来万乃独居狐曰至	女嘱勿与客共遂日至
辛十四娘	女曰自贻伊戚复怨阿谁今日网罗张满陷阱深投只合诬服或有生时徒受摧残亦复何益生泣听命	女知陷阱已深劝令诬服以免刑宪生泣听命
赵城虎	遂给之曰尔归我便捉虎偿杀人罪	遂诺为捉虎
续黄粱	即命赐蟒服一袭玉带一围名马二匹	即赐蟒玉名马
念秧	秀才谓主人曰此女即归怀二心矣不如以重价货吴生	秀才劝主人重价货吴生

手稿此类修改例很多，《续黄粱》篇星者的对话，《青梅》篇老尼的对话、《辛十四娘》篇丫环的对话等，都是更长更典型的例子，为省篇幅，兹

不遍举。

蒲松龄对《聊斋》的推敲，从情节到文字细微处的调整始终没有停止过，从现存手稿这些修改中可得出一个结论：《聊斋》现存手稿还不是作者的最终确定稿，终其一生，作者都在对手稿作不断的微调。这种修改与其说是蒲松龄创作时的举棋不定，不如说是由于蒲松龄对《聊斋》倾注了毕生的心血，总感觉作品还有不尽如人意处，所以他大概每自读一遍，都会有些修改。曹雪芹的《红楼梦》"披阅十载，增删五次"，如果他的手稿保留下来，我们也一定会看到很多增删的痕迹。"文章千古事，得失寸心知"，蒲松龄这种近于苛刻的严谨态度，终使《聊斋》成为一座文言短篇小说难以逾越的高峰。

四

这种调节还体现在作者抄录王评时的犹豫不定上。

所谓王评，就是王士禛为《聊斋》所写的评语。王士禛生于明崇祯七年（1634），比蒲松龄年长六岁，卒于康熙五十年（1711），比蒲松龄早四年逝，他们生活在同一时代。王是山东新城（今桓台）人，新城与蒲松龄的淄川距离很近，同时，王士禛与蒲松龄坐馆的毕家有姻亲关系，因此，二人有交集是很正常的。但两人的命运遭际却完全不同，蒲松龄还是一个秀才时，王士禛已经中进士；蒲松龄还是无名之辈时，王士禛已名满天下。蒲松龄一世科场蹭蹬，王士禛仕途春风得意。尽管今日文学史对《聊斋》评价要远超王士禛的"神韵说"，但在当时，两人的地位不啻云泥。如此悬殊的背景下，王士禛对《聊斋》的评点对蒲松龄而言就显得特别珍贵了。

今存史料明确记载王士禛两次读到《聊斋》，第一次在康熙二十八年（1689），王士禛为此题了一首七绝："姑妄言之姑听之，豆棚瓜架雨如丝。料应厌作人间语，爱听秋坟鬼唱时。"蒲松龄和了一首《次韵答王司寇阮亭先生见赠》："《志异》书成共笑之，布袍萧索鬓如丝。十年颇得黄州意，冷语寒灯夜话时。"诗收在《聊斋诗集》卷二，《聊斋诗集》是编年的，此诗编在康熙己巳，即康熙二十八年。和诗说此时志异成书已经十年，《聊斋》第一卷编成于康熙十八年，到康熙二十八年恰好十年。蒲松龄同时呈王士禛的，除《聊斋》故事外，大概还有诗若干首。王士禛给《聊斋》题了一首七绝，给两首诗写了三句评语，都少而空泛。究其原因，大概有两方面：

1. 此时蒲松龄只是一个秀才，乡间塾师，没什么地位，《聊斋》创作也还在前期，数量不多，影响也不是很大，而王士禛是个名士，是正统文人，对诗文比较偏爱，对来自民间的志怪故事未必入眼。从首句"姑妄言之姑听之"就可知，你随便说说，我随便听听，就像当年苏轼无聊叫人讲鬼故事，"或辞无有，则曰姑妄言之，闻者无不绝倒"。在那个时代，只有诗文才是正统，狐妖鬼魅故事不过聊助谈兴罢了。

2. 王士禛与蒲松龄二者身份悬殊，又只是倾盖之交，这样的相交不可能是平等的，王士禛不可能为一个乡间塾师的文字多作评点。十年后，蒲松龄想请王士禛为《聊斋》作序还遭婉拒，说明二人的交谊是有限的。

王士禛第二次读到《聊斋》当在康熙三十八年（1699）或稍后，《聊斋文集》卷五收有蒲松龄《与王司寇阮亭先生》的一封信，信开始即说："十年前一奉几杖，入耳者宛在胸襟。"可见这封信是写在他与王士禛第一次见面的十年之后。第一次见面在康熙二十八年，有王士禛题诗和蒲松龄和诗为证，十年后即康熙三十八年。《聊斋志异》大约每三年可编成一卷，到康熙三十八年前后大约可完成全书的二分之一，已成相当规模，所以蒲松龄想请一位更有名望的人写一篇序，以扩大《聊斋》的影响。文人辛辛苦苦的写作，想留些身前身后名，这无可厚非，而王士禛当然是写序的最佳人选，所以蒲松龄写信向王士禛求序。信中说："前拙《志》蒙点志其目，未遑缮写。今老卧篷窗，因得以暇自逸，遂与同人共录之，辑为二册，因便遥掷急走，惟先生进而教之。古人文字多以游扬而传，深愧谫陋，不堪受宣城奖进耳。"王士禛复信："二册璧还，尚有几卷，统望惠教。圈出三十馀则，并希录寄也。嘱序固愿附不朽，然向来颇以文字轻诺，府怨取诟，遂欲焚笔砚矣。或破例一为之，未可知耳。"委婉拒绝了写序的要求。

两封往来信件告诉我们：1. 康熙三十八年前，《聊斋》虽蒙王氏"点志其目"的索阅，蒲松龄终因"未遑缮写"，未正式送王士禛评阅。王士禛此次读到的《聊斋》是作者专为王士禛编辑的选本，篇目肯定比第一次呈阅的要多得多。2. 康熙三十八年前后，《聊斋》大概已整理完成全书的一半。根据是：王士禛评语只散见于铸本的卷一、卷二、卷三、卷四、卷五的前半卷、卷八卷九的前半卷，约略占六卷，刚好是铸本十二卷的一半。如果康熙三十八年《聊斋》稿已全部整理完毕，作者就必然会在各卷都选录一些，作为整部书更具代表性的选本送王士禛评阅，那样，我们就一定会在各卷都看到王评，而不是像现在这样只在半部《聊斋》中读到王评。康熙三十八年，《聊斋》的结集工作才进行到一半，这一半就是前面提及的铸本中的四整卷和三半卷。另外，把半部《聊斋》抄成二册送阅也不甚合理，因为太厚了。合理解释是辑成的这二册是蒲松龄从已整理好的几卷中选抄部分篇目送阅的，是自选本。他本不想要王还，只希望王能像当年唐梦赉得其一卷为之作序一样，替《聊斋》写一篇序游扬游扬，不料遭到拒绝。这对于蒲松龄来说，应该是不小的打击，大概后来整理的《聊斋》就不再送王氏阅了。蒲松龄也是要面子的，求序本是文人间的雅事，王士禛婉拒实在有点失礼，也许是出于这点考虑，他用写评语替代写序，而评语就写在璧还的二册中。

统计现存《聊斋》各种版本，知王士禛为其中的三十四篇故事写了四十二条评语，涉及的卷数约占全书的一半。尽管王士禛不肯为《聊斋》写序，但毕竟写了几十条评语，这也是十分珍贵的，所以从作者到传抄者都非常重视王评，即使有时只寥寥数字，空泛得很，也都视若拱璧。如《辛十四娘》王评"诗佳"仅二字，《汪士秀》王评"此条亦诙谐"仅五字，《金陵女子》王评"女子亦大突兀"仅六字，并没有什么很独到的见解，但除稿本已佚的无法确知外，其馀极简短的王评各本都照录了，王评在传抄中被遗漏或弃而不录的可能性极小。

现存手稿中，作者抄录王评分两种形式，一种是另起一行，接抄在正文之后，如《喷水》《柳秀才》等篇；另一种是眉批，抄在书眉上，如《辛十四娘》《鄷都御史》等篇。如果作者最初就拟全部移录王评，那王评就该或统一抄在稿本正文之后，或统一抄在稿本眉页上，而不该是有的抄在正文后，有的抄在书眉上。最典型的例子是《促织》，此篇有两条王评，一条是"宣德治世……"另一条是"状小物瑰异如此……"两条王评显然同时写的，但抄录时，"宣德治世"条抄在正文后，"状小物瑰异如此"条则抄在书眉上，同是王评，待遇有别，《武技》篇王评在移录时也有类似情况。这种抄录方式说明作者最初移录王评是有选择的，并不是凡王评都一次性录入。抄在正文后的，一定是在抄正文时即予录入，故端端正正的抄在正文后；而抄在眉页上的当是起初不想录入，后来才补录的，此时正文已经抄毕，文后没有抄录王评的地方，所以只能抄在页眉上。

现存手稿上的王评当分三次过录。第一次录入的是那些抄在正文之后的王评，作者把相关的王评另起一段抄在正文后。因为是最早选录的，所以各本都有。它们是：《喷水》《柳秀才》《武技》《促织》的"宣德治世"条（按此条铸本没录，当是一个例外）。另外，依据凡抄在正文后的王评各本都有的规律，推知已佚稿本中《酒友》《莲香》《红玉》《金陵女子》《阎罗》《连琐》《汪士秀》《商三官》《鸲鹆》《邵士梅》《郭安》等篇的王评也是作者第一次录入的，也当抄在手稿正文之后。尤其是《武技》篇王评，从语气看，原是三条不同的评语，当初应分题三处，作者过录时才将它们拢到一块，抄在正文后。蒲松龄事先并不知道王士禛会为《聊斋》写评语，即使知道，也无法确知他会为那些篇写评语，所以不可能在原始手稿中事先为王评预留空白。能把王评录在正文之后，必须是手边已经有了王评而全稿又未开始誊录时才行，这才有可能把王评抄在相关篇后。所以，王评只能出现在现存手稿即《聊斋》第一次系统整理的誊录稿之前，现存手稿肯定誊录在王评之后。其次，现存手稿至早也要抄录于康熙三十八年之后，因为康熙三十八年前王评尚未得到。此时蒲松龄已经 66 岁，早过了花甲之年，现存手稿乃蒲松龄晚年手录。

从王评内容看，第一次过录的评语多是诠释性的，或对事实进行辨证、补充的，如《喷水》《武技》《郭安》等；或对故事中的人物予以评价，如《柳秀才》《商三官》《莲香》等。直接称颂蒲松龄文笔之妙的仅《连琐》一条："结尽而不尽，甚妙。"《促织》有两条王评，"宣德治世"条是诠释性的，故第一次时就录入，抄在正文后；另一条"状小物瑰异如此，是考工记苗裔"是称赞性的，后来才补录，故只能题在眉上，形成眉批。王士禛直接称赞《聊斋》行文之妙的评语并不少，如《狐谐》"妙绝解人颐"；《小猎犬》"羽猎赋、小言赋合而一之，奇"；《张诚》"一本绝妙传奇，叙次处文笔亦工"等。直接称赞的评语，作者第一次过录时为什么不取呢？这可能涉及作者内心的一个矛盾：一方面，希望王士禛能给《聊》写篇序言，借名人之名，帮助"游扬""游扬"；另一方面，孤傲的作者，又很讨厌"假人馀威装模样""语次频称贵戚"的俗举（语见《沂水秀才》文末作者列举的十七种俗不可耐事），如果稿中频现"王阮亭曰"的称赞语，不是有假人馀威，频称贵戚之嫌么！同时，王士禛婉拒作序一事，也使作者最初选录王评时不得不小心些。因此，第一次过录的多为客观、中性的评语，而非称赞语。

第二次移录的是抄在书眉上的王评。此时现存手稿已经抄就，即使想补抄在正文后也不可能，所以只能抄在书眉上。这类评语为《王六郎》《促织》（"状小物瑰异如此"条）、《鄮都御史》《侠女》《张诚》《连城》《口技》等篇的王评。稿本中第二次移录的王评，直接称赞《聊斋》的评语多了，可能此时抄录者顾虑少了。

第三次移录王评当在蒲松龄去世前不久，只抄在现存手稿的书眉上，因未外传，各家抄本皆未能看到，所以无法录得。这次抄录王评，作者抛去一切顾虑，只当作一种资料保存，也不流传社会上，所以把以前未录的王评通通抄到他一直保留在手边的现存手稿上。这些王评是《续黄粱》（3条）、《辛十四娘》（2条）、《小猎犬》（1条）、《赵城虎》（2条），可以推知在已佚的手稿中，当还有一些第三次才补录的王评。

以上所述就是《聊斋》现存手稿，或曰第一次全面系统整理稿的大致情况。

五

《聊斋志异》各类版本极多，据说有六十多种，现存半部手稿自然是最为宝贵的版本。其中又有两个版本流行最广，也最为大家所关注。一是铸雪斋抄本，简称铸本，抄者为山东历城人张希杰，铸雪斋是他的书斋名，故称铸雪斋抄本。该本抄于乾隆十六年（1751），分十二卷，收文 488 篇，其中有目无文者 14 篇。学界通常认为铸本抄自济南朱家，而朱家又抄自蒲家原稿，因而铸本是蒲家原稿的再抄本，在蒲松龄手稿只剩半部的情况下，铸本因传承有序，其版本的权威地位自然就不可动摇了。1974 年，上海人民出版社将此抄本影印出版，成为大家手头都容易得到的可信的《聊斋》版本。张友鹤辑校《聊斋》三会本，以现存手稿为辑校底本，所缺的半部则以铸本为辑校底本，可见张氏对铸本的肯定。

另一个版本是刻本，因扉页题有"青柯亭开雕"字样，故称青柯亭刻本，简称青本，刻于乾隆三十一年（1766），主刻者为山东莱阳人赵起杲。青本原先拟刻十二卷，后爱莫能舍，又补刻四卷，遂成十六卷，收文 425 篇，成为《聊斋》开刻最早、篇目相对较全的刻本。青本之后，不断有人据此重刻，因其为刻本，所以流传最广，清中叶以来，评点《聊斋》者多据此本。主刻者赵起杲说，他曾比较得到的四种《聊斋》抄本，最后得出结论，认为福建闽县人郑方坤（郑方坤字荔乡，雍正年间曾在山东兖州、沂州、登州等地为官，曾编著《全闽诗话》十二卷，有《蔗尾诗集》传世）的抄本最为完善，确系抄自蒲家原稿，他便以郑抄本为主要的参考底本刻青本。

铸本、青本均称来自蒲家稿本，这似无可反驳，现在的问题是：如将这三本加以比较，就会发现一个很奇怪的现象，即青本与现存手稿更近，而铸本与现存稿本则更远。既然两方都坚称所据的是蒲家可靠的稿本，那铸本与青本之间就只能有鲁鱼亥豕之类的差错，而不应该有大的不同，实际情况确非如此，这是一个令人费解的现象。

铸本与现存半部手稿及青本之间在三个方面有明显的差异。

先看王评的抄录情况。无论是作者、抄者或刻印者对王评都非常重视，绝对不会轻易弃录，除非是没有看到。因此，可以从铸本青本中王评的多寡，窥知其所据抄据刻的手稿情况。

统计铸本和青本王评的数目，铸本最少，仅 19 条，而青本有 25 条，青本比铸本多出 6 条。以王评在当时的分量，抄者完全不可能漏抄多达 6 条的王评。对此的合理解释只能是：铸本所依据的稿本上，本就没有这几条王评，而青本据抄的祖本上的王评本来就多。大概在青本据抄的手稿上，不仅有蒲松龄第一次移录的王评，而且还有一些蒲松龄第二次移录的王评，所以数量比铸本多。

其次是对《聊斋》"异史氏曰"的删改。"异史氏曰"是作者仿司马迁"太史公曰"而发的议论，在志怪小说中创立"异史氏曰"体例，表明作者的创作动机不是为了猎奇，而是为时为事而发，在"异史氏曰"中作者常发很尖锐的议论。查《聊斋》全书共有 197 条"异史氏曰"，各本有青本无的"异史氏曰"仅一条，各本有独铸本无的则有十一条之多。若仅以现存稿本中的"异史氏曰"和各本单独比较，现存稿本有青本无的一条，现存稿本无青本有的情况未曾出现。现存稿本有铸本无的七条，现存稿本无铸本有的一条。铸本抄者在抄录过程中遗漏十几条"异史氏曰"是不可能的，作为抄录者，也不可能擅自删去十一条"异史氏曰"。因此，铸本之所以缺了十一条"异史氏曰"，当是铸本据抄的稿本上本来就没有这十一条"异史氏曰"。此外，铸本上还有将"异史氏曰"做了改动的。如《林氏》篇，现存稿本篇末虽无"异史氏曰"字样，但有作者一段议论："古有贤姬，如林者，可谓圣矣！"青本同稿本，独铸本改作："异史氏曰：女有存心如林氏者，可谓贤德矣。"除了加上"异史氏曰"外，对林氏评价也从"圣"改作"贤德"，这不是误抄，而是对林氏的重新评价。《婴宁》的"异史氏曰"也有大的改动。铸本把稿本青本的"我婴宁殆隐于笑者矣"改作"我婴宁何尝憨耶"，二者含义之深浅隐显自有不同。铸本《续黄粱》的"异史氏曰"对比现存稿本、青本缺 44 字；《孝子》的"异史氏曰"对比现存稿本、青本缺 20 字；《韦公子》的"异史氏曰"又比青本多出 19 字；《新郑讼》的"异史氏曰"和青本的相比，几乎重新写过，这些都不可能是抄者的笔误。"异史氏曰"体现出《聊斋》作者对作品的理解，《聊斋》创作时间长达三十多年，在这么长的时间里，作者的创作思想及对社会的评价不可能不发生变化，铸本上"异史氏曰"的不同只能是它所据抄的稿本有了变化，作者对某些故事的理解评价有了不同，因而导致"异史氏曰"有了变动。铸本据抄的当是作者在现存手稿基础上有所修改后的另一部手稿，我们姑称之为第二部《聊斋》手稿，这部手稿现在已经看不到，但铸本有它存在的痕迹。

《聊斋》常在篇后附上类似的小故事，以扩充原故事的内涵。初步统计，《聊斋》在 56 篇作品后附了 63 个同类小故事。附的形式又分两种：一种是附在"异史氏曰"中，成为辅助议论的一部分；一种是附在正文或"异史氏曰"后，成为一个相对独立的小故事。所附的 63 个小故事中，铸本有青本无的 9 个，相反，青本有而铸本无的仅 2 个，铸本增加的小故事都是附在正文或"异史氏曰"之后的。看来，在铸本所据的稿本上，这 9 个小故事已经存在；而在青本所据的稿本上，这 9 个小故事则尚未录入。这几个小故事也不可能是殿春亭主人或铸雪斋擅自添加的，《鸽异》附则（"向有友人馈朱鲫于孙公子禹年"）、《沂水秀才》附则（"友人言此，并思不可耐事，附志之"），这二个青本所缺的小故事，叙述时完全是蒲松龄的口吻，其中孙禹年在《山市》中也曾提及，说明这类小故事不可能由抄者擅添。这类小故事本可以不断获得，不断增多，蒲松龄整理《聊斋》后，或又陆续得到一些"同人"寄来的新的同类小故事，不忍割爱，所以就附在同类故事后。这或可表明，铸本所据的第二部稿本是比现存手稿更晚的稿本，所以所附小故事更多。

比较现存稿本、铸本、青本三本文字，有一个惊人的发现，铸本中有大量的文字不仅与现存稿本不同，也与青本不同，不同的规律与现存稿本作者改稿遵循的规律一致，都是化繁为简，将长句压缩成短句，生动繁复的直接引语改作简洁明快的间接叙述。这原是蒲松龄修改文字的一条原则，这条原则竟在铸本中重现。比较三本文字，很多情况下，往往是现存稿本、青本相同，唯铸本不同。在稿本失传情况下，用青本与铸本作比较，也是青本的文字风格更像手稿中作者未修改前的风格。因篇幅所限，无法遍举，表②、表③只选择部分例句列表说明。表③例是在稿本已佚情况下，将青本与铸本作的比较。

表②

篇名	现存手稿文字	铸本文字
胡四姐	遂蒙青盼如此若见吾家四姐不知如何颠倒生益倾动恨不一见颜色长跽哀请踰夕果偕四姐来	遂蒙青盼如跽哀请踰夕当偕四姐来明日果至
促织	儿渺然不知所往既得其尸于井	儿已投入井中
狐谐	家少有而运殊蹇	家贫而运蹇
姊妹易嫁	往来者无停履迁延少时事愈急女终无回意	往复数番女终无回意
真生	骂曰畜产速行家中虽有药末恐道远难俟急于城中物色薜荔为末清水一盏速将来	骂曰畜产速向城中物色薜荔爪为末清水一盏将来
神女	欲问官阀车行甚疾其去已远	欲问官阀车发已远
湘裙	辗转床头终夜不寐	辗转终夜
素秋	然兄嫂常系念之每月辄一归宁	然兄嫂系念月辄归宁
贾奉雉	又阅旧稿一读一汗读竟重衣竟湿	又阅旧稿汗透重衣
阿纤	遍叩肆门无有应者	遍叩无应

表③

篇名	青本文字	铸本文字
孙生	恒经岁无归时	经岁不归
阿绣	所以慰藉之良殷	深慰之
嫦娥	明月高揭夜乌悲啼怔惧无所复之方徘徊际	明月高揭徘徊无计
王子安	家人又诳之曰请自睡已赏之矣	家人又诳之如前
段氏	欲继兄子弟与兄言兄诺妇与嫂言嫂亦诺	欲继兄子兄嫂俱诺
石清虚	则其家人窃石出将求售主	则其家人窃石出售
卂仙	众疑其不能对故妄言之	众疑其妄
薛慰娘	但归赴岁试深以为苦	但归试甚苦
香玉	筑舍其中而读焉	舍读其中
霍女	惟长跽而前一一听命	惟长跪一听女命

　　表②、表③例中，都是现存稿本或青本的文字较为繁复，而铸本的文字较为简洁。删繁就简是蒲松龄始终坚持的文风，从现存手稿作者的修改痕迹即可看出。铸本较为简洁的文句不可能是抄录者的擅自改动，作为抄录者也

不允许这样做，情况只能是铸本所据抄的稿本本来就是这样的，铸本不过照抄而已。铸本是蒲家稿本的再抄本这条传承线索无可怀疑，那么，铸本所据抄的稿本就肯定不是现存稿本，而是另外一部《聊斋》手稿，这部手稿抄成时间当在现存手稿之后，是经作者又一次全面修改的手稿。或许有人会怀疑，此时蒲松龄已届古稀，他有精力再抄一遍吗？这个问题似不必担心，因为在《聊斋》数十年的创作过程中，始终有"同人"在帮忙，年轻时有"四方同人"以邮筒相寄，给他提供许多素材，康熙三十八年给王士禛抄的二册也是"与同人共录"的，这些有共同兴趣的人会给予帮忙。

综上所述，《聊斋志异》手稿至少应该有三种：第一种是最初的原始稿，以零散单篇或单卷成册的形式在社会上流行。原始手稿实物已不可见，但它们存在过的痕迹可在现存手稿中窥知一二。这类《聊斋》稿在流行之初比较混乱，各有异同。第二种即现存的半部《聊斋》手稿，这是作者第一次对全稿作全面系统整理后的誊清稿，除了文字等细节的修改外，最重要的是抄录了王士禛的评语，时间当在康熙三十八年之后。第三种是铸本所据抄的稿本，我们称之为第二部《聊斋》手稿，这部手稿抄成时间在现存手稿本之后，这部手稿对文字又作了不少的修改，对"异史氏曰"、附则小故事等均作了调整。第二部手稿已佚，铸本有它存在的痕迹。

顺便提及，如果以上推断成立，则目前社会上流行最广的张友鹤先生辑校的《聊斋》志异三会本，在辑校底稿的选择上有所不妥，因为他把现存《聊斋》手稿和作者后来又作修改补充的第二部《聊斋》手稿混起来了。有现存手稿的，他以现存手稿为底本，无现存手稿的，他以铸本为底本。殊不知现存手稿与铸本所据抄的手稿，是两部不同阶段的手稿，将它们混为一体是不恰当的。正确的做法应当是：若以现存手稿为底本，则现存手稿已佚的那半部应该主要以青本为底本，再参照铸本等。若以铸本为底本，则应该整部《聊斋》均以铸本为底本，所缺的部分再参照手稿本或青本，只有这样才不致前后矛盾。

王子宽，男，1945 年 1 月生，福建福州人，福建师范大学文学院副教授。

论顺康雍乾四朝笔记小说之变迁

宋世瑞

　　清代顺康雍乾四朝一百多年的笔记小说数量，据笔者目前的整理，有近八百种（按作品属性，可分为杂家笔记类、地理杂记类、野史笔记类、故事琐语类），而实际的创作数量恐怕要远多于此，并且由于笔记小说创作存在着地域分布不均衡的问题，比如远离出版中心的中西部地区——作者既无力刊刻，也缺乏怀有阅读兴趣的读者去传播，故作品多致湮灭无闻，得以保存在方志小说家目录中以供后人寓目者亦属幸运。故本文所述以见在或存目作品为准，虽不免有所缺漏，但宏观上还能看出本期笔记小说创作的变迁情况。

　　若依年号来看，笔记小说作品在顺治年间有 132 种，康熙年间 295 种，雍正年间 39 种，乾隆年间 245 种，后附嘉庆年间作品 67 种（嘉庆年间的笔记小说创作不过是乾隆时期的延续），共 778 种（包括近代人伪托之作），其中待查者 16 种，未见者或已佚者 322 种，实存 440 种左右（占总数的56%）。若依笔记小说发展的时段来看，把笔者所能见到的所有作品计算在内，以康熙四十年与乾隆三十年为节点，顺治元年至康熙四十年有 312 种，康熙四十一年至乾隆三十年有 222 种，乾隆三十一年至乾隆六十年有 177 种，故清代顺、康年间笔记小说的创作成绩要好于雍、乾时期，笔记小说的创作数量也有逐年减少的趋势。总体而言，在三个时段中，杂家笔记类与地理杂记类的创作较为稳定，野史笔记类的数量逐年减少，故事琐语类的则时有起伏。

一 顺治元年——康熙四十年：晚明小说的延续与新朝气象的展露

清初的前半个世纪仍然是晚明文学的延续和发展，表现为清言小品类小说、"世说体"小说、野史笔记类作品的继续涌现。在创作主体中明遗民起了主导作用，同时一批出生于明末而仕于清廷的文学新人也开始登上文坛，并引领了清代文学的发展方向。顺、康两朝的文化政策还较为宽松，所以本期的笔记小说创作呈现出一种多元化的态势：故事琐语类笔记小说中志怪、轶事、琐语类均衡发展；野史笔记类小说数量众多，这也是清代前期的重要史学现象，不过内容多辗转抄袭，很难找出一部代表性的作品；地理杂记类小说涌现出了以屈大均《广东新语》为代表的书写岭南事物的"岭南杂记"派；杂家笔记类则有谈迁的《枣林杂俎》、周亮工《书影》、张岱《夜航船》、王士禛《池北偶谈》等清代笔记名著。

在故事琐语类笔记小说中，轶事类、异闻类、琐语类的创作较为均衡。首先是琐语类作品。晚明文学中清言小品较为发达，其中不乏山人造作之习，进入清代后此类作品仍有创作，但沧桑巨变后，清言小品数量锐减，较著名者有《快说续记》《闲馀笔话》《看山阁闲笔》《操瓠十六观》等。此类作品中，冒辟疆以小品之笔为忆念爱姬之文而成《影梅庵忆语》，叙述董小宛生前雅事，风格绮靡婉丽，情感忧郁，开以家庭叙事为主干的"忆语体"笔记小说之先河，后嘉庆中沈复为《浮生六记》，更扩其藩篱至平民情语，后道咸间陈棐之《香畹楼忆语》、蒋坦《秋灯琐忆》等，皆此体中著名者。

其次在异闻志怪领域，本时期的《聊斋志异》向得重视。《聊斋志异》始完成于康熙十八年己未，中间增补至康熙四十六年，乾隆三十一年始刊行（赵、鲍刊刻"青柯亭本"），当时"传奇法以志怪"的并非蒲松龄一人，似乎志怪小说已恢复唐宋以来"炫奇"的传统，或者说近接晚明也未为不可，如陆圻之《冥报录》之《凌氏女》，叙述漫长，不下《聊斋》之笔。宋起凤《稗说》中的部分篇章，笔法亦与《聊斋》不殊。《聊斋志异》由默默无名而崛起，其中的原因之一，在于它的可读性，陆丽京、宋起凤亦师法晋唐，其作品大多篇帙仍未脱志怪之笔记手法的框架。蒲松龄"传奇法以志怪"是用传奇之法、采用志怪形式的作品，具有复合的特征。而且书中篇幅长短相间，颇有山势起伏之态，使读者读之不倦，清代中晚期时仿效者众，故可称之为"聊斋体"。不过在清初经世致用的学术思潮下，故事琐语类作品并未得到重视。诸多志怪之作，如《外史新奇》《簪云楼杂记》《原李耳载》《见闻录》《果报闻见录》《信征录》《旷园杂志》《养疴客谈》《残蟫故事》《耳书》《诺皋广志》《现果随录》《艮斋笔记》《青社遗闻》《冥报录》《岛居随录》等，风格朴实，多寓因果教化之意。

再次在轶事小说的创作上，出现了如《陶庵梦忆》《牧斋迹略》《三侬赘人广自序》等作品，叙事清丽，多有文采，其中"世说体"小说较令人注目，如《玉剑尊闻》《明世说补》《明代语林》《明语林》（《明语林》有三种，各为陈衍虞、史以明、吴肃公作）《五茸志逸》《汪氏说铃》《今世说》《明逸编》《南吴旧话录》《明世说》《玉光剑气集》等，可以看出它们的内容以叙述前朝为主，而汪琬《说铃》、王晫《今世说》注意于本朝，然皆以褒美为主。余怀"以高士隐于声色间"[1]，所撰《板桥杂记》可谓清初故事志艳类的代表作，它上承唐《北里志》、宋《东京梦华录》、明《青泥莲花记》等青楼叙事馀流，下开清代风月类笔记小说之先河为"板桥体"，虽为金陵青溪歌咏之作，笔端亦不乏故国遗老之思。

故事琐语之外，野史笔记类作品中明遗民对前朝遗闻轶事的记录、回忆成为本期笔记小说的主调，其中既包括怪异之事，亦有目见耳闻之记录。全祖望云："晚明野史，不下千家。"[2] 传闻异辞，体例多样，其中作者既有保存故国文献的目的，也有自我写心的需要，如张怡《玉光剑气集》（"世说"体例）、佚名《烬宫遗录》、薛寀《薛谐梦笔记》、李清《三垣笔记》、谈迁《异闻识略》、花村之《谈往》、曹家驹《说梦》、杨士聪《玉堂荟记》、孙承泽《山书》、吴甡《忆记》、陆丽京《纤言》、王炜《嗒史》、佚名《松下杂

① （民国）杨钟羲：《雪桥诗话》，北京古籍出版社，1989年，第41页。
② 转引自谢国桢：《增订晚明史籍考·凡例》，上海古籍出版社，1981年，第19页。

钞》、董含《三冈识略》、宋起凤《稗说》、潘永因《明稗类钞》、王家桢《研堂见闻杂录》、刘銮《五石瓠》、佚名《旅滇闻见随笔》、苏灏《惕斋见闻录》、蔡宪升《闻见集》、石鳞子《明朝怪异杂记》、陈楚《新安外史》、张怡《謏闻随笔》及《謏闻续笔》、佚名《野老漫录》、郑与侨《客途偶记》及《客途纪异》《见闻续纪》、佚名《牧斋迹略》、尚湖渔父《虞谐志》、程正揆《先朝遗事》等，其中张怡《玉光剑气集》、陆圻《纤言》、张怡《謏闻随笔》及《謏闻续笔》成就较高，文学色彩甚为浓厚。

四库馆臣以记载军国大事与否来分别杂史与小说，其方法是在于"小说意味"的区别，野史笔记类笔记小说存在之价值，在于保存了许多里巷传闻（"委巷之谈"），其间不乏荒诞不经之作（"小说意味"）。此类作品的创作来自社会各个阶层，从馆阁文人到草野布衣，反映了鼎革之变对民族心理造成的巨大创伤。孙承泽之《山书》中记崇祯朝史事，然用笔记之法，所述有关明代崇祯年间政治、经济、军事诸方面，至为详细，如《野老漫录》亦晚明野史之类，所述有袁崇焕毛文龙始末、清军入寇、周延儒温体仁朋党、崇祯帝诛魏忠贤、吴三桂降清、甲申之变、农民军水灌开封、崇祯朝法网渐密、崇祯殉国、宏光朝政治等，叙述中兼有议论，亦见伤怀忧国之心。吴甡《忆记》应用笔记之法，所述为明代故实，以今日视之不过为自述状，故以"忆记"为名。苏灏《惕斋见闻录》述崇祯甲申至乙酉事，多所见闻，故又名《申酉闻见录》，王大隆跋云："是书记明末江南防御之事颇多佚闻，而于当时从贼之士大夫魑魅状态揭载无讳。"又如陆圻之《纤言》分上中下三篇，上篇为"梃击案""移宫案""红丸案"始末，中篇述南明弘光朝事，尤以永王、太子、童氏妃三案为详细；下篇述南明灭亡始末及鲁王、唐王相继覆灭始末，间有忠臣殉节记录，所述大约皆是传闻，寥寥数笔者多。其他如《仁恕堂笔记》《闻见集》《谈往》《惕斋见闻录》《客窗偶谈》《阅世编》《客舍偶闻》《牧斋迹略》《研堂见闻杂录》等，皆对明清鼎革之时里巷传闻有所记载，但此类野史笔记在前四朝流传不广，多以手抄本形式流传，原因在于清政府的文化专制政策使然，它们一直到嘉庆后才稍稍面世，得以刊行。

本期地理杂记类小说创作也较为兴盛，陈弘绪《江城名迹》、吴应箕

《留都见闻录》、孙承泽《春明梦馀录》、施男《筇竹杖》、佟世思《鲚话》、汪森《粤西丛载》、王士禛《陇蜀馀闻》、张岱《西湖梦寻》、方拱乾《绝域纪略》、江价《中州杂俎》、孙廷铨《颜山杂记》、陈祥裔《蜀都碎事》、周亮工《闽小纪》、文行远《浔阳跖醢》、牛天宿《海表奇观》、朱彝尊《日下旧闻》、陆祚蕃《粤西偶记》、屈大均《广东新语》等皆为叙事、议论、考证、载记相结合的作品，其中孙承泽《春明梦馀录》、屈大均《广东新语》的成就较高，《四库全书荟要总目》云《春明梦馀录》"以记有明一代都城掌故。首以建置、形胜，次及城郊、宫殿、坛庙、公署，而终之以名迹、寺观之属。因地以纪人，因人以征事。其于天启、崇祯间建言诸臣，章疏召对，尤语焉而详"①。此书对后来的《日下旧闻》及《日下旧闻考》颇有影响。《广东新语》承前启后，使清代"说粤体"的创作进入了一个新的时期，这与岭南地区文化勃兴与作为民族斗争的前沿阵地有关。描写行旅见闻的笔记小说如佟世思之《鲚话》，叙康熙二十四年乙丑佟氏与表叔范承勋探望于广东恩平任知县的弟弟佟伟夫，周作人云其行文"诚实""波俏"（见周作人之《鲚话》），李介《天香阁随笔》以游记之体写轶事，王士禛之《陇蜀馀闻》亦与之相类，不过王氏之文多有考述前代典故地理之笔。张岱《西湖梦寻》亦遗民文学，不过《板桥杂记》寄情青溪，此则寻西湖旧日繁盛而已（笔者案：到晚清时期，这种以繁华落尽为主调的作品重新出现，不过作者主体行将为清遗民而已）。汪价《中州杂俎》为修志之馀纂辑成书者，所述小说中之河南掌故轶闻。此类小说与地志相结合的作品在清代较多，而且作为方志之琐屑、可补邑乘之典故的笔记小说作品，成书多与作者们曾参与修志活动有关，可称"地志小说"。除了记载乡土轶事异闻的地志小说外，关于异域想象的作品在本期也有创作，如陆次云《八纮荒史》等；在中国士大夫创作群之外，一些来华的西洋传教士创作的"汉文小说"也应给予注意，有关地理杂记类笔记小说者有南怀仁之《坤舆外纪》，此书叙述五大洲地理、风物，记载光怪陆离，大约亦传闻异辞之类，可谓清代异域之

---

① 江庆柏等整理：《四库全书荟要总目提要》，人民文学出版社，2009年，第252页。

《山海经》。

在杂家笔记领域，此类创作仍沿晚明笔记传统之旧，作品如梁清远《雕邱杂录》、冯班《钝吟杂录》、黎士弘《仁恕堂笔记》、张尔岐《蒿庵闲话》、彭孙贻《客舍偶闻》、孙承泽《山书》、谈迁《枣林杂俎》、张岱《夜航船》、纳兰容若《渌水亭杂识》等，皆内容庞杂，或考证典籍，或讲道德，或论经史，或述见闻，大抵皆以增见知识为主。需要注意的是，在康熙四十年前后，是"渔洋说部"作品〔包括《皇华纪闻》（康熙二十三年）、《池北偶谈》（康熙三十年）、《陇蜀馀闻》（康熙三十四年）、《居易录》（康熙四十年）、《香祖笔记》（康熙四十四年）、《古夫于亭杂录》（康熙四十八年）等〕逐渐问世的时期，并成为清代前期此类作品的经典："本朝以来，其行世谈部说家，埴所闻见者，则周栎园《书影》《闽小纪》、汪钝翁《说铃》、董阆石《三冈识馀》、尤悔庵《艮斋杂说》、渔洋山人《居易录》《池北偶谈》《分甘馀话》《夫于亭杂录》、王任庵《暑窗臆说》、吴青坛《说铃》（原案：吴所载诸家说部名目甚夥，兹不具）、褚人获《坚瓠集》、孔宏舆《拾箨馀闲》、王丹麓《今世说》。凡此皆彰彰在人耳目者也。"① "渔洋说部"内容较为庞杂，既有小说故事，也有诗话、考据辩证之类。"渔洋说部"之外较著名者，宋荦《筠廊偶笔》与纳兰性德之《渌水亭杂识》，亦颇富文采。

本期小说丛书、类书的涌现，也是在康熙四十年前后，原因也许在于江南地区的出版业恢复到正常水平，另外一批文人兼出版商也起了很大作用，代表者为张潮、王晫、褚人获等，他们编纂的小说丛书有吴震方《说铃》前后集、张潮《昭代丛书》一百五十卷、《虞初新志》二十卷、《檀几丛书》五十卷、《坚瓠集》六十六卷、赵吉士辑《寄园寄所寄》十二卷等，皆为私刻之本。在说部丛书中，笔记小说中各类别所占比例并不相同，这与编纂者的宗旨取向有关，《檀几丛书》主旨在于小品，《虞初新志》在于文学传记，《昭代丛书》内容更为庞杂，杂说、考证、鉴赏以及志怪轶闻皆为收录；

---

① 金埴：《不下带编》，中华书局，1982 年，第 80 页。

《坚瓠集》作于苏州极盛之时，故为此书作序者皆一时名流，如张潮、徐柯、孙致弥、杨无咎、沈宗敬、徐琛、毛际可、尤侗、陆次云、洪昇等，其编成方式、传播效应与王晫《今世说》《昭代丛书》《檀几丛书》相类，所摘录之丛残小语多雅隽可喜，似有小品、"世说"之风。另有赵吉士纂《寄园寄所寄》，该书涉猎作品近五百种，地志、小说、笔记、史籍、诗话、文集等皆所取材，其中以明代书籍为多，此书成书时间稍早于《坚瓠集》，《凡例》云："予自少至壮，凡见闻新异，辄笔之于书。积之既久，分类成帙，用作坐侧之玩。"成书方式与褚人获相同，辑书主旨在于"凡属生平所历，偶有触者，辄附于末，以见世间原有两相符合处"。"偶有触者"即不从流俗，事取征实，语尚朴质，凡"资见闻""正人心""致用""豁人心脾"者皆采入，亦可谓"笔记小说类书"之类。收入以上丛书的笔记小说，来源广泛，但多非原文摘录，而是编纂改订之以合乎丛书编纂宗旨。大体说来，《昭代丛书》中之笔记小说志怪、轶事一类文风朴质，而《檀几丛书》中的笔记小说较有小品之致，《坚瓠集》所收又类乎诗话、"世说"，《寄园寄所寄》则"采掇颇富而雅俗并陈，真伪互见"（四库馆臣语）。

简言之，本期前后可谓奠定了清代笔记小说诸类别的大致局面：野史笔记创作较盛，为清代野史创作的第一个高峰期（第二个高峰期为晚清）；"渔洋说部"发轫并成型，并成为笔记小说中一个重要体派；《板桥杂记》开启了清朝志艳体小说的写作，此类作品可称之为"板桥体"笔记小说；志怪、轶事小说沿晚明馀波，创作仍很兴盛，其中《聊斋志异》"志怪兼传奇"的写法在同期作品中别具一格，但并未进入"渔洋说部"这个以学问相尚的创作圈子内。作为琐语一种的笑话集，在清代整体的创作并不兴盛，多改编、辑录明人作品，清代前期也不例外，其中明代冯梦龙之《古今谭概》被删改为《古笑史》（或名《古今笑》），对清代中期以后诸笑话集影响甚大。《广东新语》也开启了"岭南杂记"写作的风气，此书虽因屈大均抗清之故屡有禁毁，但并未能完全阻挡它在民间的传播。除此之外，不能不提及顾炎武的《日知录》，此被清人称为"说部正宗"的代表作品，本意于经世致用，却推动了清代考证学的兴盛，使清代中后期的小说呈现出老儒谈经的面目。又本期除王渔洋之外，张岱、余怀、屈大均、顾炎武诸人皆为明遗民，可见明遗民群体为本期小说创作的主体，著作中缅怀古昔、感叹世变之音，每每见于笔端。

二 康熙四十一年——乾隆三十年：杂家笔记的崛起与故事琐语的消歇

康熙晚期与乾隆前期之间的笔记小说创作，除了数量减少的现象外，之前笔记小说内部诸体均衡发展的局面也被完全打破。首先，本期明遗民多已故去，故国之音渐已消退，而且野史笔记之书因与当局有碍，往者及来者所著之野史笔记如戴名世之《忧庵集》《孑遗录》屡遭禁毁，查慎行《人海记》亦曾畏祸毁版，关于故明野史的书写已被分散到其他笔记小说诸类别中去。其次，杂家笔记与地理杂记类的创作仍然较为兴盛，杂家笔记类作品数量较多，成就颇高。其次在故事琐语领域，轶事类、琐语类、异闻类的小说创作仍延续前一时期的态势，但佳作不多。

在杂家笔记领域，此时王士禛挟诗学领域的"神韵所"之势，以诗话为媒介扩大了"渔洋说部"的影响力。刘坚《说部精华序》中云"渔洋山人诗文为艺苑第一大家，海内心折久矣"。说部笔记不过是王士禛顺康年间文学活动之一部，兼以门生故吏满天下，"渔洋说部"终清一代不乏追随者，如戴璐《藤荫杂记》、周春《过夏杂录》等。本期王士禛等人身体力行创作之馀也在进行理论总结，王士禛认为说部为子、史之属，《居易录序》云"古书目录，经史之外阙有说部，盖子之属也，《庄》《列》诸书为《洞冥》《搜神》之祖，亦史之属也"①。或许更重要的是，渔洋说部为后人树立一种小说范式，即博学为尚的、兼容小说、诗话、考证、博物、掌故的写作风范，以隽语清言寻言外之味为追求的审美风格，可谓叙事与议论、载记与考证兼具，清人赞美其作品与宋荦《筠廊偶笔》并列为"直追汉魏、媲美唐

① 王士禛：《居易录》，《文渊阁四库全书》影印本第869册，（台北）商务印书馆，1984年，第310页。

宋，为本朝说部之冠"① 的典型。因渔洋说部卷帙繁多，后乾隆初刘坚辑《渔洋说部精华》十二卷传布海内，即以评论、考证、载籍、典故、谈谑、诗话、清韵、志怪等八部类分别之，便于士人阅读；王应奎之《柳南续笔序》曾云"远希老学，近埒新城"②，亦是效仿渔洋之意。除王士禛诸说部作品外，还有宋荦《筠廊偶笔》、刘廷玑《在园杂志》、金埴《不下带编》、陆廷灿《南村随笔》、袁栋《书隐丛说》、江昱《潇湘听雨录》、汪景祺《西征随笔》、王应奎《柳南随笔》、鲍鉁《禅勺》、黄叔琳《砚北杂录》、章楷《谔崖脞说》、严有禧《漱华随笔》、董潮《东皋杂钞》、徐崑《遁斋偶笔》、孟瑢《丰暇笔谈》、陈撰《玉几山房听雨录》、裘君弘《妙贯堂馀谭》、王孝咏《后海书堂杂录》、颜懋侨《霞城笔记》、董大新《人镜》、鲍倚云《退馀丛话》、黄图珌《看山阁闲笔》、龚炜《巢林笔谈》等杂家笔记作品，这些作品之中既有诗话、考证，也有志怪、轶事，文学意味较浓，其中宋荦《筠廊偶笔》、刘廷玑《在园杂志》、王棠《燕在阁知新录》成就较高。笔记小说为说部文学之一种，士大夫"一物不知，儒者之耻"，但专注于志怪、轶闻的叙述并不被视为博雅之学，故王士禛《池北偶谈序》谈作书缘起，闲处园林与宾客雅谈，"则相与论文章流别，晰经史疑义，至于国家之典故，代之沿革，名臣大儒之嘉言懿行，时亦及焉。或酒阑月堕，间举神仙鬼怪之事，以资噱噱；旁及游艺之末，亦所不遗"③。"神仙鬼怪""嘉言懿行"不过是偶及之事，经史诗文方是士夫本色。

地理杂记类作品主要是记载乡土风物轶闻，是笔记小说存在的重要载体，本期此类作品有吴震方《岭南杂记》、王一元《辽左见闻录》、钱一垞《岭海见闻》、汪森《粤西丛载》、范端昂《粤中见闻》、王孝咏《岭西杂录》、罗天尺《五山志林》、张渠《粤东闻见录》、张泓《滇南忆旧录》、劳大舆《瓯江逸志》、释同揆《洱海丛谈》、厉鹗《东城杂记》、谢济世《西北域记》、纳兰常安《受宜堂宦游笔记》等，此亦循魏晋六朝地记、唐宋地理

① 朱淞之：《寄闲斋杂志》卷六，华东师大馆藏嘉庆二年刻本。
② 王应奎：《柳南随笔》，《柳南随笔·续笔》，上海古籍出版社，2012 年，第 88 页。
③ 王士禛：《池北偶谈》，齐鲁书社，2007 年，第 1 页。

杂记及清初地理杂记之旧，其中尤以"岭南杂记""东北流人"系列作品最为突出。"岭南杂记"记述岭南风物异于中原、江南，叙述轻松明秀，晋宋以来代皆有作，至清代创作数量最多，成就也最高。东北为犯官流人之地，故每多凄苦之音，其中以《辽左见闻录》《宁古塔纪略》《柳边纪略》较为著名，王一元《辽左见闻录》述关外所述有风土、流放官员小传、杂事、志怪等；吴桭臣《宁古塔纪略》一卷（成书于康熙六十年）、杨宾《柳边纪略》四卷（成书于康熙四十六年），所述为东北边疆民族风俗、山水地理、物产以及清初史事。边疆地理之地理杂记的著作缘起，除自述见闻外，多与地志保存文献有关，如杨宾《柳边纪略自序》云："中原土地之入郡县者，其山川、方域、建制、物产、风俗、灾祥之类，皆有文以书之。书而不能尽与所不及书者，则征之逸民、遗老，所谓献者是也。文献备而郡县之志成。若乃不入郡县之地，虽声教已通，而地土不毛，人民稀少，中原之人偶一至焉，皆出九死一生，呻吟愁苦之馀，谁复留一字以传?"① "岭南杂记""东北流人"之外，新疆、华中、江南、齐鲁等地也在写作范围之中，如谢济世《西北域记》记载西北地理、风土、轶事，江昱《潇湘听雨录》记湖南地理、风俗、志怪、诗话、博物、逸事等。张贞《渠丘耳梦录》，记青州乡土之事，既有志怪，复有乡贤轶事。汪为熹《鄢署杂抄》亦为河南风土之录，孔毓埏《拾箨馀闲》记鲁西地区见闻，书中多道德劝诫之言，亦"道德圣人家"之流韵。

在故事琐语领域，志怪类作品有傅汝大《鬼窟》、张正茂《龟台琬琰》、史震林《西青散记》、章孝基《雷江脞录》、钮琇《觚剩》、胡承谋《吴兴旧闻》、景星杓《山斋客谭》、汪为熹《鄢署杂抄》、魏坤《漫游小钞》、章有谟《景船斋杂志》、吕法曾《阐微录》、王椷《秋灯丛话》、章孝基《雷江脞录》等，其中《吴兴旧闻》原为府志中"丛谈"之一部，后被删落单独成书；《西青散记》可谓《聊斋》之后又一"传奇以志怪"之书，不过诗词擅长于乩仙、村妇，题旨与《红楼梦》相近。轶事类作品有章抚功《汉世

① 杨宾：《柳边纪略》，黑龙江大学出版社，2014 年，第 353 页。

说》、章继泳《南北朝世说》、裴连《世说窬隽》、宋弼《州乘馀闻》、张贞《渠邱耳梦录》、姚世锡《前徽录》、蓝鼎元《鹿州公案》、屠元淳《昭代旧闻》、葛万里《清异录》、周骧《东山外纪》、张庚《国朝画征录》等，其中"世说体"的写作仍然不衰，如宋弼之《州乘馀闻》，仿世说体例，其中除十六门沿袭《世说》之外，增旷达、感慨、游历、故实、感逝、游戏、女流、志怪等八门，皆为山东德州轶事之类。琐语类作品有赵执信《海沤小谱》、芬利它行者《竹西花事小录》、郑相如《汉林四传》等，前两种为"板桥体"之类，《汉林四传》不过游戏文；另在乾隆三十年左右，琐语中的笑话集有《笑倒》《增订解人颐广集》《笑林广记》，其中以《笑林广记》影响最大。本期故事琐语类作品相对于六十馀年的时间来说，本时段笔记小说全部数量不过百馀种，作为故事琐语类之一的志怪作品自然更少。不过就本时段故事琐语类作品的数量（46 种）在总的笔记小说（120 种）中所占比例（38.3%）来看，还不能称作某类小说（如志怪）的"断层期"或"空白期"（如陈大康老师所云明代章回小说的发展时段）。

需要说明的是，本期笔记小说创作的总体数量减少，大约有两个原因：一是与本时段作家、读者的文学趣味转移有关。若环顾本期通俗小说的创作，则产生了《儒林外史》《歧路灯》《红楼梦》《绿野仙踪》甚至《姑妄言》《醒世姻缘传》等，对后来文学发展影响甚巨。二是本时段的文化政策趋于严厉，这对笔记小说的创作也有负面影响。除了"南山集案""查嗣庭案"等学界所知的"文字狱"外，禁毁"淫词小说"的政策或者也会对文学创作起到抑制作用。据王利器《元明清三代禁毁小说戏曲史料》载，康、雍二帝曾在康熙二年、二十六年、四十年、四十八年、五十三年以及雍正二年禁止民间结社的同时禁毁"淫词小说"，"其中有假僧道为名，或刻语录方书，或称祖师降乩，此等邪教惑民，固应严行禁止；至私行撰著淫词等书，鄙俗浅陋，易坏人心，亦应一体查禁，毁其刻板"①。康雍时期禁毁"淫词小说"的目的，一是打击秘密会社，二是禁止神道猥亵之书流通，是

---

① 王晓传辑录：《元明清三代禁毁小说戏曲史料》，作家出版社，1958 年，第 22 页。

有着稳定社会、净化文化市场的积极意义。政府打击"淫词小说"的举措或许也是笔记小说创作陷入低潮的一个原因。

要之，本时段杂家笔记类、地理杂记类的创作仍然较为兴盛，而故事琐语类创作较前一时段显得沉闷，野史笔记类的作品集已不多见。随着清王朝社会的稳定，士大夫群体的文学趣味或已转变到杂家笔记与通俗文艺当中。"雅趣"与"博学"是文人品味的两个追求，两者的此消彼长这也是文学内部诸体变化的内在动因。乾隆五十七年徐承烈《听雨轩赘笔跋》云："康熙间商丘宋公漫堂、新城王公阮亭皆喜说部，于是海内名士，人各著书。今汇集于《昭代丛书》初二两集者，不下数百种，较之前明百家小说已倍蓰矣，然书可等身，值昂而难以卒购，未若单词片帙之易于访求也。故蒲柳泉《聊斋志异》一出，即名噪东南，纸为之贵，而接踵而起者，则有山左斋之《夜谭随录》、武林袁简斋之《新齐谐》，称说部之奇书，为雅俗所共赏，然所叙述者，说异是尚。"①通过此语可知康熙四十年"渔洋说部"与乾隆三十年"聊斋体小说兴起"之间，笔记小说中志怪作品集创作有过一个低潮期。

三　乾隆三十一年——乾隆六十年：野史笔记之外的诸体并兴

本时段笔记小说中野史笔记类作品几近绝迹，故事琐语类中的志怪小说走出低谷，迎来了清代志怪小说的一个高峰期；杂家笔记类、地理杂记类的创作也较为繁盛。若依时限来看，乾隆三十一年至嘉庆十年间（以纪昀逝世为节点）的笔记小说数量与康熙四十年至乾隆三十年基本持平。本时段笔记小说通过唐宋以来的创作积累以及清初的探索，在乾隆年间出现了一个体派汇聚与体例创新并兴的局面。本期呈现出的笔记小说体派有"世说体""说粤体""板桥体""忆语体""渔洋说部体""聊斋体""阅微体""子不语体"，它们或已蔚然大观，或初步成型，仿效者也是或多或少；在综合诸体

---

① 　清凉道人：《听雨轩笔记》，《笔记小说大观》第一编第 1 册，台北新兴书局，1962 年，第 641 页。

进行体例创新方面，则以李斗《扬州画舫录》为代表。

在故事琐语领域，明显有三类不均衡的现象存在，琐语、轶事类不如异闻之说兴盛。《聊斋志异》进入主流传播渠道后，志怪创作兴起，迎来了一个复兴期，较著名者如和邦额《夜谭随录》、沈起凤《谐铎》、佚名《萤窗异草》、乐钧《耳食录》、沈曰霖《晋人麈》、俞蛟《梦厂杂著》、曾衍东《小豆棚》、佚名《集异新抄》、纪昀《阅微草堂笔记》、顾公燮《消夏闲记》、朱海《妄妄录》、程攸熙《吹影编》、沈钦道《夜航船》、孙洙《广新闻》《排闷录》《异闻录》、徐承烈《听雨轩笔记》、李调元《新搜神记》、宣鼎《夜雨秋灯录》、屠绅《蜃杂记》、袁枚《新齐谐》、屈振镛《云峰偶笔》、邓暄《异谈可信录》、徐昆《柳崖外编》、张太复《秋坪新语》等，以及纪昀的《阅微草堂笔记》。在志怪小说创作兴盛的基础上，针对笔记小说的理论总结也在进行当中，其中《四库全书总目》小说家类小序及诸小说提要、纪昀关于《聊斋志异》的批评影响较大。《四库全书总目》关于子部小说家的取舍标准与分类，对以后的小说书目起到了规范化的作用；纪昀关于《聊斋志异》"一书兼二体""小说不比戏场关目，随意装点"的批评，突出了故事琐语类笔记小说"史""实"的特性，是对"聊斋体"小说过于倾向文学性的反拨，但"纪氏作《阅微草堂笔记》，立法甚严，然偏于论议。'盖不安于仅为小说，更欲有益人心，即与晋宋志怪精神，自然违隔'（鲁迅语）"①。从综合数量来看，故事琐语类笔记小说在本期的创作，恐怕多数还是非如《中国小说史略》中所云"拟晋""拟唐"派作品的存在，如袁枚《新齐谐》、欧苏《霭楼逸志》《霭楼剩览》、沈钦道《夜航船》、朱海《妄妄录》、张太复《秋坪新语》、杨望秦《巽绛编》、钱肇鳌《质直谈耳》、沈曰霖《晋人麈》、顾公燮《消夏闲记》、陈钥《竹溪见闻志》、徐承烈《听雨轩笔记》、刘寿眉《春泉闻见录》、李汝榛《阴晋异函》、李调元《然犀志》《尾蔗丛谈》《新搜神记》、王兰沚《无稽谰语》等。这种情形（"拟晋""拟唐"）不仅在以上所列小说集中可以看出，在大量存在的说部笔

---

① 浦江清著：《浦江清中国文学史讲义·明清部分》，天津古籍出版社，2009年，第229页。

记、小说选本、地理杂记等作品集中数量更不占优势。因此除了本期"聊斋体"成为部分作家的自觉追求（作品有徐昆《柳崖外编》、纪汝佶《小说》、曾衍东《小豆棚》、管世灏《影谭》、许亦鲁《不寐录》、娄东羽衣客《镜花水月》、乐钧《耳食录》、屠绅《蟫杂记》等），"聊斋体"之外的作家还是循旧例自然的创作，如袁枚评论《聊斋志异》"惜太敷衍"[①]，故创作了基于写实而以娱乐为目的《子不语》；欧苏《霭楼逸志序》则云其书"虽无当于大雅，然信以有征，奇不失常，亦颇异乎近世蒲留仙之《聊斋志异》、袁子才之《新齐谐》、沈桐威之《谐铎》"[②]。这些都显示出作者在文体选择上的自主性与自觉性。与志怪小说相比，本期轶事类作品数量减少，只有戴延年《秋灯丛话》、盛百二《柚堂续笔谈》等寥寥几部作品存世，此类作品创作的衰落或许与本期文字狱有关。乾隆晚期嘉庆初年，士女繁华、竞争豪奢，以地域论则以金陵、吴门、维扬为中心，琐语类中志艳作品创作较多，如《续板桥杂记》《雪鸿小记》《秦云撷英小谱》《潮嘉风月记》《明湖花影》《群芳外谱》《吴门画舫录》《秦淮闻见录》《燕兰小谱》《海天馀话》等；在以"板桥体"为代表的志艳类作品中，开始由青楼女子扩大到娈童俳优，如《燕兰小谱》，以香艳之笔描摹戏子优伶，可谓已入狎邪歧途，与章回小说界之《品花宝鉴》同趋恶趣。琐语类中笑话集的编纂、创作以石成金《笑得好》初集、二集较为著名，石成金致力于通俗文学的教化作用，刊刻俗文学作品多种，此书为其中之一，语多劝诫，可谓寓教于乐的作品。

在杂家笔记领域，作品蔚为大观，且考据之法对追求雅趣的笔记影响颇大，如叶璟《散花庵丛语》、杨望秦《巽绛编》、阮葵生《茶馀客话》、程攸熙《吹影编》、边连宝《病馀长语》、赵翼《檐曝杂记》、法式善《槐庭载笔》、汪启淑《水曹清暇录》、龚炜《巢林笔谈》、张为儒《虫获轩笔记》、伍宇澄《饮渌轩随笔》、汤大奎《炙砚琐谈》、沈初《西清笔记》、蔡显《闲渔闲闲录》、胡承谱《隻麈谈》、秦武域《闻见瓣香录》、曹斯栋《稗贩》、张纯照《遗珠贯索》、伊朝栋《南窗丛记》、阮元《小沧浪笔谈》《定香亭笔

---

① 袁枚：《小仓山房诗文集》，上海古籍出版社，1988 年，第 1767 页。
② 欧苏：《霭楼逸志》，广东人民出版社，2010 年，第 148 页。

谈》等。其中《茶馀客话》议论纯正，《槐厅载笔》记录典章富赡，《檐曝杂记》则精于史笔，为本期杂家笔记中之较著名者。这些作品大多宗尚宋人笔记，如欧阳修《归田录》、沈括《梦溪笔谈》、苏轼《东坡志林》等，同时对清初的"渔洋说部"也推崇有加，如戴璐《藤阴杂记》即为续"渔洋说部"而来。此类作品在内容上包括风土、诗话、典章、轶事、志怪、考证、博物等，本为随笔记录之杂著，在辨体上较为困难，但清人仍能析其流别，以示渊源有自，如嘉庆初赵绍祖称胡承谱之说部笔记《隽麈谈》《续隽麈谈》"盖深得段成式《酉阳杂俎》、沈存中《梦溪笔谈》、陶九成《辍耕录》之遗意"，并在刊刻时"取其语之足以资考据、事之足以备采录者，分为上下卷"，上卷为考证、论辩、诗话、博物之类，下卷为志怪、轶事之类，"意欲稍以类相从，而非谓原书之可以删节也"（上所引皆出清赵绍祖《只麈谈序》，华东师大馆藏《泾川丛书》清刻本）。

在地理杂记类领域，有王庭筠《粤西从宦略》、李调元《南越笔记》、檀萃《楚庭稗珠录》、戴延年《吴语》、吴骞《桃溪客语》、葛周玉《般上旧闻》、关涵《岭南随笔》、沈曰霖《粤西琐记》、洪亮吉《天山客话》、康基田《合河纪闻》、李斗《扬州画舫录》、汤健业《毗陵见闻录》等，地理杂记也是叙述与考证并重，如《南越笔记》《桃溪客语》《合河纪闻》等，引古证今、考证名物、辨别古今地理异同，足见乾嘉格物考证之风气。在地域文学的写作上，《扬州画舫录》集《水经注》《北里志》《录鬼簿》《洛阳名园记》《东京梦华录》《板桥杂记》《留都见闻录》《平江记事》等诸体文学之长，诗话、轶事、志怪、地记、风物、优伶、谣谚、曲谱等皆在叙述之列，形式虽为地理杂记，实融合了"板桥体""世说体"等其他笔记小说的写法，各体之间的界限已被打破，可谓清代中期地理杂记写作的一种新的趋向，但之后的"画舫录"系列作品如《吴门画舫录》《吴门画舫续录》《画舫徐谭》等并未达到李斗的写作高度，反而又退回到《板桥杂记》"青楼与诗赋""文士与红粉"的写作路径上来。

在本期笔记小说作家群里，李调元创作、编纂的笔记小说作品包括志怪小说、杂家笔记、地理杂记等达十馀种之多（见《函海》），如《新搜神记》

《井蛙杂纪》《尾蔗丛谈》《南越笔记》《然犀志》《制义科琐记》《淡墨录》等，数量可观，其创作、编纂成绩几与清初张潮、王晫等笔记杂著作家相埒，且其所著知识更为广博、考证更为详确，已非清初"才子之笔"所能藩围。

简言之，本期除了野史笔记作品处于低潮外，故事琐语类之志怪小说、志艳小说以及杂家笔记类、地理杂记类（风土笔记）的创作较为兴盛，"说粤体""板桥体"的创作仍在继续；志怪小说在《聊斋志异》在一种"影响的焦虑"的刺激和带动下，出现了两个新的笔记小说体派"聊斋体""阅微体"，并且还出现了合诸体文学于一身的地志小说《扬州画舫录》。另外阮元所撰辑之《小沧浪笔谈》《定香亭笔谈》，内容既类诗文选集，又类诗话，叙述以诗词为中心，其体例颇异于康乾间诸笔记小说，故亦可称笔记小说之"破体"。此书与李斗《扬州画舫录》两书皆可谓清代中期笔记小说领域写作上之新变，此种新变的原因，在于新的知识的增加、积累，已经使乾嘉时期的学人力求笔记小说在表现个人情感和社会内容方面涵盖的范围更为广阔，故而不拘成例而创立新体。另外，本期在纂辑丛书上收获也较大，其中陈世熙《唐人说荟》二十卷、马俊良《晋唐小说畅观》五十九种在整理唐代小说方面成绩颇大，传播范围较广，所整理的作品既有笔记小说、也有传奇小说。

结　语

清代顺康雍乾四朝的笔记小说创作数量繁多，有近八百种（包括已散佚者）；内容丰富，反映了当时社会的各个方面；风格多样，并不限于朴质、简净一格，出现了一批著名的笔记小说作家如周亮工、张潮、王晫、王士禛、吴震方、蒲松龄、来集之、尤侗、纪昀、袁枚、李调元等。从整体上看，此一百六十馀年的笔记小说创作具有以下特点：

（一）故事琐语类小说中异闻、杂事作品创作的变迁大体呈现出一种 U 形轨迹。在康熙四十年前、乾隆三十年后，异闻、杂事小说集的创作较为兴盛；康熙四十年到乾隆三十年间的异闻、杂事小说集数量较少；乾隆三十年之后又重新崛起，并在清代中晚期形成了一些新的小说体派。

（二）内容丛杂的杂家笔记作品，在康熙四十年之前的创作数量处于一种上升的态势。顺治、康熙两朝出现了一批质量较高的杂家笔记作品，如《筠廊偶笔》《雕邱杂录》《在园杂志》《池北偶谈》《居易录》《人海记》《山志》等。在此类作品的创作中，清人比较注重宋人的创作经验，并且多以宋代笔记作为行文成书的典范，是宋代笔记经典化过程中出现的现象。

（三）叙述易代逸闻的野史笔记创作在清初较为兴盛，康熙四十年后虽间有纂辑，但数量较少，这种题材的作品要到嘉道以后才重新抬头（标志为嘉庆间昭梿《啸亭杂录》的出现）。本时期百馀年间的野史笔记创作，恰处于有清一代野史笔记变迁之 U 形轨迹的起始与谷底阶段。康熙四十年后，胜朝轶闻、本朝史事多散见于地理杂记、杂家笔记甚至故事琐语类小说当中。

（四）顺治初年到嘉庆初年乃至晚清，笔记小说继承并发展出来一系列各具特色的小说体派，如"世说体""板桥体""忆语体""渔洋说部体""聊斋体""阅微体""说粤体"等；同时也有融合诸类小说的作品出现，集大成者为李斗《扬州画舫录》。这些新小说体出现的标志之一，是有大量的追随者，而且在形式、体例、内容方面较为接近，甚至在序跋中即点明源自何书，如《板桥杂记》之后有《续板桥杂记》《明湖花影》《群芳外谱》，《广东新语》之后有《岭南杂记》《粤西丛载》《南越笔记》《然犀志》，"渔洋说部"之后有《蓉槎蠡说》《藤阴杂记》《柳南随笔》《不下带编》等。

（五）前代的笑话集如宋胡澹庵《解人颐新集》（钱德苍增订为《增订解人颐广集》）、明冯梦龙的《古今谭概》（清代删改名为《古笑史》）仍很流行，而且出现了体例与他们相似的《遣愁集》《笑倒》《一夕话》《笑林广记》《笑得好》等作品。笑话书与所谓"杂事""异闻"相比，总的数量要少得多；但若从四库馆臣"琐语"类（笑话为琐语之一种）的角度来看，大量卷帙单薄的琐语作品存在于说部丛书如《檀几丛书》《昭代丛书》以及文人文集当中，其总体数量较为可观，文章学的色彩较浓，可称之为"笔记散文"。

（六）由于清廷修纂《大清一统志》的需要，对地方志乘纂修鼓励倡导，所以这一阶段以描写地域轶闻、可补史乘的所谓"地志小说"较引人注目，如《瓯江逸志》《中州杂俎》《吴兴旧闻》《般上旧闻》等。此类作品文风较为朴质，在小说诸体中更接近于史乘，或备方志采撷，或为方志编纂后之馀料，如《中州杂俎》《吴兴旧闻》，内容主要为乡土之物产、风俗、志怪与轶事，材料除闻之故老耆旧外，亦从旧志、文集、经史、前代或当代小说中辑录，要之为地域文学之一种云。

（七）顺治到嘉庆初年这一时段除了自撰小说之外，编辑成书者约有四十馀种（包括上文所提及者），如卢若腾《岛居随录》二卷、谈迁《枣林外索》三卷《异闻识略》一卷、李清《女世说》四卷补遗一卷《诸史异汇》二十四卷、张正茂《龟台琬琰》一卷、佚名《广孤树裒谈》二十五卷、潘永因《宋稗类钞》八卷《续书堂明稗类钞》十六卷、吴肃公《阐义》二十二卷、张贵胜《遣愁集》十四卷、陆次云《大有奇书》二卷《八纮荒史》一卷、傅燮𪨗《史异纂》十六卷《有明异丛》十卷、张潮王晫《檀几丛书》五十卷、张潮张渐《昭代丛书》一百五十卷、吴震方《说铃》前后集、褚人获《坚瓠集》六十六卷、赵吉士《寄园寄所寄》十二卷、陶作楫《太平广记节要》十卷、陆寿名《续太平广记》八卷、章抚功《汉世说》十四卷、刘坚《渔洋说部精华》十二卷、葛万里《清异录》一卷、章继泳《南北朝世说》二十卷（未见）、傅汝大《鬼窟》二卷、查嗣瑮《查浦辑闻》二卷、陈撰《玉几山房听雨录》二卷、周嘉猷《南北史捃华》十九卷、汪燮《增删坚瓠集》八卷、王大枢《历朝美人纲目百韵丛书》四卷、钱德苍《增订解人颐广集》二十四集、董大新《人镜》八卷、游戏主人《笑林广记》十二卷、孙洙《排闷录》十二卷、顾洤《桂山录异》八卷、彭希涑《二十二史感应录》二卷、陈世熙《唐人说荟》二十卷、小芝山樵《聊斋志异精选》六卷、马俊良《晋唐小说畅观》五十九种、《异谈可信录》二十二卷、王初桐《奁史》一百卷、萧智汉《山居闲谈》五卷、雷琳《渔矶漫钞》十卷、程森泳《谐史》五卷等。从编辑年代来看，它们在各时段的分布较为均衡，其整体的编辑倾向在于"资劝诫"（《大有奇书》）、"存文献"（《晋唐小说畅观》）、"广见闻"（如《八纮荒史》）、"可赏鉴"（如《增删坚瓠集》），其方式有辑录（辑录他书数条）、增删（在原书基础上增删）、选刊（每书选若干卷）、改订（对所辑录部分进行改动）等，此中较著名者有吴震方《说铃》丛书、张潮《昭代丛书》、褚人获《坚瓠集》以及陈世熙《唐人说荟》、游戏主人《笑林广记》，此类作品虽不免稗贩之讥，然究为小说创作取材之渊薮、民人休闲之谈资，故具有较高的文学文献与小说研究价值。

本文系 2021 年度国家社科基金后期资助一般项目"清代笔记小说研究——以顺康雍乾四朝为中心的考察"（项目号：21FZWB040）阶段性成果。

宋世瑞，男，1981 年 3 月生，山东东明人，文学博士，阜阳师范大学文学院讲师。

※　※　※

"红楼接海霞"

陶越《过庭记馀》，写于康熙五十九年（1720）前后。其记崇祯庚辰进士金堡，明末"崎岖岭海间，一念孤忠，百折不悔"。及桂林为清兵所破，削发为僧，号澹归，主僧不知其贵官也，令其种菜，欣然把锄，日事劳苦。康熙丁巳戊午（1677-1678）间，与作者相见，"时方盛夏，先生僧衣，面不加帽，形甚清癯，头鬓如雪，出语稜稜，犹见往时风骨"，敬仰之情，溢于言表。吴子石仓有《望丹霞山追怀先生》诗云："禅宫谁缔构，闻是旧黄门。白发归莲社，丹心叩帝阍。芝薇何处采，龙象此空存。回首前朝事，西南日气昏。""事去三朝后，身经九死馀。有山埋短发，无子表遗书。梵呗销金革，香台想玉除。孤臣心自苦，不是乐空虚。""想象虚无里，红楼接海霞。黄封留谏草，碧血染袈裟。六诏无回驭，千山但暮鸦。生前曾说法，忠义感天花。""片片硃砂骨，当湖葬白苹。留身返故国，削发表先民。而我居城北，惟公是比邻。无由展遗像，一望涕沾巾。"

诗中跳出"红楼"二字，而金堡又"崎岖岭海间"，"红楼接海霞"云云，分明与民族情绪有关。《红楼梦》第五十二回真真国女子诗"昨夜朱楼梦，今宵水国吟""汉南春历历，焉得不关心"。潘重规说《红楼梦》就是《朱楼梦》，应非凭空杜撰。（斯欣）

清代"世说体"小说述评

宁稼雨

世说体小说作为士人文化的文学形式，在明代虽然出现了与市民阶层意识相互融合的趋势和倾向，但到清代又重新成为文人士大夫的专有文学形式。在内容上，它基本反映遗民抵触情绪和受宠文人得意心情；在取材上，既有反映社会各阶层人物的综合性画廊，也有反映一代人或一类人物的断面，还有记载某一地区人物的事迹，并且有了较强的功利目的和实用色彩，这也许与清代学风的求真务实不无关系。下面分别就相关作品缕析述评。

梁维枢《玉剑尊闻》

《玉剑尊闻》十卷，《四库全书总目》小说家类著录，梁维枢作。维枢字慎可，真定（今河北正定）人。明天启前入举为官，天启中以党论削职。崇祯时重新起用，政迹斐然。后乞养归，卒祀乡贤①。本书成于顺治十一年（1654），有赐麟堂刻本、1927 年藁城魏氏养心斋刻本。书前还有吴伟业、钱谦益、钱芬序。

《玉剑尊闻》仿《世说新语》体例和门类，多《雅操》一门，而《捷悟》《自新》二门有目无文，实存三十四门。小引云："见自元以来数百年间雅言韵事，几同星风，凡有韵闻见，略类《世说新语》者分部书之。"本书在一定程度上是作者生活经历的折光投影。梁氏弱冠以前放荡不羁，后期

---

① 据徐世昌：《大清畿辅先贤传》卷一。

则埋头政务。这两方面，恰好是书中的两大色块。

　　作者自称"少为祖父母所爱，父母不忍严督。总角以后，日事蹴跑、驰马、顾曲、近妇人"，这段浪漫生活是他性格自由发展时期，中年以后作为一种潜意识印入心际。书中若干放浪才子的种种轶事，正是追忆这段经历的投影。卷九《唐子畏》取唐伯虎假扮佣书、拐走主人婢女的记载，表现风流文人放浪不羁的性格。从唐寅身上，可以看到作者的影子，作者的怀念和追忆，就不能简单地理解为好色，因为这是与思想与个性解放的社会内容紧密相连的。如书中《任诞》记："顾文康微时读书山寺，逐得一犬，剥之，求薪不得，走佛殿，揖罗汉曰：'不得已，烦大士。'因斧其像以爨犬。熟即呼群儿环坐，掰而大嚼，为之一饱。"在顾文康面前，寺庙、罗汉不仅失去了往日的尊严，反而成了取笑和烧火的材料。这种对宗教偶像的亵渎，正是明代中后期思想界以王学左派为代表的尊重个性、尊重情感的启蒙主义新思潮的馀波。与唐寅赚婢的故事，是一个主旨的不同侧面。又如《汤临川》：

　　汤临川创为《牡丹亭》，张新建相国语之云："以君之才辩，挥麈而登皋比，何渠出濂洛关闽下，而逗漏于碧箫红牙队间，将无为青青子衿所笑？"临川曰："显祖与吾师终日共讲学而人不解也。师讲性，显祖讲情。"张无以应。（《规箴》）

　　汤显祖虽然曾从师罗汝芳、张新建等理学大师，可终于摆脱了传统理学中"性"与"理"的束缚，提出"情"的哲理信念。一部《牡丹亭》，正是以情胜理哲学思想的形象表述。汤显祖与其师张位的对话，一针见血地点明了二者的相悖之处。此事原出陈继儒《批点牡丹亭·题词》，作者取入本书，可见与汤显祖的相通之处。他还把李贽关于"宇宙内有五大部文章，汉有司马子长《史记》，唐有杜子美集，宋有苏子瞻集，元有施耐庵《水浒传》，明有李献吉集"的惊人妙语采入书中。四库馆臣斥之为"狂谬之词"，并以此认为书中"颇乏持择"①，固然反映了正统文人的偏见，却也从反面显现

———————————

① 《四库全书总目提要》子部小说家类。

出《玉剑尊闻》作者执着于启蒙主义的思想倾向。

　　作者官工部主事期间，政绩不错。书中另一部分重要内容，是为官者的故事，表现出作者的社会政治理想。首先是一些官员廉洁自好的言行。如《德行》篇《王珬》："王珬作宁波知府，操守廉介。故事：日有堂馔，用鱼肉。珬谓家人曰：'汝不见我食草根时？'命瘗之。人呼为'埋羹太守'。有给事来访，为客居闲。珬不怿曰：'吾意若造请，有利于民也，而厉民耶！'茶至，大呼：'撤去，不必奉！'给事惭退。人又呼'撤茶太守'。"同卷《刘东山》，写历任广东地方官都将官库羡馀钱留为私用。刘东山为方伯时，却将此款作公费支销，毫无所取。从王珬和刘东山的廉洁品行，可以看到梁维枢对理想官员道德品质方面的设计和要求。

　　其次，作者还借能干官吏的行事，表达自己的人生感慨。如《周文襄》：

　　　　周文襄有一册，记日行事，纤悉不遗，每日昼夜阴晴风雨，亦必详记。人初不知其故。一日，民有告粮船失风者。文襄诘其失船何日、何时？东风、西风？其人妄对，文襄语其实，诈遂不行。（《政事》）

　　作者写此书时，正值明末政治腐败，农民起义波澜壮阔，明王朝统治风雨飘摇之际，其拯世救国的"补天"思想是显而易见的。在当时的社会环境中，这种善良的补天愿望，结果当然不可能实现。他们的一腔热血和过人才能，往往由于小人中伤、奸臣昏君的打击而付之东流。如《德行》篇《许应逵》："许应逵为东平守，甚有循政，而为同事所中，得论调去，吏民哭泣不绝。应逵晚至逆旅，谓其仆曰：'为吏无所有，只落得百姓几点眼泪耳！'仆叹曰：'囊中不着一钱，好将眼泪包去，作人事，送亲友。'"表现了作者对主人公遭遇产生的共鸣。为政有声而被削职家居的梁维枢，其遭遇正与文中许应逵相同。史载："赵南星被祸，维枢倾身翼之。杨涟银铛，道出正定，维枢往迓之，大言槛车之旁，曰：'公此行垂名竹帛，夫何憾哉！'时逻卒狞立，人咸危之，维枢洒然不顾也。"[①] 可见他的正直品格和与东林党人的

----

① 见《大清畿辅先贤传》卷一。

相通之处。作者以小说向人们宣告自己的人格信念：做人应自由自在，任情所为，不受拘束，为官则要清廉和胜任。这些结论是他对人生品尝之后所得，故而有一定的说服力和贴切感。

书中部分内容为杂采众书，故艺术风格不甚一致，其中不乏佳作。如《假谲》篇记："高皇帝尝欲戮一人，皇太子恳求释之，召袁凯问孰是。凯对曰：'陛下刑之者，法之正；东朝释之者，心之慈。'帝怒，以为凯持两端，下之狱。已而宥之，每临朝见凯曰：'是持两端者。'凯诡得风疾，仆不起。帝曰：'风疾当不仁。'命以锥锥之。凯忍死不为动，放归田里。凯归，以铁索锁项，自毁形骸，使家人以炒面搅沙糖，从竹筒出之，状类猪犬下屎，潜布于篱根水涯，匍匐往取食之。帝每念之曰：'东海走却大鳗鲡，何处寻得？'遣使即其家，起为本郡儒学教授。乡饮为大宾，凯瞠目熟视使者，唱《月儿高》一曲，使者复命，以为凯诚风矣，遂置之。"以生动的笔触，勾勒出朱元璋的蛮横狠毒嘴脸和阴险猜忌之心，袁凯的战战兢兢而又沉着应变，准确传达出当时文人伴君如伴虎的艰难境地。前叙《许应逵》，以许临行前吏民的哭泣和主仆二人的对话，形成了一种凄婉悲凉的气氛，表达了作者对此种场面经历的深切感受。

由作者本人作注，是本书的又一特点。不过内容已多为人知，如曹操、李白之类，故《四库提要》讥其注"尤多肤浅"，为允当之语。

李延昰《南吴旧话录》

《南吴旧话录》，未见著录。《松江府志》题为李延昰（1628－1697）撰①，未标卷数。据书中内容及有关材料，本书最早由延昰六世祖西园老人口授，曾祖尚炯补撰，延昰子汉徵为全书作注。李氏其他宗亲如袭之、中孚等人也参加了编注工作。汉徵夭亡后，由延昰整理补充，顺治初年最后定稿。延昰原名彦贞，字我生，一字期叔，后改今名，改字辰山，亦曰寒村。

---

① 《槜李诗系》云为戊寅（1698），此据朱彝尊《高士李君塔铭》。

明亡后流寓平湖西宫道院，著书行医，有《放亭集》《甲申因话录》《证人录》等。延昰临终前将《南吴旧话录》书稿交给朱彝尊，朱氏藏本下落不明。现存本书有三种版本，差异较大。一为嘉庆丁丑（1817）张应时校刊本，六卷，书前有张应时序和朱彝尊为李延昰所作塔铭。这是目前发现本书最早刊本。二为光绪癸卯（1903）陈蓉曙抄本，上下二卷，书后有吴仲怿跋语。此书一直鲜为人知，20世纪中叶为谢国桢先生所得，1985年由上海古籍出版社影印出版。三为民国乙卯（1915）吴重熹刊刻铅字本，二十四卷，卷为一门类。前有吴重熹序，据此序知此本系据商丘宋筠藏抄本排印，附有《松江府志》李延昰小传和胡祖谦、耿道冲、雷补同、阮惟和四人弁语。书后有佚名的阙文序和几则附录。三个版本中六卷本与二卷本内容、条数基本相同，均不分类。此二本内容多见于二十四卷本，但二十四卷本的条数远远超出此二本。相比之下，二十四卷本为原作的可能性较大。

本书采用世说分类之体，又专记松江一地人物轶事。这在世说体小说的发展史上是一个创举。书中所记，上起洪武，下迄崇祯，凡作者认为当地值得夸耀的文人淑女事迹，几乎网罗殆尽。虽然这是一部李氏几代人共同完成的作品，但书中总的思想倾向却惊人的一致。总的说来，作品呈现的是传统思想中的落后和保守部分。《孝友》一门，实际是一幅幅封建孝子图。他们或者割肉饷母（《沈得四》），或者为孝辞官（《高南州》），这些迂腐的行为令人感到悲哀和怜悯。当事者不仅是为了博得父母的欢欣，主要还是为了取得舆论的好评，混上一个廉价的孝子美名。充分表现出儒家以社会功利为目的伦理道德思想对人们社会行为的约束作用。更为令人悲哀的，是这种思想不是作为社会的外在要求和约束，而是成为当事者内心自发愿望的所谓"心理模式"和王学所谓心学的体现，其表现就是那些无视功利目的、纯粹内向化的孝子。如《唐二怀》：

> 唐二怀性至孝。父有房婢顾氏，意颇昵之，而对之佯做怒容。二怀能体父意，使其妇视婢加厚。妇曰："君用心殊苦。"二怀应曰："汝妇人也，不知为人父设，为之即知吾心。事父母也，仅欲美服珍馔，适其

起居，则何地无曾悯。凡情中之情，意外之意，更须一一消息，方于子职有少许相应。"①

唐二怀与沈得四、高南州那些人的区别就在于，他的孝道并不是为了取得社会的承认。在他看来，尽孝道并不仅仅表现在穿衣吃饭这些生活琐事上，最重要的是能体贴入微地感知和顺从父母内心的情绪好恶和愿望所在。其所以深刻表现出传统道德观念对人的毒害，其重要因素就在于作者对唐二怀体察父意这一生活中琐细之事的发现与摄取。应该承认，这才是封建忠孝伦理思想的成功杰作。

在《闺彦》一门中，一大群节妇烈女的形象充斥其中，与《世说新语·贤媛》篇所崇尚的谢道韫等人的林下风致更是大相径庭。其他各门类中宣扬传统伦理道德的故事也每每可见。作者对这些传统文化中的糟粕不进行批评和反思，而是不加分析又处心积虑地大力颂扬和鼓吹，在很大程度上表现出作者思想的陈腐。

当然，《南吴旧话录》一书中仍然包含和杂糅一些可以借鉴以至继承的思想因素，其中最突出的就是爱国主义精神。明代永乐至嘉靖年间，倭寇曾多次骚扰我国沿海各地。松江地处东南沿海，屡受倭寇进犯。作品中以相当的篇幅，反映倭寇暴行和人们强烈的民族爱国精神。如《乔春山》写乔春山组织义勇民兵抗倭，《徐子裁》记"倭躏泖西，子裁轻舟载亲避匿，适遇零倭。子裁遣舟先行，裸身辱倭。倭怒，共争缚子裁。子裁奋力，且骂且斗，故亲得脱去"，都形象地呈现了民族英雄的胆气义骨的光彩。

值得注意的是，作者把爱国和节孝作为一个统一体进行歌颂，甚至节孝行为还可感化敌人。如《高于理》写倭乱时高于理请代父受戮，倭寇竟受感化而去。作者从主观愿望出发，过分强调了节孝行为和伦理思想的社会作用，把民族矛盾的尖锐性纳入忠孝观念的调节之下，缺乏思想深度，无足可取。书中抗倭爱国故事中思想价值较高的，是那些出身普通功成退隐的抗敌英雄。如《丐者》：

---

① 引文据吴重熹刻二十四卷本，下同。

> 丐者张二，倭乱郡守双江方公募使泗水探贼，屡获真耗，且时斩贼首以献。赐以银牌犒金，俱不肯受。贼平，论功应世袭百户。郡县加以章服，张摇手曰："吾安用此角带皂袍？朔望进辕门逐队叩头，不啻贫优演剧，岂如往来乞食，得以自繇。已忘于辱，何羡乎荣？"或有问其杀倭事，则笑而不答。（《寄托》）

从介子推坚隐绵山焚死不出始，人们已把功成退隐作为民族心理中的美好成分积淀下来。文中张二的品行即是这种美好因子的再次显现。又因它与爱国主义精神融为一体，其光彩也就分外夺目。在那个社会环境中，功成退隐的行为不仅以不受荣禄而显示出人格品质的高尚，而且还隐含着不与当权者合作的潜在意义，因此是传统道德中值得肯定的积极成分。书中《王宪使苍头》写王子嘉未遇时，一苍头对其照顾体贴备至，及王富贵时则自请辞去。通过苍头在王子嘉富贵前后恭谨与辞的对比，充分显示出苍头的高贵品质，表现了作者反映生活和驾驭语言的能力。《丐妇》记一富子患梅毒后染其妾，弃妾于野，为丐者收养治愈。丐者欲送回富家，妾不恋富家，甘为丐妇，都表现了这种高尚品质。而作者把地位低下的普通市人，作为这些高尚人格故事的主人公，尤为难能可贵。

作品中还有些故事，作者的本意是要宣扬传统旧道德，但结果却适得其反，使今天的读者了解到这种道德的害人之处。如《柳御史》：

> 柳御史惇以行人选监察御史，初服獬豸。妾沙氏戏之云："今日须辨虫豸。"御史笑曰："更当细识虫沙。"太夫人闻之，以为嘲谑不娴家训，杖御史而遣其妾。后历官四川左布政，以内艰归，朝夕哭灵前，抚受杖处悲号，出户外竟以哀毁卒。（《孝友》）

作者原欲宣扬传统孝道，但故事本身却反映了封建家法的残酷。这不仅会使一切儿女媳婿在老人面前无所适从，且因孝而死的归宿也大大有乖"不孝有三，无后为大"的严肃训导，也正是作者始料所不及的社会批判效果。

二十四卷本采用《世说》分类之体，这是它与另二种版本的重要区别，也是其体例形式的一个重要特色。作者还善于在纷乱的社会生活中，撷取和遴选那些平凡、短暂、具体而又能从本质上准确反映生活的事件，为表现其思想题旨服务。这是本书模仿《世说》摄取人物角度的成功之处。

吴肃公《明语林》

《明语林》十四卷，《四库全书总目》小说家类著录，吴肃公（1626－1699）撰。肃公字雨若，号晴岩，又号街南，宣城（今属安徽省）人。由明入清，不肯出仕，专心著述。除本书外，又有《皇明通识》《阐释》《诗问》《姑山事录》《读礼问》《广祀典仪》《街南文集》等①。据书前作者凡例和自序，知本书初稿于康熙元年（1662），后搁置箧中二十年，经新安吴仲乔怂恿，刊刻于康熙辛酉（1681）。本书有《碧琳琅馆丛书》本、《芋园丛书》本。书中仿《世说新语》体例，袭其旧目，增《博识》一门，共三十七门，记明代士大夫轶闻旧事，表现了一定的遗民意识。

遗民问题是中国历史文化的特殊现象，是民族问题在封建王朝易代后的反映。历史上元、清两代的遗民意识表现得尤为强烈。清初以顾炎武等人为代表的遗民诗，是明代遗民这种意识的集中反映。与之有所异同的是，清初一部分志人小说虽也表现了这种意识，但比较隐晦、曲折，它不是直接描写清兵的杀掠，人民的流离失所，明代江山的破碎，而是以追念明代人物的方式，扬彼抑此，间接表达作者对清王朝消极的不合作态度。它与清初以颂扬所谓升平局面为主的志人小说形成鲜明对照。

在这种深沉而悲喜交加的追忆中，作者首先把理想执政官员的形象推到读者面前。如：

> 况钟知苏州。初至，佯不解事。吏抱案请署，钟顾左右问吏，吏所欲行止辄听。吏乃大喜，谓太守愚。阅月，集诸吏，诘之曰："某事应行，若故止我；某事不应行，若故诱我行。是皆有贿！"缚诸吏投庭下。

---

① 吴肃公事迹正史未载，事迹散见嘉庆《宁国府志》，邓之诚《清诗纪事初编》。

诸吏皆大惧，谓太守神明。(《政事》)

这个故事通过况钟摆脱吏员的控制，掌握郡权的内容，表现况钟干练的才能。它的潜在含义，则是惋惜明末这种人才太少，以至亡国。然而，与德行相比，才能在人才设计中只能占有次要位置。因为才能只是对为官者的要求，而德行则是人所共应守循的准则。所以在孔门四科中，"德行"居首，"政事"只能放在第三位。同是一个况钟，作者并不只满足于表彰其才能，而且也不吝笔墨地突出他的品德。如《况伯律守苏》录明杨循吉《苏谈》中况钟于府中火灾后宽宥遗火小吏、引咎自责的故事，表现了虚怀若谷，与人为善的为官之德。

作者对为官之德落笔较多的，还是他们廉洁奉公的品行。如《德行》篇记："张思齐藩臬山右，长子纪徒步省觐，道于曲沃。沃令见其良苦，以一驴送之。既见公，公怪问驴何自得，纪不敢隐，具以实告。公怒棰纪，驱驴还令，且切责之。"同卷中《杨继宗遣妻》写杨继宗妻子受部下肉食之贿，杨误食之。后得实情，升堂告诸吏以治家无方，口服皂荚而吐之，又备舟遣妻还家。在作者看来，政权只要掌握在这些既有才能，又能清廉如水的官员手中，民则可安，国则可泰。可是，江山易主，异族当政，这一切理想和愿望都成了痛苦的回忆。所以，尽管清初统治者能够注意网罗人才，发展经济，但目睹过明末战乱和清初高压统治的作者，无论从感情上，还是在切身利益上，都难以与政治环境形成默契。这不仅是他以此书抒发其潜意识的原因，或许也是他不曾入举的直接缘由。

从纵向来看，作为小说中遗民意识的载体——追念明人事迹的故事，很大程度上受到传统思想的规范和约束。尽管作者主观上也许没有这种企冀，但传统观念以无意识的方式积淀在作者的灵魂深处。况钟引咎自责，是儒家"宽以待人，严以律己"的伦理思想；杨继宗遣妻和张思齐还驴，则又是儒家"大公无私"思想的图解。遗民意识的不自觉流露和传统思想的潜在规定，二者碰撞的结果，便是这类遗民型小说产生的思想渊源。

作者还把笔触伸向人的精神世界，探估人们精神水准的价值和魅力，这显然又是《世说新语》影响的结果。如：

> 王康僖少有雅量。诸老嫂尝试之，暑月如厕，必置扇外舍牖间，使婢藏之。出视无扇，辄往。三置三藏之，乃不复置，亦终无愠色。诸老嫂相与笑曰："七叔量如海，可鼻吸五斗醋。"（《雅量》）

故事虽然尚未超出《礼记》所规定"叔嫂不通问"的戒律，但文中对王承裕气量的描写，却精彩地表现出人们对气质之美的认识与驾驭的层次之深。另一篇写气量的小说，风格却直逼魏晋人。《雅量》篇记："熹庙时逮者至吴，其令持牒见周吏部。吏部慨然曰：'吾办此久矣！'顾左右曰：'一僧庵额未应。'因命笔书'小云楼'三字，掷笔笑：'了此，别无馀事矣！'"周顺昌被捕前后从容不迫的气质，表现了进步文人追求精神与思想自由而将生死置之度外的胆略和气魄，给人以悲壮的美感。而东林党人在与魏党斗争中所表现出的正义与进步精神，又在社会伦理的角度增强了这种美感的力度。《世说新语》中所记嵇康临刑前索琴弹曲，叹"《广陵散》于今绝矣"，正与此同趣。

从周顺昌被捕的故事可以看出，作者对明代社会虽然由衷热恋而多有肯定，但明末朝廷政治的黑暗，却迫使他不得不褒中见贬，扬中见抑。透过周顺昌的无畏气概，映示出魏阉一伙的无耻和残忍，从而自然流露出作者对理想、对现实、对过去既向往，而又遗憾的矛盾心态。又如：

> 刘瑾慕康德涵才名，欲招致，康不肯往。及献吉系狱，康慨然诣瑾。瑾大喜过望，延置上坐，急趋治具。康曰："仆有所言，许我乃得留。"瑾曰："唯先生命！"康曰："昔高力士为李白脱靴，君能之乎？"瑾曰："请即为先生脱之。"康曰："仆何敢当李白？李梦阳之才，百倍于白。一不当公，遂下之吏，亦安肯屈白乎？"瑾从屈谢。明日梦阳得释。（《企羡》）

作者要表现的是刘瑾对康海思之若渴，唯命是从的仰慕和康海为朋友两肋插刀的挚情，但它却从侧面反映出明代中期政治的黑暗，表现了宦官当权的弊端。《蔚钟》通过蔚钟任职期间造怨，离职后被怨家派人设计谋杀的故事，写出明代政治斗争的尖锐、残酷。

本书表现手法上值得注意的是，作者不满足以往志人小说简洁的速写勾勒和正面描写，而是借鉴白话小说的某些手法，为表现志人小说的题材服务。如《文学》篇记："吴趋之里有娶妇者。夜而风雨，烛灭，无与乞火。哄然惊谓曰：'南濠都少卿家有读书灯在。'叩门，果得火。"作者没有写都穆如何悬梁刺股地读书，却从邻居灭烛后一齐想到向他借火，把一个数年如一日发奋于灯下的读书人形象，活生生地展现于读者面前。这种侧面描写的方法反映了作者视角转移产生的描写变化，很有文学韵味。

书中缺点有二：一为体例不严，常有一文互见同书中者；二则抄录它书内容较多，《四库全书总目提要》已予指出。

王晫《今世说》

《今世说》八卷，王晫（1635-？）撰。《四库全书总目》小说家类著录。晫初名裴，后改今名，字丹麓，号木庵。又好坐溪上听松，自号松溪子。钱塘（今浙江杭州）人。少聪颖名重。康熙癸卯（1663）年二十八岁时患喉疾几死，医者谓读书过苦所致。其父因令其弃举子业。三年后病愈，则闭门聚所藏数万卷图书于霞举堂，博览群书。又好宾客，当时文人名士多与其交结。康熙戊午（1678），诏征天下博学隐迹之士，京师文人多欲举晫，继知其隐居志坚，叹息作罢。康熙乙丑（1685），岁值五十，填《千秋岁》词自寿，名人竞相属和，传为千秋雅调。除本书外，还有《遂生集》《霞举堂集》《杂著十种》《墙东草堂集》等，并刻有《檀几丛书》等①。

据书前作者自序，知书成于康熙二十二年（1683），是年刊刻成书，为本书最早刊本，比较罕见。后有咸丰二年（1852）伍崇曜刻《粤雅堂丛书》本，较为通行。本书记清初以来文人轶事，仿《世说新语》体例，分门叙

---

① 据《国朝耆献类徵初编》卷四百七十五。

事，其中《自新》《黜免》《谗险》《纰漏》《仇隙》六门，作者认为有伤人之嫌，"引长盖短，理所固然"，没有开列。其馀三十馀门与《世说》原目全同。各本书前有冯景、丁澎、毛际可、严允肇序和作者自序，另有洪晖吉、林西仲等人评林和作者例言，后有伍崇曜跋语。

在清初志人小说中，《今世说》属歌功颂德一类，但与同类小说其他作者，如王士禛、汪琬等不同，这些人都受恩于清王朝，做过大官。他们的志人小说，主要是用歌颂承平景象来表示自己和其他文人的效忠之心。而王晫却是一个布衣隐士。但他没有做官，不是无才，而是因病被父令放弃举业，其思想基础和政治见解与在朝之士并无二致。这是他们地位不同而小说思想倾向一致的基础。作者在自序中谈到写作目的："今朝廷右文，名贤辈出，阀阅才华，远胜江左。其嘉言懿行，史不胜载。特未有如临川裒聚而表著之，天下后世，亦谁知此日风流，更有度越前人者乎？予不敏，志有此年。"书中虽然以记叙文人士大夫事迹为主，但作者自觉地把这一切都归功于朝廷重视的结果。如《今世说·宠礼》中描写宋荦的行为，虽有沽名钓誉之嫌，可故事却反映了顺治对君臣关系的重视。《孙豹人》写清初孙豹人初以老病为辞，不愿应名，未获准。后来吏部又有年老授衔之命，硬拉他去领爵。反映清初统治者千方百计地笼络有影响的知识分子的历史事实。这些被文人们以欣逢盛世和知遇之主所领会，所以又有很多太平盛世之象的描绘。其中多为顺治、康熙两朝文人轶事。这些人为文则才思敏捷，为政则精明强干。如：

> 毛大可过海陵至淮上，时吏部张鞠存父子嗜诗有名园。中秋夜，会客数十人，伎乐合作，鼓吹竟夕。毛倚醉扣盘，赋《明河篇》，凡六百馀言，及旦，淮上诸家传写殆遍。宣城施愚山，还自京师，见之目为才子。（《文学》）

歌舞升平，太平盛世，在这样的氛围中饮酒操觚，是历代文人所神往的境界。毛大可的才子之气，更与此环境相映成趣，令人心旷神怡。以致作者本人也颇欲把自己置身于这样的气氛中，连别人的誉己之辞也顾不上自谦而隐了："王丹麓博学擅才藻，一时名声满江左，居北郭，为往来舟车之冲，四方士大夫过武林者，必先造其庐，问字纳交，停轺不忍去。"作者如此当仁不让地来写，固然受到明末文人标榜风气的影响，但也不能否认其为歌功颂德而不遗馀力的动机。如果再结合为政文人的政绩描写，更会有此感觉。《周釜山》写周茂源出守梧州三年，行廉政清，路不拾遗，士民交口赞之。说明作者认为这些士大夫是太平盛世的受益主体，也是创造主体。当然，作者并没有把承平世界的得来写得轻而易举，而是从为政官员艰辛努力的成功中渗透出对来之不易的升平景象的珍惜。如：

> 郭鸣上筮仕，授昆山县令，故县剧难治，吏人且多豪滑。郭赴官，未至县五百里，吏人十数辈迎于道，乃诈称疾不起，自怀部牒，间道行一昼夜，抵县。守县吏方会饮堂庑，见一老书生，仪状朴野，直上堂踞坐，皆大怒，叱逐之，不肯去。视其手中所持，若文书状，迫视之，则部给昆山知县牒也。大惊，互相推挤，仆堂下。前迎令者，怪疾久不出，伺得其故，亦驰归，适至，共叩头请死罪。郭笑遣之，吏愈恐，不肯起。乃谕之曰："若所为我尽知之。今为若计，欲舞文乱法，快意一时，而身陷刑戮乎? 欲守公奉法，饱食暖衣，与妻子处乎?"皆曰："欲饱暖守妻子耳。"曰："果尔，我今贷若罪，后有犯者，杀无赦!"吏皆涕泣悔悟，终郭任无犯法者。（《政事》）

此事与《明语林》所叙况钟佯愚事题旨相同，以文人官员摆脱吏员控制，施展才干的故事，反映其励精而治的一个侧面。

作者把《自新》等六门有揭短伤人之嫌的门类摈弃，反映了他以善化恶的伦理观，也与他不愿树敌，以免惹祸的隐士心理有关。尽管如此，书中还是多少反映了当时社会的某些阴暗面。顺治、康熙两朝虽为清代政治开明和上升时期，可统治者在笼络文人的同时，也加紧镇压各地抗清运动，大搞文字狱，实行高压统治。书中卷三记"高云客少遭丧乱，自江左还旧乡，补衣蔬食，块处蓬室中"。同卷叙"豫章陈伯玑避乱移家，与刘远公流寓芜江"。更为突出的是《政事》篇记胡励斋抗拒株连政策，不肯滥杀无辜。故事对胡罿抗上行为的颂扬，除了隐含着作者以仁为本的传统民族心理外，实际上也曲折表达了作者对清王朝滥杀无辜、株连九族做法的不满，从而也就背离了作者回避政治和丑恶的初衷。毛稚黄在本书评林中说："丹麓固欲以奖美传其人，然按其标部，由渐至末，佳处固多佳，或亦有佳而犹未免是病者。"

美和丑在生活中无所不在，作家也就无法回避。前叙郭鸣所辖吏员，胡亶反抗的上司，都是王晫主观上不愿触及、但又不得不写的人物。而对那些富翁的豪奢生活，作者更表现了明显的褒贬。如：

> 翁逢春游临安，橐囊中金二千于寓庑下。一日被酒归，蹴金，伤其趾，遽怒呼曰："吾明日用汝不尽，不复称侠！"遂遍招故人游士及妖童艳唱之属，期诘旦集湖上。是日，舣舫西泠桥，合数十百人，置酒高会，所赠遗缠头无算。抵暮，问守奴馀金几何，则已告尽矣。（《汰侈》）

杭州旧有"销金锅"之称，是富翁们挥金如土的乐园。本篇为书中《汰侈》一门中唯一的一篇小说，它集聚了作者对豪侈行为的强烈不满。只有难以克制，作者方才违背不揭人短的诺言。

本书不仅在体例上模仿《世说新语》，而且在语言风格上也极力蹈袭《世说新语》"言约旨远"的传统，表现出语言的优美精练。所不同的是，随着时代的推移，白话小说具体描写的影响，本书在叙事描写的语言风格上表现出简洁而又具体的特点。前举各篇均可见端倪，又如：

> 侯辅之少遭家难，避居嘉兴，捕者突至，逮系登舟。侯默然，手执《周易》熟视之，倦则依傍人卧。捕者以为痴，且以纨绔少年易制也。将抵会城，各简视行李，或登陆，意益懈。侯睨视两岸桑翳然无际，突起窜身坐桑林中，捕者眙愕出不意，疾追不能得。夜，燃炬火搜林中。侯望见火光所指，即疾避之，微行近白门，遇诘者，以《周易》示之，曰："吾卜者也。"遂脱于难。（《假谲》）

整个故事十分紧凑，盖因作品语言简洁，描写细腻准确所致。如"逮系登舟"，仅四个字就写出士兵逮捕、捆绑、拉侯登船的全过程，用笔十分经济。其语言简洁之外，又较紧凑，故给人以动感，有回味的馀地。周敷文在评林中谓此书"言简而味长，耐人寻绎"。文中对侯上船以后和逃跑前后的描写，又非常具体、生动。四库馆臣云此书"其中刻画摹拟，颇嫌太似"①，从文学角度看，这应当是书中的优点。

李清《女世说》

《女世说》四卷，李清（1602-1683）撰。《八千卷楼书目》小说家类著录。清字映碧，一字心水，晚号天一居士，直隶兴化（今属江苏省）人。天启辛酉（1621）举人，崇祯辛未（1631）进士，授宁波府推官，擢刑科给事中。以谏语侵尚书甄淑被劾。甄淑败后起吏科给事中。弘光朝迁工科给事中。在他三任谏职期间，先后数十次上章奏，指斥时弊，皆不行。寻迁大理寺左寺丞，遣祀南镇，未及杭州而清兵克南京，遂隐松江，又寓高邮，久乃归故里。杜门不与人交，晚年著书自娱，尤潜心史学，康熙间征修《明史》，辞以年老不至。除本书外，又有《澹宁斋集史论》《史略正误》《南北史合注》《南唐书合订》《三垣笔记》《南渡录》《明史杂著》等②。

本书约成于康熙时作者隐居期间，传本罕见，唯见道光乙酉（1825）三月经义斋刊巾箱本。陈汝衡《说苑珍闻》所云"无意中获一刊本，书凡四卷，又补遗一卷"，与道光本相同，当为同本。书题"昭阳李清映碧辑"，"雪溪钱时霁景开校雕"。前有作者自序和凡例。自序情感挚深，读来令人潸然泪下，是一篇出色的序文，具有独立的文学价值。序中略述作书缘起。李清早年丧父，伯父维凝抚育、教诲成长。二人感情不减亲生父子。维凝有《世说》癖，曾以《世说·贤媛》一门"未饫人食指"为憾，欲撰《女世说》以续之，志未竟而卒。作者为报伯父养育之恩，辑此书以竟伯父遗志，其用心可叹。书仿《世说新语》体例，分三十一门。

---

① 《四库全书总目提要》子部小说家类。
② 据《国朝耆献类征初编》卷五〇五。

在清初志人小说遗民意识与歌功颂德两大潮流中，本书属于前者。作者在书前凡例中，已交代本书取材，为正史列女传和其他传记，以及各种野史，这与作者所处时代有关。作为崇祯进士，一个大展宏图、施展才干的难得机会，随着明王朝的覆灭而成为泡影，所以遗民意识对他来说，是顺理成章的事情。康熙时他以年老为由，谢绝了朝廷征修《明史》的抬举，而躲在家里自撰若干史学著作，也包括本书。这不能不认为是遗民意识使然。这些遗民型小说的作者对满清王朝怀有抵触情绪，却惮于清政府的淫威，不敢正面反抗。于是他们搜集前代或明人事迹，或以思古隐含贬今之意，或言隐逸以否定现实。如《白氏妇》写白氏妇年轻守寡，于宅中造祭室纪念古时文人，香火严洁，躬自洒扫。这里作者笔意，不能简单看成旌表封建节妇，而是在其中隐含着民族气节的意向。《黄巢姬妾》叙唐僖宗平黄巢后责问其姬妾从匪。姬妾云："狂贼凶逆，国家以百万之众，共守宗祧。今陛下以不能拒贼责一女子，置公卿将相于何地乎！"在这段故事中，恐怕寄托了作者对明王朝覆灭的责难、同情，也隐含着他对清王朝的不信任态度。又如：

> 吕徽之隐仙，居万山中，耕渔自给。后有人乘雪物色之，惟草屋一间。忽米桶中有人，乃其妻也，因天寒，故坐其中。问徽之何在？答曰："方捕鱼溪上。"（《高尚》）

文中吕徽之夫妇的远离尘世行为，给故事蒙上一层冷峭、孤寂的气氛。这种氛围也正表现了作者思念故国的难言之隐，并与作者当时的隐居心境完全一致。

除了遗民意识的内容外，还有些故事则显现了部分传统观念的痕迹。如《杜羔不第》写杜羔屡举不第，其妻竟写诗羞辱他，杜致羞而不敢归家，反映儒家入世思想作用下人们对科举功名的注重。又如：

> 石氏有女嫁尤郎，情好甚笃。郎为商，远行不能阻。忆之病，临亡，叹曰："吾恨不能阻其行，以致于此。后凡有商旅远行，吾死当作大风为天下妇人阻之。"人呼石尤风。（《愁猘》）

在封建社会中，妇女对男子的依附地位决定了她们离开了依附对象便难以生存下去。这并不仅仅是生理的需求，更主要的是灵魂的空虚与自我的失落。而作为商妇怨的主题，又表现了历史上重农轻商的传统思想。

由于本书由前代史书网罗而来，并非作者自作，故在故事情节规模、语言风格诸方面不甚一致。但就其艺术风格来说，一种冷俊、孤峭，又有些凄婉的格调，却弥漫于整个书中。这也正是作者遗民心情的下意识反映。

宁稼雨，男，1954 年 7 月生，辽宁大连人，文学博士，南开大学文学院教授。

※　※　※

常衮

查嗣瑮（1652-1733），康熙三十九年（1700）进士，选翰林院庶吉士，授编修，《查浦辑闻》为其在国史馆时，广搜秘书，摘记而成。一则云："唐自常衮以前，闽士未有读书者。自衮教之，而欧阳詹之徒始出，终唐之世，亦不甚盛。至宋时，闽中举子，常数倍天下，而朝廷公卿将相，每居四五。"

常衮（729-783），天宝十四年（755）状元登第，大历十二年（777）拜相。唐德宗即位，贬河南少尹，再贬潮州刺史，迁福建观察使，遂与福建结缘。常衮注重文化教育，增设乡校，亲自讲授，闽地文风为之一振。其为人正直，性清高孤傲，不妄交游，崇尚节俭，反对腐败。宦官鱼朝恩恃宠专权，群臣竞献珠宝邀宠，常衮上书曰："所贡宝物，源出于民，是敛怨以媚上也，请皆还之。"任礼部侍郎时，连续三年主持科考，堵塞买官之路。

学高为师，身正为范。八闽士风之正，常衮实启其端。（斯欣）

"搜神"与"考神"

——论《新搜神记》与中国古代小说的"搜神"传统

赵鹏程　胡胜

清代中期出现了大量志怪小说，虽然在艺术上不及《聊斋志异》《阅微草堂笔记》，却呈现一种融合"才子之笔""著述者之笔"乃至更多其他元素的"杂糅"状貌，呈现出一种组团式的标本价值，乾嘉士人李调元的《新搜神记》可说是"杂糅"之作的重要代表。

此书径以"搜神"为名，可以说是中国古代小说史上"搜神"命名小说的"收官之作"。但是，与这种独特历史定位相对的是，《新搜神记》本身并不完美，作品内部实质上还是一种"杂糅"的状态：既秉承"搜神"传统，"思以补干宝之遗"，也呈现出独特的"考神"之风；既有传统志怪的特征，也像大多数清代笔记小说一样兼具考证、轶闻、补史等多重功能。当我们将《新搜神记》"杂糅"的文本状态与其独特历史定位相对读便可发现，这样一种"杂糅"的背后，实质上正蕴含着更为深入的历史文化传统。

一　清前中期志怪小说的"搜神"之风与李调元的
"考神"观念

在清代前中期，特别是乾嘉时代，经史考据与谈狐说鬼成为并行不悖的时代风气①。在这样一种时代环境中，所谓"搜神"观念逐渐深入文人世界的方方面面。例如，纪昀、金兆燕等乾嘉文人在题咏罗两峰《鬼趣图》过程中，便每每透漏出这样一种观念。金兆燕不仅在题咏诗中表达心志："我生

---

① 　龚鹏程：《乾嘉年间的鬼狐怪谈》，《中华文史论丛》，2007 年第 2 期。

最爱志睽车，路逢不畏群揶揄。"也不忘进一步凸显自己的"搜神"之好："搜神集异编捃缉，乃复见此真董狐。"(《除夕题罗两峰鬼趣图》①) 与之相类，纪昀也在题咏《鬼趣图》时想起"搜神"的陶潜，道是："柴桑高尚人，冲澹遗尘虑。及其续搜神，乃论幽明故。"不唯如此，纪氏还进一步表达心志道："平生意孤迥，幽兴聊兹寓。"(《题罗两峰鬼趣图》②) 可以说，像陶潜那样的续"搜神"已经成了纪氏心中的重要寄寓。进一步看，清前中期文人之所以在文学创作中寄情搜神志怪，与这种时代风气有很大关联。

正是在这样一种时代风气影响下，有关志怪小说创作中也每每以"搜神"为标举。不仅是《阅微草堂笔记》的作者纪昀以"搜神"寄托"幽兴聊兹寓"之情，一些志怪小说作者也直接表明自己的"搜神"之好：

> 才非干宝，雅爱搜神；情类黄州，喜人谈鬼。闻则命笔，遂以成编。(蒲松龄《聊斋自志》)

> 搜神志怪，噫吁诞哉！虽然，天地大矣，万物赜矣，恶乎有，恶乎不有，恶乎知，恶乎不知。(乐钧《耳食录序》)

可以发现，不仅是像《聊斋志异》这样的经典之作直接表达"雅爱搜神"之好，像《耳食录》一类的一般作品，也时常透漏出绍继"搜神"观念的倾向。而当我们进一步梳理这些著作的具体内容可以发现，清前中期"搜神"观念的实践主要体现在四个方面：第一，杂记见闻，蒲松龄《聊斋自志》便称其著作为"闻则命笔，遂以成编"。纪昀《滦阳消夏录小序》也说是"昼长无事，追录见闻，忆及即书，都无体例"。第二，寄托心志，这在蒲松龄《聊斋志异》中体现尤为明显，蒲氏自述道："集腋为裘，妄续幽冥之录；浮白载笔，仅成孤愤之书。寄托如此，亦足悲矣。"第三，劝善教化，这在像《阅微草堂笔记》这样的"著述者之笔"中体现尤为明显，纪氏撰述《滦阳消夏录》时曾云："小说稗官，知无关于著述；街谈巷议，或有益于劝惩。"第四，游心自娱，袁枚便在《子不语序》中直接称："余生

---

① 金兆燕：《棕亭诗钞》，《续修四库全书》1442，上海古籍出版社，2002年，第1442页。
② 纪昀：《纪文达公遗集》，《续修四库全书》1435，上海古籍出版社，2002年，第594页。

平寡嗜好，凡饮酒、度曲、樗蒱，可以接群居之欢者，一无能焉。文史外无以自娱，乃广采游心骇耳之事，妄言妄听，记而存之，非有所惑也。"

李调元的"搜神"观念便是在这样一种时代风气、创作潮流中形成的。李调元一方面直接绍继干宝"搜神"观念，他不仅将书名题作《新搜神记》，更在《新搜神记序》中直截了当地宣称："其所以仍其名而言新者，思以补干宝之遗也。"另一方面，李氏之"搜神"观念也深受同时代经典著作的影响，李氏曾对《聊斋志异》文笔、叙事、意境等大加赞叹，道是："近世山左蒲生又有《聊斋志异》书，以惊奇绝艳之笔，写迷杂惝恍之神，词清而意远，事骇而文新，庶几淹贯百家，前无古人矣。"（《尾蔗丛谈序》）从实践上看，李氏的"搜神"观念也并不止于《新搜神记》，《尾蔗丛谈》虽不直名"搜神"，却也是一种类似之作，他在序中自述道：

> 予生平宦游所历，足迹几遍天下，所至之处，辄访问山川风土人物，采其事之异乎常谈并近在耳目之前，为古人所未志者，辄随笔记载，以为丛谈之资。始自何人，出自何地，爰取其有据，不取其无稽。即以此为《齐谐》之书，亦无不可乎？（《尾蔗丛谈序》）

可以发现，李氏的"搜神"实际上也包含着杂记见闻、自娱的性质，而当我们结合《新搜神记》《尾蔗丛谈》的具体内容来看，也可进一步加深这样的认识。

李氏在顺应时代假小说以"搜神"的同时，又采取了一种不同于清代前中期其他志怪的"考神"之举。清代前中期的志怪之作虽然谈及神鬼，但却在写作态度上依旧奉行"子不语"的儒家传统。例如，袁枚不仅直接将其作命名《子不语》，更在序中称："怪力乱神，子所不语也。"与之相类，和邦额《夜谭随录序》也说："子不语怪，此则非怪不录，悖矣，然而意不悖也。"进一步看，这样一种态度不仅是对于儒家传统的延续，实际上也是对鬼神是否存在的模糊表态。而当这样一种写作态度体现在具体实践中，便呈现出一种"姑妄听之"的写作方式。纪昀《姑妄听之》便是直接以此命名，而袁枚、乐钧等人不仅自称"妄听"，更是自称"妄言"，道是"妄言妄听，记而存之"(《子不语序》），"追记所闻，亦妄言妄听耳"（《耳食录序》）。和邦额则在"妄言""妄听"之外更称"妄录"，道是"妄言妄听而妄录之"（《夜谭随录序》）。李调元一方面在写作态度上继承了这种"子不语"的儒家传统，进而做出类似的模糊表态："世有怪乎？吾不得而知也。世无怪乎？吾亦不得而知也。"（《尾蔗丛谈序》）另一方面又在具体写作方式上呈现出一种不同于"姑妄听之"的"考神"之举，也即以考证之法来"搜神"，正如李调元在《新搜神记序》中所说："兹书所纂鬼神独多，然必据正书，而核其原委，考其事迹。"

值得注意的是，这样一种"考神"之举显然与清前中期其他"搜神"之作存在观念上的分歧，"重考证"成了李调元"考神"观念的重要标志。基于这样一种"考神"观念，李调元一方面称赞《聊斋志异》这样标举"搜神"的经典著作，另一方面又批评此书"皆凿空造意，无实可征，考古者所弗贵焉"（《尾蔗丛谈序》）。更有意思的是，回顾清代前中期的志怪小说可以发现，不仅像《聊斋志异》这样的"才子之笔"不以考证为宗旨，即便是像纪昀《阅微草堂笔记》那样的"著书者之笔"也不以考证自居，而且纪氏甚至表达出与考证分道扬镳的创作旨意，纪昀曾自述道：

> 余性耽孤寂，而不能自闲。卷轴笔砚，自束发至今，无数十日相离也。三十以前，讲考证之学，所坐之处，典籍环绕如獭祭。三十以后，以文章与天下相驰骤，抽黄对白，恒彻夜构思。五十以后，领修秘籍，复折而讲考证。今老矣，无复当年之意兴，惟时拈纸墨，追录旧闻，姑以消遣岁月而已。（纪昀《姑妄听之小序》）

可以发现，纪昀之所以"姑妄言之"，不仅是出于对儒家"子不语"传统的继承，也是在厌倦考证之后"姑以消遣岁月"。通过与这些经典著作的创作观念对比，我们也就不难发现李调元"考神"观念的时代独特性。

二 李调元的"考神"实践与《新搜神记》的编纂

李调元之所以能够形成独特的"考神"观念，与其著述实践有密切联系。李调元著述数量多、门类广，且以考证为特色。詹杭伦教授曾对李调元著作进行系统访查梳理，访得今有传本的著作 53 种，并称"今所知名的李调元著作在七十种以上"①，涉及经部、小学、史部、子部、集部、文学批评等各种门类。不唯如此，李调元对编撰考证性质的子部著作情有独钟，他广涉经史、注重考证，撰成《唾余新拾》《唾余续拾》《唾余补拾》《弄谱》《尾蔗丛谈》《剿说》《新搜神记》等一系列子部著作。可以说，这一系列颇具规模且有特色的著述，既为李氏"考神"做了充足的知识准备，也孕育了李氏"重考证"的著述习惯与能力。

当这样一系列考证实践与李氏的"搜神"之好相遇，便催发了李调元从"考证"到尝试"考神"再到旗帜鲜明地编纂《新搜神记》。李调元在乾隆年间编纂《尾蔗丛谈》时，便表露出尝试"考神"的意图：

> 但自《齐谐》志怪而后，好异者每津津乐道之，因而《搜神》《广异》之书纷纷错出，至《太平广记》，而牛怪蛇神千形异貌，可谓幻中之幻矣。近世山左蒲生又有《聊斋志异》书……然皆凿空造意，无实可征，考古者所弗贵焉。（《尾蔗丛谈序》）

可以发现，此时的李调元一方面想要继承《齐谐》《搜神记》《广异志》等的搜神志怪传统，另一方面又感到这种传统发展过程中"幻中之幻"的虚幻倾向。因此，他在编纂《尾蔗丛谈》时，便开始有意识地"爱取其有据，不取其无稽"。其后，当李氏在嘉庆二年完成《新搜神记》时②，不仅更为直接地主张"一以正书证之"的"考神"之法，更是直接标明《神考》二卷。可以说，《新搜神记》的编纂是对李调元"考神"实践的进一步具体化。这主要体现该书的宏观宗旨、考证实践、策略指向三个方面。

李调元编纂《新搜神记》时有鲜明的宏观宗旨——"事人为先"，正如他在《新搜神记序》中所说："兹书所纂近神独多，然必据正书而核其原委，考其事迹，大抵以事人为先，而非以神道设教。"值得注意的是，这样

---

① 詹杭伦：《李调元学谱》，天地出版社，1997 年，第 131 页。
② 据李调元自撰年谱《童山自记》记载，《新搜神记》成书于嘉庆二年，《李调元学谱》亦同此说。

一种"事人为先"的问题旨归也正是基于一种深切的现实关怀，也即是说，李调元虽然考证的是非现实的"神"，但实际上是基于现实人世。的确，《新搜神记》中很多"神""鬼"正是由"人"而生，像《程鱼门谈鬼》《徐无鬼》等篇写人世间疑心生暗鬼，《石佛寺》等篇也写人世之"鬼"中饱私囊，而这其中也正蕴含着对于现实人世的反思。同样，不仅人世间有"鬼"，神鬼身上也有"人"的影子，《李艺圃为神》《马镇番赴城隍任》等篇中的正直之人也可成神，《吴松纳狐》《胡悦嫁女》《狐治妒》等篇中的狐鬼亦有人间道德。基于这样一种现实关怀，李调元进一步强调对于现实的反思，希望通过"考神"纠正现实流俗之弊。像《门神》《灶王》《王灵官》《赵公明》《寿星》等篇，皆是通过考证纠正流俗之弊。可以说，虽然李调元志在发明"搜神"之意，但他的"考神"在客观上也厘清了某些神鬼的封号、本事源流，从某种程度上弱化了流俗陷入淫祀的可能，从而实现"绝不以神道设教"的初衷。

《新搜神记》要实现这种宏观现实关怀，要实现对于现实弊病的纠正，也就有必要在具体实践中用考证之法来"考神"，而这样一种考证之法也体现出一定层次性。首先，就总体考证精神来说，李氏在撰著《新搜神记》时主张"必据正书而核其原委，考其事迹"（《新搜神记序》）。进一步看，《新搜神记》将传统的宏观考证思路运用到"考神"中，以文献通考之法串联相关史料，做到"文""献"互证，如《秦祖庙》《关帝历代封号》《梓潼帝君封号》等条目将历代文献、史实依次排比。再进一步看，李调元注重宏观考证精神与微观实证方法相结合，将音韵、训诂等乾嘉考证之学的重要方法运用到《新搜神记》的编撰中，这在《钟馗》《晏公神》等篇中皆有体现。例如，针对世俗流行的唐明皇夜梦钟馗之说，李调元分析道："《五代史·吴越世家》：岁除，画工献《钟馗击鬼图》。'钟馗'与《考工记》云'终葵'者通，其字反切为椎，椎以击邪，故借其意以为图像。明皇之说，未为实也。"可以发现，李调元虽然也志在"搜神"，但已经不同于干宝等以见闻故事证明"神道之不诬"，而是将颇具乾嘉时代特色的考证精神内化其中。

值得注意的是，《新搜神记》以考证之法"考神"，不仅是对李调元宏观现实关怀的具体反馈，也表露出鲜明的策略指向——"通源流"。具体来看，所谓"通源流"，首先是通过文献、史实之通检以"考神"，《关帝历代封号》《梓潼帝君封号》等篇对有关史料梳理，厘清有关封号的源流始末，再如《张仙》《萧公神》《牛王》等篇通过对有关文献的通检通考，将时人模糊不辨的神仙来源始末梳理清楚。进一步看，所谓的"通源流"也有鲜明的问题指向，这样一种问题指向不仅体现在对于有关源流始末的纵向探源，也体现在对有关分合、异同的横向考辨。可以说，李调元不仅是要"通源流"，也要进一步"辨分合""明异同"。先看"辨分合"，《新搜神记》不仅注意到对有关神仙信息的单线梳理，更注重分析其中的线索分合。例如，《和合二圣》一则既注意到历史上有关万回为和合神的记载，也注意到后世将和合二神分祀的现实，《五显》一则对五通神之源流分合加以考述，《药王有三》一则更是对扁鹊、孙思邈、韦慈藏三位"药王"分别作具体地梳理考述。在"辨分合"的线索梳理之外，《新搜神记》也注意辨析有关神仙原型、封号等信息的异同，可以说是"明异同"。此外，像《城隍生辰不同》考察历代城隍祭祀日期异同，发现时人祭祀城隍习俗"殆习俗之相沿也"，《王灵官》则在考察后注意到王灵官形象的古今差异，等等，皆是此类。

可以发现，李调元通过编纂《新搜神记》，不仅将"考神"观念进一步具体化，也进一步抽绎出"以事人为先"的宏观宗旨，体现出"通源流"的明确策略指向，进一步做到辨章学术、考镜源流。

三 《新搜神记》与中国古代小说"搜神"传统的收官

李调元通过编纂《新搜神记》，不仅旗帜鲜明地表明其以"考神"为主的"搜神"特色，也形成了相应的宏观宗旨与策略指向。不过客观地看，我们固然可以发现《新搜神记》的独到之处，但作为一部志怪笔记小说来看，《新搜神记》一书仍然呈现出一种杂糅的文本状貌。进一步看，这种杂糅主要体现在编排体例、具体内容两个方面。就编排体例来看，全书十二卷虽然皆以"考神"为宗旨，但第十一卷、十二卷却以"神考"为名单独命名。虽然"神考"部分"一以正书证之"的"考神"精神，与全书"必据正书"的"考神"宗旨保持一致，但与前十卷统观时还是显得相对独立。就具体内容来看，《新搜神记》一方面继承"搜神"小说传统，记载大量志怪故事，另一方面又零星存在一些非神非鬼的内容，这其中既有一些补史之笔，像《孙相捞银》《锢金烧柱》《周鼎昌击贼》《廖氏》《杨展射艺》《余飞抗贼》等记载了张献忠时代的史料故事；也有一些作意好奇之笔，如《鹦鹉颂诗》《地震》《江中文庙金莲》等记载了一些时俗奇闻；另外还有一些名物考证之笔，如《开元寺石菩萨》《彭县塔》《塔井》等。诸如此类，都显示了《新搜神记》在具体内容上的杂糅。

那么，《新搜神记》为什么会呈现出这样一种杂糅的状貌呢？回顾《新搜神记》成书历程可以发现，这一杂糅现象的形成有其直接原因。李调元《新搜神记》的编纂并非一蹴而就，而是经历了一个删订的过程，李氏在《新搜神记序》中说："向余所著二十卷，分为天、地、人、物，苦其卷帙浩繁，因删为十卷，别名《新搜神记》。"（《新搜神记序》）可以发现，李调元最初想完成一部卷帙颇多且部类分明的"考神"之作，但最终经过一番删订之后形成了我们今天看到的状貌。

值得注意的是，这样一个修订过程固然直接造成了《新搜神记》的杂糅，但当我们回顾历史上的类似"搜神"之作却可以发现，《新搜神记》之所以形成这样一种状貌，实际上也有其深层原因。中国古代小说的"搜神"传统历史悠久，李调元《新搜神记》可以说是其中的收官之作，而中国古代小说的"搜神"传统实际上又是中国古代"搜神"传统的一个重要分支，因而《新搜神记》作为收官之作并呈现出这种杂糅的状貌，实际上也是多重传统杂糅的结果。我们不妨先梳理中国古代"搜神"传统的两大分支，进而发现《新搜神记》这一杂糅状貌的历史成因。中国古代以"搜神"为宗旨的著作众多，梳理其中的传统可以分为两大分支，一支可以说是小说的"搜神"传统，另一支可以说是宗教的"搜神"传统。

先看小说"搜神"传统，这一传统以干宝《搜神记》为起源，以搜神志怪为主要创作旨趣，流传至今的主要包括有以下几部：

（1）（晋）干宝《搜神记》

《晋书·干宝传》记载干宝撰有《搜神记》三十卷。此书在宋元间已散佚，后人胡应麟等有辑佚。今人李剑国教授有《新辑搜神记》，较为精审。就今存序文看，此书为干宝"有所感起，是用发愤"而作，旨在"明神道之不诬"①，其内容多为志怪之事。

（2）（晋）陶潜《搜神后记》

《隋书·经籍志》著录陶潜撰有《搜神后记》十卷。唐宋类书中多有收录，或题作《续搜神记》。范宁、王国良、汪绍楹、李剑国等学者多认为，今传本为后人所辑录②，李剑国教授辑录《新辑搜神记》较为精审。就此书今存内容看，其旨趣与干宝《搜神记》相去不远。

（3）（唐）句道兴《搜神记》

此本为敦煌文献。罗振玉编《敦煌零拾》收录 33 则。王重民等编《敦煌变文集》收录 35 则，题句道兴撰。李剑国《唐五代传奇叙录》将 35 则分别考释。此书与干宝《搜神记》关系密切，张锡厚教授认为此书或为杂录干宝《搜神记》而成，李剑国教授认为此书袭名干宝《搜神记》，另杂录干宝《搜神记》及其他众书而成③。

（4）（宋）章炳文《搜神秘览》

《直斋书录解题》小说家类著录宋人章炳文撰《搜神秘览》三卷，《文献通考·经籍考》《宋史·艺文志》亦著录。今有宋刻本传世，《续古逸丛书》即据宋本影印。《说郛》《龙威秘书》等丛书亦有收录。本书内容亦为志怪笔记，作者自序云："予因暇日，苟目有所见，不忘于心，耳有所闻，必诵于口。

---

① 李剑国点校：《新辑搜神记》，中华书局，2007 年，第 19 页。
② 参看：1. 范宁：《论魏晋中国小说的传播和知识分子思想分化的关系》，《北京大学学报》，1957 年第 2 期。2. 王国良：《魏晋南北朝志怪小说研究》，（台北）文史哲出版社，1984 年，第 321 页。3. 汪绍楹点校：《搜神后记》，（台北）中华书局，1981 年。4. 李剑国点校：《新辑搜神后记》，中华书局，2007 年。
③ 参看：1. 张锡厚：《敦煌写本〈搜神记〉考辨》，《文学评论丛刊》第 16 期，中国社会科学出版社，1982 年。2. 李剑国：《唐五代传奇叙录》，中华书局，2017 年，第 131 页。

稽灵即冥，搜神纂异，遇事直笔，随而记之，号曰《搜神秘览》。"①

（5）八卷本《搜神记》

全书八卷。此书原为明代嘉靖年间何镗《汉魏丛书》稿本所收，今不存。万历间屠隆据何镗稿本刊刻《汉魏丛书》收录，原书亦不存。何允中刊行《广汉魏丛书》据屠隆本。万历间刊行的《稗海》亦收录八卷本《搜神记》。范宁、李剑国等认为此本非干宝原书，系唐宋以后人所编纂，且有篡改他书之处②。

（6）李调元《新搜神记》（存目，不赘述）

此外，由于这一传统起源甚久，因而相当一部分著作已经残缺或不存，我们从一些目录中还可以依稀看到这一传统的孑遗。例如，《宋史·艺文志》著录的唐人焦璐《搜神录》三卷，今已不存，李剑国《唐五代传奇叙录》认为，《穷神秘苑》"一题《搜神录》"③。《崇文总目》卷六"小说"著录《搜神总记》，释云："不著撰人名氏，或题干宝撰，非也。"④ 李剑国教授认为："《搜神总记》书名卷数均与《搜神记》不合，肯定不是干宝书，《崇文总目》的释文是崇文院馆臣寓目原书所作，自然可信。"⑤

再看宗教的"搜神"传统，这一传统可见的著作最早可追溯到元刊《搜神广记》，以考证三教神仙源流为重要特征，现今可见的主要有以下几种：

（1）元刊《搜神广记》

卷首署"淮海秦子晋"，中国国家图书馆藏元刻本。本书分前、后二集，前集先述"儒教源流""释教源流""道教源流"，继而分述西王母等各神仙来历，附神像插图。毛扆《汲古阁珍藏秘本书目》著录云："元板画相《搜神广记》前后二集二本，凡三教圣贤及世奉众神，皆有画像，各考其姓名字

---

① （宋）章炳文：《搜神秘览》，《续古逸丛书》本。

② 1. 范宁：《关于〈搜神记〉》，《文学评论》，1964 年第 1 期。2. 李剑国点校：《新辑搜神记》，中华书局，2007 年，第 56 页。

③ 李剑国：《唐五代传奇叙录》，中华书局，2017 年，第 1015 页。

④ （宋）王尧臣等编次：《崇文总目附补遗》，《丛书集成初编》，中华书局，1985 年，第 160 页。

⑤ 李剑国点校：《新辑搜神记》，中华书局，2007 年，第 48 页。

号爵里及封赠谥号甚详，亦奇书也。"①

（2）明刊《三教源流搜神大全》

缪荃孙曾藏明刻本，不存。今见本为叶德辉据缪荃孙藏本影印。全书七卷，内容与《搜神广记》内容较为相近。叶德辉序中认为，该本为"明人以元板画像《搜神广记》增益翻刻"②。今人李亦辉考察发现，"《三教源流搜神大全》在编撰过程中曾以《搜神广记》为参照，刊刻时间当在明永乐十七年（1417）至万历二十一年（1593）之间"③。

（3）明刊《增补搜神记》

中国国家图书馆藏明刻本，六卷，金陵富春堂刊本，扉页署"刻出像增补搜神记大全"，有署名罗懋登的序言《引搜神记首》。序云："岁万历纪元之癸巳，来止陪京，为披阅书记，得《搜神记》于三山富春堂。"则此书当撰于万历二十一年左右。此书内容与《搜神广记》《三教源流搜神大全》颇为相类，据李亦辉考察，"《增补搜神记》在编撰过程中曾以《搜神广记》《三教源流搜神大全》二书为参照"④。另有续《道藏》本与此书相类，卷六末署"大明万历三十五年岁次丁未上元吉日"云云，当属后出本。

与小说"搜神"传统的几部著作相比，宗教"搜神"传统的几部著作之间的传承关系更为紧密，宗教的"搜神"传统也绝非这样相对简单的单线传承。在元明时期仍然可见一些宗教"搜神"传统的其他孑遗。《国色天香》卷一《龙会兰池录》中蒋世隆云："予尝稽《搜神记》，释迦乃维摩王子……"⑤ 其内容与已知三书多有出入，显然也是另一本宗教"搜神"传统的《搜神记》。此外，在一些目录著作之"道书类""神仙类"

① 毛扆：《汲古阁珍藏秘本书目》，《丛书集成初编》，中华书局，1985年，第21页。
② 《绘图三教源流搜神大全（外二种）》，上海古籍出版社，1990年，第351页。
③ 李亦辉：《〈三教源流搜神大全〉刊刻时间考》，《明清文学与文献》第二辑，黑龙江大学出版社，2013年，第200页。
④ 李亦辉：《〈三教源流搜神大全〉刊刻时间考》，《明清文学与文献》第二辑，黑龙江大学出版社，2013年，第200页。
⑤ （明）吴敬所编辑：《国色天香》，上海古籍出版社，1990年，第34页。

中也著录一些题名"搜神记"的著作:《文渊阁书目》卷16"道书类"著录《搜神记》一部一册,叶盛《菉竹堂书目》卷6"道书类"著录,高儒《百川书志》卷11"子部·神仙类"著录《搜神记》二卷,等等。这些著作也很有可能与列入"小说"类的《搜神记》存在差异,属于宗教的"搜神"传统。

回顾中国古代"搜神"传统中的两大分支可以发现,二者之间既有明显区别,又有极为密切的联系。

先看这两大分支的差异。就创作旨意而言,从总体上看,小说"搜神"传统重"搜神",而宗教"搜神"传统则更重"考神"。换言之,小说"搜神"传统重搜神志怪,宗教"搜神"传统重搜神考证。中国古代小说的"搜神"传统始终坚持干宝《搜神记》的志怪之旨,注重对有关神怪逸事的辑录,因而多被相关目录列入"小说"一类。中国古代宗教的"搜神"传统更注重出于宗教目的考镜源流,相比于志怪之"搜神"来说,更注重进一步"考神",因而多被相关目录列入"道书""神仙"之类。就创作体例而言,小说传统的"搜神"多为零散的笔记杂录,正如干宝《搜神记序》所言"考先志于载籍,收遗逸于当时"①。宗教的"搜神"传统在体例上则相对系统,注重梳理相应的神仙谱系,正如罗懋登《引搜神记首》所言"刻以卷,别以类,且绘以像"②。

小说"搜神"传统与宗教"搜神"传统虽然分属两支,但二者之间实际上又有复杂的联系。值得注意的是,也正是在这一系列联系中,《新搜神记》的历史意义得到凸显,我们不妨从创作旨意、创作体例两方面来具体分析。就创作旨意来看,二者虽然有志怪、考证之别,但小说"搜神"传统中实际上也一直有考证的隐性基因,像干宝《搜神记》中虽然没有明显的考证之法,但也有"明神道之不诬"的证神思想,而当小说的"搜神"传统延续到本文关注的《新搜神记》时,便进一步凸显出"考神"的重要特点。更有意味的是,李调元一方面在《新搜神

---

① 李剑国点校:《新辑搜神记》,中华书局,2007年,第19页。
② 《增补搜神记》,中国国家图书馆藏富春堂刊本。

记》命名中表明亲近小说志怪传统的"搜神",另一方面又在实际操作中尝试近乎宗教考镜传统的"考神",在"名""实"之间形成巨大张力,进一步凸显了《新搜神记》杂糅"搜神"与"考神"的复杂旨意。就创作体例来看,随着两大分支的延续,逐渐呈现出合流之势。这不仅体现在宗教"搜神"传统对于干宝《搜神记》的追慕,也体现在小说"搜神"传统的"考神"实践中。就宗教"搜神"传统的追慕而言,在罗懋登的《引搜神记首》中,已经将原本为宗教道书的《增补搜神记》认作干宝《搜神记》。而就小说传统的实践而言,本文关注的《新搜神记》即可以说是鲜明代表。《新搜神记》本身呈现出一种杂糅的状貌,而当我们将这样一种横向的杂糅状貌与纵向的两大传统相对比便可发现,《新搜神记》实际上正是前代传统汇合的产物。《新搜神记》一方面呈现出一种延续小说"搜神"传统的志怪之风,另一方面又继承宗教"搜神"传统考证之风,甚至将最后两卷单独标明《神考》。进一步看,当我们回顾一下《新搜神记》的改订过程中的"前世今生",同样也可以发现李调元编撰《新搜神记》时汇合"搜神""考神"的杂糅思想。李调元改订前的二十卷本《新搜神记》"分为天、地、人、物",这实际上是一部在体例上更加接近宗教"搜神"传统的"考神"之作,而改订之后的十二卷本《新搜神记》,虽然存在一定体例杂糅,但总体上还是呈现出小说"搜神"传统的志怪之风。可以说,这样一种"前世"与"今生"的纵向变迁,实际上也蕴含着"考神"与"搜神"的杂糅,进而彰显出小说"搜神"传统与宗教"搜神"传统的汇合。

通过前面的考察,我们不难发现《新搜神记》与中国古代小说"搜神"传统的密切关系。首先,就《新搜神记》的历史定位看,此书可以说是中国古代小说"搜神"传统的收官之作,但是这部作品的艺术水准、历史影响与干宝《搜神记》等前代作品尚有差距。因此,这部作品虽然是"收官之作",但不是"巅峰之作"。其次,透过《新搜神记》杂糅的文本状貌,我们可以进一步探索中国古代小说"搜神"传统的发展历程,发现其与中国古代宗教"搜神"传统的关联。也即是说,《新搜神记》杂糅"搜神"与"考

"神"的独特状貌，实际上正映射出中国古代小说"搜神"传统与宗教"搜神"传统的杂糅。

赵鹏程，男，1991年8月生，山东昌乐人，文学博士，辽宁大学文学院讲师。

胡胜，男，1969年3月生，辽宁海城人，文学博士，辽宁大学文学院教授。

※　※　※

任环豪气

吴履震《五茸志逸》有《任环家书》一则，叙嘉靖甲寅春倭乱，任环督兵松江，其子遣人候问，任环作书答曰："吾儿絮叨万语，只是要我回衙，何丈夫气少而儿女情多耶！倭贼流毒，多少百姓，不得安宁。尔老子领兵，不得除讨，嚼毡裹革，此其时也，岂学楚囚对儿女相泣帏榻耶！后来时事，未知若何。幸而承平，则父子夫妻，享太平之福；不幸而有意外之变，但臣死忠，妻死节，子死孝，咬定牙关，大家成就一个'是'而已。汝母前只可以此言告之，不必多语。儿辈莫晓，人生自有定数，恶滋味也常有受用处，苦海中未必不是极乐国也。读书孝亲，无贻父母之忧，便是长聚首，亦奚必一堂哉？"

任环，字应乾，号复庵，长治人。嘉靖二十三年（1544）进士。历知广平、沙河、滑县三县，迁苏州府同知，整饬苏淞二府兵备道，奋勇率部大破倭寇。家书充盈英雄之豪气，其"恶滋味也常有受用处，苦海中未必不是极乐国也"，实道人所未及道者。（斯欣）

老侠末路竟颓唐

——刘翼明及其《海上随笔》

王宪明

顺治至康熙中叶，诸城一带曾活跃着一个乡绅、耆老群体，前后人数以百计。他们皆生于明季，有故国之思，且多能诗文，擅艺事，彼此德业相勖，时常雅集唱酬。其中诸城丁耀亢是闻名天下的大诗人、戏剧家、小说家；李澄中为康熙己未博学鸿儒考试山东唯一中式者，也是清初诗坛尊唐派的中坚人物。乐安（今广饶）李象先，其散文被当时文坛领袖周亮工列入清初四大家。益都（今青州）薛凤祚，其天文数学贯通中西，与南方梅鼎祚齐名，并称"南梅北薛"；杨涵为北方墨竹派代表人物。安丘刘源渌，为北方理学领袖；张贞、张在辛父子，开创清代齐鲁印派。当今寰球九大古琴流派，有两个——诸城派及南传并外传欧美的梅庵派，也酝酿于这个群体。清初寓居诸城的明遗民雄安人马鲁（孙奇逢高徒），在这一带传授古琴，且有《琴谱》传世；与他交往的诸城人张侗、王咸炤、王翰等，也颇善操缦。张侗曾作《胶西三叠》并亲自谱曲，今曲谱不存，但歌词仍存其《琅邪放鹤村诗稿》。

很多研究者称这个群体为"诸城遗民集团"，有失恰当。这个群体中真正称得上"遗民"的，比例很少；能以"遗民"终其身的，就更少了。再就是这个群体虽然大部分是诸城人，但来自他县、他省的也不少。近些年有人称这个群体为"诸城十老"，其实百老也不止。

这个耆老群体的领袖人物张侗（其放鹤园是该群体聚会最多的地方），晚年回忆一生交游，将已故师友，各记其乡园姓字（也有无籍贯、姓字者），系以小诗，名之曰《醉中有所思》。诗中一百五十三人，绝大部分属于这个群体；而且这一百多人之外，当时健在，继续聚会唱和的仍然不少。

还需要指出，这个群体不是孤立的，他们不仅通过李澄中、王沛思等翰林出身的乡党与北京主流文人集团联系，也与省内外许多遗民、逸老群体有往来。与江南耆老群体联系尤频繁。如帮助曹寅编校《全唐诗》和《楝亭十二种》的扬州名儒洪嘉植，就是诸城耆老群体与扬州、南京遗民、逸老群体联系的桥梁。洪嘉植因多次来往诸城，乾隆《诸城县志》将他列入《侨寓》，嘉庆时王赓言编《东武诗存》，亦作为"侨寓"收入其诗作。诸城耆老群体中游扬州、南京、苏、杭者，自然更多。张贞、张在辛父子有一阶段，每年春夏间买舟浮家，遍游江南。

刘翼明（1607—1689）是这个群体中非常活跃而且最特立独行的一个。他存世诗文、书法作品也较多。其中诗歌达四千馀首，是这个群体中遗存数量最多的一人。更难能可贵的是，他晚年留下了一部随笔集《海上随笔》，将自己晚年所见、所闻、所感，笔之于书。比较充分地展示了他晚年的境遇和思想，也保存了不少轶闻掌故，是一部值得重视的作品。

清人著作中关于刘翼明的传记和介绍性文字不少，但以乾隆间李文藻主修的《诸城县志》卷三十六《文苑传》中刘翼明传，文简而事赅：

> 刘翼明，字子羽，世居琅邪台下，因号越台。父元化，自有传。元化临没遗命裸葬，翼明不肯从，期异日自裸葬以慰父心。少工诗，与胶州王俏友善，结为兄弟。俏为姑子徐登第所杀，无子姓为报仇，翼明被发哭州庭，乞杀登第。知州阎曰："王氏子死，何与君事？异姓入爰书，非法也。"翼明裂眦曰："若五伦无朋友，则翼明可以退！"阎终左右登第，讼三年不解。翼明还青州，哭于兵备道门，三日夜不绝声。乃收其讼牒，移檄莱州知府，下高密知县程鞫之，寘登第于法。翼明迎俏母养于家，又为纂遗稿，付其女夫张某以传。后即墨知县周斯盛，坐海禁下胶州狱，从狱卒得所选诗，且悉为复仇状。出狱后，走琅邪台访之，与定交。翼明为人，坦易多所玩弄，类不恭者，然举止无所苟。康熙初，周亮工为青州兵备道，以书招之，竟不往。由岁贡授利津训导。卒，年

八十二。为诗好苦吟，尤精近体，所刊《镜庵集》，才十之二三耳。

琅邪台因山为台，为古东夷八神祠之四时神祠所在，是中国历法的重要发源地，秦皇汉武都曾登台祭拜。此山也是清初诸城的耆老群体主要活动地点之一。琅邪山三面临海，这个生活环境对刘翼明有很大影响。一般说来，临海而居的人（即使不从事渔业、贸易），与内陆地区的人（即使不务农），其性情神采，会有明显差异。尤其是知识分子，自小在海边生长的，似乎总是多一点豪放洒脱，少一些谨愿蹈矩。刘翼明为人侠义、坦率，诗文书法，多奇纵豪放，颇得益于自然环境影响。他又经历明清易代，入劫出劫，波澜壮阔的时代风云，又增强了他这种倾向。与刘翼明故里相近，且书学受刘翼明影响的胶州高凤翰，个性与刘翼明最接近，与风土驯化也有关系。

刘翼明之父刘元化，也是奇人。康熙《诸城县志》卷七小传颇传神：

> 刘元化字斗杓，琅邪山下人。素贫，嗜酒，工草书、诗歌。年二十六领己卯科乡荐，因亲老补高陵令，后迁乐川。居官清苦，有廉名。以狷介触上官，挂冠垂纶东海，时提壶登琅邪听潮声。癸未，逆闻破京师，焚衣冠，北向再拜哭，遂绝口不言世事。僻居一园，绕舍种竹。年八十矣，犹与村农狂饮，不问风雨，钱尽卖竹，竹愈茂。一日疾，聚家人曰："我欲效邵尧夫观化一旬也。"七日疾革，子翼明问何所见，曰："无见，茫茫大气而已。"卒之夕，簨尽死。

所谓"有其父必有其子"，祖籍是诸城的诗坛泰斗王士禛《答刘子羽见怀》诗，可兼及乃父："闻君卜筑处，旧傍琅琊台。海气秋愈远，涛头日几回。秦封犹广丽，石刻自莓苔。想像高吟罢，鲸鱼跋浪开。"[①]

刘翼明为王倜复仇一事，发生于明末崇祯年间。刘翼明因此以侠义闻名天下。清乾隆年间浙江仁和人赵一清撰《刘义士传》一文千馀言，基本铺述此事。道光时胶州纪圣宣作《青衿侠》（又名《儒侠记》）一剧三十二出，

---

① 王士禛著，惠栋、金荣注，宫晓卫等点校整理：《渔洋精华录集注》卷八，齐鲁书社，2009年，第971页。

展现刘翼明侠义孤傲风采，淋漓尽致。曾亲见刘翼明风采并评选王僴诗集的胶州诗人张谦宜，曾有《狂态行》咏这位乡前辈，形容尽致：

> 子羽客青州，破衣横两肘。佯狂入东门，昂首看天走。自谓当世豪，突遇一老叟。厉声呵为奴，睥睨者良久。识字能几何，敢如此自负！子羽大惊惭，不觉醒残酒。向前欲有言，竟去不回首。或是黄石公，折辱来相诱。惜哉失此人，毕世无师友。记示后生儿，谙此机关否？①

行侠仗义，除了需要血气刚勇，还需要一定的经济基础。刘翼明少壮时，有祖辈的积累和其父刘元化的宦囊所入，颇过了一段优裕生活，并有馀力行侠仗义。刘元化去世后，刘翼明生性慷慨而拙于生计，子女多（仅儿子就有六人），食指众，很快就床头金尽，入不敷出。加之年事日高，阅历艰辛，筋血衰耗，自然不可能依然故态。《海上随笔》有《老侠末境》一则，堪称夫子自道，也流露出些许忏悔：

> 以豪侠而得名，以豪侠而得实，因之而战战兢兢，因之而畏首畏尾，是不可谓逆得而顺守乎？然所谓顺守者，或好行其德以补所未足；或因而自悔，放下屠刀；或立碎其竹，不吹百兽之音。是亦桑梓之大幸，是亦鬼神之所钦也。奈之何徒喜荡子之收心，而不为孝侯之发愤乎？
>
> 猛虎入罗，可以纵也，而不敢纵；哀此流离，可以救也，而不肯救。识透于阅历，胆衰于桑榆，固血气之必然，亦骨力之可嗟耳。

另有《讥刺亦足快心》，同样表现了他晚年见解：

> 相州佃户中，产一贼子，生而夜能远视。虽血气未刚，即通谋以引盗。事发系狱。适遇狂客，席间谈及，客遽意气用事，属霞标往为援之。予失色曰："公以此子为踢嗒之材乎？恐救一贼子，不知伤几许桑

---

① 张谦宜著：《茧斋诗选》卷二，见《四库存目丛书》集部第263册，第869页。

梓矣。"霞标战栗而止。后龙标北归,狂客慨然谓之曰:"令弟锋芒足贵,乃为刘兄所引,渐成不济矣。"径举前事以实之。龙标则亦慨然曰:"恐舍弟意气用事,未能无用到极处耳。"

人皆知有用之用,而不知无用之用也。书家何以贵藏锋哉!

刘翼明少壮时期,任侠尚义,权奇好事。清朝入后关的一段时间,也曾表现出相当的民族气节。如表彰反清忠烈,不与清廷合作,对贰事清廷的士大夫(如周亮工)表示鄙视等。但与清初大部分知识分子一样,随着清朝逐步完成统一,这些倾向逐渐减弱,所谓"渐成不济矣"。

清廷平定三藩之乱后,统治地位进一步稳固。经济上轻徭薄赋,政治上对知识阶层笼络分化;加之沧桑消磨,志士日少,汉人的对立情绪逐渐淡化,知识阶层开始与清廷全面合作。这是刘翼明撰写《海上随笔》更近的背景,这本书可以说是刘翼明本人准备与清廷合作的"苦笑录"。

在清廷决定举行博学鸿儒考试前,刘翼明的好友李澄中、王钺被举荐,他就催促上道。李澄中获隽,他表示祝贺,并对李澄中在翰林任职时写的一些歌功颂德的应景文字,表示理解。《海上随笔》中有《赐燕瀛台诗》一则,对当时清廷,绝对"政治正确":

李□田刻此诗,见之者谓减前日之声光矣。皆草野之见,而未习乎台阁之音者也。夫赐燕则赐燕之诗矣,瀛台则瀛台之诗矣,若序中所述"宫锦下赍",又敕令"笑语勿禁",遭逢若此,即草野亦当拜手稽首,而叨荣者可无诗以颂乎?

若诗之"颁来织女机中锦,捧出鲛人海上绡",可谓典重而雅丽矣。至于"多少苍生齐待泽,应同侍从沐恩深",引君于正,有古人格心之雅。以草野而欲抹彼台阁,适存乎见小。

当刘翼明写下这些文字时,曾经故国之思甚笃的他,心思也已经开始活动了,不久就应召赴任利津县训导。清乾隆《利津县志续编》卷七《宦绩》:"刘翼明,字子羽,诸城人。由岁贡于康熙二十年任,有才子名,善草书，仿《十七帖》体。时有邑中名士刘玉馨，常学书，公以为可教。后馨有墨迹在人屏障间，道台行县，攫之而去。"

查《海上随笔》之《自引》文末所署时间，为"康熙二十一年壬戌六月望前"。好像刘翼明在赴任利津之次年写此书，但考刘翼明及同时朋友记载，他赴任利津的时间是康熙二十三年（1684）冬，《利津县志续编》将时间提前了三年。

李澄中《刘广文子羽墓表》："甲子五月，病辄死，吊者在门，乃蹶然而起。是年冬，授利津训导，利津人皆爱慕之。"[①] 甲子是康熙二十三年（1684）。

《利津县志续编》虽然误将刘翼明入仕的时间提前，但说刘翼明早就想出仕，是没有问题的。从《海上随笔》，看出他已经对仕途有所揣摩了。开卷第一则《子民不宜过分》就是教训刁民：

> 壬戌六月，有灶生赴愬于上官。以治下子民与父母对质于公堂，借闻见之风影，为快私之跃冶。一时草野愚顽不知大体者，群为健讼之瓣香焉。
>
> 夫功名而至三考，三考而至于穷海之大使，不远千里携妻子以奔走，即有旧例之偿劳，皆积习之固然，亦出于寻常而不足怪。奈之何径开单款以易信者，使父母难堪乎？使后之来者咤为难堪之薄俗，不难为阃阈之子民乎？

由眷怀故国到服务新朝（在当时汉人看来还是"夷狄"建立的政权），甚至为官场潜规则辩护，刘翼明当然要经过一番内心剧烈斗争。康熙二十三（1684）五月的"病辄死"（其实是假装的），就是这场斗争的高峰。

刘翼明装病假死，在李澄中给周斯盛的一封信中，讲得更清楚："子羽死而复苏，吊者在门，乃与之饱啖牲醴而散，亦大奇事。恐后来真死，人反以为诳，致令吊者不至，奈何？足下闻之，得无大噱？"[②]

---

① 李澄中著，侯桂运等点校：《李澄中文集》，中州古籍出版社，2014年，第781页。
② 李澄中著，侯桂运等点校：《李澄中文集》，中州古籍出版社，2014年，第723页。

刘翼明自然不会轻易装病假死，他之所以演这出奇葩大戏，只因一个字——贫。他有一首《答李雷田问讹传之故》七绝云："道山久住足婆娑，奈此亲朋念我何。生祭才能知肉味，一时赚得挽诗多。"① 不久后他尴尬出仕，为诸友所惊诧，同样是这个原因。这在《海上随笔》中就有所表现。

一本薄薄的随笔，其中提到他到诸城"请醵"（儿女婚事募捐，凑份子钱）就有五篇：《妇人能知道理》《亲友间之厚道》《李栗生晋人之致》《轻言适以自迫》《方外人用意委曲》，有顺有不顺，甚至产生小纠纷。生齿日繁，物力维艰，贫富不一，都在情理之中。婚丧嫁娶，生老病死，盖房迁居……这类人情往来太多，不但财力难支，而且疲于奔命。《海上随笔》中《三处扫迹》，也讲了自己的为难之处：

> 十年以来，王中柱母丧，吊送皆误，己心不安，而人反安之乎？于是乎永绝高密之迹；庚申冬，闻曹夫人讣，以老病未能远出，殡葬皆误，大有负于生者，于是乎绝安丘之迹；先是，吾友谈禹臣弃世，虽以老自谢，实有愧于宿草，于是乎绝胶州之迹。贫而老，老而病，难为饰词若此。

以己度人，刘翼明也应对他人的窘迫诖误予以理解。但他毕竟曾是名动天下的侠士，而且是自视甚高的诗人，责于人者未免过重。《海上随笔》中《咫尺不相问》记载了写作此书前一年发生的事："辛酉夏秋，老人卧病于海，海滏之亲知，弃掷而不论。盖蛤涎鼋沫之天，耳目甚隘，光气无足以及之，则亦无及之之想也。乃有城中吾党，虽现前有差等，遡一堂之从来，实不敢以自外。顾于三十里间，造舟者两月，而厝门外，竟无故人之迹。后病愈至城。若拘行迹而不往，恐自待又太小也。"《富贵家买笑》一则，对富贵家宁可向优伶买笑也不周济亲友表示不满。

更令刘翼明遗憾的是，有人曾允诺为他"买山"，却最终没有兑现。李澄中所选《镜庵诗选》中有《寄怀臧服邻曾许买山》诗云："买山梦里记荷

---

① 刘翼明著：《镜庵诗集·馀集》，见《山东文献集成》第 3 辑第 29 册，第 184 页。

林，谁解琅邪此日心。发愤空馀投有海，萧条偏是断无金。伤生早草龙难醒，失路穷猿木自寻。本欲卜居何处卜，深溪可去敢言深。"① 臧服邻，名汝明。清乾隆《诸城县志》卷三十九《孝义》："臧汝明，字服邻。好学敦行谊。叔父宠光误触武弁，弁毁其门，辱殴之，知县不能制。汝明控于府，真之法。族子玫，生三十九日失父，汝明育之至成人。"也许臧汝明虽然是富户，但族中多故，不能分润刘翼明了。

康熙二十三年刘翼明装病假死，家境已经接近山穷水尽。但告病之后，前来探望送药资者不多；讣告发出，来送赙仪者也寥寥。于是他的心凉透了，前往利津坐那一席冷毡，不仅能稍缓贫窘，还可以报复朋友——如果在他装病期间得到足够的关怀，或收到较多的赙金，或者他不至于在耄耋之年，倒行逆施。

读《镜庵诗集》，可以发现刘翼明从康熙二十三年始，与诸城朋友唱和的诗日少，且多怨望之音。八十一岁时作《寄山中旧侣》中有这样两首："每因可欲成贪业，必待无求脱报身。白眼曾为青眼客，同心即是负心人。""闺女生财齐国富，常山临代姊兴门。一时鼎鼐无声气，千古优伶有子孙。"② 这类嘲骂之诗，已无复侠士风采，倒有点像怨妇了。

刘翼明晚年对诸城耆老群体有对立情绪，其他人对他也未必继续胶漆视之。甚至南方的好友周斯盛也为之痛惜。其《闻刘子羽司训利津雪夜有作》云："老矣琅邪客，居然拜一官。悲歌真欲绝，苦忆复为难……"③ 仿佛在说：大老刘，土都埋到发梢了，怎么走出这一步！说你什么好呢？

在刘翼明之前的博学鸿儒群体，曾受到知识界群嘲。李澄中在《艮斋笔记》（亦收入《全清小说》）中有记载："当是时，风俗重甲科，自宋后不复以制科取士，内外臣工创见朝廷此举，咸窃窃然以为怪。不独同列嫉之若深仇，大臣亦罕能将顺其美者……俗儒无识，以熙朝之盛典，几等于纳粟之

---

① 刘翼明著，李澄中选：《镜庵诗选》卷五，见《山东文献集成》第3辑第28册，第768页。
② 刘翼明著：《镜庵诗集·还山草》，见《山东文献集成》第3辑第29册，第224页。
③ 周斯盛著：《证山堂集》卷五，《四库存目丛书》集部第233册，第49页。

铜臭，媚嫉倾陷，靡所不至。呜呼，可慨也已！"① 李澄中的鸿儒好友朱彝尊（早年曾参与反清活动，亦曾到过诸城）将自己这一时期的作品结集为《腾笑集》，用南朝孔稚珪《北山移文》之典自我解嘲。李澄中本人在至京应试时所写《怀刘子羽》诗中，也用《北山移文》之典："《别赋》魂销南浦路，《移文》心愧北山薇。"② 曾在《海上随笔》中为李澄中解嘲的刘翼明司训利津之后，他自己也用上了这一著名典故。《镜庵诗集·馀集》收入他在利津所写《思归》中有句："身多示病人谁问，山有移文老自欺。"《七月朔即事》中有句："畏我友朋多借口，《移文》万古不吾欺。"《感怀》诗中有句："多少《移文》甘付火，北山空有石嶙峋。"

　　《红楼梦》第五十一回薛宝琴《钟山怀古》："名利何曾伴汝身，无端被诏出凡尘。牵连大抵难休绝，莫怨他人嘲笑频。"用《北山移文》典故。蔡元培说《石头记》"于汉族名士仕清者，寓痛惜之意"，此诗可为重要佐证。得人心者得天下，得"四民之首"的知识阶层之心，方能得天下人心。清廷为了降服知识阶层之心，对他们强盗式的弹压，奴才式的役使，猕猴式的玩弄欺骗，毁灭、篡改历史，洗心换脑，无所不用其极。而以功名利禄诱惑、笼络、利用其中一部分，打压、抛弃一部分，使知识阶层分化甚至陷入内斗，更是"精彩设计"。难回者天，不服者心。知识界还有一种力量，严义利之辨，严华夷之辨，严进退出处之辨，警醒人们莫失莫忘，牢记历史，与清廷争夺人心，这也是必然的——虽然这种力量是以潜伏形态出现，有时消沉但从未断绝，最终在辛亥革命前后"雷出地奋"，产生了强大的历史反响。一部号称古今第一的小说，关注知识阶层的进退出处，说明在清代前期，这确是个非常严峻的问题。《红楼梦》是以儿女律士大夫，隔靴搔痒，而李澄中、刘翼明，可谓身当其际者矣。"名利何曾伴汝身"之"名利"，当解为"名缰利锁"；"伴"字，当为"绊"，而程本和所谓脂本竟然在这个字上保持了一致（手写行草体二字很难分别）。当诸名士徜徉山林烟霞间，感受不

---

①　李澄中著，侯桂运等点校：《李澄中文集》，中州古籍出版社，2014年，第959页。
②　李澄中著，侯桂运等点校：《李澄中文集》，中州古籍出版社，2014年，第238页。

到名缰利锁的束缚和世人的冷嘲热讽（但受到名利诱惑和贫穷困扰）。一旦入人彀中，折腰逢迎违心愿，艾炙眉头瓜喷鼻，难得了当（也有"偶因一回首，便为人上人"，享荣华富贵者）。李澄中《寄刘广文子羽》中有句云："相期各抽簪，莫为浮荣绊。"① 人生多歧，世网难婴，进退去留都不易。平心而论，李澄中与刘翼明出仕，其节操虽然与王夫之、顾炎武等明夷坚贞、始终如一者相比，瞠乎其后，但并非死心塌地，为清廷服务。除了名心未除，或为穷困所迫，也是为了实现利物济民的理想。刘翼明晚年所作《滩头纵谈》，有"得当以报汉"② 之句，用李陵降匈奴之典，也透露了自己的隐微心事，所谓"纵然举案齐眉，到底意难平"。其实清初出仕的汉人，苟非丧心病狂，对清廷民族压迫政策，都能进行抵制或予以潜消默夺。而当时的知识界对丧失初心仕新朝者，虽然整体上是嘲讽态度，并不妨碍人们见到其中任何一个人客气恭维，不像刘翼明早年对待周亮工那样不给面子。再就是大家了解刘翼明通脱疏狂的个性，对他的"不恭"言行也能宽容。他去世后的《镜庵诗选》，由李澄中选编并与四十七名旧友"同订"，其中就有曾许诺为刘翼明"买山"食言而遭怨怼的臧汝明。

刘翼明《海上随笔》所记人物，与张侗《醉中忆所思》③ 很多相同。但切入角度不同。张侗诗多写人物主要特征或高光时刻。如写丁耀亢之《橡谷丁氏野鹤》："琅邪饶词赋，寸心谁肯折？时有一白鹤，高天吹响雪。"形容丁耀亢诗品人品，皆有高致。写李澄中的《苏台李氏渔村》："十岁梦李白，辟门投一刺。四十又三年，重押疆置字。"以李澄中比李白，诗注介绍自己与李澄中交往缘分，两见身份。写放鹤园宾客中最典型的遗民、雄县人马鲁的《河间马氏东航子》："东航天下士，相见脱吴钩。一曲《北风行》，天汉冻不流。"颇有风雨鸡鸣，悲歌慷慨之致。

诗中写刘翼明的《琅邪台刘氏子羽》："诗人如子羽，亦自作挽歌。我来践旧约，和泪续残题。"虽形容刘翼明晚年坎坷潦倒，仍出之以变徵之音。

---

① 李澄中著，侯桂运等点校：《李澄中文集》，中州古籍出版社，2014 年，第 429 页。
② 刘翼明著：《镜庵诗集·馀集》，见《山东文献集成》第 3 辑第 29 册，第 169 页。
③ 张侗著：《其楼诗集》卷下，诸城市博物馆藏清康熙刻本。

相对而言，刘翼明《海上随笔》记人，角度平实，笔法灵活，展现了更多侧面，甚至不讳各人瑕疵遗行。如《轻言适以自迫》：

> 四月间，予既设醸于东武，臧服邻叔侄欲邀之于七吉，丘嵋庵以属在内亲也，改笔定期，诸臧皆在铁园席内。临期不至，过期而惠，公送钱于涓村矣。我心仪之。归海上，子朴且至，致服邻之意，以醸资见寄。言服邻之不入铁园，意介介于铁园之主人耳。余以为孤嵋庵之意，将几误我。数日而子朴未送钱至，予即任真，欲往催之。盖子朴有借于服邻，而服邻因之以转送老人。须钱之急，不能不迫转。笑子朴之轻言，而未免失言矣。

再如《攘芦雁》：

> 今年四月，予将入山，过丁逸仙处，出所藏纸，属予求张石民芦雁，求杨云笠各种笔墨，又命予作草书与萧振伯者。
>
> 予至涓上，得见云笠，急出前纸代乞。云笠意在于择，则曰："当陪纸酬雅意耳。"往致石民，石民眼忽作祟，敬索旧日之答人者为乞邻。适丘慎清见而攘臂夺去，许以他画相偿。
>
> 他日，故出低画一轴，且题曰"山人王维"也。予曰："以此偿彼，眼中可谓三无矣，无丁无张亦无刘也。"归而抽旧藏一小幅，将送去，又被攘焉。细故波澜若此。

读张侗《醉中忆所思》，如见云鹤游天而唳九霄；读《海上随笔》此类记述，则如见群鸿寻食浅滩，嬉闹水濑，争夺细鱼小虾，雪翎搅拌淤泥。唯其如此，《海上随笔》对清初知识分子生存状况叙述得更客观真实，因此具有特别之价值。

王宪明，男，1965 年 1 月生，山东诸城人，文学学士，潍坊学院教授。

《南台旧闻》的价值

欧阳紫雪

《南台旧闻》,《中国历史大辞典·史学史卷》著录:"书名。清黄叔璥撰。十六卷。记自唐至明御史台事,分为十三类,以存其崖略。自唐分台职为二,以中书省为西台,御史台为南台,故名。前有凡例、自序及陈祖范序。"①《简明中国古籍辞典》则谓为"典制史书","记自唐至明御史台、都察院典故,凡十三门,每事各注所出之书,颇为详备,可供研究监察制度之参考"②。

黄叔璥(1680-1758),字玉圃,号笃斋,顺天大兴(今属北京)人。康熙四十八年进士,后任湖广道御史,浙江道御史,为清代首任台湾巡察御史,"朱一贵之役既平,清廷以台湾孤悬海外,吏治军制均须整饬,命满汉御史驻台监察。六十一年五月,满御史吴达礼、汉御史黄叔璥至自北京"③。"时久停御史巡边海之制,上以台湾乱初定,特遣先生往视之。至则翦馀孽、释胁从,反侧遂安"④。《续修四库全书总目提要·史部》称《南台旧闻》:"成于康熙六十一年,是年六月黄叔璥抵台,参酌各代史书,附以见闻,分十三类,记述历代御史建官命职源流及御史居官奉职之事。"⑤ 蓝鼎元《平台纪略》:"五月,署台湾府同知兼摄台湾知县事孙鲁调补诸罗县知县。钦差巡台御史吴达礼、黄叔璥至自京师。"可知黄叔璥到达台湾的时间是康熙六

---

① 《中国历史大辞典·史学史卷》编纂委员会编:《中国历史大辞典·史学史卷》,上海辞书出版社,1983年,第332页。

② 吴枫主编:《简明中国古籍辞典》,吉林文史出版社,1987年,第606页。

③ 连横:《台湾诗乘》卷二。

④ 李桓:《国朝耆献类征初编》卷二百九《监司五》。

⑤ 傅璇琮总主编:《续修四库全书总目提要·史部》,上海古籍出版社,2014年,第395页。

十一年五月，为农历；《续修四库全书总目提要·史部》到达的时间六月，为阳历。

《南台旧闻》自序云：

> 余以非材，滥与兹选，又奉简命，巡视台湾，大惧陨越。每览篇籍，凡事关职任，前贤风节可为后世表仪，及枉道狥私垢污在人齿颊者，辄默识焉以自镜。又念自唐杜易简，至前明刘宗周，纪御史台事以为法戒者，无虑数十家，而久之皆凋零磨灭，间有存者，购索甚难。本朝董正治官，列圣明目达聪，诸前辈谠论嘉猷，科抄始出为海内传诵者不少，而余所闻见多阙。乃按前史附以所闻知，分为十三类，存其崖略。观省之馀，兼与二三同志，交相砥劻。

《中国历史大辞典·史学史卷》和《简明中国古籍辞典》称《南台旧闻》"记自唐至明御史台事"，是错误的，因为第一卷首篇引用的是《周礼·春官》，之后又有《汉书》《魏书》《北史》《隋史》等唐代以前的文献。有此谬误的原因，大概是黄叔璥自序中的一段话："又念自唐杜易简，至前明刘宗周，纪御史台事以为法戒者，无虑数十家，而久之皆凋零磨灭，间有存者，购索甚难。"这里的"自唐至明"，指的是自唐至明的辑录者杜易简、刘宗周等，是和黄叔璥一样的整理者。

黄叔璥抵台后，开始编撰《南台旧闻》。陈祖范序云："北平黄玉圃先生任御史，精白一心，恪居官次。退食之暇，必稽于彝训，而咨于故实，于是有《南台旧闻》之纂。"并谓此书："详而不芜，体要兼该。前八卷，建官命职之源流也；后八卷，居官奉职之轨迹也。"可见《南台旧闻》不只是查考历代监察制度的典制史书，它更大的价值，在后八卷的居官奉职之轨迹，是"凡事关职任，前贤风节可为后世表仪，及枉道狥私垢污在人齿颊者，辄默识焉以自镜"。

凡例云："《南台旧闻》，为监察御史而志也。故事台无长官，弹劾不相关白，是编当从监察始。然而御史台表正纪纲，阙之则事体不备。""台无长官"，指御史可独立行使弹劾权、纠举权，直接对君王负责，连御史台的长官也无权干涉。陈祖范序云："古之仕者难而易，任之专也；后之仕者易而难，责之备也。汉以来，职掌繁重，体势轩揭，表里百司，干维攸系，莫过于御史台。"卷一《提纲》结语引《南京都察院条约》：

> 中外之官，莫难于风宪，莫危于风宪。曷谓难？人之所趋者不敢趋，人之所乐者不敢乐，人之所私者不敢私，所谓峣峣者易缺，皎皎者易污，非难而何？曷谓危？入焉与天子争是非，出焉与大臣辨可否，至于发人之奸，贬人之爵，夺人之官，甚则罪人于死地，一或不察，而反以为辜，则终身无所控诉，非危而何？然君子居其官，则思尽其职，所谓危且难者，固有所不避焉。竭忠吐诚，置死生祸福于度外，庶上不负天子，下不负所学，其或奏对于殿廷之上，平心易气，惟事上陈。理诚直，从容婉转而益直；理诚屈，虽抗厉激切而益屈。夫侁侁其色辞，非唯有失事上之体，而于己事亦无所益。古之攀槛断鞅、曳车轫轮者，皆务危事，迫不得已而为之。苟事不至于是，殆不可以为法。

此段出自元代著名政治家张养浩的《风宪忠告》。御史职位的"难"和"危"是客观存在的，这使他们处于利益冲突的中心，但御史的职责使他们有直面的勇气，并置死生祸福于度外。以往研究者多关注《南台旧闻》建官命职之源流的部分，为工具书的范畴，本文拟从后八卷的居官奉职之轨迹，根据目录和凡例，从精神层面来探讨这本书的价值。

一、卷九《谠论》、卷十《切谏》、卷十一《弹劾》。凡例云："犯颜廷诤，以补衮职；锄奸诘慝，以清周行。白简青蒲，鹰鹯搏击，可敬可慕之迹，班班可考。则谠论、切谏、弹劾，宜连类而志。"谠论，正直的言论。白简，弹劾官员的奏章；青蒲，天子内庭；鹰鹯，比喻忠勇的人。朝堂之上御史生死纠弹的场景，历历在目。

《谠论》1：

> 治平中，马默为监察御史里行，言："致治之要，求贤为本。仁宗

以官人之权，尽委辅相，数十年间官之进也，不由实迹，不自实声，但趋权门，必得显仕。今谋一帅臣，则协于公议者，十无三四，庶僚之众不知几人。一有难事，则日无人可使，岂非不才者在上，而贤不肖混淆乎？愿陛下明目达聪，务既其实，历试而起升之，以幸天下。"神宗即位，上疏陈十事："一曰揽威权，二曰察奸佞，三曰近正人，四曰明功罪，五曰息大费，六曰备凶年，七曰崇俭素，八曰久任使，九曰择守宰，十曰御边患。揽威权，则天子势重而大臣安矣；察奸佞，则忠臣用而小人不能幸进矣；近正人，则谏诤日闻而圣性开明矣；明功罪，则朝廷无私而天下服矣；息大费，则公私富而军旅有积矣；备凶年，则大患常弛而祸乱不起矣；崇俭素，则自下化上而民朴素矣；久任使，则官不虚授而职事举矣；择守宰，则庶绩有成而民受赐矣；御边患，则四边畏服而中国强矣。"（《读史节》）

马默遇事不屈敢言，连举荐他的张方平都派亲信告诫他："言太直，得无累举者乎？"马默谢曰："辱知之深，不敢为身谋，所以报也。"[1] 马默当着英宗的面指出仁宗的过失，具有极大的勇气。神宗时，以论欧阳修事出任怀州通判，仍心存社稷，上疏陈十事，皆为治国安邦之正论。

《谠论》2：

> 嘉靖五年，御史仲选上言："《春秋》一书，人君正心术之要典也。纪灾异，而略祥瑞。唐臣张守珪亦曰：'古者多难开国，殷忧启圣，事危则志锐，情苦则虑深，故能转祸而为福。'由是观之，人君于灾变之来，所以动其忧勤之心，而启其治平之机也。未足为损，而固已为益，唯求其应之之实何如耳。臣闻应天以实不以文，勤民以行不以言，感召之诚，亦唯于人事验之而已。人事修则天心格，人事乖则天心违，必然之理也。"（《南京都察院志》）

在中国古代社会，灾变的产生，往往意味着君王失德，是上天的警示与

---

[1] 脱脱：《宋史》卷三百四十四列传第一百三《马默传》。

惩罚，所以君王必须认真对待，总结经验教训，励精图治。"应天以实不以文"出自《晋书·帝纪第六·元帝》："动人以行不以言，应天以实不以文，故我清静而人自正。"意思是打动别人用行动而不是言语，回应上天用行动而不是说教，因此我没有烦恼而百姓行为端正。御史仲选这段上言，指出在灾变到来时，君王要用实际行动去面对，只要付出了努力，可能不会发生损失，还有益于提升自己。"唯求其应之之实何如耳"，有面对就有回报，努力得多则回报得也多。事情办好了是顺应天意，没有办好是违背天意，君王治国要符合天意，这是必须遵守的法则。

《说论》3：

> 万历五年，御史王用汲疏言："孟子曰：'长君之恶，其罪小；逢君之恶，其罪大。'臣谓逢君之恶，其罪小；逢相之恶，其罪大。今之时，则逢君之人少，而逢相之人多。辅臣意有所向，不问其意之是与不是，谁敢一言以正其非？且有先意而结其欢心，望风而张其虐焰者矣。陛下不躬自听断，而委政于众所阿附之元辅，是以大臣益得成其私，而无所顾忌；小臣益苦于私，而无所控告，其势不得不奔走夫私门矣。以陛下之圣智，何不日取庶政而勤习之，大小章疏务躬省览，就公孰私，孰便孰不便，陛下先以意可否焉，然后宣付辅臣，俾再商酌可则行之，未可则票拟覆请。闲习既久，智虑益宏，则几微隐伏之间，自无逃乎圣鉴矣。"（《熙朝奏议》）

《明史》此事发生在万历六年，故万历五年为误。此时万历皇帝还未亲政，张居正为首辅。巡按御史赵应元没去参加张居正父亲的葬礼，张居正怀恨在心，他的门客乘机弹劾，赵应元遂被除名。王用汲知道此事后上疏弹劾张居正，并请万历皇帝亲政。张居正大怒，王用汲被免去官职，直到张居正死后才得以起用。张居正的万历新政挽救了明朝统治的危机，但他集大权于一身，任用私人，排除异己，毁誉不一。王用汲不畏极权，敢于直言，在起复后，仍然保持本色。其实，王用汲弹劾张居正的疏言，就是皇帝亲政，同样也会发生。将封建帝王视为圣明君主，将一切希望寄托在君王身上，这是封建人治社会的终极问题。

《切谏》1：

> 何郯为殿中侍御史，极陈夏竦奸状，杨怀敏以卫卒之乱，犹为副都知，论辩尤力。仁宗谕："古有碎首谏者，卿能之乎？"对曰："古者君不从谏，则臣碎首。今陛下受谏如流，臣何敢掠美而归过君父？"帝欣然纳之。（《宋史·列传》）

何郯为宋景佑进士，由太常博士擢为监察御史，再迁殿中侍御史，言事无所避。言官劝谏是一门高深的艺术，何郯通过巧妙的回复转化了危机，使皇帝高兴地采纳了自己的谏言。有此胆识，才能够泰山崩于前而面不改色，才能担无穷之大任。

《切谏》2：

> 时省臣奏用台臣，御史张养浩叹曰："尉专捕盗，纵不称职，使盗自选，可乎？"遂疏时政万馀言：一曰赏赐太侈，二曰刑禁太疏，三曰名爵太轻，四曰台政太弱，五曰土木太盛，六曰号令太浮，七曰幸门太多，八曰风俗太靡，九曰异端太横，十曰取相之术太宽。言皆切直，当国者不能容。（《元史·列传》）

在监察官员的选拔上，由中书省举荐监察官员，这样做不符合"省台各为一选"① 规定，把御史台变成了尚书省的仆从，使御史台难以发挥监察作用。这就好比由强盗来选择缉捕他的长官，是极其荒谬的。言切直者，当国者多不能容，所以忠臣只能嗟叹而已。

《切谏》3：

> 万历末，御史王万祚疏言："陛下于谏言，始则喜而不怒，继则怒而不弃，迨今则竟弃之矣。既不见喜，亦不见怒，付之尘封山积，见以为不足较，亦不足采者。言者若投石于千顷之渊、焚符于九天之表，唇

----

① 宋濂：《元史》卷八十二志第二十三《选举志·铨法（上）》。

舌已敝，莫识所从。夫谏言有当有否，而必不可停搁；谏臣可罪可逐，而必不可厌弃。臣窃思之，圣衷之僻有三：其一曰自恃，有藐一世之心；二曰自骄，有易天下之心；三曰自智，有疑臣下之心。此念不改，必有旦夕之忧，内盗外虏，腹背受敌，顾此失彼，又何为计？"（《南京都察院志》）

王成祚体貌朴古，气骨棱厉，弹劾不避权贵，有"王铁面"之称。每疏下，海内传诵，此为他极有名的《图消乱以延宗社疏》。良药苦口，忠言逆耳，设立御史职位是因其有纠偏扶正的作用，但谏言的采纳与否仍取决于君王的好恶，这是一种无解。现今我们的监察制度已大有完善，但仍要时时惕厉，断绝"自恃""自骄""自智"之心。

《弹劾》1：

张纲辟高第，为御史。汉安元年，遣八使狗行风俗，馀人受命之部，纲独埋车轮于洛阳都亭，曰："豺狼当路，安问狐狸！"遂奏："大将军梁冀、河南尹不疑，荷国厚恩，而专为封豕长蛇，肆其贪饕，诚大辟所宜加也。"谨条其无君之心十五事。京师震悚。（《后汉书》）

顺帝派八使巡视地方，看样子是要有大动作，实际只是虚张声势。张纲不遵帝命，返回京师，将矛头直指朝廷中央的大老虎。"豺狼当路，安问狐狸！"说明腐败的中心不在地方，就在京师。但当时朝政完全掌握在宦官和外戚手中，张纲的大无畏之举，只能"京师震悚"，随之而来的是宦官外戚的怨恨与陷害。

《弹劾》2：

狄仁杰拜侍御史，左司郎中王本立怙宠自肆，仁杰劾奏其恶，有诏原之。仁杰曰："朝廷借乏贤，如本立者不少，陛下惜一有罪，亏成法，奈何？臣愿先斥，为群臣戒。"本立抵罪。由是朝廷肃然。（《历代名臣传》）

狄仁杰不畏权贵，坚定维护法律的尊严。执法在求公平，不应随君王的好恶而轻重，不应舍不得惩治犯人而去损害法律。

总结：谠论、切谏、弹劾，这是三连击。只有先正身，然后才有正言，才肯直谏，才敢弹劾，能做到这些，才是忠臣。

二、卷十二《按录》。凡例云："乘传而出，衔命而入。澄清矜恤，多所平反。纡九重之忧劳，培万姓之命脉。斯无忝五术六察之任。"五术："听谣诵审其哀乐，纳市贾观其好恶，讯簿书考其争讼，览车服等其俭奢，省作业察其趣舍。"[1] 六察："其一，察官人善恶；其二，察户口流散，籍账隐没，赋役不均；其三，察农桑不勤，仓库减耗；其四，察妖猾盗贼，不事生业，为私蠹害；其五，察德行孝悌，茂才异等，藏器晦迹，应时用者；其六，察黠吏豪宗，兼并纵暴，贫弱冤苦不能自申者。"[2] 五术六察，是御史行使监察工作的方法。《山堂肆考》云唐以御史分察尚书省六司，故御史也谓六察官。

《按录》1：

> 寒朗，永平中以侍御史考案楚狱。颜忠、王平辞连耿建等，朗心伤其冤，上言建等无奸，为忠、平所诬。帝怒。朗曰："妖恶大敌，臣子所宜同疾，今出之不如入之，可无后责，是以考一连十，考十连百。又公卿朝会，陛下问以得失，皆长跪，言旧制大罪祸及九族，陛下大恩，裁止于身，及其归舍，口虽不言，而仰屋窃叹，莫不知其多冤，无敢牾陛下者。臣今所陈，诚死无悔。"帝意解，诏遣朗出。后二日，车驾自幸洛阳狱录囚徒，理出千馀人。（《后汉书》）

"妖恶大敌，臣子所宜同疾"，楚王谋反，为了不担责任，牵连的人越来越多，就连君王问询时，也只敢说只惩治了个人，没有祸及家人就很好了，却不敢说那些人是被冤枉的。所以在位者虽然公平，但仍会被下属蒙蔽。明帝意识到了这点，亲自到狱中审理案件，释放出千馀人。

---

① 欧阳修：《新唐书》卷一五七列传第八十二《陆贽传》。
② 欧阳修：《新唐书》百官志三《御史台》。

《按录》2：

> 李靖为岐州刺史，人或希旨，告其谋反。高祖命一御史按之，谓之曰："李靖反且实，便可处分。"御史知其诬罔，与告事者行数驿，佯失告状，惊惧，鞭挞行典，乃祈求于告事者曰："李靖反状分明，亲奉进旨，今失告状，幸救其命，更请状。"告事者乃疏状于御史，验与本状不同。即日还以闻，高祖大惊。御史具奏，靖不坐。惜逸御史之名。（《大唐新语》）

李靖为隋守长安时，曾杀害李氏皇族，后李靖为岐州刺史，有人为迎合上意，告他谋反。御史知其冤枉，想了个计策，得到两份内容不同的状纸，李靖之冤得白。如果御史没有尽心尽力，李靖谋反大罪难以昭雪，大唐中兴也就不存在了。

《按录》3：

> 故事，御史有所执讯，不具狱以移刑部，刑部狱具，不复牒报。御史冯恩请尚书仍报御史。诸曹郎欢，谓御史属吏我。恩曰："非敢然也。欲知事本末，得相检核耳。"尚书无以难。（《明史·本传》）

御史审案，刑部定案再反馈，案件才有始有终。这不是谁管谁的问题，互通有无，才能知道案件本末，官员的综合素养才能提高。

总结：御史对案件都要尽职尽责，秉公执法。

三、卷十三《风节》。凡例云："危言正论，偲傥非常之人所树立也。而丰裁峻整，实始基之。一旦临大节，百折不挠，伏鈇质而不辞，节概凛然，于今为烈。"

《风节》1：

> 严延年迁侍御史。是时大将军霍光废昌邑王，尊立宣帝。延年劾奏光擅废立，无人臣礼。奏虽寝，朝廷肃焉，敬惮。（《前汉书》）

昌邑王荒淫无度，被霍光废为庶人，这是被肯定的，但严延年还是弹劾了霍光。对严延年来说，行使了侍御史的职权；对霍光来说，是一种警醒；而宣帝留中奏折，这是君王的权术，同时也成就了严霍二人的美名。

《风节》2：

> 杜莘老官中都久，知公论所予夺，奸蠹皆得其根本脉络。尝叹曰："台谏当论天下第一事，若有所畏姑言其次，是欺其心不敬其君者也。"及任言责，极言无隐，取众所指目者悉击去，声振一时，都人称骨鲠敢言者，必曰杜殿院云。（《宋史》）

孔子曰："政者，正也。"[①] 朱熹注曰："政之为言，正也，所以正人之不正也。"[②] 政治的本质在于纠正不正，这就需要首先解决主要矛盾，主要矛盾解决了，才能治国安邦，福及天下。奸蠹者一味希旨拍马，明知事情真相，但只考虑自身的利益，故意将关注点转移到次要矛盾上。把国家社稷安危放在第一，忠诚自己的信念，直言无隐，这样的人才足堪台谏之任。

《风节》3：

> 绍兴中，颜师鲁为监察御史，有自外府得内殿宣引，且将补御史阙员。师鲁亟奏："宋璟召自广州，道中不与杨思勖交一谈；李鄘耻为吐突承璀所荐，坚辞相位不拜。士大夫未论其才，立身之节当以璟、鄘为法。今其人朋邪为迹，人所切齿，纵朝廷乏才，宁少此辈乎？臣虽不肖，羞与为伍。"命乃寝。（《宋史·列传》）

杨思勖、吐突承璀都是宦官，是君王宠幸之人。唐朝以后，宦官开始上位，正直的官员以与宦官共事为耻，李绛言吐突承璀"此属大抵不知仁义，不分枉直，惟利是嗜，得赂则誉跖、跷为廉良，怫意则毁龚、黄为贪暴，能用倾巧之智，构成疑似之端"[③]。道不同不相为谋，忠臣忠于君王，奈何君王偏听偏信于宦官，真有报国无门之叹。宦官上位意味着朝代开始衰弱，君王

---

① 孔子：《论语·颜渊》。
② 朱熹：《四书章句集注》。
③ 司马光：《资治通鉴》卷第二百三十八《唐纪五十四》。

已是权力旁落、力有不逮了。

总结：有风节者正直不屈，精神独立，有坚定的信仰。

四、卷十四《鉴戒》。本卷没有凡例说明。

《鉴戒》1：

> 宋孝建时，有苏宝者，生本寒门，有文义之美。官至南台侍御史、江宁令。坐知高阇谋反，不即闻启，伏诛。（《南史》）

苏宝出生寒门，凭自己的才华官至南台侍御史、江宁令，可谓春风得意。但他在其位不谋其政，知道有人谋反却不举报，尤其南台侍御史有监察百官的职责，以此渎职伏诛，不为冤枉。

《鉴戒》2：

> 刘晏造转运船，每船破钱一千贯。或言虚费太多，晏曰："私用不窘，则官物坚牢矣。"咸通末，有杜侍御者矫其法，止给合用实数，无复宽剩。专知官皆冻馁，船场遂破，馈运乏绝。（《臣鉴录》）

刘晏原话为："大国不可以小道理。凡所创制，须谋经久。船场执事者非一，有馀剩衣食，可以养活众人，则私用不窘而官物牢固。"[1] 成大事者不惜小费，成本的核算不是简单的加减，只有个人的日子先过好了，才能把公家的事办好。现今我国的脱贫攻坚事业取得了伟大成功，这正是为了消除贫困，改善民生，实现人民的共同富裕，从而更好地建设我们的国家。

《鉴戒》3：

> 吕泾野尝言："御史有九病，见善忘举者妒，知恶不劾者比，依违是非者谲，借公行私者佞，意存觊觎者狡，惧祸结舌者偷，指摘疑似者刻，怒人傲己盖其所长而论者忿，喜人奔竞护其所短而荐者贪。惟开诚布公，九病可勿药而愈。"（《钱子测语》）

---

[1] 宋慈：《洗冤集录·折狱龟鉴》。

御史允许风闻论事，但必须核实准确，若有了私心，便会生出许多事端，如御史九病，这就要开诚布公。开诚布公，出自《三国志·蜀志·诸葛亮传》："诸葛亮之为相国也，抚百姓，示仪轨，约官职，从权制，开诚心，布公道。""开诚心，布公道"是诸葛亮的为政之道，在他的治理下，蜀国经济繁荣、政局稳定，百姓安居乐业。只要杜绝了私心，大家努力的方向一致，最终一定会达成共识，百政可以顺利施行。

总结：鉴戒的目的是引以教训，使人警惕，即自序所云"枉道徇私垢污在人齿颊者，辄默识焉以自镜"。只有时时警醒，才能防患于未然。

五、卷十五、十六《杂录》。凡例云："旁搜博采，遇有异事可传，一行可表，不忍弃遗，恨多放失。又或书及先世，知贻谋之有由；事属后昆，见清芬之勿替。凡以申仰止，非徒供谈资也。"

《杂录》1：

> 贾忠言撰《御史本草》："以里行及试员外为合口椒，最有毒；监察为开口椒，毒微次；殿中为萝卜，亦曰生姜，虽辛辣而不为患；侍御史为脆梨，渐入佳味。"又侯味虚著《百官本草》，题："御史：大热有毒，主除邪疾，杜奸回，振冤滞，攻贪浊，服之长精神。"（《山堂肆考》）

《神农本草经》为我国有著录的最早的本草经，为我国古代记载药物的著作。唐高宗时，政府颁布了《新修本草》，后又称《唐本草》，是我国第一部官修本草，然后有侯味虚《百官本草》、贾忠言《御史本草》。《御史本草》和《百官本草》从药物学的角度阐释了御史职位的各种功用，便于理解，别有一番趣味。

《杂录》2：

> 唐璘，宁宗时擢监察御史。台吏且至，璘不诣阙。母曰："人言此官好，汝何忧？"璘曰："此官须为朝廷争是非，一咈上意或忤权贵，重为大人累，何？"母曰："尔第尽言，吾有尔兄在。"璘入就职，疏奏："天变而至于怒，民怨而至于离，海宇将倾，天下有不可胜讳之虑。"上

为改容。(《集事渊海》)

"璘立台仅百日，世谓再见唐介，至切劘上躬，尽言无隐，帝益严惮之。居官大节，则母教之助为多。"① 当忠孝不能两全时，历史的书写往往偏于尽忠者，唐璘是被赞许的，他的母亲也是被赞许的。精忠报国，这是中华民族的传统美德。

《杂录》3：

> 杨荣尝疏陈十事，皆指斥五府、六部、三法司积弊。上览而嘉之，密谕荣曰："汝言实切时弊，但卿为朕心腹之臣，若进此奏，恐群臣益相猜疑，不若使慎密御史言之。"(《广治平略》)

杨荣，明初著名政治家、文学家、内阁首辅。明成祖朱棣时，节俭风气日益淡薄，加上连年征战，有些大臣开始贪污受贿，百姓负担日益沉重。杨荣进言十事，朱棣深为嘉许，但又担心杨荣受到猜忌，另找御史进言。可见朝堂之事十分复杂，竟到了找替身的地步，最后是否采纳施行，还真是难以想象。

总结：杂录内容种类繁多，为不属前卷归类者，读之有所领悟与回味。

《南台旧闻》有多处文献涉及众多历史人物，如狄仁杰、苏轼、蔡京、杜莘老、严嵩父子、刘瑾、杨涟、魏忠贤等，因辑录文献不同，我们便能够多角度地了解他们。以苏轼为例，《南台旧闻》中的他与乌台诗案有关，其中有两处提到了他的《咏桧》诗：

> 中丞李定、御史舒亶言："苏轼怨谤侮慢。陛下发钱以本业穷民，则曰：'赢得儿童语音好，一年强半在城中。'陛下明法以课试群吏，则曰：'读书万卷不读律，致君尧舜终无术。'陛下兴水利，则曰：'东海若知明主意，应教斥卤变桑田。'陛下谨盐禁，则曰：'岂是闻韶解忘味，迩来三月食无盐。'"逮轼赴台狱，定等治之，欲置之死。太皇太

---

① 脱脱：《宋史》卷四百九列传第一百六十八《唐璘传》。

后曹氏违豫中闻之，谓帝曰："尝忆仁宗以制科得轼兄弟，喜曰：'吾为子孙得两宰相。'今闻轼以作诗系狱，得非仇人中伤之乎？捃拾至于诗，其过微矣。宜熟察之。"帝曰："谨受教。"吴充申救甚力。王珪复举轼《咏桧》诗，云："'根到九泉无曲处，世间唯有蛰龙知。'陛下飞龙御天，而轼欲求之地下之蛰龙，非不臣而何？"帝曰："彼自咏桧耳，何预朕事？"轼遂轻贬，弟辙亦坐救轼而贬。坐轼诗案黜罚者，张方平、司马光而下，凡二十八人。（《宋史》）

东坡在御史狱，狱吏问云："《双桧》诗'根到九泉无曲处，世间唯有蛰龙知'，有无讥讽？"答曰："王安石诗'天下苍生待霖雨，不知龙向此中蟠'，此龙是也。"狱吏亦为之一笑。（《苕溪丛话》）

王安石变法急于求成，用人不当，导致变法失败，百姓生活更加困苦。苏轼在《湖州谢上表》中表达了对新党人物的不满，遭到新党的弹劾而入台狱，这就是乌台诗案。"根到九泉无曲处，世间唯有蛰龙知"，如此豪放超逸的诗句，竟成了苏轼的罪证。神宗皇帝和狱吏都以为此事荒诞，但苏轼仍遭到了轻贬。在这里，御史不再是捍卫正道的君子，而是道德败坏的势利小人，是祸乱朝纲的始作俑者。

《南台旧闻》所据文献有《周礼》《汉书》《北史》《隋史》《唐书》《通典》《唐六典》《大唐新语》《宋史》《鉴语经世编》《历代名臣传》《读史节》《乌台笔补》《元史》《明史》《明通纪》《熙朝奏议》《春明梦馀录》《万世玉衡录》《广治平略》《南京都察院志》《明书稗录》《钱子测语》《博物典汇》《文献通考》《日知录》等，凡例末有"兹编所载前明事实，从前杂取稗官野史，毁誉失真。乾隆四年《明史》成，悉为改订，庶可信今传后"，故此书成于康熙六十一年，乾隆四年又有改订。

陈祖范序云："官之低昂添省，职之分并重轻，唯上所令，代有不同。至于顾名思义以守道，为守官，前哲之话言行事，炳炳烺烺，古今一揆也。易是辙而足为永戒者，亦古今一揆也。"黄叔璥自序云："唐贞观元年制谏官，随宰相入阁议事，然后其重与公卿相倚。朱子谓太宗所以致治之根源，端由于此。唐以后任是职者，多自矜奋，以不能其官为耻。"中国五千年的文明史上不缺少砥砺前行的人，"君子终日乾乾，夕惕若厉，无咎"，"天行健，君子以自强不息"①，这是中国传统文化的基本精神。《南台旧闻》不但带给我们古代先贤治国的理念，还有更多的思考与感悟，激励着我们奋发向上、不断前行，这便是它的价值。

欧阳蒙雪，女，1973年5月生，江西玉山人，文献学硕士，福建师范大学闽台区域研究中心馆员。

※　※　※

八府巡按

古代戏曲如《玉堂春》《桃李梅》《五女拜寿》《陈三两》，皆有书生得中状元，即授八府巡按，钦赐尚方宝剑，先斩后奏，伸张正义，除暴安良，扭转乾坤，令观众拍手称快。或谓此乃民间传说，官方从无"八府巡按"，只有小小的七品"巡按御史"。戴璐《藤阴杂记》卷三载："明重御史巡方，权倾督抚，统辖文武。士人释褐即得，人艳称之。"进士及第，即授御史巡方，看来是真有其事。《藤阴杂记》还讲了一个故事：一富人有二婿，一为守备，一尚秀才，势利的富翁，轻秀才而重守备。后来守备升了副将，是从二品的高官了；秀才则考上进士，以御史巡方阅兵，"副将披执郊迎，报名入谒，五更禀请开操"。秀才于枕上赋一绝云："黄草坡前万甲兵，碧纱帐里一书生。而今始信文章贵，卧听元戎报五更。"（斯欣）

---

① 《周易》上经《乾》。

《乡谈》摭谈

林海清　林骅

　　《乡谈》，题江东田易易堂著。田易，号易堂，顺天府大兴人，应有长期在江东生活的经历。进士出身，初为銮仪卫经历。雍正五年（1727）任湖广辰州同知，次年丁忧去职。雍正七年（1729），应直隶总督唐执玉聘，参与《畿辅通志》编纂，十三年（1735）书成。《乡谈》是一部杂俎型笔记小说，今有越中文献辑存本传世。

　　笔记，顾名思义即随笔记录，并非刻意著作，因而没有严密的体系，各条记事之间也没有多少关联。内容多是个人日常生活中的所见所闻所感，佚事异闻、博物琐谈、考据辨证等，几乎无所不包；形式也是兴之所至，意至笔随，长短高下皆宜，不必考虑"微言大义"或刻意铺陈，而是谐口铎心，消遣娱乐，"资治体，助名教，供谈笑，广见闻"（曾慥《类说序》），是一种"杂"而"散"的文体，难登大雅之堂。然而，"虽小道，必有可观者焉"。《乡谈》就是这样一部作品。

　　《乡谈》包括轶事琐言、志怪状物、考据辩正、山川风物、四时民俗等，几乎应有尽有，不列时代次第，亦无类别归纳。文化与学术价值较高者，是关乎文人士大夫言行轶事的记载，大体包括以下几个方面：

一　记载一些当地名人轶事，具有一定史料价值

　　前代名人以王羲之、陆游较多。近代名人约七十几则，包括王阳明、徐渭、张岱、朱燮元、黄道周、董玘等。对王阳明格外青睐有加，多达12则，从生到死甚至延及后代，均有记载。请看：

> 王文成，母郑，娠十四月。祖母岑，梦神人衣绯至，云中鼓吹，送儿授之。惊寤，已闻啸声。祖竹轩公异之，即以云名。乡人传其梦，指所生楼曰"瑞云楼"。

这里没记他五岁之后才会说话的传言，却有"娠十四月"而生的记载，且有梦兆，祖母梦见红衣天神，抱一赤子，从天而降，说明生来就不同凡响。此外，写他寺庙见前身、科场有神助、闽中仙翁赠诗、威宁伯梦中赠剑等，都以浪漫主义的笔法美化神化，涂抹了较为浓厚的天命的色彩。倒是几则写实的片段，能让我们一睹这位大儒的真貌：

> 王阳明塾师许半圭，为姚江隐士。阳明十四即从之学。每当风雨晦冥，电雷交作，令阳明独行城上，缘城走四十里，以试其胆力。常授阳明阵法。一日，阳明闭户，用赤白豆垒阵图未完，呼侍午膳。先生大惊曰："尔作何事，面上杀气如许？"阳明告以实。先生喜曰："尔便解此，即更进以遁甲诸书。"海日公常夜至书舍，见阳明跃水上下，不敢呼而去。

这里记录了十几岁的王阳明私塾求学的一些片段。王阳明自幼志存高远，不同凡俗。认为"科举并非第一等要紧事"，最要紧的是要做一个圣贤之人，要有报国平天下之志。所以，他不但认真读圣贤的书，还读兵书，习阵法，练胆魄，这则记载，正是他学文习武，准备日后为国效力的生动写照。

一些尊师爱生的记载也很生动：

> 王文成封新建伯，着冕服，叩拜其塾师。许半圭先生方与妻磨麦，呼文成磨边，曰："完此斗麦，与汝语。"文成拱立不敢动。先生磨麦完，文成拜，第举手小俯之，徐自汲水，呼妻做麦饭，颖文成而别。

《绪山文录叙》说："阳明甲申年居越，中秋月白如洗，乃燕集群弟子于天泉桥。酒半行，先生命歌诗。诸弟子比音而作，翕然如协金石。少间，能琴者理丝，善箫者吹竹，或投壶聚算，或鼓棹而歌，远近相答。先生顾而乐之，即席赋诗，有曰：'铿然舍瑟春风里，点也虽狂得我情。'先生自辛巳归越，侍者尚寥落，既而四方来者日众。癸未以后，环先生之室而居，每一室常合食者数十人，夜无卧所，更审就席，歌声彻昏旦。南镇禹穴，阳明洞诸山，远近古刹，无非同志寓游之地。"

前者记师生磨坊谋面的场景。拱立、拜、举手、小俯几个动作，充分表现了王阳明对老师的恭谨礼貌，老师对待学生的随意，形象地诠释了这一对师生之间的超乎寻常的亲密关系。后者择录王阳明重要弟子钱德洪的《绪山文录叙说》，记王阳明在父亲去世，回乡守制期间在书院讲学期间的盛况。月空如洗，丝竹并作，吟诗放歌，通宵达旦，绘形绘声的场面描写，有如《论语》中的《侍坐》。

很显然，作者对王阳明这位主张理论与实践相统一的理学大师，是充满钦敬之情的。作品开宗明义第一篇就写王阳明在一个冬至节朝贺的路上，得知兵部尚书韩世英的轿子在后面，立刻下马，站在路旁拱手而立，等到韩的轿子过去，才上马继续前行。对父辈的谦恭是在称颂他的贤德，可见王阳明在他心目中的重要位置。还有两则记他的子孙后代，也多承勋袭爵，屡建战功。清兵入关南下，其孙守城抗清殉难，亦系忠勇之士。

择录徐渭也有几则故事，既对其书画诗文进行品评，也写他卷入当时政治斗争旋涡之中，左支右绌、鼠首两端的尴尬处境：

> 徐华亭既杀胡少保，徐文长深恨之。时世庙急青词，华亭闻《白鹿表》出文长手，重币聘之。文长不肯赴，恐为所收，因佯狂自讳。常画一雪压梅竹图，题曰："云间老桧与天齐，滕六寒威一手提。折竹折梅因底事，不留一半与山溪。"

志大才高却命运多舛的徐渭，受到时任浙闽总督胡宗宪的赏识作了幕僚。曾用为胡作《镇海楼记》所得的酬金，"买城南十亩，有屋二十二间，小池二，以鱼以荷，木之类果花二种，凡数十株。长篱亘亩，护以枸杞。外有竹数十个，新笋进云。客至网鱼烧笋，佐以茶果，醉而咏歌"（《酬字堂记》），过了一段短暂的快意生活。又违心地为胡作了《进白鹿表》承圣，受到明世宗嘉靖皇帝的赏识，更受胡宗宪倚重，也因此埋下祸根。嘉靖四十一年严嵩被免职，徐阶（松江府华亭人）出任内阁首辅。胡宗宪因严嵩案受到牵连，被捕入狱并瘐死狱中，令徐渭十分痛心，也担心自己受到迫害。在这种情况下，徐阶请他给世宗写祭祀文章，他自然心有馀悸，只得佯狂自保，反映了封建社会知识分子的悲剧命运。

这类名人轶事的记载，弥补史载传记之阙，具有一定史料价值。

二　流露一些江山易代之后的民族情绪，具有一定认识意义

《乡谈》的作者所生活的雍正年间，包括江浙一带的反清战火早已熄灭，清朝的统治已经稳固，生活在改朝换代之际的前朝遗民业已老去，新时期成长起来的一代知识分子的民族情绪日益为忠君思想所代替，更何况田易还作了高官（按：同知为正五品）。然而，作为汉族知识分子，多少总会对刚刚过去的大屠杀心存馀悸，对这场社会大动荡留下一些心理阴影，这残存的民族情绪在笔下就不能不有所流露。在一百多则叙事性记载中，明朝的人事几乎占去四分之三，已能说明问题。笔记中还有一些对明代遗民描写的片段：

> 王季重先生《致命篇》曰："再嫁无此脸，山呼无此嘴。急则三寸刀，缓则一泓水。"绝粒七日，息犹未绝，瞑目直视。又三日夜，门人郭钰曰："先生欲死于孤竹庵耶？"舁之至庵而瞑。

> 按：江山失守，先生弃家，依凤林墓舍，别架一苦庐，颜曰"孤竹庵"，署其门曰："旧山永托，何惧一死；丹心不二，寸步不移。"盖早以死自誓矣。

王思任，字季重，绍兴人，万历进士，仕途坎坷，先后在江浙一带做地方官，曾担任南明鲁王朱以海的本部尚书。他的民族情绪很强烈，力主抗清，收回失地，深痛奸臣误国，祸国殃民。清兵南下之后，他弃家殉节而

死。关于他的死，有不同说法。一说避入秦望山之后，数月病死，恐怕不确；一说当清兵攻入绍兴城时，他闭门大书"不降"绝食而死，这则笔记提供了他"绝食而死"的细节。"至死不食周粟"，要抬至以伯夷、叔齐命意的"孤竹庵"去死。作者又特意加了按语，对"孤竹庵"进行诠释，较为直白地对其"人生自古谁无死，留取丹心照汗青"的民族气节进行赞颂。

另一则写江山换代之际，两位爱国志士交往的片段：

> 倪元璐尚书，晚筑室绍兴府城南隅，窗槛法式，皆手自绘画，巧匠见之束手，既成，始叹其精。公时方患目疾，取程君房方于鲁所制墨涂壁，默坐其中。堂东飞阁二层，曰"衣云"。凭阑则万壑千岩，皆在舄下。适黄石斋至越，施以锦帷，张灯四照。黄公不怡，谓公："国步多艰，吾辈不宜宴乐。"尚书曰："会与公诀尔。"既北行，遂殉寇难。

倪元璐，绍兴人，天启进士，累官至户部尚书兼翰林院学士，清兵入关，自缢殉节；黄石斋即黄道周，号石斋，福建漳浦人，天启进士。清兵入关后，效忠南明王朝，先做福王的礼部尚书；再做唐王武英殿大学士，率兵至婺源，与清兵相遇战死。倪元璐也是著名书法家，在绍兴城南选个山清水秀的地方建个豪宅，书画自娱。却遭好友以"国步多艰""不宜宴乐"相责难，于是两人共赴国难。在特定的历史条件下，站在民族的立场，抵御外族入侵，应当属于爱国主义的具体体现，是应该予以肯定的。

作品对其他忠臣志士，如宋代陆游，明代杨继盛、余煌、刘宗周，乃至曾经抗倭的胡宗宪，都多好语。对赵师睾、严嵩、赵文华等奸佞之徒则用讥讽之笔予以鞭笞。

三　肯定一些文人士大夫的俊语懿行，具有一定教育意义

关于朱燮元的记载有六则，数量仅次于王阳明。朱燮元，字懋和，绍兴人，明万历进士，著名军事家，为明代后期名臣。曾任苏州知府，任内平反

冤狱，革除民弊，政声颇佳。曾为奉养父母而弃官居家十年，起用后，又在江浙、两广、云贵、川陕任职多年，累官至兵部尚书兼督云贵、广西军务，崇祯时加封少师、左柱国。书中从几个侧面，描绘这位高官的形象。其中有两则写他为官和出身的清苦，其一：

> 朱少师燮元，配庄夫人，晋封一品。易箦时，子妇咸集。庄夫人曰："吾将死，无以教训若辈。"因指所服布裙，补缀无完幅，曰："此吾适朱氏妆奁裙也。吾服之三十年，未尝易一新裙。汝辈知之。"庄夫人随少师之苏州府治，解任之日，夫人行杠，有大卷箱六，捆载甚固。少师骇异，命于堂上发之，皆夫人在署所纺棉丝，别无他物。少师笑曰："村妇行藏，不能改也。"命封固，载还之。

已"晋封一品"的夫人，不失本色，不辍劳作，一件布裙曾穿了三十年，已经"补缀无完幅"；另一则写他当年去参加科考时，"家贫无以自活"，只养了一头母猪加小猪，还被大风吹倒的院墙砸死了，"姑媳相对大哭"。这样的家庭背景，或许是他为官清廉的重要因素。

寒门出孝子，书中又写了三则故事褒扬其孝道，其一：

> 朱太守燮和，事亲极孝。自县令至府，皆奉其封公以往。凡坐堂，必于堂后设一帘，每事必告而后行。岁时燕会，必于堂上设宴，封公上坐，自隅坐侍饮，极声妓之奉。缙绅设席相邀，无封公帖则不赴。

通过携行、坐堂、燕会、赴邀四个生活片段，表现他的至孝。宗谱里写他为奉养父母而弃官居家十年，该不是妄言。他为人正直，对那些浪得虚名的乡贤们大不以为然。请看：朱少师临终嘱其子曰："儿辈切记，不入我于乡贤祠，便是孝子。"或问之，少师曰："予近见乡贤祠中诸老先生，大难相与，吾不能周旋其间。"

书中通过这些不相连贯的生活片段，勾勒出一位清廉、正直、至孝的官员形象，足以名垂青史。此外，写名臣魏骥为人掩过，缙绅徐檀燕出金止斗，孙文恪妻教子有方，胡闰卿不与人争，郡守汤少恩建闸利民，太守李侨焚香惠政等，虽皆为丛残小语，读来均有教益。

四　介绍浙东地区山川风貌、地杰人灵、四时民俗，
##　　可以丰富地方史志资料

　　笔记选录了张岱的五篇散文。除了第一篇《兴复大能仁寺因果记》宣扬因果之说外，《游山小启》和《越山五佚记》均以写景为主，描绘了绍兴秀丽的山川地貌，尤其是《越山五佚记》，洋洋洒洒两千余字，详尽描述绍兴五座山的自然景色，考证其得名原因及个人游历的感受，超凡脱俗，情趣高雅，歌颂了当地江山之美，也充实了县志的内容（按语说："县志俱采录，而删去数段，今为全录。"）。《龙山灯会》《杨神庙台阁》两篇均出自《陶庵梦忆》，记载当年龙山灯会和杨神庙会的盛况，从中可见繁华热闹的晚明士大夫们的生活图景，这些杂沓纷繁的记述与回顾，蕴含着作者对旧时生活的怀念和对故乡本土的思恋，也未尝不是转录者的故国之思。

　　浙东一带，地灵人杰，人才荟萃。据《绍兴市志》统计，历代科考中，绍兴地区共产生三鼎甲46人（含寄籍），其中文武状元27人，榜眼10人，探花9人；自唐至清，只山阴、会稽两县，文武进士就多达1444人。有多则记载夸越地域人才之盛：

　　　　成化辛丑，状元王华，榜眼黄珣，馀姚人。弘治乙丑，榜眼董玘，探花谢丕，会稽人。嘉靖乙未，韩状元应龙，孙榜眼升，馀姚人。以同县而占一甲，当时荣之。按：谢丕以会魁中探花，仕至吏部侍郎，系馀姚人，非会稽也。又嘉靖丙辰，山阴诸大绶状元，会稽陶大临榜眼，查谢迁以解元中会试第三，其子丕以解元中会试第四，一状元，一探花，父子济美，尤为当世所荣。

　　字里行间，充满了桑梓荣光之情。有时也记录一些科举趣事，如：

　　　　关平和林偕春，督学两浙。时陶望龄以游学，故岁试不与。补试之

日，携酒入酌，若不以试事为意。酒酣假寐，日将夕而未醒。堂吏以告，偕春曰："此异士也，姑听之。"须臾酒醒，展卷磨墨，洒然下笔。偕春不及终篇，取稿视之曰："吾固知为异士。"置之首名之上。

这是一则实事。写时任两浙提学的林偕春，曾破例准许未参加岁考的陶望龄补试，并在陶"尚未终篇"的情况下，就据其才学"拔居榜首"。这显然已经违规了，纵然后来的事实证明，陶望龄确实是个难得的人才，不但为官刚正廉洁，而且作了翰林院编修，参与编纂国史，但最初初试的选拔也未免太过轻率了，所以林偕春也因此落得被人弹劾挂职的后果。应当说，自隋唐开始的科举选才制度，较之先前的通过举荐和九品中正制选拔人才，确实进步了不少。但自明代规定以八股取士之后，就逐渐走向僵化，在科举崇拜的社会氛围之下的科考也弊端丛生。这则故事与《儒林外史》中，主考官周进在考生未全部交卷的情况下，就把范进圈为第一如出一辙，形成对科考的讽刺。

书中对绍兴四时民俗风物的介绍很多，诸如禹庙梅梁的来历，窆石的遭际，梅园街香桥的传说，浙俗丧事鸣鼓迎客的由来等。以端午和中元节的风俗记载最详尽：

> 五月五日午时，缚艾人艾符，采药物，食角黍，浮菖蒲雄黄酒。小儿以雄黄抹额，系五色线于臂，皆云避邪。妇人制彩缯，为人形，名曰健人；为虎形，曰老虎，插之于髻。中元祀先，以素羞设斋为人荐亡，夜施水灯，曰盂兰盆。若月晦值大尽日，俗谓地藏生日，又谓地藏开眼，僧人以纸造为白莲舡，乡人或以钱米絮楮少许，寄纸舡中，祈生西方，夕作梵事而焚之。儿童积瓦甓为塔，至夕亦燃灯，效呗声为戏。或于长衢点放地灯，一行多至四十馀盏。

一些俗忌也很有意思：

> 舟行讳住讳翻，以箸为快，幡布为抹布。《菽园杂记》谓是吴中俗讳。今越俗无不以箸为快，惟抹布在舟中为挞捒，在家中或称揩布。

此外，这部笔记的最后部分，依次列举了一年四季的农事、节俗、时谚等，其中有些是浙东地区所独有的，颇具地方色彩。

五　考证文字亦有可观者

书中的考证文字缺少文学性，也过于烦琐细碎。而这类文字都围绕本乡本地的杂事琐闻撰写，考究典故，解释词语，辩证讹误，纠正俗说等五花八门。有的读来也很有意味：

> 《东斋记事》："秦始皇下泰山，风雨暴至，休于树下，因封其树为五大夫。初不言其何树也，后汉应劭作《汉官仪》始言为松。五大夫，盖秦爵之第九级，如曹参赐爵七大夫，迁为五大夫是也。后人不解，遂为松之封大夫者五。故唐人杜诗有'不羡五株封'之句，盖循习不考之故。绍兴上虞，有村市曰五夫。故老云，有焦氏墓于此；后五子皆位至大夫，因名也。世好事者，或异其说，曰：此秦封松为五大夫之地。王十朋作《会稽风俗赋》，有'枫挺千丈，松封五夫'之句。疏于下云：'上虞有地名五夫，始皇封松为五大夫之处。'盖越人但知始皇上会稽，刻石颂德，不知封松乃在泰山，非在会稽也，而十朋复失于考审。余尝过其处，见道旁古石塔，有刻字可读，乃会昌三年余珠所记，云：'草市曰五夫，因焦氏立茔于此，孝感上圣，而为名。'乃知五夫之名，实由焦氏，惜十朋之不见也。"

引经据典，得知秦时的"五大夫"不是树，而是爵位，对会稽当地流传的"五大夫"说，也予以澄清。此外，考证"跨灶"一词的准确含义；"泰山石敢当"，对"石敢当"的几种解释；"天井"的来历等，都很富启发性。

田易生活在文字狱最严厉的康雍乾时期，本人又身居社会上层，生活优渥，缺少不平则鸣的愤懑，更没有为民请命的冲动。《乡谈》只是在文人士大夫圈内的闲谈，难见下层社会的影像，缺乏对广泛社会生活的反映与揭露。有些记载宣扬数命，当然应予扬弃。艺术上倒也并非一无可取，特别是一些文人轶事的记载，能够捕捉传神的细节和个性化语言刻画人物，含蓄隽永。但总地看，走的是"非有意为小说"之路，用随笔式写法，记事不讲来龙去脉，只粗线条勾勒一端，散漫有馀，严整不足。写人也是寥寥几笔的素描，不屑描头画角。总之，情节不够丰富，形象不够完整，又不长于议论，是其明显不足。

田易的生平资料很少。进士出身，能担任皇室的保卫工作，又做过级别不低的地方官，还是很受重用的。能应聘参与《畿辅通志》编纂工作，说明他并非浪得虚名，确是饱学之士，从他在《乡谈》中引用的资料亦可见一斑。仅据已经注明所采撷的旧籍（不包括诗文）就多达几十种，略相当于我们今天著书的参考书目，罗列如下，以示渊博：

> 《明儒学案》《珊瑚网》《述异记》《刀剑录》《芦浦笔记》《越绝书》《吴越春秋》《西溪丛语》《水经》《述征记》《梁书》《史记正义》《东斋记事》《西京杂记》《碧溪诗话》《耆旧续闻》《至正直记》《涌幢小品》《静志居诗话》《绪山文录叙说》《解颐诗话》《玉剑尊闻》《万历野获编》《下寺志》《因话录》《嫩真子录》《杂篇》《尔雅翼》《淮南鸿烈解》《急就章》《五代史》《孙子兵法》《任延传》《琅环集》《续世说》《考异》《南史》《西皋外集》《存馀堂诗话》《文成年谱》《居易录》《何孝子传》《西河集》《绥寇记略》等。

林海清，1983 年 9 月生，天津人，文学博士，天津师范大学国际交流教育学院讲师。

林骅，1942 年 1 月生，北京房山人，文学硕士，天津师范大学文学院教授。

小说之为子部——从一部"孤本"说起

刘昆庸

《鹿蕉呓录》四卷抄本，为笔者 2000 年于山东大学文学院资料室书架上偶然检得。当时受《全清小说》主编欧阳健先生委托，承担数种文言小说校点任务，因此在浏览古籍时，对相关资料版本会稍加关注；但从未想过，在资料室乏人问津的线装书堆中，能有什么新发现。无意间于书架角落检得抄本一部，字迹工整，装订完善，看内容是清人笔记，书名《鹿蕉呓录》则前所未闻。觉得或可一观，遂将原本复印一份自存。其后遍查现有文言小说及清代文献目录，均未见著录此书，才意识到此书或许是孤本。虽然全书粗览一过，觉精彩无多，但如果是清代孤本，则无论如何都有整理的价值和必要。于是报告欧阳先生，将此书列入整理计划，着手校点。

二十年前资料与检索条件有限，于作者及著作情况之考索，除了本书序跋及正文的零星线索，此外所得甚微。校点完成交稿后，出版无日，此事也就搁置一边，未再关注。近年《全清小说》工程重启，董理旧稿时，试作进一步查考，才发现网络资料的积累和检索工具的更新，早已今非昔比，对作者与著作情况的了解，较此前得以有较大进展。不过见闻所及，至今仍未发现文献中有关于此书的记载，书目著录更是付诸阙如。

一

《鹿蕉呓录》作者范谷贻，字蓼匪，自号呓录氏，山东德县人，出于今山东滨州沾化古城西范村，家族为范仲淹后裔。其人主要活动于乾隆年间，生卒年不详。乾隆三十九年（1774）中举，曾任满城（今河北满城）、长垣

（今河南长垣）县令。又据本书卷一《戴祠》篇后自述，曾官定兴（今河北保定市定兴县）三年。

此书抄本封面署"将陵范谷贻蓼匪著，男承俊友泉、承逊伯让、承愿梦骧、承化梦鲤订辑；侄承煦爕臣编次"。书前韩天骥序作于嘉庆甲子（1804）年，《鹿蕉呓录》当于此前成书。翟凝题诗云："祕本借钞同旧史，传家什袭有闻人。欲将梨枣成先志，争奈莱芜后裔贫。"可知此时范谷贻已过世，身后由子侄订辑手稿，编次成帙。因家贫无力刊刻，此书当时仅以抄本形式流传。因此笔者二十年前查考的结论，是此书仅有抄本存世，而资料室所藏者，或为海内仅存之孤本。

此次检索所得，据《沾化县志》《范氏族谱》等记载，道光元年（1821），范承逊与六弟承愿、七弟承俊同科乡试，承逊与承俊中举。四年后，道光五年（1825），承愿再试中举，范家兄弟连中三元，乡间传为美谈。道光六年（1826），范承逊会试中进士。范氏一门四子，三中举人，一中进士，可见子弟能继先志，亦足征家风淳雅，敦礼厚福，无愧文正公后人。

据闻范谷贻有诗文集《鹿蕉呓语录》，至今仍存于范氏后人之手，其中有题为《马谷山》一文，考证马谷山即碣石山。此文不见于本书，可见是名相近而性质不同的另一部书。

笔者不能确定的是，范氏一门三子中举，一中进士官至知州，则范谷贻此书及诗文集，此前既因家贫无力刊印，后来是否有付梓流通？然见闻所限，未检得相关信息。唯在孔网上搜到 2015 年《鹿蕉呓录》宣统二年刻本的拍卖纪录及书影。拍卖说明如下："清代精刻本【鹿蕉呓录】原装 4 册 4 卷全，小说语言精练，情节离奇多变，多记僵尸、武侠、妖异之事。拍品为国内仅见，遍查所有书籍均无记录，作者也查无所考，国图无藏。"（以上原文照录）

此则拍卖品说明，对原书内容及作者情况的描述不准确，然而却是目前于抄本外仅见的一处记录，拍卖品书影与说明文字提供了一些重要信息。显然拍卖者事先做过一番考索，然而并无所获。如果当年《全清小说》能顺利付梓，则丛书中收入的据抄本《鹿蕉呓录》所作标点整理本，可作为刻本买卖双方的唯一参考。整理本既先发而后至，则应吸收后续资料以完善信息，兹略叙如次：

此书目前仅见山大文学院资料室藏抄本及题作"宣统二年"刻本二种，其他公私书目均未见著录，则后世虽付剞劂，流通未广，几近湮没无闻。

书前翟凝题词，谓文有五卷，今存二本正文皆为四卷。抄本文前目录止作四卷，首尾装订完整，可见抄录时既为四卷本。刻本文字说明与书影亦同为四卷，则翟氏或将文前题序另计为一卷欤？正文四卷，计九十篇，篇目整饬，似非无意。以此推之，现存抄、刻二种，当皆为完本。全书计八万二千馀字。

二

此书之缘起，作者自言因乾隆甲辰（1784）秋出游遇怪风（见卷一"叱鬼"条），"至此稍谈鬼神"。书名"鹿蕉"，典出《列子·周穆王》，盖自比说梦之痴人也。作者生平辗转下僚，行迹以故乡为中心，虽跨鲁、冀、豫三省，然皆交壤近地，故所述见闻，多为齐鲁一带乡邦故事，与传闻异说异行，颇能裨史乘地志之不及，为知人论世之一助。书中或记见闻怪谈，或拟虚辞想象，不无寄托感慨。又常寓劝世之意，归宗孔孟。作者于理学未尽信受，于佛道神仙鬼怪之事，则兼听并蓄而能审辨，不持无鬼论，亦不堕于盲从迷信，仍以性善修身为本。当时士子多以理学主流自居而斥佛老，相形之下，作者态度较为开明，思想颇有突破理学窠臼之处。全书文章立意笔法，步聊斋后尘，亦颇取法经史笔意，虽未臻上乘，要为苦心经营之作，虽才不及留仙，学远逊阅微，亦自有其可贵可取、不可掩没之价值。

有清一代文言小说创作，自蒲松龄《聊斋志异》出现后，鲜有能出其范围者。如《阅微草堂笔记》作者之学高识卓，能自辟蹊径，不屑虚辞戏说、鄙之为俗流者，可谓绝无仅有，其他作者都不免在《聊斋》笼罩中。有趣的是，本书作者受《聊斋》的影响可谓全面而彻底。全书篇首长篇骈文自序，篇后常以"呓录氏"之名发表议论，这些显然都袭自《聊斋》。而全书凡虚幻故事，其情节结构，多可在《聊斋》中找到原型对应；篇幅稍长的作品，可视为《聊斋》名篇之拟作。因此作者虽用心良苦，也难逃拟作的尴尬。亦步亦趋之际，精彩处才力固不及原作，而一些陈词滥调又不能自解免。诸如书生落魄避难山野，竟遇大宅贵人，居然认亲，才华资具兼赡之美人投怀送抱。原来狐仙为避劫而与贵人结缘，事了别去，或遗子嗣，或留仙丹，后半生得享福禄长寿。这样书生白日梦呓的俗套，即使出于蒲留仙之妙笔，尚且不敢领教，而况作者文笔才华远逊留仙，更不堪卒读。整体而论，若仅就小说的文学价值来谈，则此书故事既少新意，文章复缺辞藻，竟有乏善可陈之感。

耐人寻味的是，作者在自序和正文中，只说到《搜神记》而不及于《聊斋》。更多时候，其或以"盲史传经"之《左传》、"韩欧之小牍"、"班马之遗声"（韩天骥序）自许，仅姻弟韩天骥序中，道及"书比留仙"一语。此固然有自讳出处的嫌疑，但毋宁说作者与蒲松龄在人生际遇与创作观念上，本就有很大不同。作者深心虽自知难免，但是还在力所能及的范围内尽力声明，想要避免被人简单比附《聊斋》，而竭力张扬自己植根经史本位的自觉。

与《聊斋》作者因科举不第而对科举制及社会不公的愤懑激刺相比，作者中举得官，辗转为县令，虽只是"暂领簿书"，事非显达，然就其才干而论，大体相配，不算怀才不遇。且作者自身文人气很重，不耐名利场之烦剧与钩心斗角。其在任上曾为属下小吏所欺，以致罢官多年后想起，仍常怀不惬（见卷一《戴祠》）。不过，在作者"金沙未拣"、"玉石杂糅"（自序）的谦辞，与稍嫌古板的文人气质后面，仍可感受到作者怀有高远的自我期许。书前"听香子"题词以"班香屈艳堪相拟"推之，固然过誉，但所谓："说部编成，要不失、劝惩之意。搜罗得、几多节烈，几多孝义。""胪事实，依名理。论笔法，根经史。"于作者著书之自我定位与理想寄托，说得恰如其分，书中在在处处都能印证。"听香子"不知何人，如果不是作者本人化名的话，当许为知音。

此次拜读欧阳健先生《在〈全清小说〉研讨会上的讲话》一文，对下面这段话不由击节赞叹：

> 小说家的著作，既列入四库中的子部，应称之为"子部小说"。既然诸子九家不是文体，小说就不是属于形式范畴的文体，而是荷载中华文化的实体，这里的道理，没有诞生"诸子"的西方文化是难以明白的。就其内涵而言，"小说"与"大道"，不在一个等级在线；而就其形式而言，"小说""短书"，不是"宏论""钜制"。正是这种自觉的"谦退"，反而能出入任意，转圜自如，让小说家成了最有生命力、最为恒久的一家。他们写的是自己的所经所历，所见所闻，所读所悟，所思所触，上至理政方略，下至人生智慧，举凡朝野秘闻、名人轶事、里巷传闻、风土人情、异闻怪谈，无不奔走笔下，成了小说取之不尽，用之不竭的题材，这恰是"子部小说"生命力之所在。

欧阳先生此说，回归中国文化本位以明"小说"性质，可谓正本清源之论。今日国中通行的"小说"（Novel）观念，是从西方文化移植而来，属"文学"（Literature）范畴中之一体（Genre），与诗歌、散文、戏剧并列。若对标中国文化的观念，西方的"文学"近于"集部"，但传统四部中的"集部"，却历来不收话本、戏剧，小说、戏剧作为西方的主流文体，在中国传统中目为不入流品，虽有撰作，作者亦往往自讳其名。而中国的"小说"，从先秦至晚清，一直是作为著述之一种，入于"子部"。著述一事，属三不朽之"立言"，即使所作够不上名山事业，亦足以传诸后来而不朽。所以古典文人于举笔札记之时，虽自命为"小说"，未尝没有以退为进而冀望"大成"的期待。只有回到中国的历史文化传统，才能了解古典时代文人写笔记、撰"小说"的心态，把握"小说"这一类著述的特质。所以，先不急于从现代的"文学"观念来看古典"小说"，而是应先回到传统的"四部"来看作为"子部"的"小说"。

传统文化典籍，自西晋以来，多分作经、史、子、集四部，这已成为共识。但四部并非平行不相关涉的四个类别，究其实，所载皆不外事、理二端，只在说理之高下大小、与事理之偏正离合上区分层级，各依造诣之境而划分部类。章学诚曾主张"六经皆史"，此说有见于五经皆有记事记言的史料价值，却忽略了"经"之所以为"经"，其价值和着眼点在经纶天人之常道。所谓物有本末，事有终始，经部必以理为本而事为末，以明理为宗旨，记言记事为辅助。章氏之说，未免本末倒置。又如太史公书，初以"究天人之际，通古今之变，成一家之言"（《报任安书》）的经典理想自许；后世称"太史公书"，是以人名其书，位置下经部一等，归属子部，盖班固在《汉书·司马迁传》中批评其"是非颇谬于圣人"；再名为《史记》，则以其书虽不乏见识，终究未能真正融会贯通"成一家之言"，独叙事精彩特出，所以入记事为主的史部。同一书也，自其动机与成果分别观之，其定位既有所主，亦具兼通跨界的性质特征。

小说家自先秦以来，就有"不入流"的定谳。但小说未尝不说理，说理则必立己见，见地又须济以事相，润以华章，所以小说虽入子部，实兼史部与集部之功能效用。而子部虽作一家言，又常自附经部典籍以占地位。以此观之，历代文言小说往往兼具几种功能：

（一）网罗见闻，以补史乘而成实录。（史）

（二）惩恶扬善，以辅仁义而正人心。（子，亦通经）

（三）文章游戏，以逞才智而娱人情。（集）

此三种功能，往往相互关联，统一于作者的经典素养和文人趣味，难以单一地划分归类。以下试就《鹿蕉呓录》一书中略举数篇以见此义。

三

作者有感于"世之君子，怪怪奇奇之处，不惜胪陈，而庸行或不具载。呜呼，魑魅异矣，麟凤不尤异乎？"（卷三《张氏妇》）所以其书虽体近志怪，却多着眼于人间正义与善恶报应。卷一开篇即是《妇义》，叙历城韩义妇事。其夫叔生四女，爱之，尽与其财产，至老而诸婿皆不肯负抚养之责。韩氏毅然促其夫迎叔至家中奉养，请叔教导儿辈。老人重焕活力后，竟得铨选教职，所获酬金，赠予侄妇一家为报答。二人复以此资为老人娶妇，令其家业重兴。韩氏妇始终主导促成其事，其夫亦能言听计从，成人之美，令人感动于传统社会民间人情的温良。

《韩烈妇》一篇，记烈妇在大疫后，一家死亡殆尽，唯耳顺之年的祖翁与己幸存。烈妇年才二十，毅然拒绝改嫁，奉养祖翁。以自己的劳动积蓄，为祖翁置妾，帮助养育两代人成人成家，辛勤历三十馀年。韩氏后裔得以人丁兴旺，分出南北两支。其人其事闻于朝廷，为建坊表彰，所居村落因得名为"志坊村"。韩氏家族春秋两祀，虽其叔（即祖翁妾所生子）一支，必先祭烈妇。作者自云："烈妇受旌，应在国史，然史书繁，罕能强记，人情好异，志传闻以风世焉。"意在补国史之阙而彰懿行。虽然时过境迁，今人或许对此类事迹持不同的价值观和评判角度，但烈妇于艰困时守望扶助、舍己奉献的精神，其"冰心铁骨"的人格，与韩氏家族代代念恩，不因其为女身而怠慢报答的表现，在在令人深思感怀，闪耀着超越时空的人性之光。

又《女志》之刘氏女，在家道败落、父亲不负责任地出走之后，以十二龄幼女身，抚养两个弟弟长大成人，重兴家业。刘氏女的形象真实感人，其父出走十馀年后回乡，亲人劝女相认，刘氏号曰："吾天地所生，日月所长，安得父乎？"多少辛酸苦痛、委屈怨恨，凝结在一句哭号声中。但祖父再一劝，刘女即回心转意，说："女子不知大体，一时愤言。天下岂有无父之子女哉？"两句话之间，流露其天性之真挚淳厚，令人动容。乡人杨生敬重其德，平时常施援手相济。杨生悼亡后，有意娶刘氏为妻，恳切以求。刘氏女因自身积劳，且二弟未能自立，婉言相拒。又深感知遇之恩，誓愿结来生缘。后刘氏女于三十六岁时辞世，临终遗言，犹念念不忘杨生相助相知之恩，誓言来生不负。其自立承担之勇，取舍之际处处舍己为人，受人点滴之恩则终身服膺不忘的美德，成于天性，在在感人至深。作者虽佚其郡邑，而勉为存其事实，自是有见此发强刚毅之气，与涓滴必报的深情，诚如《中庸》所言智、仁、勇"三达德"，展现了华夏文化理想中的美善性情。

《主佃代嫁》中家贫貌陋的宋氏女，因主人嫌弃订婚的女婿家道中落，被当作替换嫁给李生。主人图谋时，宋氏女毅然同意，将所获财礼交予父母，即请二亲离乡远走。新婚夜未掀盖头前，坦然向李生告白说："吾非汝妻，代者耳。父宋姓，为栾家佃，公子应知者。栾家以君贫，匿其女，鬻吾代焉。君如不弃憔悴，百年琴瑟，自此始矣。否则荠菲亦有主，妾刻即还耳。公子如讼者，即以妾证矣。"好一副坦荡磊落、敢作敢当的丈夫相！李生被打动，接受了宋女，此后竟在宋女的鼓励督促下，奋发读书，终成其业，官至太原太守。宋女激励李生读书的言辞，读来可圈可点：

> （李生自述：）妻曰："郎尚能读乎？"予曰："非不能读，贫废耳。"妻曰："郎为人所弃，至以美女易恶妇，耻孰甚焉。惟读能雪之。妾得天簿，无容以事君，德与功可人为也。今与郎约：君读妾绩，妾以粒米寸丝累君者，非妇也；君不成名，即非夫矣！"予跃然曰："佳矣哉！"

先说李生被人以丑妇换了美妻是大耻辱，再鼓励他，如此奇耻大辱，"惟读能雪之"。表白自己虽貌陋，"德与功可人为也"措辞落落大方，毫不自卑，这同时对李生也是极大的激励。最后，先表示自己尽全力支持李生，再与李生约定，二人携手共同尽力于内外，否则誓不为人。这一番话实在有廉顽立懦的功效！作者此文以当事人回忆的口吻写出，全篇结构求新异而文笔不尽自然，但此文真正的力量，是来自宋氏女虽地位卑微、家贫貌陋，却不改独立自爱、自尊自信，能令沉沦者奋起的强大人格。

本书展现的女性群像颇为丰富而立体，虽看似受《聊斋》影响，但书中最动人的事迹，皆为纪实而非虚构，且多为正面形象。作者笔录时，尽力存其年代、籍贯乡里与姓氏，则又多了一份社会文化史的意义。既为弱者写真，更为历史添一抹温柔深情的暖色。

又如《雨婚》一篇，记本乡八里庄郭童子事，真实而富于传奇色彩。童子家贫，路拾囊金不肯昧。坐等失主时，母亲来寻，怕母亲见财起意，伪装腹痛请母亲先回家。等失主寻到，问清失物，确定相符即交还。失主欲以半数银两酬谢，童子辞以家贫无福消受，又说若自己爱金，就不会奉还了。失主深受感动，留下姓名，告知若有急必定报答。四年后，郭童子携父母凶岁逃荒，本来准备投靠失主，半路被富家留作佣工。主人家孩子迎亲吉日突发暴病，让年龄相当的郭童子替代。到了女家，又值暴雨不能返程，只好留在岳家过夜完婚。童子虽秋毫无犯，但举止如此反常，被岳家追问出真相。巧合的是，岳家恰好就是当年的失主。岳家为之大喜，说："天也。郎早至，吾固报子，然焉得翁婿哉！"于是将错就错，退还原聘，招童子做女婿继承家业。这一段故事巧合天成，一般人听来或嗤为捏造，但却是作者家乡的实人实事，作者记述时，其后人子孙尚在。现实虽似偶然，冥冥中如有定数，非人力可测。记述如此善恶分明的报应事实，对世道人心的鼓舞启发，亦自有其意义。作者于文后议论，颇见精彩，值得玩味：

> 得金不昧，异矣，尤异在贫。贫士还金，异矣，尤异在少。少不昧金，异矣，尤异在智，防其母而两全其义也。造物有灵，固将报以佳人矣。然使张氏感而赘焉，则又不异。及其往而佣，佣而代娶，天乃阻之以风雨。以血气未定之年，试以艳妻而不乱，然后以疑致诘，以诘得聚，岂非出奇无穷哉？始吾以童之还金也，为思伊尹；于童之不乱也，为思柳下惠。然二圣者，犹有学力焉，童子则性成也。告子曰：食色，性也。而孟子独曰性善。观于童子，益信矣。

此段议论，文如剥笋，语义层层递进，愈转愈深，最后结于共期"性善"之自觉，不失儒者本色。卷三《六姑娘》一则，情节曲折离奇，在所见清人小说中，其故事之精彩，可说是有数的几篇。结归善恶有报，无生硬安排之迹，而本诸人情自然，情义敦厚，感人至深。"激扬清浊，乃儒者之盛心；表著恢奇，特文人之馀事。"（韩序）持儒者之心表著恢奇，以事显理，言出实录而具伦理与文化意义，显然是作者一向着力之处。

儒者往往执"子不语怪力乱神"一语，而对鬼神幽冥之事采取极端否定排斥的态度。作者则不同。《白龙祠》一则，记登封本地神灵的感应异事，时间地点明确，而涉及的对象，一是主雨的"白龙神"，据说前身是秀才，精研《春秋》，却屡试不第，聪明正直、死而为神；一是人间主事的县令"曲阜孔公"，儒家的正宗代表。孔公不满当地缙绅们笃信神明的祈雨行为，本来县令职责所在，须顺应民心求雨，但孔公自身却"坚持家法，不语怪神"，不信神明有灵，欲治巫者之罪，二者在现实中构成强烈对立。于是神明凭附巫身与孔公谈条件：神明承诺降雨，但县令必须亲自出场祭拜。结果现场祈雨成功，这是第一回合。县令避雨庙中，神明凭附巫身与县令交流，原本皮匠出身的巫师，竟能与孔公就《春秋》公羊、谷梁、左氏、安国四家之说纵横尽言，令其心服，这是第二回合。此间的张力，实可见出士人对儒家思想不定于一尊一统的觉悟。而最后"令（即孔公）拜服去"的结果，在纪实的同时，亦可见作者不囿于家法陈说，对儒家鬼神观作了进一步思考和验证。

作者记载怪异之事，非全出于猎奇心理，而是有自己的立场。他说："天地之道，出奇无穷也！""儒者动以理争，未免见驼背谓马肿矣。"（《再生》）反对执于成见，而主张对未知保持开放。作者数次提到其"学富五车"的叔祖，倾慕之情见于言。《胡三娘》一篇，记狐仙事，事涉怪诞，然作者自言是其叔祖所亲见，郑重其事，不能目为戏言。故事中狐仙所言，于宋儒颇致微词，而透露出回归孔孟之源的倾向。这到底是作者借他人酒杯浇自家块垒，还是传闻之纪实，无法断言，但足以见出儒家思想的普适性，与民间生活的生机。就是这些无从以经验辨其真伪、却代代相传、为人所信受的人格和文化理想，与生活世界相交织，造就了广阔而深厚的现实人间世。

四

作者乡情淳厚，所叙多为乡里见闻。《地市》一篇，记家乡蜃楼奇景。因地处内陆，故拟海市之名，称作"地市"。时间地点明确，景象叙述详尽，是难得的史料。又如沾化县产枣，至今有"冬枣之乡"的美誉，作者记述其遇怪风而谈神鬼之因由，就是在"乾隆甲辰秋，时逢剥枣，家人尽行。日夕，余亦往观"的特定背景中发生。这样的生活细节，都丰富了我们对历史细节的建构。

文言小说与白话乃至现代小说最大的重合交集处，在文章的游戏趣味与虚构想象。《魏济玉》一篇，韩氏女文淑心许赵家公子，赵家没落后，公子离乡谋生，传闻已故。女为秦家逼婚，誓死不从，狐女化名魏济玉来救。这是典型的文人游戏笔墨。作者故弄狡狯，以主人公韩赵魏三家姓氏，比附战国时诸侯抗秦的历史。最终，韩女得配赵生，即所谓完璧归赵。借流行的网络用语来说，这样的"谐音梗"过于生硬，匠气太重，少了意在言外的含蓄趣味。文中秦家率人抢婚，狐女护卫的情节，是这样写的：

> 至日，淑登楼以望秦师。见其众也，惧，欲自投栏杆下。玉隐持曰："此何足怖，观吾御之。"取豆数百粒向东掷，风飒飒而去。淑问曰："贼行且止，何也？"曰："遇伏也。""皆立矣，左右聚马首矣。"曰："请命也。""刃出且解衣矣。"曰："将战也。""尘飞，林亦震矣。"曰："伏出莽也。""胜乎？"曰："阻遏强梁，如驱羊也。""师安在？"曰："鬼兵自空下也。""可见乎？"曰："影而无形，贼自战也。""众嚣而大奔矣！"贺曰："鼠窃狗偷，逢敌已败也。"淑始定。

此段笔法，一望而知是模仿《左传》名篇"晋楚鄢陵之战"（成公十六年）。试对照原文：

> 楚子登巢车以望晋军，子重使大宰伯州犁侍于王后。王曰："骋而左右，何也？"曰："召军吏也。""皆聚于中军矣！"曰："合谋也。""张幕矣！"曰："虔卜于先君也。""彻幕矣！"曰："将发命也。""甚嚣，且尘上矣！"曰："将塞井夷灶而为行也。""皆乘矣，左右执兵而下矣！"曰："听誓也。""战乎？"曰："未可知也。""乘而左右皆下矣！"曰："战祷也。"

《左传》为古文家心摹手追之祖，上文记述不用直叙而以旁观曲笔托出，颇见文法的变化，所谓"左氏浮夸"，即在此等处，历来为文人乐道。作者于此逞才炫技，鲜明表露旧时文人趣味。就小说艺术而言，似无甚可取，但是这种寝馈于四书五经，与之俱化，虽游戏笔墨亦忍俊不禁、必表出而后快的心情，与表现的手法，实在是考察旧式文人心态史的生动材料。

书中游戏文字较值得一提者，是卷三所收的《石奇》《穆相传》《叶绘》《燕霏》四篇，以拟人化的手法，分别为围棋、象棋、纸牌、烟草作传。作者高度忠实地模仿正史纪传体，叙事议论中规中矩，却处处暗藏机锋，颇有寄托讽喻之义。此类作品的写作，手法固然脱胎自韩愈的《毛颖传》，并无新意，然而真欲求其体制完备，实属不易。一是历史考据，要完整叙述围棋、象棋、纸牌、烟草的历史渊源与演变，就很考验史学的功夫底蕴。二是如何在彰显游戏个别特征时，又赋予其人格性情而不显牵强？三是为虚拟对象构造完整的生活故事，也需要想象和编织情节的能力。四是于字里行间，寓讽喻寄托之志。依古文家法，文章需有来历，风格要借鉴经典，义理则需依言志载道传统而有寄托。虽为游戏文字，亦期格高调古。游戏之作要恰如其分地实现主题升华，尺度其实最难拿捏。作者这四篇文字，整体完成得较好。如写围棋的《石奇》，围棋相传起于尧教丹朱故事，文中述此因缘说：

> 尧子丹朱以傲闻，尧忧之，问四岳曰："畴咨若予世子，汝明扬。"岳曰："有贤遗野。"曰："维，石子，父顽，母碎，维克陶以铸。白不涅，缁不垢，其身规圆，其行矩方，俾以习世子，必烝乂。"

行文着意模仿《尚书·尧典》风格，化用经典成言以暗喻围棋特征。叙及战国，则借吴起、孙膑之治兵法，苏秦、张仪之谈纵横，以喻棋理。最有趣的，是西晋时"惜寸阴"的陶侃与游戏人间的石奇发生冲突。将历史上陶侃禁手下赌博游戏的典故，用于此处，可谓浑然天成而耐人寻味，显出儒道人生观在看似互补格局下，常为人所忽略的内在紧张。最后以国手烂柯山中遇仙人指点棋艺传说作结，于人世端严中，赋予游戏以悠远不尽的韵味。

又《叶绘》开篇说纸牌组织：

> 及绘生，文在两手，左图右书。父癖爱之。长邃河洛之学，以为宓羲画八卦，文王因而重之，于义犹有待阐者。夫干支相配，穷于十二。而后四序成，万物生，乃复从六爻演之。六极上，重之为天。一居下，重之为地。亦有折象焉，中天地而立者人也。四居天之下，地之上，重

以当之，天地人各得半则为合。二三五皆为物，俱重之以顺其序。复取一至六，二与三，四与五等，错综对待，共得式二十有一。式各六之，积百二十有六。计点八百八十二。图之白壁，取洛书，黑、碧、绿、黄、赤、紫各色，染人物于旁，观玩以自娱。

将纸牌正反两面图案文字，譬为两手天然左图右书之文，构思奇巧而自然贴合。又以干支相配，六爻演生，以明纸牌牌理与组织形式，不能不说是既见匠心，又显学问的神来之笔。全书唯《叶绘》一篇，结以"太史公曰"而非"吒录氏曰"，则于游戏笔墨中，实亦展露胸中丘壑，大有寄托。

然文人趣味，亦有正反两面。如《花塚》一篇，无非借杨桃李杏春风一度花开结果的自然现象，而各予拟人化描写，杜撰男女艳遇因果故事。文辞猥琐秽亵。好色而流于淫靡，遂显文人轻薄习气。明清以来小说，不论文言白话，惯见此等文字，作者此书亦未能免俗。唯不知当其子侄整理编次时，做何感想也。

刘昆庸，男，1973年9月生，广东潮州人，文学博士，福建师范大学文学院教师。

※　※　※

老姥

《红楼梦》中的刘老老，有的本子作"刘姥姥"。"姥"音 mǔ，通"姆"，老妇之意。《芙蓉女儿诔》："启骊山之姥。"骊山之姥（mǔ）：殷周骊山女仙，尊称"姥"或"老母"，又称黎山老母。宫伟镠（1611-?）《庭闻州世说》一书，成于康熙三年（1664），有《神州老姥》一则，叙刘忠孕公先人素业渔，有老姥搭船，船及岸而老姥上。日明，见舟中遗橐数十金，候至数日不至，因登岸寻问。是夜梦老姥云："吾非尘世间，乃汝素济人为事，特以此相周，可无俟问。"三及"老姥"一词，可知"刘姥姥"之非。（斯欣）

《不寐录》的奇幻性与真实性

杨雪玉

《不寐录》，署阳湖啸墅撰，雪渔居士编。徐珂（1869-1928）在《清稗类钞》卷六十七"著述类"中提及此书，中云："武进东南境太湖中，有山曰马迹，古夫椒也，山水清幽，素为名儒硕彦之渊薮。乾隆时，有孝廉许亦鲁，字省舆者，例得截取知县，而雅不愿，翩然归隐，历主各书院讲席，崇实黜华，力矫时弊，以造就真才。所著《领云全集》，诗古文十六卷，已风行海内。又有《不寐录》小说二十四卷，记载社会之现象，上自宫禁，下至闾阎，形形色色，无奇不有，而于明季轶事，搜录尤详，因犯禁忌，故藏之名山，迄未付梓。后某于许姓书簏中得稿本，几为鼠蚀虫伤，乃遂锓版公之于世。"① 这是现存古籍文献中对《不寐录》一书的唯一记载，然"二十四卷"今已无从得见，惟国家图书馆藏道光三年（1823）刻本四卷。

阳湖，位于江苏武进区东五十里，清代在此置阳湖县，隶属于江苏省常州府。在《光绪武进阳湖县志》中，亦可以找到此书作者的相关记载："许亦鲁，字效曾，迎春□人，姿禀颖异，为文跌宕不羁，乾隆四十四年举人，出大兴翁方纲门，名动公卿，□五试礼部不得，将大挑，权贵欲为之地，辄不履。后由国子监典簿截取知县，亦不赴，唯以著述为务。"② 由此可知，《不寐录》作者许亦鲁，武进阳湖县人，乾隆四十四年（1779）举人，翁方纲（1733-1818）的弟子，有文名，擅诗文小说，仕途坎壈。

此书内容，如徐珂所述，是对社会各阶层奇事和明季轶事的记载和搜录，篇幅长短不拘，形式灵活，带有鲜明的志怪小说的特色，奇幻性与真实

---

① 徐珂：《清稗类钞》，中华书局，1984年，第3768页。
② 王其淦、吴康寿修，汤成烈等纂：《光绪武进阳湖县志》，江苏古籍出版社，1991年，第600页。

性并存。

一　奇幻性

奇幻性主要体现在以下三个方面：第一，故事多涉及鬼神精怪，与鬼神沟通的主要途径是梦；第二，有些故事虽不涉鬼神，但记录的奇人异事依然带有传奇色彩；第三，部分故事中主人公生活穷困，但因品质美好、才学突出，便会遇到"贵人知己"相助，从而得到一个好的结局。这种得遇"贵人知己"的情节也为小说增添了一抹奇幻色彩。

（一）梦：与鬼神沟通的媒介

《不寐录》共48则，其中涉及鬼神精怪的篇章有22则，五通神、秦广王、嫦娥、狐仙等形象的加入，使得此书充满了灵异色彩。然而鬼神终是异类，凡世之人与其交流沟通产生联系还是需要一些特殊的途径，比如入梦、魂魄出窍、扶乩等。

此书中，入梦是凡人与鬼神沟通最主要的方式。以梦境为主要叙述对象的有《马通》《吴梦》《仆梦》《嫦娥》4则；在故事情节中使用了"梦"这一元素的有《秦广》《善念解冤》《张解元》《闱中灯》《七品莲台》《七伤神》《游仙梦》7则；另有《马阿大》一篇，虽不涉及鬼神，但也出现了"夜梦黑虎卧门前"的桥段来暗示主人公的不同寻常。在这众多写梦的篇章中，以梦境沟通鬼神而达到的作用而言又可分为以下几种：首先是科考成功与否的预兆，梦中的所见所闻，醒后不久便会一一应验。有的入梦者是赴试的本人，如《吴梦》中的吴某，"一生功名皆于梦中先见"；有的入梦者是仆人，如《仆梦》中周秀才赴秋闱时，每次入场，其仆人便会做一个梦，出榜后方知情况与仆人所梦相符；还有的入梦者是应试者的儿子，如《闱中灯》，某生入场后，其子仆地而倒，直至父出场，子方醒，言己"昨随父入场耳"，看到号前有红灯者皆为中试者。此外，还有梦中求仙者，如《马通》写一个倒马桶老偶然得遇吕祖，欲从仙，经过了水、火、蟒、虎等考验，却迷失在温柔富贵乡中，此文前半读来不觉是梦，直到结尾写梦醒方知；也有鬼神借助人力的故事，如《七伤神》中七伤神被刘纶扔入河中，夜间入其师梦中求救；《七品莲台》则是作者方外之交无隐逝世后，仍在梦中与之交谈；《游仙梦》写廖芳园会一奇术，能够在人处于睡梦中时，以其魂易一死人魂来。这些故事的共同点是在"梦"这一特定的状态下，生人可以与鬼神沟通，或是得到某些预兆，或是求助。

与梦相近的，还有魂魄出窍的方式。梦境是人在入睡状态时头脑中潜意识所进行的活动，这一活动并非在现实世界中真实发生，有时会脱离肉身的束缚，不受现实生活逻辑的限制，所以常常会有一些离奇的境遇，这跟灵魂出窍有一定的相似性。上文所说《闹中灯》中子昏睡不醒随父入场，还有《锻磨》中王石匠被鬼差索去冥府磨恶人，当是魂魄出窍的表现，因为他们都去了另外的地方，其间他们的肉身又都呈现出昏睡或者昏死的状态。扶乩也是一种人神沟通方式，此方式多用于问事，如龚解元因扶乩结果显示自己有望得中而去应试（《嫦娥》），苏人通过扶乩询问无隐"在西方居何等位"（《七品莲台》）。

（二）奇人异事：不涉鬼神依然奇幻

记录奇人异事的篇章有 8 则，分别是《罈子王》《不醉僧》《痴罗汉》《造人》《瞎龙先生》《旗牌官》《铁香炉》《霾》《太公山火》。和上一类不同的是，这里的主人公都是人，而非异类，然而他们又有着普通人所不具备的奇异之处，故事也具有奇幻色彩。罈子王"能运酒坛如气球"，各种姿势、各种动作宛若一场惊险刺激的杂技表演（《罈子王》）；不醉僧以鲜姜为下酒物，可饮十坛酒依然不醉（《不醉僧》）；痴罗汉言行多古怪，具有未卜先知的特殊能力（《痴罗汉》）；祝由科能够把从高处摔下的破碎的人体放入人匣，以药、水、火、符咒等诸种手段使其重生（《造人》）；自称"南京尹制台麾下"的旗牌官，强行向莫文德借了六百金，说三十年后来还，作者在结尾写道"究未知何许人，亦未知三十年后何如也"（《旗牌官》）；瞎龙先生占无不应，帮助盗贼避过捕者而得万馀金（《瞎龙先生》）；文孝廉沈搏上力大无穷，能够搬动八大汉合力也无法抬动的铁香炉（《铁香炉》）；一走方医以银簪投入溷圊，捉住了名为"霾"的怪物，同时救出了溷圊中昏厥的三兄弟，又治好了邻家老母的喧嚣（《霾》）；光黄间吴家坂太公之火壮丽奇特，前所未见（《太公山火》）。这类故事虽不涉鬼神，却依然具有奇幻色彩。

（三）得遇"贵人知己"

《不寐录》中还有一类故事，这类故事的传奇色彩体现在主人公的奇特际遇。这些主人公的相似之处在于出身不高，但有才能，在身处贫贱之时能够遇到赏识自己的人，而且这些人会不求回报地给予帮助，最终，主人公仕途顺达、家庭美满。这种故事模式，可以看作是对"怀才不遇"的传统命题的拗正，表露出作者希望有志之士能够得遇伯乐的美好愿望。

《四截老人》中的主人公韩丙一生得遇三位贵人，正是由于贵人的帮助屡次由贫转达。幼时孤贫，为人放牛，常去邻居家的书塾听读，师见其聪慧，"为请于其主，教之数年"——塾师的赏识和教导为其以后的际遇打下了良好的基础；后来主人的儿子死了，因韩聪慧，以之为子，使之应试，"未冠补博士子弟员"，又为其娶妻——主人的优待加上自身的努力，韩丙逐渐走向幸福顺遂，富贵、功名、贤妻，一应俱全；后因饥荒、涉讼、火灾等重大变故，家境没落，妻子命丧于疫病，却又得遇昔日仆人李升，李家境富裕且知恩图报，对韩"奉之若父母"，又把二女嫁与他，后二女各生一子，弱冠时应试，一为太守，一为邑令，复其父原官——遭遇不幸后，韩丙又一次在贵人的帮助下得享齐人之福、天伦之乐，安度晚年。韩丙自身的聪慧好学和宽厚善良的品质是其得遇贵人的前提，但是纵观其一生，每每于穷困之际得遇贵人相助，着实体现了一种戏剧化的幸运。类似的故事还有《白衣大人》，主人公总制某，微时得僧人资助旅费前去科考；作书谋生时恰遇某亲王，赏识其书而迎之入府；后皇帝命词臣写《金刚经》，独独嘉赏其作，赐为中书，命入内阁，屡迁至总制。《某学院》中出身穷苦的陆生得遇取士公正的某学院，考取之后，学院大人又为其寻一富丈人，使之入赘两江总督查家。《马阿大》中的马阿大从军途中遇富民王某，王见其形貌雄伟将爱女嫁之，并资助其路费为之送行；到军中后，骁勇善战，所向披靡，一路升至提督，后与妻团圆。

慧眼识珠又慷慨相助的"贵人知己"可以是塾师、主人、仆人，可以是素不相识的僧人、亲王、主考官等，但还有一类是以女性形象出现的。《吴家婢》第二则是一个极具《聊斋志异》"狐女书生"特色的故事，不过这里的女主人公是人类而非狐族。莫氏婢对同为奴仆的延师刘极为器重，常"谓同辈曰，刘郎非池中物，勿侮慢之"，又在刘夜读时潜出相见，直接表明自己"欲以终身相托"的心愿，断言"此间人，皆不识君，我观陈平非长贫贱者，故愿相从"。二人被逐出吴家后，莫却断然拒绝刘的迎娶，"不登黄甲，无相见也，今速谋北上，奉养事，我自任之"，督促刘前去科考，并且主动承担奉养刘母的职责，尚未过门已经进入孝顺儿媳的角色。刘入仕多年后，重回故地，莫感叹道："此我二人十八年前受辱地也，反复如此之速，人生世上，势位富厚，岂可恃哉？"贫贱之时，慧眼识英雄；富贵之后，又不忘劝谏。莫氏婢的行为模式与《聊斋志异》中的狐女极为相似，一心付出，不求回报，是知己、贵人、贤妻多重角色的结合体，仿佛她的出场就是为了成就男主人公的飞黄腾达。

二　真实性

《不寐录》在记录奇幻故事的同时依然展现出多方面的真实性。首先，虽然书中每个故事都是独立成篇，但某些故事在细节或人物上是相互照应的；其次，很多故事的主人公都是真实的人物，有读者所熟知的历史人物，也有与作者同时代的人物，甚至作者本人、家人、朋友的故事也都有收录。

（一）故事之间相互照应

全书一共48则故事，每个故事都是独立的，但它们之间也有一些细微的联系，有些故事是同一个人身上发生的奇事，有些故事中的人物也会出现在下一个故事里，这个故事中提及的某个细节也会在另一个故事中得到证实。如第一卷中的《五通媒》《虎媒》和第四卷中的《鼓精》，都是写于忠肃公的故事。《五通媒》讲述的是五通阴差阳错促成了于忠肃公与相国之女的亲事。于忠肃公微时在外投宿，夜间遇五通来此燕饮，于假装酒醉，私藏一金杯作凭证，后得知此金杯为皇上赐予相国之物。于奉还金杯后，相国认定其"必大贵，且必为名臣，女病非彼不治"，于书"于某妻不可戏"六字斥退鬼魅，"女病豁然，乃以女归公"。《虎媒》也是于忠肃公微时，在众少年的怂恿下，于夜半去一山中大王庙，在虎口中救下一女。作者交代"时公已有室"——呼应了上一则故事，然此女"誓不他适"，最终还是嫁给了于。《鼓精》是写于忠肃公少时在怂恿下去了一个传闻有雷公精食人的古寺，发现是雷公精其实是一败鼓。三则故事中，于忠肃公的形象统一，均是胆气过人、不惧鬼神，这种统一的性格特征使得角色本身更加真实可信。《张解元》写窦秀才在梦中得知解元为张潮普，接下来的《闱中灯》也写道某生之子魂随父入场，看到解元是个胡子，"洎揭晓，解元乃张潮普，果胡子也"。《措大孟尝》和《七品莲台》是讲述作者与岑溪、无隐等好友的交往，情节十分连贯。《焰口》一则提及"余先外祖母程"信佛，"奉佛楼间，设大士位，晨夕礼拜，焚香诵经"；《白鹦哥》中也写道"先外祖母程""笃信佛，于楼间设大士像，晨夕焚香，诵《大悲咒》《多心经》《金刚》等经"。这些前后照应的细节，增添了小说的真实色彩。

(二) 以真实人物入小说

《不寐录》序文中评价此书"其言皆忠厚之言，其事皆确实之事"，其事是否真实我们无从得知，但书中多篇小说以真实存在的人物为主人公，为小说增添了真实色彩。首先是以历史人物入小说。如《五通媒》《虎媒》《鼓精》三则都是在讲述于忠肃公微时之事。于忠肃公，即于谦（1389–1457），弘治二年（1489），追谥"肃愍"，明神宗时，改谥"忠肃"，《明史》称赞其"忠心义烈，与日月争光"①，在当时及后世名气极大。某邑书院楼中有狐名"朱山人"，自言为朱熹之后，还顺带解释了朱熹得以成为大儒的原因，"昔家母事朱考亭先生，以千年内丹与吞之，乃得成大儒，昌明孔孟之学，后家母隐遁长白山，生某于石室中"（《朱山人》）。荆秀才作文祭奠贾谊，其文慷慨激昂，贾谊读后极为称赏，于是邀请他来教授己子

---

① 《明史》，中华书局，1974年，第4553页。

（《林屋洞》）。作者把奇幻的故事附会在于谦、朱熹、贾谊等真实存在过的历史人物身上，真假交融，既满足了读者的猎奇心理，又在一定程度上增加了故事的可信度。还有些篇章直接讲述作者自己亲身经历的事情，似乎十分真实。如《白鹦哥》是写作者先外祖母和先母身上发生的奇事。先外祖母和先母二人生前都信佛，一日，外祖母晨起礼拜，忽见大士画像上的白鹦哥飞了下来，跟她说"南海去！南海去！"不到一个月，外祖母病逝。后来先母又梦到白鹦哥衔来外祖母的书信，说"我在南海殊乐……我祷于大士，乞汝来住此……"接着也病逝了。《措大孟尝》和《七品莲台》两则是讲作者朋友的故事。作者族兄景清，号岑溪居士——也就是为此书作批注的岑溪，因其慷慨好义，救急救难，被称为"措大孟尝"，高僧无隐闻其名，见其人，成莫逆之交。无隐原是作者的方外交，曾一起谈论性理，后作者去京为官，无隐圆寂，作者与岑溪等友人一同去其墓前拜祭，夜无隐入梦，责备二人作儿女之态。后苏人扶乩问事，得知西方莲台有九品，无隐现居七品。这两则故事记录了岑溪和无隐之奇，同时交代了三人间的友谊。还有《七伤神》中的主人公"刘文定公纶"，刘纶（1711-1773），清代官员，《清史稿》记载其为江苏武进人，"少俊颖，能缀文，长工为古文辞。乾隆元年，以廪生举博学鸿词，试第一，授编修……三十八年，卒，命皇子临其丧，赠太子太傅，祀贤良祠，谥文定"①。许亦鲁以其谥号相称，可见此篇写于1773年以后。文中写道"（刘）幼在马迹山耿湾，从童子师读书"，马迹山在武进境内，正是刘纶和许亦鲁二人共同的故乡。真实的人物与奇幻的故事相交织，真中有假，幻中带真。

《不寐录》一书故事奇异，情节流畅，岑溪赞其如苏文，"如万斛泉源，不择地涌出"，确有道理。作者在写作时是把奇闻怪谈当作真实发生的事件来描写的，其中对于乾隆年间世人生活侧面的记录极具史料价值。但此书年代久远，刻本有所讹误，如《马阿大》一篇中"会陕西回首苏阿红作乱"，下文又云"往见阿苏红"；《吴家婢》（二则）第二则讲述延师刘和莫氏婢的

---

① 《清史稿》，中华书局，1977年，第10461页。

故事，二人原为吴氏的奴仆婢女，在吴家遭受虐待后又被驱出，后来刘入仕途，莫为其妻，而吴家却没落了，于是莫劝刘接济吴，但"吴既没籍，绝无生计，莫恭人谓刘曰"后所接内容为主人为韩益酒料，《吴家婢》通篇并不曾出现"主人"和"韩"，这两个角色正是下一篇《秦广》中的"主人秦广"和"韩宗伯慕卢先生"，直到结尾部分"彼昔不仁，以至于此，我今不顾，是不义也，不义与不仁等，何可蹈其辙"方与上文衔接，当是印刷过程中出现的讹误，读者在阅读时应注意辨别。

杨雪玉，女，1995年10月生，山东枣庄人，文学硕士，中国社会科学院研究生院硕士生。

※　※　※

却贿妙法

施闰章《矩斋杂记》有一篇《银烛》，叙河南布政使丰庆，按部行县，县令饰白银为烛以献。丰庆贮以故筐尽还之，顾谓令曰："汝烛不燃，易可燃者。自今慎勿复尔。"令出，益大恐，解印绶去。庆亦终不以银烛事语人。这"却而不言"，确是却贿之妙法。杨复吉跋，说施闰章"古文辞未免失之平直，不能并美。兹记志和音雅，以较昔贤《杜阳》《北梦》诸编，或不多让"。（斯欣）

《常谈丛录》中的民俗文化事象初探

吴巍巍

《常谈丛录》是一部记录清代地方风俗志怪的文人笔记，作者为江西抚州地方文士李元复，书中记录的大多是反映江西地方鲜为人知的历史掌故、人文轶事、奇闻怪谈、风土名胜等逸事。目前学界对该书的关注和研究还十分鲜见。近代著名文学家周作人曾介绍过此书，他曾连续撰文发表于1936年的《青年界》等刊物，后收录于其个人文集《瓜豆集》①。周作人对该书评价不凡，认为该书"有颇好的意见……盖不盲从，重实验，可以说是具有科学的精神也"，"此类文字最不易得，李登斋的《丛录》在这点上其价值当在近代诸名流之上也"，这应该是对该书一个较为精到的注解。

一 《常谈丛录》作者及其版本流传

李元复，字伦表，又名登斋，江西金溪县尚庄人（今金溪县琉璃乡尚庄村）。道光年间恩贡生②。据尚庄《李氏族谱》记载：南宋初年，名臣李纲的儿子李宗之从福建邵武迁至金溪下溪。其曾孙李让，又从下溪迁至琉璃尚庄结茅而居，至明清时期繁衍发展成为一方大聚落。李元复小时候家境贫寒，但其学习十分刻苦，"耕稼之馀发奋读书"，后在文史和医学等方面都卓有成就。

李元复为人耿介高尚，医术医德远近闻名。地方志记载其"素精医，必

---

① 周作人：《常谈丛录》《常谈丛录之二》，载《瓜豆集》，人民文学出版社，2020年，第110-120页。

② （清）程芳修、郑浴修等纂：《金溪县志》，同治九年（1870）刊本，卷十七下"选举志一"。

分经论治，力追仲景，故多垂绝复苏者。然自重其术，于穷人则毫无所靳，兼资以药。尚庄故巨族偶病疫，缠染殆遍。元复晨出，自携楮墨，沿户切脉施方，或日晡不得食，不言疲"①。借助行医之便，其足迹遍及穷乡僻壤，并广泛采记各地人文风俗与奇闻逸事，同时阅览研读大量古籍文献，旁征博引，详加考究分析，笔耕不辍，撰写出多部地志笔记著录："笃嗜学，淹通博雅，所著有《尚庄小志》及《常谈丛录》，湖北陆制军建瀛重其学行，为之序。"② 其流传后世最广者应推《常谈丛录》，书中反映的大多是江西地方乃至全国各地鲜为人知的历史掌故、人文轶事、奇闻怪谈、风土名胜等。该书于道光年间付梓问世，有时任两江总督陆建瀛于道光二十八年（1848）所作之序。陆建瀛在序中对该书给予了高度的评价："李君登斋践履淳笃，粹然儒志，生平于书尘不窥，尝网罗见闻，为《常谈丛录》九卷，特以示余。余取而究之，见其推人事该物，情述古今。不特可惊可愕之论，而斤斤征引，动有依据，于公道人心，风俗升降，尤能反复。推析深切，著明使高才通识……"③ 陆氏所言，可以作为对全书的一个精辟的论断和评价。

《常谈丛录》现存主要版本有敦仁堂刻本九卷［道光二十八年（1848）刻本］（一作竹纸、线装，八册），收录于《晚清四部丛刊》（第三编 第86、87册，文听阁图书有限公司影印，2010年）；敦本堂刊巾箱本；味经堂道光二十八年刻本十二册六卷（温州图书馆特藏室）；另外，在国家图书馆也藏有《常谈丛录》刻本（1821-1850）八卷六册等。从笔者所掌握的几个版本来看，敦仁堂刻本九卷版内容比较完整和全面，虽然也存在不少问题，但总体刻印的质量相对好些④。敦本堂版尚未得见，而温州大学所藏的味经堂刻本质量颇糟，纸张粗劣，且使用了印制其他书籍所剩的纸张，所以内背面竟有其

---

① （清）程芳修、郑浴修等纂：《金溪县志》，同治九年（1870）刊本，卷二十五"人物志七"。

② （清）程芳修、郑浴修等纂：《金溪县志》，同治九年（1870）刊本，卷二十五"人物志七"。

③ （清）李元复：《常谈丛录》，"序"，载林庆彰等主编《晚清四部丛刊》（第三编 第86、87册），文听阁图书有限公司，2010年（下同），第2-5页。

④ 不过，根据周作人先生的描述，《常谈丛录》九卷版的刻印质量不高，据其记述："今年夏天从隆福寺买到一部笔记，名曰《常谈丛录》，凡九卷，金溪李元复著，有道光廿八年陆建瀛序，小板竹纸，印刷粗恶，而内容尚佳，颇有思想，文章亦可读。"——周作人：《瓜豆集》，人民文学出版社，2020年，第116页。

他文字内容，保存的情况也不容乐观，虫蛀、损坏、残破每卷皆有，程度不一，且仅刊刻了六卷，保存也不全面。因此，本文所使用的版本，即为收录于《晚清四部丛刊》（第三编86、87册）的敦仁堂刻本九卷版。

二 《常谈丛录》内容概介

作为一部偏注于记载地方风俗典故的文人笔记，《常谈丛录》的内容可谓非常芜杂奇趣。涉及的领域五花八门，谈论的对象也是千奇百怪，无奇不有，有些甚至看起来十分荒诞不经。概括来看主要有以下几类：

（一）地方掌故

作为地方文人，李元复十分注重搜集有关江西地方掌故的点滴情形，这类的小故事也很多。例如有《毛公惩赌》《金溪分藩》《米怜有名》①《苏祖移葬》《灵谷妇人诗》《徐伶师诗》《金顶通用》《金顶致寇》《吴公致寇》《九旬入泮》《谭孙妇须》《乡闱变故》《太监牌坊》《近地中官》《批告碑文》《余氏葬谶》《夏某诳报》《冥摄预知》《帧书汾阳》《董书真迹》《金溪加学》《儿郎戏》《江西科宦》《九子会》等。

（二）历史典故

作者记录了诸多反映历史典故的情节，诸如《孔不游周》《赵普论语》《古无女医》《六部雅称》《陈涉寇首》《蘧伯玉》《魏珰毁墓》《朝步自周》《明帝咬舌》《齐襄屦》《宋多贤后》《文昌帝君诰》《孔氏家乘》《汉寿侯印》《推背图》等等。

（三）名人逸事

作者在著作中，也十分留心收集历史上名人的逸事，包括家乡名人和其他的一些著名人物，这方面文论有《乐先生梦》《书圣抢先生事》《邵元节

---

① 该文记述了清道光时京师名演员金溪县琅琚蓝家排人米喜子的艺术生涯，是研究徽班戏曲的一代名伶米氏其人的重要史料。作者李元复为米氏"其名播传夷夏而适产吾乡土"而自豪。米喜子扮演正生，"每登场，声曲臻妙而神情逼真，辄倾倒其坐，远近无不知有米喜子者"，米喜子所在的春台班名倾京师，其工资也特高，"岁佣值白金七百两，遂以致富"。——《常谈丛录》卷三，第218-219页。

墓》《李国昌》《王荆公像》《桂典史》《陈友谅墓》《陆子玩奕》《杨云采孙》《狄毁淫祀》《黄公摄养》《祝生仙游》《徐铜峰》《邓运方》《周著乃》《董仙翁》等。

（四）诗文杂集

文人相惜，李元复对于一些名士文人的作品也注意收罗，例如有《郑板桥集》《史评书后》《徐文长集》《金山诗语》《荆钗记》《船岭遗诗》《李爕二集》《徐仙志误》《洗钵图》《吴兰雪诗》《本草纲目》《董书真迹》《杜句送字》《字典用厨》等。

（五）民俗现象

地方民俗是李元复考察和搜集的重点领域，这方面的记载也比较多。例如有《众喧渐改》《牙脾八不就》《蛇不畏雄黄》《驼山赛会》《乡俗语》《闹新房》《红霞占验》《女子裹足》《挑牙虫》《叫夜》《人用推龟》《嘉庆子》《攒盒》《香炉中谷》《楚称亲属》《送爷娘饭》《作货行货》《送神爆竹》《蛇卦》《钱陌少数》《丝燕戏》《称某相某先》《殉夫节烈》《称某喏》《男胎说》《俗取吉语》《衙祭肉》等等。

（六）动物书写

在《常谈丛录》中，有很大一部分比重是关于动物的书写，其中蕴含了较多作者的怀疑批评、情感寄托、借物言志和人情世故、事物发展的道理等思想活动，值得另文专门探讨。诸如有《青蛙三见》、《猫睛应时》、《海螺佛光》、《画衫婆》①、《汉火后鼠》、《犬畏虎骨》、《猬》、《杜鹃鸣音》、《斑蝥》、《金谷虫》、《酷杀鳖报》、《竹化螳螂》、《新来鸟鸣》、《香鼠》、《衔尾鼠》、《蜻蜓齐飞》、《猴知爱钱》、《惊燕》、《象恋故主》②、《毛秸花虫》、

---

① 原文记载为："予乡溪涧池塘中常有小鱼，似鲫细鳞，长无逾三寸者，通身皆青红紫横纹相间，映水视之，光采闪烁不定，尾亦紫红色，甚可观，俗名之曰画衫婆。肉粗味不美，外多文而内少含蕴，士之华者类是也。此鱼似为《尔雅》《诗》《虫鱼疏》以下诸书所不载。"——《常谈丛录》卷一，第65-66页。可见，"画衫婆"乃一种淡水鱼类，这种鱼小时候经常在笔者家乡的溪流中时常可见，应为淡水石斑或光唇鱼的一种，江西地方俗称其为"画衫婆"，该名字颇有风趣形象。

② 该故事亦反映了安南国向清朝进贡大象的事情，所以也可将其置于"外来文化"的篇目中。见《常谈丛录》卷四，第338-339页。

《扇头风蛇》、《二月栖栖》①、《青蛙复见》、《鸡虱》、《虎不畏伞》（亦可视为民俗类事象）、《人病豕鸣》、《牲畜不瘟》、《鸟虫少》、《冬蚊竹笋》、《蝗》、《猎犬反噬》、《山黄狗》、《蟏聚顶上》、《小蚌双足》、《鸡鸣》、《西洋白鼠》、《硕鼠》、《蚁隐交合》、《鼠饮砚水》、《沙和尚》②、《驮钱虫》、《燕蛰空木》、《蛙即牛子》等。

（七）植物书写

与动物书写相对应的是有关植物的书写，这部分内容所反映的精神情感与动物书写大略相同，皆为作者李元复博物学思想的具体体现。有《山矾花》《红花草》《乌谷黏》《山茶变红》《酒饼草》《玉茗堂》《天香》《冬蚊竹笋》③《芘菜辣子》《灵通草》《雷烧木》等。

（八）民间传说

《常谈丛录》书中还留心收集地方各种民间传说，体现出作者对民间文化观察的敏锐性，相关篇目有《龟长介诗》《城陂院迹》《拜黄荆》《月姑姊猪屎公》《雪山危碑》《困默仙母墓》《堕泪堤》《八刻分金数》《飞沙城》《乙未城星》等。

（九）宗教信仰

民间宗教信仰是中国底层乡土社会最为常见的文化事象和表现形态，李元复在行医游历的过程中，也对此给予了诸多的关注。相关篇目有《将军庙神》《茶陵城隍》《城隍判案》《三公神》《天师传代》《真人批词》《同公祠》《寺庙守岁》《周亚夫庙》《天妃有二》《周朱祀会馆》《康太保》《康王

---

① 原文意指蝉鸣。见《常谈丛录》卷五，第 377–378 页。
② 原文记载如下："山间平沙上往往有窝，正圆大如钱，中锐深若锅形，其底潜伏有一虫，土黄色，身有毛刺。虫之大小随窝之大小，其大者如大豆，小者如米。体扁略长，穹背尖尻，嘴有钳，六足，大概状似虱。以发一缕引之，辄固钳不释，因钓起，别置平沙上，即以尻旋入沙中，有似退行，俄复成圆窝。试取一蚂蚁投窝中，沙细而松，蚁踏无力，不得上，虫已暗钳其足，宛转爬搔，沙渐壅没其体，遂被啮噬。虫盖为阱以陷蚁，自养也。然蚁不常得，度必更能服气饮水以生耳。予乡俗称为沙和尚。"——《常谈丛录》卷八，第 645 页。此即在我国各地广泛分布的蚁狮，中文学名穴蚁蛉，别称沙牛、沙虱、沙猴、地牯牛、地沙虫、倒退虫等，也俗称"土牛""倒刺""金沙牛""沙鸡""老笼子""沙王八""地牯牛""缩缩"或"老倒"等等。
③ 本篇既写动物（冬天的蚊子），也写植物，即竹笋。——《常谈丛录》卷六，第 469 页。

庙》《大公神》《环姑》《灶神上天》《寺名紫云》《佛教衰废》《春秋社》《礼拜寺》《周仙王》《黄司空》《翠云寺》《何江无土神》等。

（十）奇闻异谈

书中收录了不少地方社会的奇闻异谈的故事，反映了底层社会生活的无奇不有的乡土特征，主要篇目有：《瓶中雀鸣》《八月空中雪》《三足人》《天火光》《异相人》《夫妇棋仙》《徐遇窖钱》《黄生奇疾》《渴病畏水》《王猷焕妻》《锡锭劝嫁》《历仕五代》《争子谳案》《周生逐贼》《施金增寿》《仲玉吉梦》《不孝吞粪》《百四十村》《百岁人》《屠病食稿》《州署雷击柱》《风吹正墙》《胡彦甫乩》《僧为儒师》《夏云降乩》《鼠饮砚水》《僧为知府》《川湖法水》等。

（十一）鬼怪故事

《常谈丛录》一书另一个重要特色是该书搜集了不少有关鬼怪的故事，反映了那个时代民间社会无奇不有的文化表现。作者对于唐代段成式的笔记小说《酉阳杂俎》颇为推崇，多有征引。此书不少地方也隐约有《酉阳杂俎》的影子，志怪笔记的特色时常可见。这类篇目有《冥王赦直》《车妇字妖》《鬼掷瓦》《告萧老巫》《画眉冈鬼》《屋有魔物》《性不见鬼》《符治妖火》《掘椁致鬼》《乩报解元》《易经镇邪》《黎姓鬼鸣》《车姓狸妖》等。

（十二）外来文化

明清时期是中西文化交汇和碰撞的历史阶段，梁启超先生曾言：明清之际中西交流"是在我们文化史上值得特笔大书的事实"[1]。西方文化在中国社会各地流传播迁，自然也影响到地方文人对其的认知，这也是考察地方底层文人对西方文化的看法和认识的一个较佳的观察点，这方面的篇目有《近视眼镜》《洋银钱》《洋布》《新法推步》《天主祆神》[2]《象恋故主》《天主

---

[1] 梁启超：《中国近三百年学术史》，东方出版社，1996年，第20页。

[2] 此篇原文为："纪文达公昀《槐西杂志》谓西洋人天主教即祆教，言唐贞观间即有之，又推而上谓左氏内传伸鄫子于次睢之社，杜注云睢水次有祆神，东夷皆社祠之。今考注是妖神非祆神也。或古本固然而传刊有讹误欤。"——《常谈丛录》，卷四，第297页。在这里，实际上作者摘录纪晓岚（纪昀）所记"天主教即祆教"的观点有误，祆教应为波斯拜火教，与天主教不是同一种宗教。古人的认知往往将他们混为一谈。作者随后还注意到杜注所记的祆神应为妖神，可能是后来刊布之误，表达了作者善于怀疑的精神。但是作者也不清楚祆教的真实情形，也反映了李元复的认知是有一定局限性的。

教》《西洋白鼠》等。

总之，《常谈丛录》内容林林总总，除了上述 12 个方面，尚有关于天文地理、自然现象、物件描述、生活见闻等多个领域和各类面相的记载和摘录，同时也旁征博引，对于古籍文献考证采撷颇多，可谓反映地方社会乡土文化的一部小型的"百科全书"。

三 《常谈丛录》中的民俗事象书写

《常谈丛录》一书最大的特点之一便是对地方民俗事象收罗非常广泛而新奇，尤其是对于流行于江西各地的民俗文化，多有记录在案，对于我们了解晚清中国地方社会风俗的情形不无裨益。概括来看，这些民俗事象主要集中于以下几个方面：

（一）民间俗谚所反映的文化事象

这方面代表性者有如《蛇不畏雄黄》。众所周知，在民俗文化现象中，俗语有"蛇怕雄黄"之说，脍炙人口的影视剧《白蛇传》里白娘子也是喝了雄黄酒现了原形。事实果真如此吗？李元复的笔下所记的却又是另一番情形。

> 蛇畏雄黄，具载诸医方本草，俱无异辞。忆嘉庆庚辰假馆于分水村书室，有三尺长蛇，来在厨屋之天井中，计取之，以长线缚其腰而悬于竿末，若钓鱼然。蜿蜒宛转，揭以为戏。因谓其畏雄黄，盖试之，觅得明润雄黄一块，气颇酷烈，研细俾就蛇口，殊不曲避，屡伸舌舐及之，亦无所苦。如此良久，时方朝食后也，傍晚蛇犹活动如故，乃揭出门外，缚稍缓，入于石罅而逝。然则古所云物有相制，当不尽然也。尝击杀一蜈蚣，取蜒蚰近之，则急走欲逃，强置其上立枯毙，似不胜其毒者。又尝获一活蜈蚣，长四五寸，夹向大蜒蚰，至口辄钳之不释，蜒蚰涎涌质缩且中断。是蜒蚰能困蜈蚣而为其所畏，其说载于宋蔡绦《铁围山丛谈》者，俱未足信。凡若此类，苟非亲试验之，亦曷由而知其不然也[1]。

---

[1] 《常谈丛录》卷一，第 33—34 页。

由此可见，作者在此表达了对传统俗谚和民间说法的怀疑精神，认为凡事都应该在亲自试验后才可得出正确的认识和见解。类似的民俗说辞还有《虎不畏伞》《犬畏虎骨》等，如前者之记载如下：

> 《物理小识》云："行人张盖而虎不犯者，盖虎疑也。"《升庵外集》亦云："虎畏伞，张向之，不敢犯。"以予所闻，则不然。上杨村武生杨昂青恒市纸于贵溪之栗树山，邻居有素习老儒某馆于近村，清明节归家展墓毕，欲复往。时日将晡又微雨，杨劝使俟明晨，谓山有虎可虞也。某笑曰："几见读书人而罹虎灾者乎？"竟张伞就道，雨亦暂止。杨与二三侪伍送之，见其逾田陇，过对面山下，沿山麓行。忽见林中有虎跃出，作势蹲伏于前，某惊惶旋伞自蔽，虎提其伞掷数十步外，扑某于地，曳之入林去。众望之骇惧，莫能为，驰告其家，集族人持械往觅，不可得。已迫暮复雨，姑返。次日，得一足掌于深山中，是虎食所馀也，拾而葬之。此杨亲为予言者。由此观之，虎固未尝疑畏于张盖也。又由此而推之，则凡书籍所载制御毒暴诸法之不近理者，岂可尽信耶？①

这则故事与前述的《蛇不畏雄黄》，可谓有着异曲同工之妙，充分体现了作者那种充满怀疑和实证的精神。

（二）民间信俗文化事象

对于那些长期流行于民间千百年来不变，有着顽强的生命力的信俗文化现象，作者也展现出强烈的关注心态。例如，有关地方迎神赛会的介绍，在其《驼山赛会》中有较为详细的过程记载：

> 驼山在予村东北七八里，特陂陀小阜耳。乡人庙祀唐忠臣睢阳令张公于其上数百年矣。自明及国初香火极盛，有越省郡来进香者，老辈犹及见之。岁报祀以八月朔始，浃旬演剧以娱神，四方礼拜者、游观者麇集，莫可数。纪至十日，则附近数十村升神像周历受祭享，谓之迎赛，凡六日而遍，例皆演剧。士女往来征逐，所费不赀。每神出，鸣钲炮以

---

① 《常谈丛录》卷六，第449-450页。

相拥护者累千万。自朝及暮，行路如蚁，数十里间，钲炮声相闻，此见于明季老儒会簿序。盖事神者类皆敛财物为会，岁有常费，故司其计者必登记于簿，而因序其事焉。其文甚粗，直当不诬也。间有持铁剪敲之以代钲者，则为老辈传述其先人之言如是计。其时当在康熙年中，愚民所为可笑，而其朴略知风亦可想也。又有盉会者，村各为会，百十成群，皆锻银为盉，更易轮转，以戴神首，略无停隙，趁急手重，盉恒为裂瘪。或神在路则争先戴盉，攀附丛集，势辄倾倒，每致蹂践堕压，虽折伤肢体而不悔。神像头锢以铜铁，不久即剥刓，以此为敬，亵悔莫甚，真恶俗也。予幼时所见，鸣钲炮戴盉者统计尚四五千人已损于前，今则又减其强半矣。迎赛之前一二日，卖幞头、银花、锭锞者，接踵于巷，其物皆以锡薄纸为之，比户各买数事。俟神至，同楮币校燎，今则不□睹此矣。夫即此一端，即予一人，闻见所及，今昔迥异。若斯其以太平日久，人民稠而食用繁多，生计不给，而渐节啬欤？或好鬼谄神之俗为之稍变欤？抑神庙香火之盛衰有时，亦如人之荣瘁穷通，相因迭至，自有不可强者欤？庙为二殿相并，居右者为后续构构，皆有龟趺石碑，志修建之时事。右殿楣上齿垂正气匾额，盖取文信国正气歌，为张睢阳齿语意，旁无款，题中有印，方三四寸，篆文为丰城王印（额经再修，篆文不尽可辨，疑稍失其旧，今惟据老辈传说略审，形似如此）。考有明益王祐槟，开藩建昌丰城，殆所兼属其五世支庶名常溡者，于万历二十八年分封而有是号。当即其印藩府体尊，亦来相崇奉，足征其时驼山灵响动于遐迩也①。

类似的信俗文化记载还有《送神爆竹》《香炉中谷》等。这些篇目都反映作者一个共同的特点，即对陋俗现象的批判与反对，体现出较为强烈的批判主义精神。如其在《送神爆竹》也同样描写到："予生平不能随俗为好，尚此轰然震响者，连作于前，烟焰送射，辄为之目眩耳聋，逾时乃定，真所谓恶声也……竟日彻宵，令爆声不断，靡去几万金钱，博得一时激聒，非厂

---

① 《常谈丛录》卷一，第37-41页。

情之嗜欲，乃犷俗之喧嚣，无趣甚矣。窃谓世之奢者，浪费不赀而亲近承事之人必多沾益，若此则药化烟消，纸逐风碎，在己既无馀烬之可收，而在人亦无胜馥之可丐。暴殄罪条，斯宜称首。"① 于此可见作者对于燃放爆竹这类信俗文化的强烈的厌恶心态和抵制批判心理。

（三）民间日常生活事象

特别是对于流行于江西地方的日常生活惯俗事象，多有记载。相关篇目有《叫夜》《攒盒》《称某喏》《丝燕戏》《俗取吉语》等，都很有代表性。例如，有关《叫夜》和《攒盒》的记录，就颇为有趣。"予乡俗五六月间，稻花开时，入暮后必有附近寺僧，红布缠头，背负佛像，手摇铃，又一人敲梆，大声号佛于村落中，衢巷遍至，如是者三夕，谓之叫夜。相传为驱禾花鬼也，此属可笑。"② "江西俗俭，果盒作数格，惟中一味或果或菜可食，余悉充以雕木，谓之子孙果盒。今予乡尚有此，但同称'攒盒'，不闻有子孙果盒之名。其盒之精致者，则不为木格而为纸胎灰漆槑……予性雅不喜此，为其近于伪也。客至瀹茗清谈，佐以果食，即一二味，亦可正不贵多品，奈何使不堪入口，而仅饫人目哉？斯已失款客之诚矣。妇女胶于沿习，虽相随设之，意终未善之也。"③ 可见，作者在此对于有些流行于家乡的生活习俗现象也并不认可。

（四）民间礼俗文化事象

相关篇目有《嘉庆子》《楚称亲属》《称某相某先》《男胎说》等。如《嘉庆子》记述如下："予乡俗于昏（婚）姻前壻（婿）家纳送采礼，例配以十果，中有嘉庆子，取音同家庆有吉祥之义。盖以盐渍脆李实暴干者也。考韦述《西京记》云：东都嘉庆坊，有美李，人称为嘉庆子，久之称谓既熟，不复知其所自，审此则是以地名，初非李之通称而专属之干者，尤失其本意然；或者当时尝干之以致远，故有是名，而因为干李之专称欤？"④ 又如

---

① 《常谈丛录》卷五，第355-356页。
② 《常谈丛录》卷三，第245页。
③ 《常谈丛录》卷四，第293-294页。
④ 《常谈丛录》卷四，第279-280页。

《男胎说》记到："生男则喜，生女则悲，常情也。吾乡本古扬州境，《周礼》谓其民二男五女，则地气然也。乃或苦女多，辄弃而不育，恶俗良可恨！虽屡经仁慈长官笃切戒谕，申之禁条，好德之士又多为文刊印，遍施以相规劝，而此风卒不能革，竟莫可如何矣。医家书有夫妇交合可得男胎者数说，要未可凭，而医学锦囊深戒人以子夜后不可交合，谓能伤人，此说尤无当。因思人劳于昼，得安寝息，元气乃复，子后阳旺，枕席间不特可保惜于人，且当易受男胎。尝以意密询诸人，其多男者，皆由此也。又有屡生男从未尝产女者数人，与予生平相同印证之尽合。予度其理可信而事又有验，欲著为说……"① 这里对于日常礼俗中的婚育习俗给予关注，尤其是对于生育习俗中的重男轻女观念和行为，尤其是弃养女婴的行为表达了反对和批驳的态度。不过，作为医生，作者又提出了生男孩的窍门，这也是针对世人重男轻女观念的一种颇有意思的回应。

（五）民间女俗文化现象

封建社会女性受到的歧视和压迫最多，许多沉疴陋俗也集中反映她们身上，诚如学者所言："这些陋俗，可以说是一种历史积淀，一种面目可憎而又根深蒂固的文化沉渣。"② 李元复在书中所记录的若干有关女俗的篇目如《闹新房》《女子裹足》《殉夫节烈》等，也都揭示了古代女性所遭遇的不幸，堪称陋俗劣习的代表。其中，关于"闹新房"的陋俗，是作者尤其厌恶的，其记述如下："予乡新娶之家，宾朋有'闹新房'之俗，文士尤多狂放。深夜列坐于新妇之房，往往醉后传杯笑虐，弹唱秽亵无忌，有彻晓连宵而不厌者。其始必狙探其亲，串姑嫂中之美少者，强寻曳之，以陪新妇，谓之捉伴娘。甚有娶经数年之后，妇已非新而犹时作此举者，主人虽患苦之，然不敢开罪于客，暗怒恨而已，真恶俗也……"③ 批判之态度由此可见一斑。

（六）民间商业惯俗现象

相关篇目有《勘著》《数目大字》《作货行货》《钱陌少数》等。例如，

---

① 《常谈丛录》卷六，第 520 页。
② 徐凤文、王昆江：《中国陋俗》，天津人民出版社，2001 年，"前言"。
③ 《常谈丛录》卷二，第 148-149 页。

《勩著》记载如下："尝在省垣见苏松布店内招牌有'勩著'字，不解何谓。后阅陈子重鼎①《滇黔纪游》载：通海县出细与布，斜纹线织极勩著。意盖谓坚致耐久穿着耳。子重，江阴人，亦吴地，然则勩著为吴俗土语也。"②又如《作货行货》记录到："市中俚语谓：物之制作最坚致者，曰琢货；其次而通行略可用者，曰行货。昔王介甫为进贤饶氏之甥舅党，以其肤理如蛇皮，谓之曰：行货亦欲求售耶？介甫寻举进士，以诗寄之云：'世人莫笑老蛇皮，已化龙鳞衣锦衣。传语进贤饶八舅，如今行货正当时。'则行货之称，在宋时已有之，至琢货字，书籍中未见，疑是作字。乡俗谓：众所崇尚曰兴作，盖以为人共兴作之，佳物耳市贾不知，谓为琢字，义不可通也。"③可见，作者对于各种商业惯习现象，多是充满好奇心和怀疑精神的。

四 结语

总体来看，《常谈丛录》一书中对于地方乡里社会的民俗事象之论述和评议的内容和思想还有不少，十分耐人玩味和值得思考，有助于深化今人对晚清时期中国底层社会文化和民俗文化的认知与感悟。在李元复笔下，刻画了一个充满奇闻轶事和惯俗流行的乡里社会，能够带领读者一窥究竟，在满足人们好奇心的同时，也丰富了知识的视野和观察的视界。不仅如此，纵览全书，我们更能触摸和体会作为底层文人和医者的李元复的内心世界。书中充斥着他强烈的人文关怀和内心情感：对于俗语传说的怀疑精神和一探究竟的实证主义态度；对于陋俗现象的强烈批判和反抗的精神；对于身边日常所见惯俗的猎奇心态；对于外来文化的朦胧探索等，都将李元复的精神世界一览无遗地表达和呈现出来。李元复就像是其所处时代乡里社会的一股清流，

---

① 陈鼎，清代著名学者，原名太夏，字定九，又字九符、子重，号鹤沙，晚号铁肩道人，生于顺治七年（1650），江阴周庄镇陈家仓（今周西村）人。著名的历史学家和旅游文学家。著述颇丰，著有《滇黔纪游》《东林列传》等书传世。
② 《常谈丛录》卷四，第267页。
③ 《常谈丛录》卷四，第345-346页。

这或许正是那个时代（中国社会正逐渐步入晚清之世），部分知识分子试图冲破思想禁锢和封建藩篱，进而拥抱世界的某种精神冲动。

吴巍巍，男，福建顺昌人，福建师范大学闽台区域研究中心副主任、研究员、博士生导师。

※　※　※

吴雷发的葬花与葬花诗

葬花与葬花诗，都以为是林黛玉的专利。今读吴雷发《香天谈薮》，中云："洛阳人梨花开时，携酒其下，曰为梨花洗妆。"他叹惜"洗妆诗未有出群之才"，便于花落时，聚而瘗之，袭以破砚，作葬花诗曰："蝶拍莺簧当挽歌，蜂房酿酒酬高坡。蓬窠埋后无人赏，负却春光奈尔何。""幽香绝艳本难知，无限荒榛又蔽之。开亦枉然何况落，谁吟楚些吊湘累。""联袂成行觅斧斤，描空射影聚飞虻。劳君百计戕佳丽，难损青山与白云。"

吴雷发，字起蛟，号夜钟，又号寒塘，震泽人，诸生，乃康熙雍正时人，著有《说诗菅蒯》。若《红楼梦》如时人所判成于乾隆间，则吴雷发便是葬花与葬花诗的始作俑者；若《红楼梦》成于康熙间，则吴雷发与曹雪芹亦有异曲同工之妙。（斯欣）

《广梦丛谈》的梦境虚无感

魏露

　　《广梦丛谈》原稿四卷，题为问菊主人著，钞本今藏于中国国家图书馆。卷一与卷二、卷三与卷四之间未分开，只标卷一和卷三。作者李澍人，字雨苓，号问菊主人，山西平定人，咸丰二年壬子科举人，曾任应州学正。张振国《晚清民国志怪传奇小说集研究》评道："在清末以类相从而创作的小说集并不多，李澍人能够将涉及梦境的众多题材集中在一起虚构故事，没有过多因袭前人的成分，是这一时期比较有特点的一部小说集，同时也填补了晚清山西小说史上的一段空白。"①

　　《广梦丛谈》共160篇，直接写到梦境的有20馀篇，有些篇目分不清是遇灵异之境还是做梦。比重并不算大，作者仍将书命名为"广梦"，实际上另有深意。作者在自序中说："昔南华子之言曰：'将有大觉，而后知此其大梦。'方将以天地为巨室，以阴阳为衾裯，以富贵贫贱、穷通得丧为出入变幻。今古以来，大千万众辗转往复于一梦之中而未有觉也，悲夫！"其实就是本书的纲领，即以梦为线索，展开对阴阳两界之奇遇、梦境奇谈以及穷通得丧之事的叙述，意在体悟人生之"梦"与"觉"。题曰"广梦"，实为大梦与大觉，即以梦叙事，悟人生百态。光绪六年许贞元所作的序指出："其寓讽规也，则鹿可覆蕉，不讳郑人之异事；其论果报也，则蚁知啮械，必酬董子之深恩；其意功劝惩也，则于甘蔗乍贻，怜卢绛之困穷痁疾；其念深启牖也，则于黄粱未熟，悟邯郸之富贵浮云。岂第炊血剖梨，占分得失，则蝇射狗，兆示殃祥而已哉？欲醒浊世之迷，聊借睡乡之语，幻境无常，视成已

---

① 　张振国：《晚清民国志怪传奇小说集研究》，凤凰出版社，2011年，第260页。

事，解人可索作如是观。"这一序言比较完整而准确地揭示了小说的内容与主旨。整本小说实际上就是作者所体悟的人生一梦，作者借书中的人物与故事表达自己对社会现实的批判以及理想寄托。因此，书中充斥着梦境的虚无之感。

一　梦境虚无感的表现

（一）因果报应，命运天定

自班固在《汉书·艺文志》中说："小说家者流，盖出于稗官，街谈巷语，道听途说者之所造也。孔子曰：'虽小道，必有可观者焉，致远恐泥，是以君子弗为也。'然亦弗灭也。闾里小知者之所及，亦使缀而不忘；如或一言可采，此亦刍荛狂夫之议也。"小说一直被视为"小道"，地位不高，但在民间受众很多，尤其明清时期，随着商品经济的繁荣，市民阶层的扩大，小说、戏曲等俗文化愈加风生水起。而文人士大夫在创作小说时，或是为了让小说更易为正统接受，多为其披上劝惩的外衣。瞿佑《剪灯新话序》言："今余此编，虽于世教民彝，莫之或补。而劝善惩恶，哀穷悼屈，其亦庶乎言者无罪，闻者足以戒之一义云尔。"祝允明《志怪录自序》说："志怪虽不若志常之为益，然幽诡之事，固宇宙之不能无，而变异之来，非人寻常念虑所及，今苟得其实而记之，则卒然之顷而值之者，固知所以趋避，所以劝惩，是亦不无益矣。"纪昀《阅微草堂笔记》之《滦阳消夏录自序》也说："小说稗官，知无关于著述；街谈巷议，或有益于劝惩。"小说在某种程度上，也成了教化工具。

《广梦丛谈》继承了明清文言小说的劝惩倾向，强调因果报应，却又有一种命运天定的先验色彩。首先，书中有大量因积累阴骘、阴德而获福报之事。《西门城楼火》记同治某年平定西门城楼起火，倚城而居的张瑛家中此前有两次预兆，幸而家人皆无恙。作者认为这是因为张瑛"好谈阴骘，行方便"，因此鬼神予以先示之兆，《杨某》（石门杨某）一篇也是如此。《刘三》讲县官命衙役不许给小偷刘三送食，半月后刘三却安然无恙，原来是每日有群鼠投食。县官感念刘三应有阴德于鼠且不自知，许其能悔改即放之，并命为总役，数年致富。《善应》写作者之祖于荒饥之年，以积粟二千石救济乡人，梦神以纱帽四品服色赠之，后家中果然科第绵连。《白某》（卖饼者）、《王某》（晋省羊市街）、《胡某》《樊某》《葛善人》《阳曲郭》《英某》《蒋某》、白某（归化城）等篇，皆言平时积阴骘、行善事而有奇遇或福报之事。

相比于劝善，更多故事讲的则是惩恶，尤其体现为恶有恶报。作恶的类型也有所不同，有的是因伤害动物得遭恶报：《鼠控》中作者某族弟以药毒鼠，后得病，于睡梦中自言被鼠索命，最终病卒；《犬报》写一打扫夫在两犬交配时故意干扰，导致二犬俱毙，后莫名坠入水池被石栏压伤以至残废；《犬语》写王某欲活埋家养的老犬，犬忽作人语怨其太残忍，王被吓归家，其妻子作犬语索命，后虔请许愿，医治半月方痊愈；《田鸡》写刑席某因口腹之欲大量屠剥田鸡而得病，后发愿忏悔，禁人采杀，数月才痊愈。有的则因贪财伤人而遭恶报：《高二》写高二为暴乡里，侵占王某田地，后成巨富，无子；娶一妾，高二死后，妾改嫁王某，资财尽归王某。文末以"问菊主人曰"直言："善恶簿上报应固不爽毫厘哉？天道好还，昧昧者自不悟耳。"《白某》写张五托白某带五十两银子和一封家书回家，被白某私吞。张五去世后，白某梦其前来索债，次日背上生一小疮，日渐变大，求医无效，年馀竟卒。《朱某》写某官朱玉田出差途中被怪风吹倒，不省人事，忽瞠目似与人争辩，原来是因其曾占人二千金，今被索命，叫闹整夜而死。《黄某》写黄小云因索贿不得，作伪证害死一疑犯，后被附身索命。

可以看出，《广梦丛谈》虽然也是意功劝惩，宣传善恶报应，但其善恶的内核不在于传统的忠孝节义，目的在于劝诫人们平时应多行善事，不要过分追求功名利禄，甚至为此伤人害己。而对于因果报应，作者认为"一饮一啄，莫非前定"（《阳曲郭》），但紧接着又说："一生经历，分寸长短，不爽毫厘，而又无营干之才、钻求之术，宜乎为神之所远而避之也。"似乎带有某种祸福天定的先验色彩。类似的思想体现在多篇故事中。《刘某》（太平刘某）写刘某之祖在某缙绅家做佣工，于破窑中得金砖为枕，后以所枕砖密排百步至主人门为聘，娶主人之女，至今富甲一郡。文中并未交代刘某因何有此奇遇，而是说："不劳而获，富埒毕卓，福流奕禩，庆衍子孙，是其生当与万户侯等，又不可以寻常殖货之家论矣。"《砚瓦》写砚瓦精于烹饪，作者认为："学问有通，人有绝诣，虽在杂艺亦然，盖由天授，非人力所可学。"《刘某》（刘云鹤）写刘荣和从军败北，遇阴间唱名，言其乃王大眼刀下之物。后果遇王大眼，刘以前事告之，得以幸免，并被王托以要事。刘此后入军营，立战功，改名云鹤，四十四岁战死。人物经历颇为精彩曲折，然而作者却言："富贵逼人来，马当顺风，殆由天助，故凡从艰难困苦中求者，其决非富贵中人也明矣。"这种先验色彩体现出一种虚无之感，仿佛现实中的祸福因果早已命中注定，不是靠后天人力能改变的。

（二）人生无常，如梦难测

作者以梦写人生、悟人生，二者相通之处在于皆不可预测，《夏某》一篇尤其体现这一点。夏某挟妻女避地山西，途中买一妾，一家人前往投奔妾之母舅。此前一月，妾梦见自己帔冠坐中堂，被数人罗拜，乘肩舆出，所经过寺宇皆下舆跪拜。后逃难途中，所过乡镇与妾梦中所见相同。至一大禅林，妾历数寺庙中景象，催促夏某入庙验证，果是。后贼至，夏之妻女和妾投崖自保，妻与女折足不能动，妾尚无恙，勉强行数十步，却被小河泥其首而死。关于预兆梦此前的小说多有涉及，往往作为趋吉避凶的征兆或者预示结局的手段。《夏某》中的妾室所做之梦仿佛也是预示其逃难经历，然而正如作者所说："事发于仓猝而兆见于几先。方其梦也，不知其非梦也，及其验，又不知其梦之止于是也。噫，茫茫大象竟作泡影观可耳。"真有覆鹿寻蕉的迷幻之感。

人生如梦，梦如人生，变幻无常，《广梦丛谈》中很多故事都体现这一倾向。《宋解元》中的宋洪业是作者同年榜首，咸丰三年，家遭逆匪，兄长被杀，家财被劫。后前往老师家求助，携资助归家，途中却遇风翻船，人虽幸存，行李却荡然无存。宋身为解元，本是光宗耀祖之事，却因为解元匾额被逆匪盯上，兄长代替其解元身份被杀，自己却因面貌丑陋躲过一劫，好不容易获得老师资助，却又遇天灾，其经历真如梦境般波澜起伏。《铁商》写魏某由贫至富，后又家财荡尽的故事，作者感叹人生如

"空中楼阁，倏忽变幻，其兴也勃焉，其亡也忽焉。噫，可不畏哉！"《朱生》（汾西朱生）中朱生与一女子夜夜于梦中欢爱，生求白日相见，作者借女言曰："人生何在非梦，安见梦之为梦？"《白生》写太原白生遇女，不知是狐是鬼，女子带其游天上、享宴饮，醒来却是一派荒凉之景，白生责问女，作者亦借女之口言："是所谓人间天上，一样坛场。"天上人间，人间梦境，皆是一样境地，变幻莫测，难以把握，这些故事背后体现出作者对人生梦境的无力感。

（三）异界之交，不堪为配

《广梦丛谈》中有不少人与鬼怪仙魅等异界对象之间的故事。这些异界对象有时不知是仙妖还是鬼怪，或与主人公为知己之交，或是男女之情。其中一些篇目颇具聊斋遗韵，如《陆生》《吴生》《冯某》《虞某》《奇梦》《白生》等篇。但有的故事却有一种怪异之感，主要表现为异界对象多高雅韵致，而凡人一端却无甚突出之处，甚至让人觉得何以为配。如东煌生乃是"蠢然一老学究"，却得以遇仙（《东煌生》）。孟大嘴"貌臃肿而邋遢，不可近"，仅嗜菊这一爱好称得上高雅，却遇仙女辅以培菊致富，作者也不禁感叹："每叹人间奇福，偏得之猥琐龌龊之辈，毋亦物忌坚芳，而人讳明洁欤？始知精明非福祉也。"（《孟大嘴》）。《蒋某》中蒋贡生救下一狐，狐女为报恩，在蒋某妻死无子后嫁给他。后狐女去世，言二人宿缘未断，约十五年后再图团聚，且以香囊为凭证。蒋某十五年后寻得狐女并求娶，于成亲之日以香囊示之，女乃恍然。后蒋某年九十馀卒，女后二年卒。故事脱离了一般"来生再续前缘"的模式，然而读者不难发现，蒋某与狐女，尤其是再生之后的狐女之间年龄差距极大，这样的故事情节充斥着荒谬感。

二 梦境虚无感产生的原因——对现实的失望

李澍人主要生活于咸丰至光绪初这一社会发生重大变迁的时期，亲眼见证鸦片战争、太平天国运动等对社会政治的冲击，作为一个传统士大夫，不可能无动于衷。作者在《广梦丛谈》中不可避免地带有对现实政治的批判与思考，而对现实社会的失望也是导致小说充满虚无之感的原因。

（一）天灾当前，政府无能

光绪三年，因极度干旱引发了一次特大饥荒，席卷山西、河南、陕西、河北、山东五省，并波及周边地区，史称"丁戊奇荒"或"晋豫大饥"。《晋大饥》一篇就记载了此次灾荒中两例"人相食"的故事："平阳自三月至十月不雨，草根树皮，掘削殆尽。或扫麻雀粪，以净水淘洗，杂糠秕为馔，食之中结不通，于是儿童皆病便闷，家人以细簪剔拨之。至晚，哭声四闻，实未有之劫也。"这一次旱灾持续时间长，波及范围极广，《光绪山西通志·荒政记》案语中记录："《赈册》所赈饥民，约大小口四百馀万，其死亡莫得而稽，以户册互核，计不下千万，诚自来未有之奇惨也。"[①] 在《运城丁丑大荒记》这一碑文中有更详细的记载："人死或食其肉，又有货之者，甚至有父子相食、母女相餐，较之易子而食，析骸以爨为尤酷。自九十月以至次年五六月，强壮者抢夺亡命，老弱者沟壑丧生。到处道殣相望，行来饿殍盈途。"[②]《广梦丛谈》的记载弥补了小说领域对这一事件的记录，可备正史参考。并且作者认为，此次灾荒之所以如此严重，除了天灾外，也因官府的不作为："古人居安思危，故讲求荒政以备旱涝者，在事先不在临事。国家承平日久，良法美意，有司视为具文。其敝也，官廪空虚，民无盖藏，遂至一蹶不振。"

（二）吏治黑暗，诉讼艰难

书中记载冤狱的故事也不少，冤案平反却不是靠为官的清正廉明，而是依赖于巧合或果报等。作者借此或隐晦或直接地批判了晚清吏治的腐朽黑暗。

《秦生》一篇讲了一个颇为曲折的冤案故事。秦生与晋氏女娥私订终身，后娶新妇，因其貌美遂与娥断绝往来。一日，秦生醉后被娥引诱，以利器剪断其阳具。秦生负痛归家死于新妇面前。新妇因手有血迹被控于官，县令朱某屈打成招。后朱某一日出门，秦生死后一直未找着的阳具忽然落在其轿

---

① （清）王轩等纂修：《光绪山西通志》，三晋出版社，2015年。
② 马金花编著，山西省考古研究所编：《山西碑碣》（续编），三晋出版社，2011年。

中。朱某怀疑新妇被冤，欲为平反，却因与娥有私情的亲信王二干涉作罢，新妇最终被处决。除夕之时，刑席吴某梦城隍审秦生之案，并听到城隍下令将朱某家人王二等拘案讯究。后王二堕车而死，朱某也在睡梦中死去。文末问菊主人曰："冤也而后诉，至诉焉，仍不免于冤，则冤将谁诉乎？幸也灵龟上叩，天外有天，而地府多冤死之鬼，人间无返魂之方，讵有裨于死者之万一哉？此亦天下古今所同一浩叹者也。"

《陈某》也是其中篇幅较长且比较有批判意味的一篇。交河县范家窝陈姓夫妇田地被妻弟和佃户王五私占，其子十六岁后，陈某欲将田地收回。妻弟与王五密谋威胁陈子瓜分田地，甚至先用美人计诱之饮酒，失败。王五以刀自划其腹，本欲吓诈陈子，却不想刀尖入腹害死自己。妻弟以逼奸致死控于官，陈子被判抵命。陈老夫妇上诉皆被批驳。走投无路之下，夫妇二人双双求死，"欲赴阴司求直"，并对亲友说："十日以后，必有灵异，为众目共睹者，是吾冤得伸也。不然，是鬼神不可信也。"半月后灵异果现。不久其妻弟忽得疯病，以刀自戕；错判冤案的官员被贬，继任县官为陈子平反释归。冤狱得反，恶人受惩，然而却是陈某夫妇以命为代价，将希望寄托于虚无缥缈的阴司，真是可悲可叹。

此外《疑狱》中杀人者伏法，是因为将死者误认为他人，作者也将其归于"天之巧于报复"，以见"听讼者之难"。《馀杭狱》记载了晚清四大奇案之一的杨乃武案，杨辗转多次诉讼，受尽磨难才得以平反的经历也体现了官场吏治之黑暗。在《朱某》一篇的评语中，作者更直指："自流品杂而宦途变为利途，稍得一官，利家折债，门丁带肚，由是贪如狼而猛如虎，而民不堪命矣。岂知睒睒者固日伺于其侧哉？天道聪明，鬼神难欺，殷鉴不远，当问诸方寸间耳。"

（三）匪兵作乱，祸害百姓

除了冤狱，小说中很多故事都是因逆匪作乱而发生，如《农妇》《夏某》《宋解元》等，然而最令人侧目的，却是《石工某》中名为平乱，实际上却为为非作歹的官兵给百姓带来的巨大伤害：

回匪之乱，张帅提兵协剿。路经平定，已除夕矣，留一日始去。离测石驿半里许，有小村依山穴居。有石匠某，一妻一女，幼子甫三龄，颇有蓄积。所住土窑三间，穿壁作复室，尽将衣物实其中，妻与子女亦潜匿焉，砌以石而垩其壁。经营甫就而兵至，有四五辈夺门入室，见其无所有，故宿焉。翌日，天曙将行矣，闻儿啼声，似在壁间。以戈触其壁，一石落而穴见。有黠者曰："此天赐也！"互淫之，席卷所有而去。方氏之在内也，儿啼，急搤其口，啼益亟。至是中肠愤裂，气填胸臆，且恨儿。乘夫出，搤其吭毙之，而自投崖以死。

"张帅提兵协剿"应指的是同治初年秦州回匪之乱，贵州游击张华帅黔勇四营至秦州助防之事①。官兵本是为平乱而至，却"凡所止宿，无不蹂躏"。母亲因儿子啼哭被官兵发现，受尽侮辱，悲愤之际将亲生孩子掐死，自己也跳崖而死，造成悲剧的源头却不是乱匪，而是本应护卫百姓的官兵，真是令人扼腕。

作者对现实失望，甚至觉得人世不如阴间，《阴嫁》中认为若是阴间"既无疾病之苦，死亡之患，利欲之牵，功名之扰，而父母康强，家人完聚，比人世不尤乐耶？"同时借鬼神故事，批评人不如妖，甚至连懂得报恩的鼠类也比不上。《蛇精》中的白蛇之女虽为妖，却行善救人，作者认为："物反常为妖，人而妖者比比矣。今妖而人，君子固不以其妖而疑之也，其词直。"《唐生》中的秦氏女子接待迷路的唐生，又善弹琵琶。此故事不知是鬼是梦，但作者认为："鬼耶，何伤余？故谓鬼而雅，不较胜于人而俗哉？"《刘三》中的鼠类懂得报恩，作者也认为："蠢蠢之物而感恩报德，若动于天而不容已，彼世之背德为怨者，抑独何心也哉。"而《张二》写一个赌徒深夜遇人邀赌，实为遇鬼，作者笑曰："每见博者白昼敛迹，深夜独行，面黑如鐾，头蓬如丐，则谓之鬼也亦宜。"

---

① 事见太平天国历史博物馆编：《太平天国史料汇编》之《秦州回匪之乱》，凤凰出版社，2018 年。

三 梦境背后的理想追求——情与雅

如前所述，作者有感于世道之艰，人生无常，借小说表达自己对人生梦境的觉悟，这使得整本小说充斥着梦境虚无感。但在梦境虚无背后，实际上隐藏着作者的理想寄托，即对真情和雅致的追求。

（一）重情

受明清以来"性灵说""童心说"等重视性情的理论，以及通俗小说中"情理说"的影响，文言小说在宣扬劝惩的同时，也表现出了重情的倾向。《广梦丛谈》在梦境虚无感的背后，也隐藏着对情的重视，"七情中惟哀之情最长，其感人亦最深，故情之所至，无往不达。及其变也，能令生者而哭之死，亦能令死者而哭之生"（《藐姑》）。这明显受汤显祖《牡丹亭》"情不知所起，一往而深，生者可以死，死可以生"的影响。作者所提倡的既有传统的孝情，如《藐姑》《秋鸿》《梦验》等篇，也有男女之情。《汪生》中汪生与明蟾两小无猜却因避难导致阴阳永隔，汪生醉后偶过明蟾旧居，似见场景依然，佳人仍在，天明再往访之，则破棂依旧，荒草没径，而昔日情浓之时明蟾亲手栽种的竹子仍在，汪生呜咽而返。作者感慨："触情感事，睹物怀人，有不恻然心动者，非人情矣。况乎萧条庭院，竹影无聊，咫尺深闺，香魂不散。是耶非耶，天下有情人当同声一哭也。"《某生》写《申报》所记某生与戚某之女因所谓"六冲"之说不得结为连理，双双殉情之事，作者所说："仁、义、礼、智，在性为理，而其发用则情也。然则人而无情，与草木等，至于男女之际，情欲之感，有不可为外人道者，一不通而宛转往复，甘为情死。毋亦人患情少，而子患情多欤？噫！其志亦可悯矣！"将情与儒家伦理并举，高度强调了情的地位。

而作者也擅用细节描写真情。《邢氏》篇记录作者自己与妾、儿之间的死别，邢氏是至应州为学正是所纳的妾室，生一子早殇，后生一子狗儿，因体弱再加上哺乳、照顾幼儿，病重难治。作者描写邢氏临死之前的情景笔调细腻，感人至深：

病革之前一日，余倦甚，就书房假寐。既醒，日已沉夕，比入室，则氏已沐浴理妆，易短衣，发加膏，面匀脂，服饰鲜洁，非复曩日憔悴状，谓余曰："子视我何如？"余笑曰："佳甚。"曰："死者不得御银器，然乎？"余会其意，曰："亦视夫人之所好耳，乌有定。"于是簪珥钗钏平日之所爱者尽御之。时已不能食，晚饭犹强尽一匙，乃呢呢儿女语，与余为长夜之谈。余不忍听，烛数跋，尚吸烟数口，余亦不知此日此夕为何时为何地也。

（二）重雅

作为一部志怪传奇小说集，《广梦丛谈》塑造了一众高雅的仙、妖、鬼形象。虽然也有鬼怪伤人，如《道士》《泥鬼》《遇怪》《雷三》等几篇，但只占极少数。在比较突出的众多故事中，更多的是一批谈吐风雅、知恩图报的高雅形象，故事更以香、花、诗等雅致之物为媒介展开。《唐生》中秦氏女善琵琶，谈吐优雅，更胜凡人；《蛇精》中的蛇妖不仅有天人之姿，女红之外，能书善画，兼以符水治病；《万生》中的白香橼面对万生一开始的调笑，严词拒绝，后与万生也是以香为媒介交游，其品香一段议论更是体现其高雅不俗："凡香甜则俗，猛烈则伤，气浓而不俗，清而不散，斯为佳品。"而所制之香更是"采百草百花，以千年枫脂和露合成"。《东煌生》中女子容貌艳丽，后畏惧众人议论恐遭天谴，与生分别，临行前赠线香一寸，二人于花月之夕，焚香相见。生老病临危之时，仍以手指香，与女相见一面后才瞑目。《孟大嘴》遇仙则是以菊花为媒介。此外某些篇章中人物以诗词相交，同时诗词也起到预示结局或推动情节的作用。《汪生》中两人情浓之时作《惜春词》，暗示此后天人永隔的结局。《顾某》中顾某酒后与一冷姓翩翩佳公子相谈甚欢，醒后见案上写有一诗，叹不得归乡之情，他日询问老仆，乃知前有一冷先生病死葬在郊外，未得归乡。《朱生》（汾西朱生）中女子与朱生缘尽分别，作《踏莎行》一词，也尽显其风雅多情。

四 馀论

《广梦丛谈》产生的时代，政治经济社会都已经有了本质性的变化。《广梦丛谈》虽然也有很多不足之处，但小说作为作者自我情感的载体，其中也必然反映了一定的社会思潮与社会心态，通过细读研究，同样能发现作品中承载的文学史意义。因此，不能简单地将这类小说视为"封建馀孽"而忽略其研究价值。

魏露，女，1995年12月生，四川泸州人，文学硕士，中国社会科学院研究生院博士生。

※ ※ ※

福州大雪

许旭（1620-1689），太仓人，尝客福建总督范承谟幕，著《闽中纪略》一卷，其"福州大雪"云："余以十月度岭，寒极，至会城则地气殊暖，腊月止一单衣。正月十五夜，天忽大寒，重绵不足以御，服狐裘始觉稍温。次日天大雪，遥望三山皆白，闽地二十年中所未有也。"

据史书记载，顺治十二年（1655）正月十五日，福州"大雪，山上积至一丈平地五尺。十六日，地冰冻，河水凝结可载行人"，光绪十八年（1892）十一月二十八日，闽省"朔风严寒，入夜瑞雪缤纷，至二十九日平均雪深四五寸"，而康熙十三年（1674）正月十六大雪，则未见记载。

我来福州二十七年，从未见福州有雪，更未见"遥望三山皆白"，可信地球确实变暖了。（斯欣）

《秋灯录》成书与作者略考

李连生

《秋灯录》题"钓雪滩渔者沈元钦钞",不分卷,有《昭代丛书》本。《跋》云:

> 此书所载多明季佚事,笔墨淋漓,议论警切。非特大快人心,并大有裨于民政,但不知出自谁何之手。观其称先文康、余友姜西铭、潘太史稼堂、康熙戊寅、康熙十三年,则知其为近日之世家公子也。得诸江城沈氏小园故纸堆中,系钓雪滩主人所钞,而未署其名,今录入丛书,以俟知之者。壬寅秋日,雪溪沈楙惠识。

此跋据正文提到的"先文康""余友姜西铭""潘太史稼堂"等,就认为作者是"近日之世家公子"是错的。其实此书并非创作,而是沈元钦从《筠廊偶笔》《瓠剩》《谈往录》诸书中钞撮而成的。

本书第六条云:

> 祥符周雪客在浚《晋稗》载二事。其一,正统朝,于忠肃谦巡抚太原,有《悯农》《采桑妇》二诗。先文康于天启朝,令阳曲,手书刻县治屏上,至今犹存。《悯农》云:"无雨农怨嗟,有雨农辛苦。老夫出门荷犁锄,村妇看家事缝补。可怜小女年十馀,赤脚蓬头衣蓝缕。提筐朝去暮始归,青菜挑来半粘土。茅檐风急火难炊,旋爇山柴带根煮。夜归夫妇聊充饥,食罢相看泪如雨。将奈何难论辛苦,多嗟尔县当抚摩……"阳曲县治有先文康诗板云:"黄口儿依母,卖儿完母钱。分明割己肉,何待别人怜。"此诗家集未载,敬为补入。知公诗文散佚者多矣。

宋荦（1634-1713），字牧仲，号漫堂，又号西陂，河南商丘人，著有《筠廊偶笔》（成书于康熙十一年）与《筠廊二笔》（成书于康熙四十五年），上文即出自《筠廊二笔》卷上①。所谓"先文康"，宋荦称其父宋权。宋权为明天启年间进士，清顺天府巡抚，清国史院大学士，谥号文康，曾任阳曲令。《秋镫录》还有三条摘自此书。第三条"蒲州朱牧所撰关侯祖墓碑"、第五条"王尚书阮亭，尝述高公念东三事"均载《筠廊二笔》，后者仅节选一小段而已；第四条"华亭周宿来秋部（茂源）"则摘自《筠廊偶笔》卷上。

　　"蒲州朱牧所撰关侯祖墓碑"条提到"吾友冯子山公"，冯山公，即冯景（1652-1715），字山公，一字少渠，浙江钱塘人。此条抄录冯景所记一篇，末云："商丘宋公牧仲尝言：'壮缪恶谥，当易以嘉名。侯既杀身成仁矣，尚可以成败论乎？'余并存言也，以俟议礼君子。"可见二人为好友，于文中互相称引。

　　除此之外，《秋灯录》钞自钮琇（1640-1704）《觚剩》（正编成书于康熙三十九年，续编成书于康熙四十一年）最多，达十三篇。如第二十三条"密云汪参将"即卷三《吴觚下》之《云娘》②；第二十四条"欧阳文忠公"，即卷四《燕觚》之《朱圈墓表》；第二十五条"李通判者"、第二十七条"项城王尔固允贞"、第二十六条"闯贼之党袁鸾儿"、第三十条"扶沟有孙家庄"事，分见卷五《豫觚》之《李通判》《判官荐才》《孙家庄》③《雠驴》；第二十八条"宋景佑初"、第二十九条"河源县蓝口司巡检王学贡"、第十八条"康熙丁巳五月"、第十九条"尚之信羁于五仙门也"即卷七《粤觚上》之《五瘴》《巡检附魂》《西园痤烬》《舒氏义烈》；第二十条"俺达公之信"、第二十一条"金光字公绚"、第二十二条"云南五华山"即

---

① 《筠廊二笔》载于谦诗，与《秋灯录》有不同，其中有云："夜归夫妇聊充饥，食罢相看泪如雨。将奈何。有口难论辛苦多，嗟尔县官当抚摩。"较之《秋灯录》"夜归夫妇聊充饥，食罢相看泪如雨。将奈何难论辛苦，多嗟尔县官当抚摩"文字为优长。

② 此条《秋灯录》文末多一句："燕市旅舍有庐陵贡生述其故事云。"实则为下一条《朱圈墓表》之第一句，显为钞者误植。

③ 《秋灯录》此条为节录，文末作"时康熙十三年七月初八日事"，而《觚剩》此条则为"时康熙三十二年七月间事"，完全不同。

卷八《粤觚下》之《俺达纵暴》《跛金》《五华山故宫》^① 等。

又，《谈往录》一书与《秋灯录》多有相同者，达十二篇，当是《秋灯录》钞自《谈往录》。如《秋灯录》第二条"倭寇之起嘉靖间"即《谈往录》之《倭寇始末》，第七条"流贼之起"即《流贼滋蔓之由》，第八条"宜兴陈一教徊云"即《甘梦枭首》^②，第九条"客氏者"即《客氏淫宠》，第十条"禾中董姓老人"即《前朝宫女》。第十一条"崇祯帝践祚六七年后"，十二条"昌时失铨部而韩城死"即《韩城赐死》^③，第十三条"宜兴再召"即《宜兴再召》，第十四条"明万历、启、祯三帝"即《乌程压钱》^④，第十五条"项煜字水心"即《项周恶遇》^⑤，第十六条"崇祯帝践祚"即《两㦂翻案》，第十七条"庭臣待漏"即《两朔无臣》^⑥。《说铃》本《谈往》亦有部分评语，《秋灯录》大多未录。

另外，《谈往录》一书中亦有钞自计六奇著《明季北略》（康熙十年完稿）者，如《地坛祖祭》钞自《明季北略》卷十八《驾幸地坛》；《心葵呓语》则钞自卷十九《董心葵大侠》；"宜兴再召"，即钞自卷十九《周延儒续记》，文字基本相同；《两㦂翻案》部分文字即钞自卷十九《审吴昌时》；《两朔无臣》即将《明季北略》卷十九《元旦失朝》与卷二十《元旦文武乱朝班》两条合并而已；《捣钱造钞》《风雷疫疠》即钞自卷十九《捣钱造钞》与《志异》；《福禄豪饮》部分文字与卷十七《李自成陷河南府》相同。

《谈往录》中有关项水心、周介事，又见于吴伟业《鹿樵纪闻》中之《项周失节》，文字亦大体相同。

《秋灯录》第一条云：

---

① 此条《秋灯录》为节录。
② 照《谈往录》体例（评语低一格写），"尝闻陈徊云盛时"以下一段文字，当是评语，《秋灯录》阑入正文。
③ 《谈往录》有适园丛书本，此条作"韩城赐缢"，首句不同，"昌时失铨部而韩城死"一段作为评论，且仅有数句。
④ 即钱谦益、温体仁事，《秋灯录》删去开头几百字。
⑤ 《秋灯录》结尾删去百馀字。
⑥ 《秋灯录》结尾删减有一百馀字。

自台湾荡平之后，薄海内外，皆为一家。江浙闽广，设立海关，裕国便民，诚万世之利也。然滨海诸郡县，时有贼帆，飘忽往来，内地奸民，不无勾引，而出洋船只或被劫掠，不可不预防。余友姜西铭编修云："宁城近海，城外江东，皆海舶毕集，自闽广来者，又日本往来商船甚多。鸟言夷服，佩刀往来者，千百为群，入城不禁，恐有意外之虞，当事者宜为未雨桑土计。"同年平湖阁学陆义山菜，有《通洋宜防倭患议》，于闽广尤为切肤，录于此。

陆菜（1630-1699），原名世枋，字次友、义山，号雅坪，浙江平湖人。康熙六年（1667）进士，十八年举博学鸿词，授翰林院编修。据文中"同年平湖阁学陆义山菜"，则此文作者当为康熙六年（1667）进士，查《清朝进士题名录》，与陆义山同年者有一百五十四人，作者为谁待考。此条所引陆菜《通洋宜防倭患议》，则见《乍浦备志》卷三十二《艺文·议》[①]。

综上可知，《秋灯录》钞自《觚剩》十三条、《谈往录》十二条、《筠廊偶笔》与《筠廊二笔》四条，共二十九条，第一条则钞自陆菜文。故此，则此书均为沈元钦从诸书中钞撮而成者。

钞者沈元钦，号"钓雪滩渔者"，其事迹很少著录，查《光绪重修嘉善县志》（光绪二十年刊本）卷十七《例贡》载："沈元钦，字皋言，廪贡。"沈元钦或是此人。《光绪归安县志》（光绪八年刊本）卷四十八《人物传》十六《列女姓氏》中有"沈元钦妻罗氏"。其他则待考。

钮琇《觚剩》卷二《吴觚》中有一则《钓叟慨言》云：

> 雪滩钓叟曰："昔苏季子云：'贫穷则父母不子，富贵则亲戚畏惧。'今世异是：'富贵则父母不子，贫穷则亲戚畏惧。'"此言殊有感慨。

最初以为沈元钦即此"雪滩钓叟"，其实这里的"雪滩钓叟"当为明遗民顾有孝，（清）徐釚《南州草堂集》卷二十五《雪滩头陀传》云：

---

① 《乍浦备志》，见《中国地方志集成·乡镇志专辑》第20册，上海书店，1992年，第423-424页。

雪滩头陀者，东吴文学顾有孝茂伦也……自少游于云间陈大樽先生之门，为诸生有声。弘光乙酉，焚弃儒衣冠，与山陬海澨之客相往来，叹沧桑而歌离黍，几至破其生产，然意气甚豪……茂伦先自号雪滩钓叟。雪滩，故在垂虹亭畔，为少伯浮家、天随泛宅之乡。海内同人赋《雪滩钓叟诗歌》以赠茂伦者，盈数十百首。其临没也，梦陈大樽先生招之，语颇近怪，不足传。自为遗令，嘱门生勿拟私谥，亲友勿作祭文，并令诸子以头陀殓我，因更号雪滩头陀云①。

陈大樽即陈子龙。顾有孝（1619-1689）显然受到陈子龙影响，陈死难，明亡后，顾氏在吴江垂虹亭畔钓雪滩隐居，以选诗为事，自著有《雪滩钓叟集》，康熙二十八年卒，享年七十一岁。

此书名《秋灯录》，当亦与吴江典故有关。钮琇《觚剩》卷一有《秋灯》，其中录顾英白②诗《江城秋灯篇》，记录吴中元宵节灯市之盛景，诗中则有"钓雪滩边火树新，垂虹亭下星桥整"等语。则此书《秋灯录》之名或来自此诗。其诗小序云：

元宵张灯，是处皆然。而我邑独盛于中秋，且作龙舰数十，俱笼灯为鳞甲，蜿蜒垂虹、钓雪间，波光月色，上下辉映。香舆夹路，画舫盈湖，箫鼓管弦之声，达曙不辍。顾英白有《江城秋灯》篇云……顾英白名伟，以字行，吴江之同里人。笃志好学，所辑有《唐诗、明诗汇选》《古文粹选》。惜其后嗣不振，而卷帙浩繁，无有能行之者。英白论诗，专以格律深细、对属精切为工，故微伤于气。然《秋灯》一篇，婉丽悲宕，而奢俭盛衰之感寓焉。洵无愧为风人也。

此书多抄录明清之际故事，故书名取《秋灯录》，大概亦寄寓易代之际风华不再的盛衰感慨。顾英白是钮琇的好友，二人经常写诗唱和。

---

① 《清代诗文集汇编》第 141 册，上海古籍出版社，2010 年，第 421 页。
② 顾伟，明末清初江南吴江（今苏州市吴江区）人，字英伯，有《格轩遗书》四十五种。《国朝松陵诗征》卷二录顾伟《吴江秋灯篇》诗，有注云："顾伟，字彤伯，一字英白，明御史曾为族曾孙，有《格轩诗草》。"

《秋灯录》中提到的几位如先文康、姜西铭、潘太史稼堂等皆是所钞文著者的亲友而已，亦与钞者无关。钮琇与潘耒同乡且同学，潘耒（1646-1708），清初学者，字次耕，一字稼堂、南村，晚号止止居士，藏书室名遂初堂、大雅堂，吴江人。钮琇《临野堂集》中有很多两人唱和之作。姜西铭即姜宸英（1628-1699），西铭或作西溟，乃其字，号湛园，浙江慈溪人。《觚剩》卷四《燕觚》中《晚遇》即记录了姜宸英的事迹，钮琇与姜宸英互相引为知己，有诗词唱和与尺牍往来。

李连生，男，1972年7月生，河南宜阳人，文学博士，福建师范大学文学院教授。

※　※　※

早见"蒋玉函"

"蒋玉函"之名，给人的感觉是曹雪芹的专利。在《红楼梦》之前，没有叫"蒋玉函"的；在《红楼梦》之后，没有人敢取"蒋玉函"为名。

近校徐岳《见闻录》，中有《算花》一篇，写术士侯上卿精于数学，灵验颇多。一日，在蒋玉函署中，有送盆兰者，令侯占花数几何。适水一瓯在前，侯曰："此花才开一朵，应有六茎。"收视之，果然。人问之，曰："天一生水，地六成之也。"书中的蒋玉函，有一个"署"，看来是位官员无疑。

徐岳，字季方，嘉善人。生于明天启三年（1623），康熙二年（1663）溯江渡河，馆于东鲁；康熙九年（1670）入都，复抵辰州；康熙二十四年（1685）游江右，以所闻所见怪异之事笔之于书，是为《见闻录》，记事最晚为康熙二十五年（1686）。则《红楼梦》之前，已早见"蒋玉函"之名矣。（斯欣）

《茶馀客话》版本论考

欧阳健

阮葵生《茶馀客话》，据《淮贤文目》的著录与"方言俚语皆淮上之乡音"，判定吴承恩为《西游记》作者，备受小说史研究者的关注。但作为古体小说的佳构，《茶馀客话》自身价值尚未引起重视。本文拟从版本角度切入，作初步之探讨，识者正焉。

一

就外在形态来说，《茶馀客话》的版本，有三十卷本、二十二卷本、十二卷本、一卷本之别；而就刊刻进程来说，则依次为一卷本、十二卷本、二十二卷本。

《茶馀客话》之有三十卷本，根据是乾隆癸丑（1793）阮钟琦的《〈茶馀客话〉跋》：

> 先司寇束发受书，即耽吟咏，于书无所不读。所著诗文集如干卷，藏于家中。岁以命入，八直纶阁，历卿垣，僦居长安，藏书最富，手不停披，殚心著述。与一时贤士大夫游，宾客过从，煮茗剧谈，靡问寒暑。凡所得于载籍，以逮闻见所及，辄志之。积二十年，成《茶馀客话》三十卷。

作为阮葵生之子，阮钟琦所言当有所据。阮元《阮公传》亦云："晚乃订其诗文为《七录斋集》二十四卷、《茶馀客话》三十卷、《阮氏笔训》《族谱》若干卷。"但三十卷本实物不存，仍需进行切实的证明。

阮钟琦说:"己酉捐馆后,谨录收藏,版行匪易,中心窃负疚焉。"己酉是乾隆五十四年(1789),此年二月,六十三岁的阮葵生去世。自知"愧不能读父书"的阮钟琦,居然不知道早在十八年前的乾隆三十六年(1771),就有江苏震泽人杨复吉,在京当面见过阮葵生,并将《茶馀客话》"假归披阅,摘录纪事九十馀条"。当杨复吉以书归还,阮葵生"亦欣然首肯,许为知音"。阮葵生"首肯"什么?首肯杨复吉摘录纪事,且准备付之剞劂也。

杨复吉(1747-1820),字列欧,号梦兰,乾隆三十七年(1772)登进士第,吏部截取知县,不谒选,以著述编辑为务。杨复吉"生平癖嗜在虞初",古文说部,尤为所重。著有《梦兰琐笔》《辽史拾遗补》,编有《昭代丛书续集》《虞初馀志》《元稗类钞》等。杨复吉称得上是《茶馀客话》的第一位知音,他在《〈茶馀客话〉跋》中称赞"笔意苍古雅洁,与《瓻剩》

《书影》鼎足而三，馀子碌碌，不足道也"。将《茶馀客话》与周亮工《因树屋书影》、钮琇《觚剩》相提并论，评价是很高的。所题四绝句云：

> 凛冽西风雪作冰，衡门匏系望觚稜。一编入手双眸豁，剔尽寒窗午夜灯。

> 几载长安碾辙环，素心攸托著名山。搜罗都付如椽笔，品在文昌北梦间。

> 史才学识擅三长，珥笔端宜入玉堂（作者时官起居注主事）。会见洛阳争贵纸，行间熏得马班香。

> 哀异常停问字车，生平癖嗜在虞初，严寒十指皆皲瘃，苦吮霜毫录素书。

杨复吉得到《茶馀客话》，"一编入手双眸豁"，"剔尽寒窗午夜灯"，不顾"严寒风雪，炙砚研冰，十指皆僵"，抄录纪事九十馀条，载入自己编的《昭代丛书》丁集，不无遗憾地说："尝鼎一脔，讵知全味。他日尽发名山藏，寿诸梨枣，则余且如获故人也夫。"——这是《茶馀客话》一卷本，刊于阮葵生去世前十五年的乾隆三十九年（1774），今存世楷堂刊本。

到了乾隆五十八年（1793），浙江归安人戴璐，向阮钟琦"索阅此书，详加校正，欲公同好，先选十二卷，仿毕昇活字版印行"。戴璐（1739-1806），字敏夫，号菔塘，一号吟梅居士，乾隆二十八年（1763）进士，官至太仆寺卿。其《〈茶馀客话〉跋》云：

> 己亥（1779）夏，余与司寇吾山先生，同膺司谏之选，先后入台，过从无间。每春朝宴集，酒边谈论前言往行，听者忘还，固未知其有所著述也。

戴璐是阮葵生"台选同年"，十年中"交好无间"，还对阮葵生所撰《刑部典试》《题名》二书，多有所校正。戴璐本人也是小说家，著有《藤阴杂记》等。由他校刊《茶馀客话》，自是最佳人选。——这是《茶馀客话》十二卷本，刊于阮葵生去世五年后的乾隆五十八年（1793），今存艺海珠尘本。

到了光绪十四年（1888），《茶馀客话》受到乡人王锡祺的注意。王锡祺（1855-1913），字寿萱，别号瘦髯，同治十一年（1872）秀才，捐刑部候补郎中。自僻"小方壶斋"，治中外舆地之学，著有《方舆诸山考》《中俄交界记》《西藏建行省议》等。他在《〈茶馀客话〉跋》中说：

> 记年十三四时，于市上得《茶馀客话》，篝灯读之，两夕而竟，鳃鳃然以为未足也。比修郡志，征遗集，程丈仲材适缮是稿，云系足本。尔时即欲快睹，缘以私乘入公局，末由细览。去秋，司寇裔孙铁庵先生，慨然见假，始知原卷二十二，湖州戴蒩塘选十二卷为单行本，松江吴泉之刻入《艺海珠尘》。颠倒先后，尤改旧观。窃思乡先生留心掌故，毅然著述，若侈意去取，殊负苦心。因照稿誊写，不遗只字。即经其从子定甫先生点订者，亦逐一改正，以识庐山面目。而予廿年前尝鼎一脔，今始朵颐属餍，文字之缘，殆真如大雄氏言有前因后果在耶。

王锡祺十三四岁，当在同治七年（1868），读《茶馀客话》"两夕而竟"，可能就是杨复吉的一卷本。在读到阮铁庵见假原卷后，不满意戴璐"颠倒先后""侈意去取"，故"照稿誊写，不遗只字，即经其从子定甫先生点订者，亦逐一改正"。——这是《茶馀客话》二十二卷本，刊于阮葵生去世九十九年后的光绪十四年（1888）。

王锡祺以为，二十二卷本最接近原著。至于三十卷本，王锡祺虽没有表态，但注意到原稿有"经其从子定甫先生点订者"。定甫即阮钟瑗（1762-1831），字次玉，乾隆四十七年（1782）入泮，后五荐不售，课馆授徒，著有《修凝斋集》。

梳理了一卷本、十二卷本、二十二卷本，证明《茶馀客话》三十卷本的存在就有切实的证据了：那就是《茶馀客话》一卷本。当年杨复吉从阮葵生手里借得稿本，从中摘录出九十馀条（实为 102 条），编进《昭代丛书》丁集为一卷本。今以一卷本与二十二卷本逐条比对，发现竟有十二条不在二十二卷本中。这一现象说明：杨复吉当年看到的部分条目，被有意无意地删节或丢失了。

那么，这些条目为什么会删节或丢失呢？需要作具体的分析。先看一条：

> 京江笪侍御重光，青衿时与同辈数人，读书焦山。寓楼危踞峰腰，樵采绝迹。偶月夜登高啸望，见老人须发甚古，衣冠不类今制，携杖独往，徘徊丛篁茂树之间，吟咏自得，心讶之。次日，同人谋曰："此非精魅，即陈死人耳。"遂循岩踪迹之，得一废坛，棺木暴露，有出入之迹。众曰："得之矣，俟其更出。令一二人裂《周易》，封其棺罅，当无所归。"笪曰："彼无害于人，何为苦之？"固诤不听，乃渡江先归。是夜，月明如昼。未三鼓，老者又贸贸来，众潜持书封棺讫，各归就寝。将五鼓，忽闻窗外号呼声甚惨，众惕息不敢应。久之，窗外泣曰："我前代之遗民也。虽未得仙，已离鬼道，可以纵游自如，今为诸君所困，封我房舍，使无所归。天明后不可复全矣。"又且泣且詈，其言绝

痛。众益惧，阖户聚首，不敢出一言。俄而鸡声朝唱，槛外有物，訇然入户而仆。天明视之，则前之老人，僵于窗畔矣。众悔惧交至。不敢复留，急买舟而归。中流风大作，舟覆，四五人无一免者，仅长年无恙耳。而笪公于来秋，举乡试第一人。

笪重光（1623－1692），字在辛，号江上外史，江南句容人，顺治九年（1652）进士，官御史，巡按江西，以劾明珠去官。本条的时间为笪重光"青衿时"，当在顺治初年。所叙这位前明遗民，抱屈而死，"虽未得仙，已离鬼道"。然青衿数人，裂《周易》封其棺，使无所归，最后不得好报，死于覆舟。唯笪重光曾加劝谏，幸免于难。篇中传达出对遗民的深切同情，与新朝统治思想不协，故不得已删去。

再看一条：

> 某学士家居时，游一道观中。其庙祝略解八法，有求书者，率写王维之诗以应之。学士适于案头见之，诵至"云里帝城"二语，击节曰："炼师有如此佳句，即作翰林奚愧焉！"庙祝笑而不敢答。

这条原本嘲笑学士某，不知王维"云里帝城双凤阙，雨中春树万人家"之名句，误以为是庙祝的诗作。据宋荦《迎銮二记》，康熙四十二年（1703）二月初九日，南巡金山，命荦作字，奏曰："臣幼学书未就，筮仕多年，草草批判，绝不成字；偶做署书及笺牍，令臣子代之，曾于三八年启奏过。今天颜咫尺，愈愧悚不能搦管。"皇太子则书"云里帝城双凤阙"一联。其后，胤礽于康熙四十七年（1708）、康熙五十一年（1712）两次被废，禁锢于咸安宫。这条言书"云里帝城"之句，不免令人想起废太子，事涉敏感政治，故而删去。

再看一条：

> 闻钱虞山既娶河东君之后，年力已衰。门下士有献房中术以媚之者，试之有验。钱骄语河东君曰："壮不如人，老当益壮。"答曰："华而不实，大而无当。"闻者嗤之。近李玉洲重华论诗，不喜钱派，有问

者，辄曰："华而不实，大而无当。吾即以柳语，评其诗可矣。"众皆胡卢失笑。

钱谦益五十九岁时，迎娶二十三岁的柳如是，致非议四起。后又降清仕清，更为人所诟病。乾隆四十一年（1776），诏令修编《明季贰臣传》，谓钱谦益是"有才无行之人"，其文字亦在禁毁之列。此条虽表对钱谦益的不敬，但因提到他的名字，不得不遵令删之。

再看一条：

> 昔人传刘廷式娶瞽女事，以为古德。今吴殿撰鸿事，正相类。殿撰故寒素，幼聘邻女，亦瞽家。其后女忽失明，而殿撰少年，为名诸生，望隆隆起。其妇翁遂乞离婚，太夫人将许焉，殿撰执不可，卒娶焉。后乡举、廷对皆第一人，人以为厚德之报。然吾闻殿撰得志，颇恣声色之欲，年三十八暴卒。

吴鸿（1725－1763），字颉云，号云岩，浙江仁和人。乾隆十二年（1746）乡试解元，乾隆十六年（1751）状元，授翰林院修撰。此条表吴鸿娶瞽家瞽女的美德，又道其得志后"颇恣声色之欲，年三十八暴卒"。据载，吴鸿乃误食河豚中毒身亡，非恣声色之欲之故。俞蛟《潮嘉风月》，详写吴鸿"高义有足称者"："余闻吴公胪唱后，告假完姻。其夫人双目失明，自惭非偶，告于父母，遣人谢绝。吴曰：'夫妇之义，一与之盟，终身不易。汉宣帝即位，尚求微时故剑；余何人斯，敢背此盟！'卒为夫妇。"而所谓"颇恣声色之欲"的真相是：

> 临安吴殿撰撷云，校试潮嘉，适乘其舟。严谕从人，禁妓不得入谒。小姑窃窥而心慕之，然以学使尊严，何敢遽为毛遂？辗转于中，莫可排解者累日矣。一日傍晚，舟次齐昌江口，密雨如注。小姑曰："此天赞我也！"因与其母定计，设筵醉仆从于他舟，潜令篙师约当吴寝所，穴篷数处。顷之衾枕淋漓，吴急起狂呼，莫有应者。小姑伪自梦中惊觉，挑灯出视，谓吴曰："湫溢何可憩息？后有小榻尚洁，敢请贵人移

寝何如?"吴睨之，嫣然一笑，媚致横流，不觉心动，遂与燕婉。及试罢返省，题便面以赠小姑曰："轻衫薄鬓雅相宜，檀板低敲唱竹枝。好似曲江春宴后，月明初见郑都知。""折柳河干共黯然，分衿恰值暮秋天。碧山一自送人去，十日篷窗便百年。"小姑捧诗而拜，欲脱籍随行。吴不可，殷勤慰谕而止。于是潮人咸呼小姑为"殿撰夫人"云。小姑益自矜贵，即名士骚客，亦难轻觌其面。假母逼之，小姑曰："儿曾侍寝玉堂，何可复理故业?"遂出私囊千金，于湘子桥边筑精舍数间，焚香礼佛。后闻吴君逝世，设位哭奠，数日不食而卒。至今潮人艳称之。噫! 歌妓中如濮小姑者，亦佣中佼佼者乎!

吴鸿原严谕禁妓入谒，是濮小姑主动设谋，遂与燕婉。后闻吴鸿去世，设奠哭祭，绝食而亡，事极凄婉。阮葵生后知吴鸿非"颇恣声色之欲"，遂尔删去，亦未可知。

再看一条：

闻各省典试，多于命下之日，倩人代构策题暨试录序，出己手者，十无四五焉。广东某科三场，问岭南形胜，有"选帅重于地镇"之语，监试疑焉，以质正考官曰："'地镇'二字，当作何解?"正考官贸焉不知所对，乃强颜曰："出题自使者事，纵有错误，使者自当之，与足下无与? 何必穷究为?"监试遂问副考官，答曰："题非我出，我何知焉? 且出题之人，尚在京师，安得走使万里而问之?"盖二考官素不相能，故以口语侵之也。监试乃谓诸同考曰："有能解'地镇'二字者，愿直言无隐。"有韩令者，素强项，与正考官有违言，遂奋然进曰："以愚意观之，乃'他镇'之讹耳。'选帅重于他镇'，乃昌黎《送郑尚书序》中语，吾乡三尺童子，亦能诵之。阁下岂未之见耶?"因命取书阅之，信然。副考官胡卢大笑，监试及诸同考，亦鼻哂有声。正考官踧踖，不自比于人数。

叙正考官的不学无知，令人忍俊不禁。本是佳篇，无乃恐伤人太过，予以删节乎？

二十二卷本卷二十曾录："李肇《国史补》序，称言报应，叙鬼神，述梦卜，近帷箔，悉去之。"《茶馀客话》一卷本还有叙某甲途遇暴雨，就民居投宿，三更后壁间有光，小人舆舁一老妇人而出。天晓而归，面有酒色。及曙，二仆皆僵于庭中，胁下有小穴如被噆嘬状，乃知妇人所饮者，二仆之血耳。又有叙倪姓者，有道士款门告曰："明日午后，有一异物当死。君家若能救之，为福不赀；否则，受祸亦剧，慎勿吝也。"倪诺之。时绿豆初熟，家人取以作縻，遂留道士共食之。次日有渔人网得巨鲤，索青蚨三千，倪以其值过昂，不能无吝。渔人怒持刀急击，血流被地。视之，则昨道士所食豆縻在焉。二事皆涉怪异，故亦被刊落。

要之，杨复吉的《茶馀客话》一卷本，是据阮葵生稿本摘抄的，虽仅102条，已有12条为二十二卷本所无。推知到光绪十四年（1888），已经失落或被删，存失比例为102：12。现存二十二卷本1715条，平均每卷78条。以此基数推算，三十卷本是存在的，总数应为2340条。再按存失比例折算，失落或被删275条。

二

十二卷本与二十二卷本的差别，不光在多寡之不同，更在顺序之颠倒。有人说：戴璐识见不高，将许多有价值的记载漏掉了。为揭示其奥秘，现将十二卷本卷一各条，从001至039编号，并寻出二十二卷本之对应部分，罗列如下：

卷一：001、002；

卷二：016；

卷三：无；

卷四：无；

卷五：无；

卷六：无；

卷七：无；

卷八：030、003、004、039、037、038、029、032、033、034、013、035、036、019、020、021、022、023；

卷九：024、025、012、017、027、028、014；

卷十：无；

卷十一：031、018；

卷十二：009、010、011、006；

卷十三：无；

卷十四：无；

卷十五：无；

卷十六：026；

卷十七：008；

卷十八：005；

卷十九：无；

卷二十：007；

卷二十一：015；

卷二十二：无。

无论从著述角度，还是从编辑角度衡量，卷一的内容都是最重要的。二十二卷本卷一标曰"政"，共65条，十二卷本只选了2条。既忽略了第一条"由蒙古文创立满文，翻译汉字书籍，记注我朝政事"，也忽略了第二条"建旅辨色，制始统军"，却将第22条列于卷首，所叙为康熙辛丑元旦，内廷献寿十四位大臣的高龄，以"上有寿考之君，下多平格之臣，赓拜一堂，千古佳话"归结。又将第51条移在第二位，所叙为内阁北墙下有楮树一株，陈廷敬公事毕，移书案坐其下，焚香啜茗，复命禹之鼎绘《楮窗图》，公赋诗，中翰皆和之。开篇喜庆吉祥，雍容典雅。

之后，跳过二十二卷本的卷二至卷七，从卷八选取第三、第四条。第三条讲张九徵与其子张玉书之事。张九徵，字公选，号湘晓，顺治二年（1645）解元，顺治四年（1647）进士。康熙十七年（1678）举博学鸿儒，贻友人诗云："少不如人何况老，身将终隐又焉文。"人以是知其不出山矣。其子张玉书从不肉食，贻书戒之曰："古乐府'杀君马者路旁儿'，谓竭马之力，以娱道旁耳目，吾虑汝之马力竭矣。"张玉书闻命悚然，加一餐焉。

最妙的是第四条：

> 陈海昌之遴，荐吴梅邨祭酒至京，盖将虚左以待。比至，海昌已败，尽室迁谪塞外。梅邨作《拙政园山茶歌》，感慨惋惜，盖有不能明言之情。园在苏州娄、齐二门之间，嘉靖中，王御史献臣，因大宏寺址营别墅，以自托潘岳"拙者之为政"也。文待诏图记以志其胜。后其子以摴蒲一掷，偿里中徐氏。国初，海昌得之，复加修饰，珠帘甲帐，烜赫一时。中有宝珠山茶三四株，交枝连理，巨丽鲜妍，诗中所谓"艳如天孙织云锦，赪如姹女烧丹砂，吐如珊瑚缀火齐，映如蟏蛸凌朝霞"是也。然主人身居政府，十载未归，图绘咏歌，目未睹园中一树一石。及穷老投荒，穹庐绝域，黄榆白草，父子茕茕，而此园已籍没县官，为驻防将军得矣。既而为吴逆婿王永宁所有，益复崇高雕镂，备极华侈。滇黔作逆，永宁惧而先死。康熙十七年，改为苏松道署。缺裁，散为民居。

对吴伟业之"出仕二姓"，后人出于偏袒顾惜，向以"降臣裹挟""有司敦逼"为之解脱。其所谓"降臣"，指孙承泽、冯铨等，"有司"，指马国柱等。《茶馀客话》则揭示出陈之遴是朝廷中枢荐举他的关键人物。陈之遴（1605-1666），字彦升，号素庵，弘光授左春坊左中允，赴闽途中逃回海宁。清军破城，即率先投降。七八年间，平步青云，位极人臣。其《念奴娇·赠友》云："行年四十，乃知三十九年都错。"自画出无耻变节的嘴脸。还向洪承畴献计："掘孝陵，当泄尽明朝秀气。"此议卑劣，可谓丧失天良。陈之遴曾以两千两买下苏州拙政园，吴伟业《咏拙政园山茶花》小引曰：

> 拙政园，故大弘寺基也，其地林木绝胜。有王御史者，侵之以广其

基。后归徐氏最久。兵兴，为镇将所据。已而海昌陈相国得之。内有宝珠山茶三四株，交柯合理，得势争高，每花时，钜丽鲜妍，纷披照瞩，为江南所仅见。相国自买此园，在政地十年不归，再经谴谪辽海，此花从未寓目。余偶过太息，为作此诗。他日午桥独乐，定有酬唱，以示看花君子也。

吴伟业笔下，王御史是"侵"，镇将是"据"，陈相国是"得"，遗词似极有分寸；然身在北京的相国，买下二千里外"广袤二百馀亩"的拙政名园，区区两千两银子够吗？足见在经济上，陈之遴也是不干净的。陈之遴引荐吴伟业，是因其子直方娶吴女为妻。儿女亲家，可为奥援。吴伟业虽以名节自许，为了功名利禄，明知陈之遴斑斑劣迹，反在诗中写道："近年此地归相公，相公劳苦承明宫。真宰阳和暗回斡，长安日日披薰风。"肉麻地赞美是真宰良相。吴伟业之欣然就道，就是相中陈之遴之独操政柄，"意其必以卿相相待"，甘愿与之沆瀣一气。吴伟业之"出仕二姓"，不是外力所逼，而是内力所吸。

三四两条，一则表达了对张九徵、张玉书的敬慕，一则表达了对吴伟业、陈之遴的鄙夷，作者的臧否抑扬，泾渭分明。

十二卷本在五条以后，对二十二卷本的选择，更是忽前忽后：卷十八→卷十二→卷二十→卷十七→卷十二→卷十二→卷十二→卷九→卷八→卷九→卷二十一→卷二→卷九→卷十一→卷八→卷八→卷八→卷八→卷八→卷九→卷九→卷十六→卷九→卷九→卷八→卷八→卷十一→卷八→卷八→卷八→卷八→卷八→卷八→卷八→卷八。即使在同一卷中，也打乱了次序。有人说这是"任意颠倒先后，紊乱原著体制"。不知十二卷本之"颠倒先后"，原是为了建立新的"体制"。

那么就该探讨一下：十二卷本建立的"体制"是什么？而这究竟是谁干的？

回答第一问，就要涉及《茶馀客话》的材料来源与写作过程。十二卷本从二十二卷本卷二中，唯选取了一条：

予辛巳夏直票签，九月即派入武英殿，缮《宝谱》《地球图说》，未得久于其地。计百馀日中，粗繙外纪，一遇夜直之期，检阅尤便。每次携长蜡三枝，竟夕披览不倦。当时十五六日方轮一夜班，每代友承直，他人亦乐以见委。闻近日中翰以夜班为苦，互相推避，诚不可解。然予终以未得快睹大库为憾。缘典籍掌库事，资深者方转典籍，惟探开库之期，随前辈一观。尘封插架，灰堆积土中，随意抽阅，皆典故也。

此条突出讲内阁大库，藏有百馀年诏令陈奏，"直九卿翰林部员，有终身不得窥见一字者"，而作者凭借工作之便，得以随意抽阅的便利，这就构成了《茶馀客话》的一大部分，即"得于载籍"者；还有一大部分，是得于"闻见所及"者。从性质上讲，前者无非是档案的摘录，基本算不上文学创作；而后者则生动感人，可归入创作的范畴。杨复吉摘录的方针是排除"得于载籍"者，而取读者所感兴趣的"纪事"。今观杨复吉的一卷本，与十二卷本之所取几乎重叠，证明二者的小说观是一致的。

那么，"任意颠倒先后，紊乱原著体制"是谁干的？答案是：除了作者本人，任谁也不可能这么干。因为他既没有这种权力，也没有这种能力。很可能是阮葵生收到杨复吉的摘抄后，两种小说观开始在心中较量，且决定以叙事性为标准，着手准备另一套版本，将重点放在闻见所及的纪事上，使它不只是得于载籍的资料汇编。

三

更有力的证据，在十二卷本的改变，不光是对二十二卷本的"侈意去取""颠倒先后"，更在对于语言文字的精心修改与着意润饰。

最大量的是措辞的修改。如记槟榔一则，十二卷本将二十二卷本"贮佩囊中"，改为"贮荷包中"，将"近则士大夫亦有食者"改为"近则士大夫亦有嗜者"。"佩囊"与"荷包"，"食"与"嗜"，意味截然不同，深得炼字之妙。

还有的是文字的浓缩。如二十二卷本："毋丘俭贫贱时，借《文选》于交游间，有难色。自言异日身贵，当镂板以行。后仕蜀，至宰相，遂刊之。"十二卷本将"借《文选》于交游间有难色"，浓缩为"借人《文选》有难色"；将"自言异日身贵"，浓缩为"自言身贵"；将"后仕蜀至宰相"，浓缩为"后仕蜀相"，减少了七个字。又如二十二卷本："青阳吴宗伯七云襄，少时久客于淮，与先祖虞再公及刘公再祈，三人为莫逆交。时吾家新城旧宅有冬青楼，宗伯来辄住其中，如一家人。"十二卷本将"少时久客于淮"，浓缩为"少客于淮"；将"宗伯来辄住其中如一家人"浓缩为"宗伯来住如一家人"，减少了四个字。

与字斟句酌不同，还有段中文字的删节。如二十二卷本：

> 康熙戊午，魏敏果公擢总宪，首疏申明宪纲一事，言国家根本在百姓安危，督抚当为百姓留膏血，为国家培元气，语甚戆直。疏入，上谓切中时弊，立见施行。举廉介知县陆陇其复其官，劾贪吏知州曹廷俞置诸法。其遵谕举孝廉，疏举侍郎以下有清望者十人，皆蒙擢用。十人：雷虎、班迪、达哈塔、胡密、毕振姬、萧惟豫、高珩、宋文运、张沐、陆陇其。

十二卷本将"康熙戊午"、首疏内容及弹劾人名都删了：

> 魏敏果擢总宪，首疏申明宪纲，举侍郎以下有清望者：雷虎、班迪、达哈塔、胡密、毕振姬、萧惟豫、高珩、宋文运、张沐、陆陇其，皆擢用。

为了删节，有时还改变了文章的写法。如二十二卷本：

> 沈景倩《野获编》纪嘉靖三科状元之异：二十年辛丑，状元沈坤，历南祭酒。忧居，以倭事起。将吏奔溃，坤率勇壮保其乡里，遂以军法榜笞不用命者。其里中虽全而人多怨之，有儒生辈为谣言构之。南道御史林润弹劾之。时坤已起为北祭酒，上令捕至诏狱，拷讯瘐死。润所劾枭败卒之首、刹住房人两手，皆无其事。其后癸未状元陈谨、乙丑状元

范应期，俱殒非命，且其事俱诬枉，俱不得白。祭酒及第后，不附权贵，违俗孤立。沉滞翰林，几二十年。居母丧。倭至，散家赀，募乡兵，自教练之。贼纵火延烧，官兵却，祭酒率所部亲当矢石，射中其魁。城上人望之，呼曰状元兵。未几，倭复以二十二船从泗而下，焚杀尤惨。祭酒大破之。巡抚李远荐其才兼经略，功收御侮，起为北祭酒，为同乡胡给事应嘉所构陷，淮守范槚迎合成之。当时人皆以为冤。

此条讲的是三科状元（辛丑状元沈坤、癸未状元陈谨、乙丑状元范应期）之异。二十二卷本在叙沈坤之冤时，插入陈谨、范应期之冤。十二卷本则将陈谨、范应期之冤移在文末，就精简多了：

嘉靖三科状元之异：辛丑状元沈坤，历南祭酒。忧居，倭至，散家赀，募乡兵，自教练之。贼纵火延烧，官兵却，祭酒率所部亲当矢石，射中其魁。城上人望之，呼曰"状元兵"。未几，倭复以二十二船从泗而下，焚杀尤惨。祭酒大破之。巡抚李远荐其才兼经略，功收御侮，起为北祭酒，为同乡胡给事应嘉所构陷，瘐死。淮守范槚，迎合成之。人皆以为冤。其癸未状元陈谨、乙丑状元范应期，皆殒非命。

还有事实的订正。如二十二卷本"至雍正癸丑，先大夫暨家叔相继入翰林"，十二卷本订为"至庚戌癸丑，先大夫暨家叔相继入翰林"。先大夫者，阮葵生之父阮学浩，雍正八年庚戌（1730）进士。家叔者，其叔阮学浚，雍正癸丑（1733）进士。兄弟前后中进士，同入词馆，有"淮南二阮"之美誉。作为最亲的亲人，阮葵生是不应该弄错的。

十二卷本还大量修改人物的称谓。如将"彭觐芝树葵先生"，改为"彭觐芝树葵侍郎"；将"任香谷先生"，改为"任香谷宗伯"；将"庄殿撰本淳，偕某上舍，自裘新建司马斋饮归"，改为"庄殿撰培因，偕某上舍，自裘文达斋饮归"等等。为表尊敬，行文间习以所任官职、封号称之。如彭树葵（1710-1775），字觐芝，乾隆元年（1736）进士，乾隆九年（1744）擢任总督仓场户部右侍郎，乾隆二十二年（1757）调礼部左侍郎。任兰枝

（1677—1746），字香谷，康熙五十二年（1713）一甲二名进士，授编修，乾隆元年（1736）擢礼部尚书（大宗伯）。《茶馀客话》撰稿时，其官职较低，故称"先生"；至十二卷定稿，一任侍郎，一任大宗伯，故予改称。庄培因（1723—1759），字本淳，乾隆十九年（1754）进士第一人，授翰林院修撰，故称殿撰。裘曰修（1712—1773），乾隆四年（1739）进士，乾隆三十八年（1773）四月病逝，谥"文达"。则十二卷本此条，必在此后改定，距阮葵生年去世，尚有十六年。

有趣的是二十二卷本一条云：

> "宵寐匪祯，札闼宏麻。"为欧公所呵。唐徐彦伯为文，好变易字面。以"凤阁"为"鹓闼"，"龙门"为"虬户"，"金谷"为"铣溪"，"玉山"为"乔岳"，"乌狗"为"卉犬"，"竹马"为"篆骖"，"月兔"为"阴魄"，"风牛"为"飙犊"。后进效之，谓之涩体。艾东乡言：近人作文，好以今字易古字，以奇语易平语，论道理则初无深味，徒令读者缩脚停声，多少不自在……善夫苏栾城之言曰："子瞻之文奇，予文但稳耳。"

《宋稗类钞·文苑》："宋景文修《唐史》，好以艰深之句，欧公思所以讽之。一日大书其壁曰：'宵寐匪祯，札闼洪休。'宋见之曰：'非"夜梦不祥，题门大吉"耶？何必求异如此。'"此条旨在讥作文之故作艰深。然原作"苏栾城"的称谓，十二卷本改"苏子由"了。苏辙，字子由，有《栾城集》行世。世人知苏子由者众，知苏栾城者寡。发现自己也犯了"好变易字面"之病，"徒令读者缩脚停声，多少不自在"了。

有的的称谓，会随着政治形势的改变而改变。如二十二卷本谈明藏书家"子晋家藏旧本亦伙，或云王驸马以金钱辇之去，其板多在昆明。驸马者，平西婿也"。平西，即平西王吴三桂，十二卷本改为"驸马者，吴三桂婿也"；又二十二卷本"濮谦壬午生，与老蒙同庚"，又有"志铭首行及篆盖，宜书某衔某府君，勿加暨元配字，此近来无识者所为，唐、宋大家及成弘以前皆无之，牧翁亦然"，"老蒙""牧翁"，即钱谦益。十二卷本将前句"老蒙"改为"蒙",将后句"牧翁亦然"径直删去。

二十二卷本有一条曰：

> 王雷臣燮，晚年颇信佛，日持诵《金刚经》不辍。五十生日，蒙叟在淮，赠以诗云："静夜香灯明宝笈，诸天梵乐护银钩。莲花世界非关汝，肯向昆明笑白头。"雷臣功名之士，甲申后，授南朝职，保护河北诸郡，功不细。垂老颓唐，遁入空门，亦无聊之甚。

十二卷本改为：

> 王雷臣燮，晚年颇信佛，日诵《金刚经》不辍。五十生日，人赠以诗云："静夜香灯明宝笈，诸天梵乐护银钩。莲花世界非关汝，肯向昆明笑白头。"雷臣功名之士，甲申后遁入空门。

这一则的奥妙，不在将"蒙叟在淮，赠以诗云"改为"人赠以诗云"，而在对王雷臣评价的减弱。王雷臣，弘光朝巡按御史，曾在淮安组织抗清。丁晏《山阳诗征》卷十二引《颓梁记》云："乙酉（1645）四月初六夜，金陵有急，持洪光诏启谯下扉而入，诏漕抚藩镇入援。刘藩不欲行，期初六日晨纳两岸诸生、各坊耆老于新抚听宣谕。漕府田仰、巡按王雷臣、淮道张谯明皆与焉。"刘淇《助字辨略》卷五引方文《王雷臣待御招同沈仲连李叔则喜而作歌》："我谒王公霜气肃，适有三贤先在屋。薄言取酒御风寒，涓滴才濡春满腹。"阮葵生是淮安人，知王雷臣甲申后"保护河北诸郡，功不细"。但到十二卷本定稿时，察觉此事不宜张扬，故而删去。

十二卷本对二十二卷本的种种处置，可谓细密周全，胜过耐心的语文教师修改作文、高明的报刊编辑润饰来稿。因此，不可能是小阮葵生十二岁的戴璐所为，而是作者修改自己的文稿。下面一条，可提供证实这一假设的力证。二十二卷本云：

> 马进宝为江南提督，驻松江，爱结纳名流。有诸生贫乏不自存，岁暮窘迫，献马春联云："渔阳老将多回席，鲁国诸生半在门。"马，武

人，不知其用唐人语也，赠之千金。马少出行伍，遭逢多艰，故妻为人掠卖，已他适生子。马亦别娶。及贵，故妻闻之，叩阁上谒。马内之，抱头痛哭，筑别馆以养其夫妻子女，军中称曰夫人，曰公子，与其后妻均礼焉。马后伏诛西市日，故妻与其夫皆斩。马在江南，横征暴虐，穷极奢华。吴梅村赋《茸城行》以刺之云："不知何处一将军，到日雄豪炙手熏。羊侃后房歌按队，陈豨宾客剑成群。"又："千箱布帛运轺车，百货鱼盐充邸阁。将军一一数高赀，下令牢搜遍墟落。非为仇家告并兼，即称盗贼通囊橐。"殆死有馀辜者矣。

马进宝，即马逢知（1609－1660），明安庆副将、都督同知。顺治二年（1645）降清，入京陛见，赐一品服色。十三年（1656），迁苏松常镇提督。十八年（1661），以"交通海敌"被杀。此条叙马进宝之不谙"渔阳鼙鼓动地来"的旧典。"渔阳老将"即指安史之乱后的降将；字面上称颂主人的人才济济，实含嘲讽之意。文中插进一段写马进宝故妻为人掠卖，及贵重逢的故事，则为之生色不少。

到了十二卷本，完全删去马进宝与故妻的悲欢离合：

马进宝为江南提督，驻松江，爱结纳名流。有诸生岁暮窘迫，献马春联云："渔阳老将多回席，鲁国诸生半在门。"马，武人，不知其用唐人语也，大喜，赠之千金。在江南横征虐暴，穷极奢华，吴梅邨赋《茸城行》以刺之云："不知何处一将军，到日雄豪炙手熏。羊侃后房歌按队，陈豨宾客剑成群。"又。"千箱布帛运轺车，百货鱼盐充邸阁。将军——数高赀，下令牢搜遍墟落。非为仇家告并兼，即称盗贼通囊橐。"未几伏法。

这则文字，在杨复吉的一卷本中，与十二卷本几乎一字不差：

　　马进宝为江南提督，驻松江，爱结名流。有诸生岁暮窘迫，献马春联云："渔阳老将多回席，鲁国诸生半在门。"马，武人，不知其用唐人语也，大喜，赠之千金。在江南横征虐暴，穷极奢华。吴梅村赋《茸城行以》刺之云："不知何处一将军，到日豪雄炙手薰。羊侃后房歌按队，陈豨宾客剑成群。"又"千箱布帛运轺车，百货鱼盐充邸阁。将军——数高赀，下令牢搜遍墟落。非为仇家告并兼，即称贼盗通囊橐"。未几伏法。

连多出的"大喜"二字，也一样。唯一的差异，是"吴梅邨"写作"吴梅村"。杨复吉与戴璐，是在各不相谋的情况下，刊刻一卷本与十二卷本的。杨复吉本抄录在先，决不会和后出的戴璐完全一致。结论便是：十二卷本改动，主要是作者阮葵生本人所为。

当然，戴璐连同阮葵生从子阮定甫，也可能做过一些"校正""点订"。由于知识不足，甚至将正确的东西改错了。如二十二卷本：

　　顺治四年，谕范文程、刚林、祁充格曰："文职衙门不可无领袖，今尔衙门较前改大，尔三人可用珠顶玉带。"见本传，亦异数也。

十二卷本改作：

　　顺治四年，谕范文程、刚林、奇宠格曰："文职衙门，不可无领袖。今尔衙门较前改大，尔三人可用珠顶玉带。"见本传。

一作"祁充格"，一作"奇宠格"，发音竟然相同。经查，奇宠格确有其人。为满洲镶白旗人，乾隆四年（1726）举人，先后任德化知县、摄兴化知府、署泉州知府、台澎督学兵备道、福建按察使。但他不可能在顺治四年，出任京官。再查，祁充格也确有其人。他是满洲镶白旗人，顺治二年（1651），授弘文院大学士，充明史馆总裁，六年（1649），充清太宗实录总裁官，顺治八年（1651），因党附多尔衮，坐罪论死。所以，二十二卷本作祁充格是对的，戴璐在"校正"的时候，因记住一个近时的"奇宠格"，以为原稿"祁充格"错了，便顺手改了过来。其时阮葵生已去世二年，戴璐没法征求意见。

结论是：十二卷本的修改，是阮葵生自己做的，是符合他的意愿供传世的版本，是小说研究的主要对象。至于三十卷本，则是《茶馀客话》的未定稿，可以作为小说研究的参考材料。

顺治四年谕范文程刚林奇宠格曰文藏衙门不可无领袖今爾衙门較前改大爾三人可用珠頂玉帶見本傳亦異敷也

馀 论

最后，仍回到《西游记》作者问题上来。

首先要明确两个前提：第一，阮葵生从没有以《水浒传》《三国演义》《西游记》为"伟大小说"、施耐庵、罗贯中、吴承恩为"伟大小说家"的观念。他对稗官小说是轻视的，如说："《续文献通考》以《琵琶记》《水浒传》列之经籍志中。虽稗官小说，古人不废，然罗列不伦，何以垂后？"第二，他从没有借名著《西游记》拉抬故乡地位的意思，对地方官以"吴射阳撰《西游记》事"欲入邑志，表示不赞同，说："以之入志，可无庸也。"

对《西游记》作者公案，阮葵生的论述是："按旧志，称射阳性敏多慧，为诗文下笔立成。复善谐谑，著杂记数种，惜未注杂记书名。惟《淮贤文目》载射阳撰《西游记通俗演义》。是书明季始大行，里巷细人乐道之，而前此亦未之有闻……按明郡志谓出射阳手，射阳去修志时未远，岂能以世俗通行之元人小说，攘列己名。"做出判断的基础是："观其中方言俚语，皆淮上之乡音，街谈巷弄，市井妇孺皆解。而他方人读之不尽然，是则出淮人之手无疑。"然后方说："然射阳才士，此或其少年狡狯，游戏三昧，亦未可知。"入情入理，绝无哗众取宠之意。

《茶馀客话》还有一段话说：

> 朱竹垞谓画终南进士者，南唐周文矩、蜀石恪、汴京杨棐，皆设色为之。至龚高士，易以深墨，其法仿赵千里丁香鬼也，离奇变化，自比书家草圣。世传《水浒》三十六像，亦高士作，而明吴承恩为之赞。

这里说的龚高士，就是龚开（1222-1302），字圣予（一作圣与），号翠岩。周密《癸辛杂识》说龚开作《宋江三十六人赞》，其《序》曰："宋江事见于街谈巷语，不足采著，虽有高人如李嵩传写，士大夫亦不见黜。余年少时壮其人，欲存之画赞，以未见信书载事实，不敢轻写。"阮葵生却说《水浒》三十六像，亦龚开所画，当有所据。龚开少时"不敢轻写"，及壮，不满足只留下《三十六人赞》，挥笔一画，完全可能。倒是"明吴承恩为之赞"，似无人说过。吴承恩是龚开的乡人，见其画宋江三十六人而为之赞，顺理成章。近读百回本《西游记》，颇能感受《水浒》之气。如《水浒传》写到泗州大圣、水母娘娘："若非灌口斩蛟龙，疑是泗州降水母。"《西游记》第六十六回，叙孙大圣去武当山参请荡魔天尊，解释三藏之

灾，天尊着龟蛇二将并五大神龙助力，又被黄眉怪用褡包儿装将去了。有日直功曹提议：请一处精兵，断然可降，道是："这枝兵也在南赡部洲盱眙山蠙城，即

今泗洲是也。"行者纵起觔斗云，"南近江津，北临淮水；东通海峤，西接封浮"。径过了淮河，入蟆城之内，"飞宿灵禽时诉语，遥瞻淮水渺无穷"。行者恳请道："拜请菩萨，大展威力，将那收水母之神通，拯生民之妙用，同弟子去救师父一难。"那泗州大圣国师王道："奈时值初夏，正淮水泛涨之时，新收了水猿大圣。那厮遇水即兴，恐我去后，他乘空生顽，无神可治。今着小徒领四将，和你去助力，炼魔收伏罢。"西天取经，干东方泗洲、淮河甚事？

《水浒传》赞东平府尹陈文昭曰：

　　平生正直，禀性贤明。幼年向雪案攻书，长成向金銮对策。常怀忠孝之心，每行仁慈之念。户口增，钱粮办，黎民称德满街衢；词讼减，盗贼休，父老赞歌喧市井。攀辕截衢，名标青史播千年；勒石镌碑，声振黄堂传万古。慷慨文章欺李杜，贤良方正胜龚黄。

《西游记》赞铜台府刺史曰：

　　平生正直，素性贤良。少年向雪案攻书，早岁在金銮对策。常怀忠义之心，每切仁慈之念。名扬青史播千年，龚黄再见；声振黄堂传万古，卓鲁重生。

为龚开三十六像作赞的吴承恩，对《水浒传》定然烂熟于胸。他来写《西游记》，必当挥洒自如。否定吴承恩《西游记》作者之说，实皆强词立异，置之可也。

※　※　※

李芳蕴遇仙

宋荦《筠廊二笔》，讲了李芳蕴遇仙的故事：祈于吕仙祠，愿与纯阳一遇。他日，遇一道人，告以求见之诚。道人曰："君亟欲求见，何谓耶？"李曰："欲使吾白髭转黑耳。"道人曰："白者安能黑？或可令复生黑髭耳。"以手掀李髭，摸其颔者三，一笑而别。数日，白髭中忽生黑髭一簇，长寸许，光泽异常。李大悦，每掀髭示人曰："吾真与纯阳遇矣。"（斯欣）

"自古有之，不足异也"

——从俞樾看晚清"志怪"观念的演变

谢超凡

  志怪小说从其产生之魏晋六朝起，就顽强存在于中国文言小说领域，直至晚清而不绝。

  鲁迅在《中国小说史略》第五篇"六朝之鬼神志怪书（上）"说："中国本信巫，秦汉以来，神仙之说盛行，汉末又大畅巫风，而鬼道愈炽；会小乘佛教亦中土，渐见流传。凡此皆张皇鬼神，称道灵异，故自晋迄隋，特多鬼神志怪之书。其书有出于文人者，有出于教徒者。文人之作，虽非如释道二家，意在自神其教，然亦非有意为小说，盖当时以为幽明虽殊途，而人鬼乃皆实有，故其叙述异事，与记载人间常事，自视固无诚妄之别矣。"道出了六朝志怪小说的出现及其兴盛的原因。

  "志怪"的"怪"是小说记载的内容，其实包含了"精""灵""妖""怪""异""鬼""物"等，这些都是志怪书里频率最高的字眼。在古代，这几个词都有独立意义，大部分单独出现。但用一个"怪"字来代表，说明"怪"具有这些对象的统一特征。《说文解字·心部》："怪，异也。"[1]《增韵·怪韵》："怪，奇也。"[2] 不管是"异"，还是"奇"，总之与"常"相对应，是不常见的事物，超出常识之外的事物。

  从今天的角度来看，志怪书之所谓"怪"，大体上可以分成二类：一是主观想象的产物，如精怪、鬼物等，非客观存在；另一是真实的存在，如古人不能理解的地震、海市蜃楼等自然现象，异域的人种物种以及人体畸形现

---

① 许慎撰，徐铉校定：《说文解字》，中华书局，2015年，第219页。

② 引自（清）张玉书等编：《康熙字典》，上海书店出版社，1988年，第506页。

象等等，所谓少所见则多所怪①。

在分析古人的志怪小说观念时，通常认为魏晋的时候持鬼神实有的态度；唐代之后，则是作家有意虚构。明代胡应麟云："变异之谈，盛于六朝，然多是传录舛讹，未必尽幻设语，至唐人乃作意好奇，假小说以寄笔端。"②鲁迅也认为："盖当时（六朝）以为幽明虽殊途，而人鬼乃皆实有，故其叙述异事，与记载人间常事，自视固无诚妄之别矣。"但若考察一下志怪小说的情况，可以发现关于鬼神等是否实有的争论，一直没有停止过。早在魏晋时期就有人对鬼神实有提出怀疑，论证鬼神不存在；同样的，到晚清时期，也有人在引经据典论证鬼神是真实的存在。

因此，在志怪小说问题上，至少可以分为四类：一类是实录观，把鬼神当成真实的记载，纯粹记"异"；一类是承认鬼神的存在，并借之以助教化；一类是知鬼神为虚无，但借乌有之事消遣娱乐，藉为谈资；一类是知鬼神为虚无，但是借鬼神来助名教或抒自己及社会之愤慨。这几个类别并非独立，它们之间相互交错。作者们在鬼神是否存在的问题上并没有一个很明确的态度，对他们来说，既是消遣的谈资，亦有助于教化，何乐而不为？正如绿筠居士《闻见异辞自序》所云："补谈资，昭劝惩，消炎暑，居斗室以犁许田，遣闲情以却睡魔而已。"所以志怪小说的意义就具有三个层次：增长见识，消遣娱乐，惩恶劝善。正因为有了这三个层次的功能，志怪小说能历久不衰。

鸦片战争后，随着中西文化交流的深入，一些有识的中国人开始以自然、地理生物等学科的眼光来认识自然界的怪怪奇奇。如王韬（1828-1897）在《淞隐漫录》自序中言：

> 六合之大，存而弗论；九州之外，置而不稽。以耳目之所及为见闻，以形色之可征为纪载，宇宙斯隘，而学问穷矣！昔者神禹铸鼎以象

---

① 和邦额：《夜谭随录自序》："世人于目所未见，耳所未闻，一旦见之闻之，鲜不为怪者，所谓少所见而多所怪也。"（清）和邦额：《夜谭随录》，中州古籍出版社，1993年，第15页。

② （明）胡应麟：《少室山房笔丛》三十六，上海书店出版社，2001年，第371页。

奸，惜其文不传于今。或谓伯益之所录，夷坚之所志，所受之于禹者，即今《山海》一经是也。然今西人足迹，遍及穷荒，凡属圆颅方足、戴天而履地者，无所谓奇形怪状如彼所云也。斯其说不足信也。麟凤龟龙，中国谓之四灵。而自西人言之，毛族中无所谓麟，羽族中无所谓凤，鳞族中无所谓龙。近日中国，此三物亦不经见。岂古有而今无耶？①

再如朴学大师俞樾，也能坦然接受新事物，《右台仙馆笔记》卷九第 6 则，记载智标塔旁现无数塔，人言智标塔是塔王，其馀塔一甲子来朝一次也。俞樾言："此说诞谩不足信。余门下士倪倬云钟祥家于紫薇山麓，是日实亲见之，对人言：'云受日光与水受日光无异，塔影入云中犹塔影入水中，而云气变幻不定，故塔影亦随之而异。然形态虽异，而止见一塔，未尝两塔并见，则为其智标一塔之影，可无疑矣。'"门下士能如此科学地解释反射原理，曲园于此亦开通。

俞樾（1821-1907），字荫甫，号曲园，浙江德清人，晚清著名朴学大师。俞樾一生勤于笔耕，著作等身，于文言小说领域亦有涉猎，《右台仙馆笔记》即为广大读者所熟悉。俞樾的文言小说除《广杨园近鉴》《五五》《一笑》存于《春在堂全书》外，依其他丛书流传或有单行本的是《耳邮》《右台仙馆笔记》和《荟蕞编》。其文言小说著述时间相对集中，即从光绪四年（1878）的《耳邮》到光绪七年（1881）的《右台仙馆笔记》。这几年发生了一件对俞樾影响至大之事，即光绪五年（1879）伉俪姚夫人的去世，在这"精神意兴日就阑衰，著述之事殆将辍笔"之际，搜神志异成为俞樾的排遣方式。如《右台仙馆笔记》卷十四 28 则"余大儿妇樊在其父河南太守府署日，闻婢媪辈言其事，不可胜纪。余二儿妇姚曰：'此妇必正人，故邪神畏之。'余曰是也"。卷十五 27 则，写某氏子随母避乱上海。一日言大树上有红衣人招我，遂上树死。"大儿妇因言"，可见俞樾家有讲述异事的氛围。

而世事的无常，使俞樾不得不相信冥冥的鬼神力量，光绪二十年

---

① 王韬：《淞隐漫录》，人民文学出版社，1983 年。

（1894）俞樾给无碍翁的信中有云："樾以盗窃虚名，为鬼神所祸，家运屯遭。"① 这从《耳邮》内容多人事少因果，到《右台仙馆笔记》多鬼神之事，可看出俞樾人生态度的变化。

《耳邮》是俞樾最早创作的文言小说，自序中说："《墨子》书引周、燕、齐、宋之《春秋》所载，如杜伯、庄子仪、祐观辜、中里徼诸事，皆近于小说家言。是即《虞初》《三百》之权舆。盖志怪搜神，从古有之矣。然窃以为惊心动魄之事，即在男女饮食之间；非必侈谈灵怪，然后耳目一新也。余吴下杜门，日长无事，遇有以近事告者，辄笔之于书。大率人事居多，其涉及鬼怪者十之一二而已。"之后的《右台仙馆笔记》自序云："笔记者，杂记平时所见所闻，盖《搜神》《述异》之类……怪怪奇奇之事。"认为自己"惟怪之欲闻，余之志荒矣"（《右台仙馆笔记》自序）的经学大师俞樾为了证实自己创作志怪小说而又"非敢云意在劝惩也"（《耳邮》自序）的合法性，提出"盖志怪搜神，从古有之矣"。

"正似东坡老无事，听人说鬼便欣然"的俞樾，对"怪"有着自己的认识。就像他在《耳邮》自序里所说："惊心动魄之事，即在男女饮食之间；非必侈谈灵怪，然后耳目一新也。"俞樾认为"志怪搜神"，不一定在于"灵怪"之间，普通的日常生活中亦藏有"惊心动魄"之事。《右台仙馆笔记》卷一五第 28 则，写一父没有人理，竟然诓骗亲子，俞樾曰："余书为搜神志怪而作，然记及此等事者，人无人理，人即妖也，正不必魑魅魍魉，然后可铸之禹鼎也。"持此种观点不乏其人。如唐梦赉在《聊斋志异序》称："余谓事无论常怪，但以有害于人者为妖。故日食星陨，鹢飞鸲巢，石言龙斗，不可谓异；惟土木甲兵之不时，与乱臣贼子，乃为妖异也。"绿筠居士《闻见异辞自序》亦云："然余所谓异者，不必尽牛鬼蛇神耳。即大小悬殊，语言调笑，均目之为异。"

此外，作为考据学家的俞樾，他的"怪"的观念有个标准，只要是古已有之的事，不管如何之异，他也认为"不足为异"。

---

① 俞樾：《俞曲园尺牍》，上海扫叶山房《文艺杂志》第十二期。

如《右台仙馆笔记》卷一第 29 则，写一女子化成丈夫，并聘妻子。俞樾言："晋定公二十五年，西山女子化为丈夫，与之妻，能生子，事见《开元占经》引《汲冢纪年》。然则此事自古有之，不足异也。"再如卷三第 30则，浙中大雨，临安县出蛟二十七尾，北乡二山忽合而为之："余按《明史·五行志》，秦州有二山相距甚远，民居其间者数百万家。一日地震，两山合，居民并入其中。然则此事亦前史所有，不足为异矣。"再如卷十二第4 则，记载文古玉游九峰山，入一洞，则别外洞天也。饮酒以玉为质。次日与老僧往之则不复见矣。以酒钱置石上，而至寺，则玉顺流而至矣。中有一少年自言王。俞樾议曰："此事王子庄孝廉曾笔之书，王姓少年，必王辅嗣无疑。《太平广记》卷三十九引《广异记》载麻阳村人事，其所遇老翁为河上公，守门童子为王辅嗣。然则此等事，古书固有之，不得竟以为虚诞也。"

作为考据家的俞樾，在小说里也经常发挥考据精神，对一些怪奇之事提出疑问。如《右台仙馆笔记》卷十第 2 则，写天榜事：

> 按士俗每言有梦见天榜者，考之载籍，唐人《前定录》……又《感定录》载……天榜之说，流俗所传。然自唐宋以来，士以科名为进身之阶，则冥中或有豫定其籍者，亦无足怪。惟魏（芸阁）以道光二十四年领解，而先见梦于道光之元，抑何早欤？余与许仁山阁学、应敏斋廉访，皆是科中式者。是岁也，三人者皆二十四，盖皆生于道光元年也。许生于七月，应生于十月，余生于十二月，当魏梦观天榜时，余三人皆未生，不知天榜中有余三人名姓否？若无之，则此榜为不全；若有之，则世间尚无此人，安得遽列之于榜乎？且余生六岁，先大夫始命余名曰森，后又改今名。名且未定，而鬼神安得而豫知之？是不可思议矣。

正见其考据家执着之性格，凡事究根底。再如卷十第五则，写古冢能以器物假人，后因假者往往久而不归，遂失灵。俞樾评道："余按《续耳谈》载济源县北海庙通人假贷，欲假金者祷于神，而以珓决之。神许，则以券投祠前池中，有银浮出如其数。贷者如期具子本祭谢而投之，金没而原券浮出。夫神与人通假贷，已属可怪；至冢中所有，不过明器之类，乌得有生人服用之物，更不可解矣！"还有卷十一16则，姚恩衍知自己死期，并言某月某日某时夏子松来传旨，他即死。到期，阍者甫报夏侍郎来，刚延之入帘，叔怡已气绝矣。俞樾则道："古称刘桢、徐干、王粲，并为天上侍中，王茂弘为天上尚书令，传记所载，多有此事。子松起家词臣，历官卿贰，又尝预君畴务成之列，殁为贵神，固无足怪。叔怡言行，不失为君子，其死也，或亦有所为欤？惟彼时子松犹在人间，而玉版征书由其传达，是不可解。岂其神识已先归天上乎？"

俞樾甚至还想亲自到现场查证，如《右台仙馆笔记》卷十第13则，写汪子馀之棺竟迷失不可得。俞樾言曰："余谓此子大似得道者，观其生死之际，则可见矣。其死也，岂所谓尸解者欤？传记所载诸尸解，其棺或甚轻，发视或仅存其衣，或化为一竹杖，惜不得其棺而证之也。"这些篇章都看出俞樾学者的本色，即使在志怪小说中，也不忘考证。

志怪小说存在的一大意义是劝善惩恶，如王韬《淞隐漫录》自序中言："圣人以神道设教，不过为下愚人说法：明则有王法，幽则有鬼神，盖惕之以善恶赏罚之权，以寄其惩劝而已！"面对一些黑暗的社会现象，俞樾也希望能借鬼神以惩诫。如《右台仙馆笔记》卷十五第11则，写王氏二女皆许嫁姚氏。父母双亡，一归姚家。另一姚家本不欲，故强之而迎归，然小姑子拘之，遂不喜女。后又欲为其子娶蔡氏女，乃逐王女归家。俄王父索其婿命去。俞樾谈道："然世俗于童养之女，往往虐遇之。盖女子而至待年于夫氏，其孤苦可知。既无顾忌，遂相凌践。君舅君姑，本非骨肉；女公女叔，竞构蒌菲。饮食每至不周，鞭棰在所恒有，饮恨吞声，宛转而死者，比比然也。王女之父之杀其婿，或亦得请于神矣。观其呼彼姚氏妇而告之，盖假此以警彼也。"最后，俞樾忍不住发出感慨："呜呼！风俗浇漓，人心凉薄，则鬼神之事，固有足以辅政教之所不及者矣。"正体现出鬼神存在的意义。

此外，晚清文人创作志怪小说，还有一个原因是"文人多侘傺，块垒胸中横"（清周春《影谈题词》）。蒲松龄"学识渊颖"而"终身不遇"（清蒲立惠《聊斋志异跋》），如王韬作为中国近代最早的最成功的报人，晚清变法维新运动的思想者和鼓吹者，却一生时运不济，命运坎坷，羁旅几十年，未能实现自己的抱负。所以他"求之于同类同体之人而不得，则求之于鬼狐仙佛草木鸟兽"（《淞隐漫录自序》）。管题雁《影谈序》也谈到"今夫文人之侘傺，半托于寓言，如蒙庄之化蝶羡鱼，灵均之女萝山鬼，皆借此镜花水月，聊破其郁抑不平，理固当然也"。

《右台仙馆笔记》卷九第32则，最可见出俞樾等传统文人在面对新的事物时既接受又力持传统的立场。本篇写弟媳妇欲谋害夫之兄及子，而谋其田，最后被雷劈之。俞樾谈道：

> 按《论衡·雷虚篇》力破世俗雷为天怒之说，而谓雷者太阳之激气。太阳用事，阴气乘之，则相校轹；校轹则激射。激射为毒，中人辄死，中木木折，中屋屋坏，其理精矣。近世泰西人之说，以为雷者天空之电气。电气之为用至广，收而用之，可以代灯火，通言语，制器物；而人或触之，则其祸亦至烈。是气尤忌五金之物，故船桅屋柱皆忌裹铁，恐引电气下击也，其说尤言之凿凿。然如此等事，岂得谓无神物凭之哉！窃谓雷本是气，而既有是气，则鬼神即假是气以行其诛殛之法。正如水火风皆天地间所本有，而佛说有火灾、水灾、风灾，则鬼神即假此以成其劫也。武乙傲辱天神，为暴雷震死，明载史册。必如王仲任所说，汉时画雷公，左手引连鼓，右手推椎，固失之诞妄；然竟谓无神以主之，人之遇雷而死者适然耳，则又天变不足畏之说，君子无取焉。

当然，发展到晚清，随着西方事物的传入、科学的发展、白话小说的兴起等诸因素，志怪小说"狐鬼渐稀，而烟花粉黛之事盛矣"（《中国小说史略》第二十二篇）。

谢超凡，女，1976年10月生，福建龙岩人，文学博士，华中科技大学文学院副教授。

《坚瓠集》随笔

——小说考证篇

杜贵晨

《坚瓠集》，又称《坚瓠小史》，十五集六十六卷（第一至十集各四卷，续集四卷，广集、补集、秘集各六卷，馀集四卷），褚人获纂辑。

褚字学稼，又字稼轩。号石农、没事农夫，别署"长洲后进好事儒者"，长洲（今江苏苏州）人。《坚瓠集》中说："予家西白塔巷祖居东首有大光禄牌坊。"（《八集》卷一《大光禄牌坊》）又说："余居后门，在（灵鹫寺）桥之西。"（《九集》卷四《鱼王石》）据此当可考见其祖居和本人居家在苏州之大体位置。家世业儒，祖、父皆饱学之士，但均科举不利。《坚瓠集》中说"先严七预棘闱，皆以数奇不偶"，仅得崇祯丙子乡试副榜，《补集》卷一首载即其父作《关社引》。其叔祖九皋字香莼，与同郡周顺昌、姚希孟等同榜万历四十一年（1613）壬子科进士（《八集》卷一《改题见用》）。其生年，据《六集》沈宗敬序说"岁甲戌夏五，余同年生孙太史松坪自吴门寓书于余，命作《冈陵图》祝褚稼轩先生六十寿"，又同集张泠写于康熙乙亥的序中说"余客岁祝稼轩六十诗"，客岁即沈序所称康熙甲戌（三十三年，1694）。二者互证，可知褚人获生于明崇祯八年（1635）乙亥。褚人获自幼攻书，《坚瓠集》中有记"韩德温先生讳汝玉，予幼年受业师也。工书，尤善临摹"（《坚瓠四集》卷三《秋兴》），但从其《坚瓠集引》和友人诸序涉及其生平看，他早年科名不利，中年后即弃举子业，故终生未仕，而"素以文行，为乡间推重"（《六集》顾贞观《序》）。所交多一时名士，仅为《坚瓠集》作序者即有毛宗岗、毛际可、顾贞观、洪升、尤侗、张潮等。家有四雪草堂，平居雅好著述，除纂辑本书外，还著有《隋唐演义》

《退佳琐录》《读史随笔》《圣贤群辅录》《鼎甲考》等，卒年不详。《隋唐演义》是长篇章回小说，《坚瓠集》则是其笔记小说最重要的编纂。

《坚瓠集》因"甘瓠可食，康瓠可宝，五石之瓠可容，惟坚瓠无可用，故取以名编"，所谓"以无用为用，乃得受用"。但友人谓其"不用于时，不惜以此编为世用"，非仅"好事"而已（《坚瓠集引》）。作者《坚瓠集引》写于康熙二十九年（1690），其纂始或在其前一年，至康熙四十二年（1703）张潮作《坚瓠馀集序》标志全书纂辑完成，前后约有十五个年头。其"平日所纂辑，每百页为一编。字必端楷，卷帙且数十。皆有关正学，足以羽翼名教"（《坚瓠二集》彭榕序）。又约为每年一集，随编随刊，似漫无体系。其实洪升《坚瓠补集序》云："兹《补集》所载，专收有韵之文，较之前集为尤备。"各集所收条文内容都似有所偏重，而每集之内条文编排也略以类相从，可知其虽随编随刊，但全书仍有一定体例，尚待进一步研究。

《坚瓠集》资料来源主要是历代笔记、诗话、词话等各类杂著，尤以采录明代和清初人著作为多。所以这是一部抄录而成的书，但也不乏少量自撰包括某些评论。加以卷帙浩繁，至今其所引书有不少亡佚了，却赖此集存有吉光片羽，从而弥足珍贵。

我因《全清小说》主编欧阳健教授约，邀与盛志梅教授共同校点此书，每为其卷帙浩繁、琳琅满目而赞叹欣喜，又有所启发者辄记之，得百馀条。今整理其中可资小说考证者胪列或并略论析如下，以为随笔之一，聊备参阅。

一 《奇计却敌》与诸葛亮"骂阵"

《坚瓠馀集》卷三《奇计却敌》：

> 古人以兵力寡弱遇强敌猝至而能却之，最奇者有三。诸葛亮在阳平，魏兵二十万奄至，孔明大开四门，焚香洒扫，而走司马懿。刘琨在晋阳，胡骑围之，琨乘月登楼清啸，中夜奏胡笳，贼流涕，弃围而去。此二事人皆知之。《梦溪笔谈》载宋一事更奇。元丰中，夏寇之母梁氏

遣将引兵卒至保安军顺宁寨，围之数重。时寨兵甚少，人心危惧。有老娼李氏得梁阴亵事甚详，乃掀衣登陴，抗声骂之，尽发其私。夏人皆掩耳，并力射之，莫能中。李言愈丑，夏人度李终不可得，又恐梁之丑迹彰著，遂托以他事，中夜解去。鸡鸣狗盗，皆有所用，信然。

按此条列"奇计却敌""最奇者有三"：一是诸葛亮"空城计"，二是刘琨"吹笳退敌"，三是宋代老娼李氏骂揭夏寇之母阴私退敌事，被认为最奇。这些"奇计"无论真实或有所虚构都有一个共同特点，就是用计者能准确把握敌人心理，以某种非武力手段攻其意识中最薄弱之点，使之顿生疑惧而止步，或直接丧失战斗意志而退兵。

以此而论，历史记载与小说描写中这类使诈使骂以攻心"奇计"成功者尚多，姑举数例如下。

一是《史记·陈丞相世家》载，高祖"至平城，为匈奴所围，七日不得食。高帝用陈平奇计，使单于阏氏，围以得开。高帝既出，其计秘，世莫得闻"。杜预注引桓谭《新论》：

> 或云："陈平为高帝解平城之围，则言其事秘，世莫得而闻也。此以工妙踔善，故藏隐不传焉。子能权知斯事否。"吾应之曰："此策乃反薄陋拙恶，故隐而不泄。高帝见围七日，而陈平往说阏氏，阏氏言于单于而出之，以是知其所用说之事矣。彼陈平必言汉有好丽美女，为道其容貌天下无有，今困急，已驰使归迎取，欲进与单于，单于见此人必大好爱之，爱之则阏氏日以远疏，不如及其未到，令汉得脱去，去，亦不持女来矣。阏氏妇女，有妒媢之性，必增恶而事去之。此说简而要，及得其用，则欲使神怪，故隐匿不泄也。"刘子骏闻吾言，乃立称善焉[1]。

二是嘉靖壬午本《三国志通俗演义》（以下引此书均据此本）卷之九《张益德据水断桥》写张飞单骑退敌：

---

[1] 司马迁：《史记》，中华书局，1998年，影印本，第715页上。

却说文聘引一枝军到长坂桥，撞见张飞，飞取盔持于马鞍前，横枪立马于桥上，倒竖虎须，圆睁环眼。又见桥东树林背后尘头大起，又见树影里有精兵来往，文聘勒住马……使人飞报曹操……曹操其心生疑，亲自来看。飞乃厉声大叫曰："吾乃燕人张翼德在此！谁敢与我决一死战？"声如巨雷……又叫曰："吾乃燕人张翼德！谁敢与吾决一死战？"曹操闻之，乃有退去之心。飞见曹操后军阵脚挪动，飞挺矛大叫曰："战又不战，退又不退！"说声未绝，曹操身边夏侯杰惊得肝胆碎裂，倒撞于马下。操便回马，诸军众将一齐望西奔走。

这里写张飞以个人的威名和诸葛亮、关羽背后的加持为依托，大喝三声，以致对方疑忌的攻心战术成功退敌，其计之"奇"实可媲美于诸葛亮"空城计"。故毛宗冈批评①相应处赞曰：

前回写赵云，此回写张飞。写赵云是几番血战，写张飞只是一声叱喝。天下事亦有虚声而可当实际者，然必其人平日之实际足以服人，而后临时之虚声足以耸听：所以张飞之功与赵云等。非若今人之全靠虚声，浑无实际也；人吃尽老力，我只出一张寡嘴也。

又进一步分析其成功远因说：

翼德喝退曹军，若非有云长昔日夸奖之语，曹操当时未必如此之惧也。不但此也。翼德横矛立马于桥上，而曹兵疑为诱敌之计，若非有孔明两番火攻，惊破曹兵之胆，当时曹操又未必如此之疑也。则非翼德之先声夺人，而实则云长之先声足以夺人；又非云长之先声夺人，而实则孔明之先声足以夺人耳。

三是骂退敌兵者，当以《三国志通俗演义》卷之十九《孔明祁山破曹真》写"诸葛亮骂死王朗"为最"奇"，兹不繁引，仅述其结局是"王朗听

---

① 陈曦钟、宋祥瑞、鲁玉川：《三国演义会评本》，北京大学出版社，1986 年。本文引毛评均据此本。

罢，大叫一声，气死于马下……后人有诗赞孔明曰：'兵马出西秦，雄才敌万人。轻摇三寸舌，骂死老贼臣'"，然后魏将曹真退兵。此写诸葛亮似乎并未用计，而王朗之被骂死虽属虚构，但情理上乃可认为是急火攻心，导致"脑卒中"之偶然，但看二人对"骂"之初，"孔明暗忖曰：'王朗必下说词也'"，而对骂之中，又写"孔明黯然不语。蜀阵上参军马谡自思曰：'昔季布骂汉高祖，曾破汉兵。今王朗用此计也'"，表明诸葛亮、马谡即已猜透王朗心思。所以诸葛亮乃打定主意，以"骂"对"骂"取胜。从而虽非主动用计以致其死，但以口舌战胜之计，实已成竹在胸，而又非如《坚瓠集》之载李氏之"鸡鸣狗盗，皆有所用"也。

读《奇计却敌》而纵观文史，可知战争之道，唯危唯微，神鬼莫测，而兵不厌诈，攻心为上，为千古不易之理。

二 《诗意相类》与《水浒传》"杀尽不平"

《坚瓠五集》卷三《诗意相类》载：

> 《辍耕录》有诗云："天遣魔军杀不平，不平人杀不平人。不平人杀不平者，杀尽不平方太平。"又《唐诗节要》有诗云："中原不可生强盗，强盗才生不可除。一盗既除群盗起，功臣多是盗根株。"二诗语意相类，后义尤佳，郎仁宝云：前首第三句即第二句意，欲易"不平原是难平者"。后首第二句"不可除"背理，欲易"强盗才生大盗俱"，尤觉精采。

《辍耕录》全称《南村辍耕录》，元代陶宗仪（1329-1412?）撰。陶字九成，号南村，台州黄岩（浙江省台州市黄岩区）人。元末明初文学家、史学家。引诗出《辍耕录》卷二十七：

> 《扶箕诗》："天遣魔军杀不平，不平人杀不平人。不平人杀不平

者，杀尽不平方太平。"此扶箕语，验之今日，果然①。

扶箕，即扶乩，是古代民间的一种迷信活动，又称扶鸾、请仙等。其法大略以盛有细沙或灰土的木盘，制筲箕圈、竹圈或铁圈插乩笔于其上，乩人以木架扶乩笔，口念某某神灵附降于自身，作不自主状在沙盘上画字，后经唱生依字迹唱出，记录成诗词或文章，以其中讯息判断吉凶。"天遣魔军"诗既为扶箕作品，则自生于民间。其时间当不晚于元代（1279-1368）中叶，作者或为当时民间愤世欲起事者，而无可考证了。

《坚瓠集》本条意在赏析，见褚氏对此类涉"盗"诗兴复不浅，兹不具论。而欲特别指出，此《扶箕诗》实为吾国武侠小说"路见不平，拔刀相助"思想早期直接的来源或重要体现，尤突出于《水浒传》一书的描写。换言之，《水浒传》所强烈表达的"路见不平，拔刀相助"思想的源头，当直接与本条引《扶箕诗》相关。

《水浒传》引用或化用"路见不平，拔刀相助"的表达非止一处。如百回本《水浒传》第三回《史大郎夜走华阴县，鲁提辖拳打镇关西》末曰：

> 有分教：鲁提辖剃除头发，削去些髭须，倒换过杀人姓名，薅恼杀诸佛罗汉，直教：禅杖打开危险路，戒刀杀尽不平人。

其他仅引用"路见不平"者在九回书中出现十四次，如第十七回《花和尚单打二龙山，青面兽双夺宝珠寺》写鲁智深告于杨志：

> 鲁智深道："一言难尽！洒家在大相国寺管菜园，遇着那豹子头林冲被高太尉要陷害他性命。俺却路见不平，直送他到沧州，救了他一命。"

第三十回《施恩三入死囚牢，武松大闹飞云浦》中写道：

> 酒至数碗，武松开话道："众位高邻都在这里。小人武松，自从阳

---

① （元）陶宗仪：《南村辍耕录》，中华书局，1999年，第343页。

谷县杀了人，配在这里，闻听得人说道：'快活林这座酒店，原是小施管营造的屋宇等项买卖，被这蒋门神倚势豪强，公然夺了，白白地占了他的衣饭。'你众人休猜道是我的主人，我和他并无干涉。我从来只要打天下这等不明道德的人！我若路见不平，真乃拔刀相助，我便死了不怕！"

第三十八回《及时雨会神行太保，黑旋风展浪里白条》中写道：

　　戴宗道："这厮本事自有，只是心粗胆大不好。在江州牢里，但吃醉了时，却不奈何罪人，只要打一般强的牢子。我也被他连累得苦。专一路见不平，好打强的人，以此江州满城人都怕他。"

第四十四回《锦豹子小径逢戴宗，病关索长街遇石秀》中写道：

　　正闹中间，只见一条大汉挑着一担柴来，看见众人逼住杨雄动掸不得。那大汉看了，路见不平，便放下柴担，分开众人……一拳一个，都打的东倒西歪……兀自不歇手，在路口寻人厮打。戴宗、杨林看了，暗暗喝采道："端的是好汉！此乃路见不平，拔刀相助。真壮士也！"……向前邀住……问道："壮士高姓大名？贵乡何处？"那汉答道："小人姓石，名秀，祖贯是金陵建康府人氏，自小学得些枪棒在身，一生执意，路见不平，便要去相助，人都呼小弟作拼命三郎……"

　　以上引《水浒传》与《坚瓠集》引《辍耕录》载《扶箕诗》对照可知，《扶箕诗》就是如上《水浒传》"路见不平，拔刀相助"情节描写的根据。甚至由"天遣魔军杀不平"句联想，可以认为《扶箕诗》"天遣魔军……杀尽不平方太平"，正是《水浒传》总体构思从"洪太尉误走妖魔"到"三十六天罡""七十二地煞"先后走上梁山描写的思想依据。假如这首诗的流行不晚于元代中叶，则《水浒传》受其影响成书就应该是元代末年，即陶宗仪所说"此扶箕语，验之今日，果然"之际。总之，这首诗于《水浒传》创作与阅读的关系不小，应当予以重视。

顺便说到百馀年来《水浒传》研究，学者多肯定"路见不平，拔刀相助"的侠义精神，嘉许其"杀尽不平方太平"的奋斗理想，诚有强权统治下草民因无可奈何而激为极端的原因。但是，若从人类——即使只从中国人近三千年历史看，单靠杀人并不能造就"太平"。世世代代，征战杀伐，杀来杀去，不过旋起旋灭了二十馀家帝王，但是除了受苦受难倒霉最大的总是世世代代的老百姓，直至晚清国门被迫开放以前，不唯社会并没有进步，连杀人的工具也还是从石器时代就有了原型的"刀"。可见虽然"刀"至今未废，还要发挥起应有作用，包括偶尔"路见不平，拔刀相助"，但是无论如何创造太平盛世之路，决不能继续是一条用刀杀出的血路，而应该努力通过经济文化的交流、理解、融和、发展加以实现。在这个意义上，中国儒家"孔孟之道"不尚武力，以"讲信修睦""仁者无敌"为治世正途，才可能真正实现人类"地球国"的"大同"社会理想。

三 《三国演义》《水浒传》资料补遗四则

《坚瓠集》中又有朱一玄、刘毓忱《三国演义资料汇编》[1] 或《水浒传资料汇编》[2] 漏辑数则补辑如下。

（一）《坚瓠九集》卷四《字带刀锋》：

> 马仲履（大壮）《天都载》：桃源县三义庙在河岸，夏文愍（言）赴召，舣舟瞻谒，手书"天地正气"一扁，又书联曰："王业于今非蜀土，英灵到处是桃源。"刻于庙中。后一御史见之，惊曰："字带刀锋，公殆不免乎？"未几，果被刑。

（二）《坚瓠九集》卷四《韩、彭报施》：

> 《通鉴博论》：汉高祖取天下，皆功臣谋士之力。天下既定，吕后杀

---

① 朱一玄、刘毓忱编：《三国演义资料汇编》，百花文艺出版社，1983 年。
② 朱一玄、刘毓忱编：《水浒传资料汇编》，百花文艺出版社，1981 年。

韩信、彭越、英布等，夷其族而绝其祀。传至献帝，曹操执柄，遂杀伏后而灭其族。或谓献帝即高祖也，伏后即吕后也，曹操即韩信也，刘备即彭越也，孙权即英布也，故三分天下而绝汉。虽穿凿疑似之说，然于报施之理，似亦不爽。

（三）《坚瓠九集》卷四《馒头》：

《事物纪原》：孔明征孟获，人曰蛮地多邪术，须祷于神，假阴兵以助之。必以人首设祭，神则享之，为出兵也。孔明杂用羊豕之肉而包之以面，像人头以祀，神亦享之，为出兵。后人由此为馒头。

《因话录》云：馒字不知当时音义如何，适与欺瞒同音。孔明与马谡诚有神妙之谋，非列寓言也。

《三国演义资料汇编》已辑《坚瓠秘集》卷之六《馒头》"蛮地以人头祭神"条，但漏收此条。

（四）《坚瓠秘集》卷六《中郎有后》：

《晋书·羊祜传》：祜，蔡邕外孙，讨吴有功，将进爵，上乞以赐舅子蔡袭。诏封袭为关内侯，则中郎未尝无嗣。而《蔡克别传》亦云：克祖睦，蔡邕孙也。克再传为司徒谟。则中郎后裔且蕃盛于典午之代，何得云无嗣哉？

《代醉篇》：羊祜父道先娶孔融女，生子发，后娶蔡邕女，生承及祜。适发与承俱病，度不能两存，乃专心养发，承竟病死。邕女之贤如此，而《后汉·蔡邕传》无闻，《列女传》止载文姬没胡中，生二子，赎归，重嫁董祀事，而亦不及羊道之妇。史失去取，甚矣。

（五）《坚瓠广集》卷一《宋江、毕四》：

宋徽宗时，山东贼宋江等三十六人聚众横行，官军莫敢撄其锋。周公瑾载其名赞于《癸辛杂志》。又元顺帝时，花山贼毕四等亦三十六人，聚集茅山，出没无忌，官军不能收捕。二贼相类，又皆三十六人。宋江中有一丈青、花和尚，而毕四中亦有一妇一僧最勇健，岂真上合天罡之数耶？

四　《卓稼翁词》与《金瓶梅》影响

《坚瓠一集》卷四《卓稼翁词》：

> 三山卓田字稼翁，尝赋词云："丈夫只手把吴钩，欲断万人头。因何铁石打成心性，却为花柔。君看项藉并刘季，一怒使人愁。只因撞□虞姬戚氏，豪杰多休。"

此条孤立，无出处，无考论。但熟悉明清小说者都通知道，这首词曾先见于宋元话本《刎颈鸳鸯会》入话：

> 丈夫只手把吴钩，欲斩万人头；如何铁石打成心性，却为花柔？
> 君看项藉并刘季，一怒使人愁；只因撞着虞姬戚氏，豪杰都休。
> 右诗、词各一首，单说着"情""色"二字。此二字，乃一体一用也。故色绚于目，情感于心；情色相生，心目相视。虽亘古迄今，仁人君子，弗能忘之。晋人有云："情之所钟，正在我辈。"慧远曰："顺觉如磁石遇针，不觉合为一处。无情之物尚尔，何况我终日在情里做活计耶？"
> 如今则管说这"情""色"二字则甚？且说个临淮武公业……

后又见于《绣像金瓶梅词话》第一回《景阳冈武松打虎，潘金莲嫌夫卖风月》词曰：

> 丈夫只手把吴钩，欲斩万人头。如何铁石打成心性，却为花柔？
> 请看项籍并刘季，一似使人愁；只因撞着虞姬戚氏，豪杰都休。
> 此一只词儿，单说着情色二字，乃一体一用。故色绚于目，情感于心，情色相生，心目相视。亘古及今，仁人君子，弗合忘之。晋人云：

"情之所钟，正在我辈。"如磁石吸铁，隔碍潜通。无情之物尚尔，何况为人终日在情色中做活计一节……

　　说话的，如今只爱说这情色二字做甚？……如今这一本书，乃虎中美女后引出一个风情故事来。

由上引两书文字对比可知，《绣像金瓶梅词话》文字袭自《刎颈鸳鸯会》，而"丈夫只手把吴钩"词则除个别字有异外，都原本卓稼翁词。

卓稼翁，名田，字稼翁，号西山，建阳（今福建省南平市建阳区）人，开禧元年（1205）进士。生卒年并事迹均不详，约宋宁宗嘉泰中前后在世。能词赋，南宋黄升编《花庵词选》录其词三首，无此作，《全宋词》辑其词七首，格调偏于豪放。此作题为《眼儿媚·题苏小楼》：

> 丈夫只手把吴钩。能断万人头。如何铁石打作心肺，却为花柔？
> 尝观项籍并刘季，一怒世人愁。只因撞着虞姬戚氏，豪杰都休①。

苏小，即古代名妓苏小小，身世无考。其形象最早见于《玉台新咏》中的《钱塘苏小歌》："妾乘油壁车，郎骑青骢马。何处结同心，西陵松柏下。"

卓田作品传世不多，此词之广为人知，当赖《金瓶梅》《刎颈鸳鸯会》两小说传播，以致引人注目。上引《坚瓠集》录此词不记出处，全书涉卓田记事也仅此一条，《花庵词选》未录，《全宋词》注自"《古今合璧事类备要外集》卷五十七"录出，但仍难断定褚氏为从此书还是当时可见之卓氏著作，抑或自《金瓶梅》等小说引用录出。

但是，自其确知词为卓田所作看，其录自卓氏著作或《古今合璧事类备要外集》之类选本录出的可能性较大，但从与《坚瓠集》《金瓶梅》《刎颈鸳鸯会》第四句均作"打成心性"而与《古今合璧事类备要外集》作"打成心肺"这一关键句有异看，褚氏更可能是知道此词的作者为卓田，但其选

---

① 唐圭璋编纂，王仲闻参订，孔凡礼补辑：《全宋词（简体增订本）》第四册，中华书局，1999年，第3175-3176页。

入《坚瓠集》的文本却来自《金瓶梅》或《刎颈鸳鸯会》，而因此以为不便出记，故隐去出处，而单列之。

《坚瓠集》中条文单列者多有，但不著出处又无著评如本条者不多，可见褚氏著录此条仅仅出于对此词的兴趣而已。这兴趣或即来自他读《金瓶梅》等小说袭用此词的启发，从而此条是《金瓶梅》等通俗小说影响于诗词传播之一例。但此词影响所及不仅有褚人获这样的文士，甚至晚清重臣李鸿章著名的《入都》诗其一也用了"丈夫只手把吴钩"起句。其诗云：

> 丈夫只手把吴钩，意气高于百尺楼。一万年来谁著史，三千里外欲封侯。定须捷足随途骥，那有闲情逐野鸥。笑指芦沟桥畔路，有人从此到瀛洲①。

李诗之用此词虽仅一句，而且并未说到"铁石""花柔""虞姬戚氏"方向上去，但毕竟其有意无意用此一句，就与《金瓶梅》等小说曾经的引用就有了干系，故以顺便提及。

五　《柳敬亭》与王敦的"狠角色"

《坚瓠秘集》卷五《柳敬亭》：

> 泰兴柳敬亭以说平话擅名，吴梅村先生为之立传。顺治初，马进宝镇海上，招致署中。一日侍饭，马饭中有鼠矢，怒甚，取置案上，俟饭毕欲穷治膳夫。进宝残忍酷虐，杀人如戏。柳悯之，乘间取鼠矢啖之，曰："是黑米也。"进宝既失其矢，遂已其事。柳之宅心仁厚，为人排难解纷，率类如此。

然而，人之不同有甚于人之与禽兽者，《世说新语·排调》载：

> 石崇每要客燕集，常令美人行酒。客饮酒不尽者，使黄门交斩美

---

① 徐世昌编，闻石点校：《晚晴簃诗汇》，中华书局，2018 年，第 6480 页。

人。王丞相与大将军尝共诣崇。丞相素不能饮，辄自勉强，至于沉醉。每至大将军，固不饮，以观其变。已斩三人，颜色如故，尚不肯饮。丞相让之，大将军曰："自杀伊家人，何预卿事！"

这是王敦一贯的作风。《晋书·王敦传》：

王敦，字处仲，司徒导之从父兄也。父基，治书侍御史。敦少有奇人之目，尚武帝女襄城公主，拜驸马都尉，除太子舍人。时王恺、石崇以豪侈相尚，恺尝置酒，敦与导俱在坐，有女伎吹笛小失声韵，恺便欧杀之，一坐改容，敦神色自若。他日，又造恺，恺使美人行酒，以客饮不尽，辄杀之。酒至敦、导所，敦故不肯持，美人悲惧失色，而敦傲然不视。导素不能饮，恐行酒者得罪，遂勉强尽觞。导还，叹曰："处仲若当世，心怀刚忍，非令终也。"洗马潘滔见敦而目之曰："处仲蜂目已露，但豺声未振，若不噬人，亦当为人所噬。"

石崇、王恺、王敦皆晋人，臭名昭著，自不待言。马逢知（？－1660），原名进宝，山西隰州人。明安庆副将、都督同知。顺治二年降清。曾任金衢总兵、苏松提督镇松江，赐改名逢知。钱谦益曾游说其反清，陈寅恪《柳如是别传》第三、四、五章多有涉及。后终乃因通台湾郑成功事泄被杀。《清耆献类征选编卷五（上）》载："总兵马进宝驻金华，性骄纵；部兵抑买民物，官吏缄口莫敢问。"是明清之际首鼠两端的一个悍匪、害民贼与狠角色。其上溯历史就与晋代的石崇、王恺、王敦为一路货色！

读此三事，乃知鲁迅说中国一部二十四史密密麻麻就写着"吃人"二字，还是轻了——应该说"杀人"二字，包括"杀人"果腹和"杀人"取乐！从而中国的历史，一在是"人相食"所谓"治世"，一面是"人相杀"的"乱世"。"治""乱"间的切换，就主要靠一个"杀"字，即元人《扶箕诗》曰"天遣魔军杀不平，不平人杀不平人。不平人杀不平者，杀尽不平方太平"① 的极端思想：先是掌握了权力的人动辄以"杀人"为事，甚至以"杀人"为乐，后是被杀不尽又不甘被杀的起来"杀尽不平方太平"的报复。结果当然就是从王敦、石崇到马进宝之流"杀人"者，结末也都被人杀。从而中国三千年政治始终就没有走出治乱循环的历史怪圈，高墙与保镖的盛行标志了世世代代、上上下下都生活在被"吃"被"杀"的恐惧之中的根本原因无他，就在缺乏对人道的敬畏和对生命的尊重！

读此三事，乃见如马进宝、石崇、王敦辈之以"杀人"为事、为乐者，绝非儒家中人物。而柳敬亭虽仅一说书人，却能忍辱含垢，自食鼠矢为膳夫掩过，救其一命。乃至王敦族兄王导虽然也略能有不忍之心，既劝王敦饮酒止杀美人，又自己"素不能饮，恐行酒者得罪，遂勉强尽觞"，亦远过于王敦故不饮以激石崇杀人。此所以当时能够"马、王共天下"而王导终称"名臣"。

王敦之恶在美人为石崇所杀，即是为王敦所杀，更是为王敦所滥杀！世间惨忍，莫甚于此，故王敦之恶，豺狼不若，乃真正遗臭万年之"狼角色"也！

六　《隐军字》记《儒林外史》本事辨异

《坚瓠十集》卷一《隐军字》：

> 袁箨庵先生自金陵来吴过访……因知先生久有"军"字隐语也。又闻先生在武昌时，某巡道谓曰："闻贵府衙中有二声：棋子声，唱曲声。"先生对曰："老大人也有二声：天平声，竹片声。"某默然。未几，先生遂挂弹章。

几乎同样而又有明显差异的记载见于尤侗《艮斋杂说》卷五：

> （袁）箨庵守荆州，一日，谒某。卒然问曰："闻贵府有三声，谓围棋声、斗牌声、唱曲声也。"袁徐应曰："下官闻公亦有三声。"道诘

---

① （元）陶宗仪：《南村辍耕录》，中华书局，1999年，第343页。

之，曰："算盘声、天平声、板子声。"袁即以此罢官也①。

两书记载同为袁箨庵与某官对话言及衙门之声，但大而明显的差异是一作"二声"、一作"三声"。而无论以尤侗（1618-1704）比褚人获（1635-1682）生年为早，或儒典以"三而一成"②又俗说"事不过三"下判断，朱一玄、刘毓忱编《儒林外史资料汇编》据《艮斋杂说》收此轶事，以为《儒林外史》第八回写蘧公孙与王太守问对说衙门"三样声息"故事的来源，而不取《坚瓠集》所记，都是恰当的。但是，这里仍有一个问题，即袁与某官的问答到底是"二声"还是"三声"呢？这个问题没有旁证，就只好凭两书记载孰为更可靠下判断了。

这要从袁、尤、褚三人关系和尤、褚各如何得知其事看。按袁箨庵即袁于令（1592-1672），苏州吴县（今江苏省苏州市）人。明末清初戏曲家、小说家。明末，进入国子监读书。入清任工部虞衡司主事、营缮司员外郎等职。顺治五年，升任荆州知府。顺治十年（1653）罢官，侨寓江宁、会稽。褚人获，字稼轩，又字学稼，号石农、没世农夫等，江苏长洲（今江苏苏州）人，明末清初文学家。一生未试，也未曾做官。这就是说三人为苏州老乡，并且均当地名士，尤侗为《坚瓠集》作过序，《坚瓠集》中亦记有袁箨庵事，彼此是过从颇密的朋友。从而尤、褚二所记应该同样可信。

但是，也有一点很是不同，即依《坚瓠集》记，此事乃"袁箨庵先生自金陵来吴过访"后"又闻先生"云云有"二声"事，且地点在"武昌"、某官为"巡道"，某官听后"默然。未几，先生遂挂弹章"等，都更具体，又语出仓促，随口说"二声"甚易，而说"三声"不唯多费思量，而且"三声"中"算盘声、天平声"皆隐言贪贿，意义实有重复。袁箨庵作为风流才子，或不致堆叠如此。笔者故以《坚瓠集》记"二声"可能更符合实

① 朱一玄、刘毓忱编：《儒林外史资料汇编》，南开大学出版社，1998年，第19-20页。
② 董仲舒曰："三而一成，天之大经也。"（汉）董仲舒著，苏舆撰，钟哲点校：《春秋繁露义证》，中华书局，1992年，第216页。

际。而无论如何，研究者实事求是，知此本事有尤、褚二人记"二声"与"三声"的不同，亦非无益。

七 《拜石》与《红楼梦》"石兄"

《坚瓠七集》卷之四《拜石》载：

> 米元章平生好石。守濡须日，闻有怪石在河壖，命移至州治，设席下拜曰："吾欲见石兄二十年矣。"言者坐是为罪，罢去。竹坡周少隐过郡，见石感而赋诗，其略曰："唤钱作兄真可怜，唤石作兄无乃贤。望尘雅拜良可笑，米公拜石不同调。"

米元章即米芾（1107-1157），字元章，别名米襄阳、米南宫等。祖籍山西，生于湖北襄阳，北宋著名书法家、画家，宋徽宗诏为书画学博士，与蔡襄、苏轼、黄庭坚合称"宋四家"。爱石成癖，上载"拜石"是他最著名的故事，因此开我国玩石风气之先。

米芾"拜石"故事今见最早见于宋人费衮《梁溪漫志》，题曰《米元章拜石》：

> 米元章守濡须，闻有怪石在河壖，莫知其所自来，人以为异而不敢取。公命移至州治，为燕游之玩。石至而惊，遽命设席，拜于庭下曰："兄欲见石兄二十年矣！"言者以为罪，坐是罢去。其后竹坡周少隐过是郡，见石而感之，为赋诗，其略曰"唤作钱兄真可怜，唤石作兄无乃贤？望尘雅拜良可笑，米公拜石不同调"云①。

后世元、明间流传甚广，为《坚瓠集》本条之所出，明清小说尤其《红楼梦》称"石兄"所祖。

自上古石器时代逐渐形成的灵石崇拜，固然以女娲炼石补天故事最早也

---

① （宋）费衮撰，骆守中注：《梁溪漫志》，三秦出版社，2004年，第198-199页。

影响最大，但以石为有生命体进而人格化最早并较为典型者当推"生公说法，顽石点头"故事，而以称"石X"者，则有《太平广记》卷二七八《皇甫弘》：

> 皇甫弘应进士举，华州取解，酒忤于刺史钱徽，被逐出。至陕州求解讫，将越城关，闻钱自华知举，自知必不中第，遂东归。行数程，因寝，梦其亡妻乳母曰："皇甫郎方应举，今欲何去？"具言主司有隙。乳母曰："皇甫郎须求石婆神。"乃相与去店北，草间行数里，入一小屋中，见破石人，生拜之。乳母曰："小娘子婿皇甫郎欲应举，婆与看得否？"石人点头曰："得。"乳母曰："石婆言得，即必得矣。他日莫望报赛。"生即拜石妇谢，乳母却送至店门。遂惊觉曰："吾梦如此分明，安至无验？"乃却入城应举。钱侍郎意欲挫之。放杂文过，侍郎私心曰："人皆知我怒弘，今若庭辱之，即不可。但不予及第即得。"又令帖经。及榜成将写，钱心恐惧，欲改一人换一人，皆未决。反复筹度，近至五更不睡，谓子弟曰："汝试取次，把一帙举人文章来。"既开，乃皇甫文卷。钱公曰："此定于天也。"遂不改移。及第东归，至陕州，问店人曰："侧近有石婆神否？"皆笑曰："郎君安得知？本顽石一片，牧牛小儿，戏为敲琢，似人形状，谓之石婆耳，只在店二三里。"生乃具酒脯，与店人共往，皆梦中经历处。奠拜石妇而归[1]。

注出《逸史》。《逸史》，唐卢肇撰。《新唐书·艺文志》小说家类著录时，列在《卢子史录》之后，注："大中时人"，三卷。可见我国最早文人"拜石"故事至晚始于唐宣宗大中（847-859）间前后，乃皇甫生科举拜"石婆神"而如愿以偿的灵异故事。这与后来米芾"拜石"之对象、目的固然大异其趣，但是，拜"石婆"与拜"石兄"之都为"拜石"则后先相望，庶几可谓之一脉相承。

《逸史·皇甫弘》皇甫生之因科举拜"石婆神"后世知者不多，更未见

---

[1] （宋）李昉等编：《太平广记》（六），中华书局，1961年，第2206-2207页。

影响，而米芾"拜石"故事不仅成为后世流传极广的佳话，而且成为元、明、清诗人、画家创作的热门题材，留下不少作品，至今《拜石图》还是绘画创作与研究一大热点①。但是，人们有所忽略的是米芾"拜石"故事对小说的影响更为深广。这方面的表现，即使不说以《水浒传》写"石碣"、《西游记》写孙悟空为"石猴"等可视为"拜石"——"石兄"故事旁系之流变，那么《肉蒲团》写未央生在回头向善的关头，"自取法名叫作'顽石'。一来自恨回头不早，有如顽石；二来感激孤峰善于说法，使三年不点头的顽石依旧点起头来。从此以后，立意参禅，专心悟道"②的描写，则与"拜石"故事似潜有曲径相通，进而影响《红楼梦》作为把"石兄"——贾宝玉——置于全书中心、集"三千宠爱在一身"的唯一大书。

笔者曾论《肉蒲团》对《红楼梦》的影响甚巨③，今再补充说《肉蒲团》第二回写未央生的师父是"括苍山中，有一个头陀，法名正一，道号孤峰"，后至第二十回乃在孤峰和尚警悟之下自号"顽石"，这二人构成未央生"括苍山中……孤峰"之下"顽石"，既种下了《红楼梦》写弃在"大荒山无稽崖……青埂峰下"之"顽石"的因子，又隐含了后来《红楼梦》中"一僧一道"与"顽石"始于"青埂峰下"、终于"青埂峰下"之贯穿全书关系的格局。而更显然者，《红楼梦》首尾两回书中各称"顽石"即贾宝玉之真体为"石兄"，至其书本名即为《石头记》即"石兄记"，则其作者岂非又一"石颠"？其书岂非米芾"拜石"——"石兄"精神的嫡传，其"大旨谈情"又岂非与"生公说法，顽石点头"破"顽"破"痴"之义一脉相承？在这个意义上，米芾"拜石"——"石兄"故事至《红楼梦》乃大放异彩！这恐怕是褚人获选录此条入书时所梦想不到的，岂不也令人拍案惊奇！

---

① 参见段延斌：《〈拜石图〉图式的形成与衰亡》，《流行色》，2020 年第 5 期。
② （清）情痴反正道人：《肉蒲团》第 20 回，日本宝永刊本。
③ 杜贵晨：《试论〈红楼梦〉所受〈肉蒲团〉"直接的影响"》，《南京师范大学报》，2013 年第 2 期。

八 《金钗十二》与《红楼梦》"十二钗"

《坚瓠三集》卷一《金钗十二》：

> 唐人诗多用金钗十二，如白香山《酬牛思黯》诗："钟乳三千两，金钗十二行。"十二行或言六鬟耳。齐肩比立，为钗十二行。然梁武帝《河中之水》歌云："洛阳女儿名莫愁，头上金钗十二行。"是以一人带十二钗也。又《南史》载：齐周盘龙伐魏有功，高帝送金钗十二枚，与其爱妾杜氏，手敕云："饷周公阿杜。"此事甚佳，罕有用者。

按此条表明，"十二钗"之说起于南朝齐高帝赏周盘龙军功，给周之爱妾"金钗十二枚"，有"周公阿杜"一妾当"十二钗"之意；至于梁武帝《河中之水》歌言莫愁女"'头上金钗十二行'，是以一人带十二钗"虽亦有误，但二者以"十二钗"或"十二行"均指一人，与后世《红楼梦》之"金陵十二钗"指十二女子绝无关系。

以"十二钗"为指多人始于白香山《酬牛思黯》诗："钟乳三千两，金钗十二行。"但上引《坚瓠集》释以"或言六鬟耳。齐肩比立，为钗十二行"，未有旁证，其实是臆猜错会了。

"或言六鬟"的实质是以金钗"十二行"为"十二只"，每人插戴两只为两"行"，共"十二行"。但这显然是错误的。

按钗以"只"或"支"为量词，而"行"即行列，以钗成"行"则至少一"行"应该有两只钗，则"十二行"以一女两钗计，当为十二女前后相随为一列，每女双鬟各簪一钗，从侧面看两钗为一行，这样十二女共十二行二十四钗。

古代女子双鬟簪钗，见于唐代温庭筠《懊恼曲》云："两股金钗已相许，不令独作空城尘。"（《全唐诗》第二一卷）是说两鬟所簪带之双股钗已取其一赠男方为定情之物；又韦应物《长安道》诗："丽人绮阁情飘摇，头上鸳钗双翠翘。"（《全唐诗》第一九四卷）王建《宋氏五女》诗："素钗垂两鬓，短窄古时衣。"（《全唐诗》第二九七卷）更是明确说一女头饰两钗，以"钗"言为双，以"行"言为一，"十二行"绝非"言六鬟"，而是指十二位女子。

因此，论者每举白居易诗"金钗十二行"句为《红楼梦》"十二钗"所本，虽然言十二女子之数是正确的，但是毕竟"金钗十二行"不等于"十二钗"，从而不能顺理成章。

其错误在于钗之为一"行"至少两只，而为"钗"则一"钗"就是一只，代指一女子本人。也就是说《红楼梦》"十二钗"以一"钗"代指一女，是说十二个女子。若以"十二钗"等于"十二行"，虽然也是指十二女子，但"十二行"金钗之数是"十二钗"的两倍，必须经一女两钗解释的过渡，读者才可以明白。

因此，《红楼梦》"十二钗"虽然未必不是从白诗"金钗十二行"受有启发，却一定不是直接从"金钗十二行"脱化而来，当然更与齐高之"十二钗"、梁武之"十二行"无关。

因此，《红楼梦》"十二钗"或另有所本。笔者检索其出处仍在唐诗，当即长孙佐辅《宫怨》诗，诗长不录，中有句云："三千玉貌休自夸，十二金钗独相向。"（《全唐诗》第二〇卷、第四六九卷）

长孙诗写宫中与"三千玉貌"属对之"独相向"的"十二金钗"，无疑是指后妃中的十二位女子。这里"十二金钗"与十二位女子的正相对应，当即《红楼梦》"金陵'十二钗'"之称的直接来源。

虽然无法证明《红楼梦》作者确系采上引长孙诗句以成其"金陵十二钗"的命名，但其学识渊博，能知有长孙此诗此句是大概率的事，而至少此诗此句与《红楼梦》之"金陵'十二钗'"相相符合，是"红学"上应该有的知识。

当今数字化存在的时代，这个有关"金陵十二钗"来源的发现信手拈来，如此之易，以致笔者颇疑当有先我得之者，而恐怕有以无知为知之嫌。但是无论如何，今有学者以"十二行"为"十二金钗"的成见，应该得到破除和纠正。

九　《白土书门》与《歧路灯》风俗

《坚瓠九集》卷一《白土书门》：

> 《暖姝由笔》：今人访友偶无名帖及乏纸笔，辄取土墼或石灰书其家壁板"某人来拜"，此俗事耳。吾子行《闲居录》云：蒋洎字景裴，居葛岭宝胜寺东庑，名公士夫多器之。每一入城终日，归而白土书门者又满矣。

《暖姝由笔》，现存万历刊《藏说小萃》本为三卷。徐充纂辑。充字子扩，号兼山。江阴（今江苏江阴）人。《闲居录》一卷，元代吾子行（1268－1311）撰。子行名丘衍，号贞白处士。钱塘（今浙江杭州）人。子行学问淹通，艺尤精妙，遍读经史百家之书，每有心得，随笔札记，此书即其札记手稿，生前未刊。后由陆友仁得于吾丘衍从父家，抄录流传。由此可见，"白土书门"是元、明江浙风俗。以"十里不同风，百里不同俗"之说，未必北方亦有此俗。

然而不然。清乾隆、嘉庆间河南人李绿园著《歧路灯》写开封事，第八十九回《谭观察叔侄真谊，张秀才兄弟至情》写浪子回头的谭绍闻拒绝一班匪类勾引，闭门读书，但仍有张绳祖等前来打扰：

> 谭绍闻每日下学回来，后门上便有石灰字儿，写的"张绳祖叩喜"一行。又有"王紫泥拜"一行。又有"钱克绳拜贺"一行，下注"家父钱万里，字鹏九"。又有用土写的，被风吹落了，有字不成文，也不晓的是谁。总因谭绍闻在新买房子内念书，没人知晓，不然也就要有山阴道上，小小的一个应接不暇①。

这里写用石灰或土留言，也就是"白土书门"了。可见降至清代，此俗

---

① （清）李绿园著，栾星校注：《歧路灯》，中州书画社，1980 年。

在北方城市也已有流行的记载了，虽不知其始终如何，但已可断定其在元代以后至现代通信手段引入之前，曾经是一流行吾国南北民间的交际手段。此虽历史细节，但亦可资多闻。

十 《吏三十六子》与小说不写双胞胎

《坚瓠广集》卷一《吏三十六子》：

> 《近事存疑》载：康熙中，江南某府吏郑某，立心忠朴，为郡守所信任，分外厚遇。一日升堂呼之，见其衣服破弊，因叱之曰："我另眼看你，你为何袍子不做，装穷如此？"吏云："吏乃真穷，非诈也。"守叩问所以穷之故，吏云："小吏养子三十六人，只吃饭着衣，也要穷死。"守笑问曰："如何婢妾之多？"吏云："小吏只夫妇两口，子皆妻子所生。"守又笑问："你年纪不上四十，难道三、四岁就养儿子么？"云："小吏十八岁完娶，一年一胎，子皆双生，所以今年三十六岁，有子三十六人。"守问皆存活否，云："皆现在。"守命领来看。吏归，使大儿抱幼儿，中儿携小儿，拥挤一堂。守笑不止，取库银百两赏之，申文报司抚。司抚异之，各有所赠。张文玖述此，真异事云。

虽然如今互联网的时代信息畅通，古今中外此类多子故事已不足为奇，但"一年一胎，子皆双生"者实所未闻。古代小说写帝王将相，皇亲国戚，士农工商，各类家庭，无不重视子嗣，以多子为多福，并多写及兄弟者，如《水浒传》《儒林外史》等。但也许是笔者孤陋寡闻，未见有写双胞胎者，觉得好奇。

令人好奇的是，如《吏三十六子》记生活中"一年一胎，子皆双生"双胞胎现象虽所仅闻，但普通双胞胎现象并不难见，文艺或体育项目中尤其常见，但笔者既未见古今中外小说中写双胞胎人物，则相信这类描写一定不多，又该是什么原因呢？

这必非偶然。若做一个猜想，大概是文体活动中多见双胞胎因是用其体貌、性格极似而易于配合，方便诉诸现场表演中视觉的美感；而小说人物形象以文字描写诉诸读者阅读想象力的再创造，实难在同中求异。故金圣叹评曰："《水浒》所叙，叙一百八人，人有其性情，人有其气质，人有其形状，人有其声口。夫以一手而画数面，则将有兄弟之形；一口吹数声，斯不免再映也。"就是说写普通性情、气质、形状、声口人物形象尚且难于各有不同，则一手画双胞胎而欲使其个性分明，不是难于上青天了吗？所以是古今中外小说艺术一大难题！

十一 《金锭》与《小豆棚·金驼子》

《坚瓠五集》卷四《金锭》引《桐下听然》载金驼子故事，这个故事为清乾隆、嘉庆间曾衍东《小事棚·金驼子》所袭：两篇人物全同，基本情节无异。《金锭》标点本 675 字，《金驼子》标点本 1061 字，仅略有演绎并稍加点染而已。如《金锭》开篇：

> 洞庭东山金驼子背曲如弓，人称为金锭。人家有吉事，必邀金锭到门，以为佳谶语。遇吉日，远近争致之，得者为幸。驼一一至其家，莫不奉金钱馈酒食，欣然醉饱，盈袖而归。

《金驼子》袭改为：

> 洞庭东山金驼子，背曲如弓，心性灵敏，人多爱之，肖其形呼为"金元宝"。人家有喜庆事，总得金元宝到门，以为佳谶。金复能为诔词祝焉，故远近争致之。金一一至其家，莫不醵金钱、具酒食，欣然醉饱，盈袖而归。

又如《金锭》：

> 数年，家渐裕，有田二十馀亩。故膏壤，里中有力某者久欲之而未遂，一旦为驼所得，意甚恨，阴中驼役讼，倾其囊，田归于有力者。而

驼遂贫，即有庆贺事，亦无人延致矣。

《金驼子》袭改为：

> 数年，家渐裕。有田二十亩，皆膏腴地，旱潦无虞，乡人号曰"米囤"。里有某甲，富而贪，涎之，求售于驼，驼不卖。谚曰："乡里老儿生得怪，越贵越不卖。"甲意甚恨，辗转寻思，乃与役勾，使人讼驼。驼倾囊，遂欲鬻田。甲贱得之，价不及半也。驼自此贫，无有再问"元宝"来者。即自送"元宝"上门，而人亦视为楮镪也。

以《金驼子》之袭改对比《金锭》原文，虽依傍之迹甚明，但是增加了"金元宝""米囤""谚曰：乡里老儿生得怪，越贵越不卖"及若干讽世语，无疑使人物形象更加鲜明，故事情节更加生动。《金驼子》之抄化《金锭》全篇如此，可见其袭用固然不足为训，然作者似亦有知当"青出于蓝而胜于蓝"，是一定程度上也做到了，而总体成色大增。其虽袭用，但有所再造之功，亦不当一概抹杀也。

十二　《姚学士》与《小豆棚·少霞》

《坚瓠一集》卷三《姚学士》：

> 元学士姚燧字希声，致政家居。年八十馀，夏日沐浴，侍婢在侧，因私焉。婢前拜曰："主公年老，贱妾倘有娠，家人必见疑，愿赐识验。"学士捉其围肚，题诗曰："八十年来遇此春，此春遇后更无春。纵然不得扶持力，也作坟前拜扫人。"学士卒后，此婢果生子。家人疑其外通，婢出诗遂解。闻云间陆平泉事亦类此。

故事的关键在老夫少妻，父为幼子留诗以证其为继承人。其源头似可追溯至东汉应邵《风俗通义》载：

> 沛郡有富家公，资二千馀万，小妇子年裁数岁，顷失其母，又无亲

近，其大妇女甚不贤；公病困，思念恶聱争其财，儿判不全，因呼族人为遗令云："悉以财属女，但遗一剑与儿，年十五，以还付之。"其后儿大，姊不肯与剑，男乃诣郡自言求剑。谨案：时太守大司空何武也，得其辞，因录女及聱，省其手书，顾谓掾史曰："女性强梁，聱复贪鄙，其父畏贼害其儿，又计小儿正得此财，不能全护，故且俾与女，内实寄之耳，不当以剑与之乎？夫剑者，亦所以决断也；限年十五者，度其子智力足以自活，此女聱必不复还其剑，当闻县官，县官或能证察，得以见伸展也。凡庸何能思虑强远如是哉！"悉夺取财以与子，曰："弊女恶聱温饱十五岁，亦以幸矣。"于是论者乃服，谓武原情度事得其理①。

这个故事当然更为复杂，而《姚学士》记元学士姚燧事或属实，但无论其真假，其写姚学士留诗之意，溯源可接上引《风俗通义》载富家公留剑以为幼子长成后索还家产之用心，二者乃上下千载，一脉相传。但《风俗通义》此事更全面的脱化是明末冯梦龙编订《古今小说》中《滕大尹鬼断家私》，读者多能熟悉，就此略过。

《姚学士》的真正影响是曾衍东《小豆棚·少霞》。《少霞》故事除沿袭了《姚学士》老夫、少妻、幼子模式外，也是留诗以证，其诗曰：

> 七十年来又一春，此春度后更无春。只愁风木秋凋后，恐有同根釜泣人。

以此诗对照《姚学士》"八十年来遇此春"诗，可知意有证明幼子为亲生内容在内，二诗确有后先模拟关系。

但是，两诗也有明显不同，即《姚学士》中诗仅为破他人怀疑非其亲生而作，《少霞》中诗另有为幼子争取遗产继承公道之意。这显然是由于《少霞》增加了长子为恶霸占财产、欺侮幼弟的内容，从而诗中暗含了其亡父的担忧，为后来县官为其主持公道做了铺垫。这一部分情节包括增加了幼子长成后应试科举的内容，总体虽属于创造，但是其中由贤邑宰椐亡父遗志为幼

---

① （汉）应劭撰，王利器校注：《风俗通义校注》，中华书局，2010年，第588页。

子主持公道的情节，有远祖《风俗通义》载富家公留剑故事的成分，主要还是直接模拟了《滕大尹鬼断家私》写官断兄弟争产故事。

古代老夫少妻，身后遗产分配，在有长兄的情况下，少妻、幼子往往不得公道，遂自汉至清，络绎不绝，多有此类故事发生，也多被写入小说戏剧，是彼时社会人生一大悲剧。其个中人为老夫者之煞费苦心，死不瞑目，或使今之为老夫少妻者，亦细思极恐，所谓"遗安煞是费精神"①。

十三 《飘扬金箔》与《小豆棚·吕公子》

《坚瓠馀集》卷一《飘扬金箔》载：

> 刘五城《杂录》：有一豪富子弟张某，其父殁，昆仲析居之，次有馀资千金，各不欲存为公家事以滋扰，愿一创举，散之顷刻。遂货金箔，约值此数，至绝高山顶，乘风扬举。或飘舞长空，或粘缀林木，或散处水草，总成黄金世界。数里之内，人皆惊诧若狂，疑为天雨黄金，妇女儿童竞为争逐，终无所得。一时传为异事。而张氏亲党莫不称为豪举。较之隋炀帝于景华宫征求萤火数斛，夜出游山放之，萤光遍于山谷，反觉鄙陋。但炀帝富有四海，奢侈过度，尚且不能令终，此一富有之民，乃暴殄财货，取快一时，不知其人作何究竟也。

刘五城《杂录》不详，待考。此条叙事简略，当为乾隆中曾衍东《小豆棚·吕公子》本事。但《吕公子》为之生死肉骨，踵事增华，实有化腐朽为神奇之功。如其开篇曰：

> 武进吕公子，父为官保，家财盈溪壑。父死，公子享其丰，不能安，谓人曰："人之所少，我何为而多？彼之所无，我何为而有？是以高明之家，鬼瞰其室。我时凛厚亡之惧，而惕焚身之戒！"于是轻财好施，求无不与，时人呼之为"小春申"。而挥霍任意处，虽曰豪举，皆

---

① （清）李绿园著，栾星校注：《歧路灯》，中州古籍出版社，1980年，第10页。

出奇想，盖以速贫为愈也。

以此对比《飘扬金箔》开头介绍"有一豪富子弟张某……愿一创举，散之顷刻"云云，是同为散财之事，但不仅人物、家庭有变，而且散财之原因由"不欲存为公家事以滋扰"（即不守财以待官府盘剥）之现实社会的滋扰，一变而为多藏厚亡之惧和生欲速贫之想，从而与其所本事大异其趣，可谓模拟出新、似而不是者，其他，《吕公子》移用《飘扬金箔》情节有作"吕尝游瞰江山，令多人撒放金箔于峰头。吕坐松风台，置酒临江，玩其迷漫炫烂之景，号为'金雪'，自辰及申，犹霏霏不止"，沿袭之迹甚明，但《飘扬金箔》才 237 字，《吕公子》达 816 字。其议论亦迥然不同于前者，曰：

> 嘻！如吕氏之所为，岂吕氏之所能自为？盖诚有大力者驱而为之，以深明夫聚敛附益之为作牛马于儿孙者，徒为多事。是吕氏之散金游戏，其智不在中人下。说者多愚之。孰智孰愚，必有能辨之者！

鲁迅论唐传奇对前志怪小说的超越说："施之藻绘，扩其波澜，故所成就乃特异，其间虽抑或托讽喻以纾牢愁，谈祸福以寓惩劝，而大归则究在文采与意想，与昔之传鬼神明因果而外无他意者，甚异其趣矣。"[1] 移以为《吕公子》对《飘扬金箔》的继承与超越亦庶几近之。

十四　《义猴》与《小豆棚·猴诉》

《坚瓠馀集》卷一《义猴》：

> 《闻见略》：万历中，毗陵有乞儿，日系一猴至街坊施技索钱。积数岁，约有五六金。偶与同伴一丐饮，醉中夸诩。丐忽起谋心，置毒于酒，强灌之而死。取其所藏，瘗尸于野外，无人知觉。独猴不顺从，丐

---

[1] 鲁迅：《中国小说史略》，人民文学出版社，1973 年，第 54 页。

日加捶楚，猴勉随之。一日，忽失所在。时县尹张廷杰初下车，升堂瞥见一猴突入，跌坐丹墀，向令叫号。张异之，命一隶随其去向。猴竟至养济院，觅丐不获，复扯隶行，沿途乞糕饼与隶点心。行至大市桥，遇丐。双手拽住，跳上丐肩，批颊抓面，丐不能脱。隶拥至县，张鞠问再三，丐始伏辜。令隶押丐取银，包裹宛然，仍于野外扒开浮土，将尸入棺火厝。烟焰方炽，猴向隶叩头，跳入火中焚死。隶复命，张惊异，因作《义猴记》，刻石以垂不朽。

篇末有评点语曰："按王慎旃《圣师录》中，志汪学使尹金华，一猴诉冤，与此相类。"清初张潮《虞初新志》载王言（慎旃）《圣师录·猿猴》中一则云：

> 汪学使可受，初尹金华。有丐者行山中，见群儿缚一小猴而虐之。丐者买而教之戏，日乞于市，得钱甚多。他丐忌且羡，因酒醉丐者，诱至空窑，椎杀于窑中。异日绳其猴，复使作戏。而汪公呵导声遽至，猴即啮断绳，突走公之前，作冤诉状。公遣人随而往，得尸窑中。亟捕他丐鞠问，伏法。阖邑骇而悼之，买棺焚丐者尸。烈焰方发，猴哀叫跃入，死矣。

此与上引《坚瓠馀集》卷一《义猴》录《闻见略》为同一事，彼此皆简略。至清乾隆中曾衍东《小豆棚·猴诉》，义猴形象乃更加丰富圆满，生动感人：

> 潮州刺史署大门，槛、柱皆刻木猴而饰，不知其故。古梅杨夫子告余曰：
>
> 先是，市中有蓄猴丐者，豫章人，飘零韩水。尝养一猴，教傀儡铃索，以给朝夕。食则与猴共器，寝则与猴共处。村烟墟雨，凄其之况，怜猴者丐，而知丐者猴，两两相依，知己正在不言之表。丐有赢馀，积傀箱中，猴若为守虏者然。
>
> 一日，有无赖丐扳饮。猴见之，即变面作吼，怒形声色。丐斥之，

回顾指画，若识其不可与接者。丐固耽曲糵，一杯入手，便刺刺成心腹交。后，二丐寝处合之，猴终不释然。尝同往村落戏乞，馀钱则二丐卯饮醺醺，从此丐亦不复更有馀资也。每日牵担同行。忽至一荒原，前后市廛较远，山凹松杉，蔽翳道左。二人同行，无赖丐袖石扑丐，丐应声中颅而仆。复掣担连挥数十，丐遂殒。猴乘隙断锁，缘松顶。无赖丐恨指猴曰："毛团狡甚，幸生汝！"乃掘浮土瘗其尸，荷担而去。盖其醉后，曾告其箱有储也。

无赖丐去远，猴下树，悲鸣欲绝。入村人户中，长跪凄凄，俯首堕泪。人与之食，食毕复号。又去他村，如前村状。人习而怜之，皆不忍羁系，听其往来。暂随乡人入城市，市人始异之，继亦怜而饲之。人终不知其故。会太守出，舆过，猴忽拦舆嘶号，若有所指。隶人鞭扑，猴嘶益厉。守止之曰："毋！"令人随之，猴悲而先导，人止则猴若招之状。十里许，至松间浮土处，旋绕捶胸如躄踊。隶标返，告诸守。守诣其地，挖而见尸，猴哀不胜。验毕返署，而杀人者毫无踪迹。守素神明，亦一时计无所出。即牵猴问之，猴不能言。守沉思之，曰："古人覆盆之下，尚为雪冤，况尸证在前，凶身岂难缉获？"因类以求，缘情而起，遂呼吏胥于附近会赛处牵猴纵往，听其到。一月之间。而无赖丐以丐馀资又弄一猴，即以是猴之箱、之傀儡、之铃索而招摇于市。猴见，眦裂，前攫，豕啼而人跃，爪牙交错于丐人衣履之间。捕者就而缚焉，无赖丐曰："我猴戏者，何冤我？"捕曰："有戏猴冤者，故及汝。"絷至庭，一讯而服罪，以抵。

太守令牵猴至前，问之曰："汝仇报矣，盍归乎山林？"猴乃取向时傀儡衣，衣之；冠，冠之，如人鞠躬俯伏毕，复登大门揭阳楼之顶，长号数声，坠地以死。太守哀之，郡人义之，葬于揭阳楼下。故至今槛角楼头，不饰以狮象而猴之者，形其义也。

以上《坚瓠馀集·义猴》291字，《圣师录·猿猴》157字，《小豆棚·猴诉》891字。此所以不避繁引诸篇全文，既为省读者翻检之劳，也为便于与《猴诉》与《义猴》《猿猴》所记对照一目了然，知此同一故事所衍生之不同文本，因创作手法之异，而思想艺术之高下，乃判若云泥。读之可悟小说艺术，首先是故事，但其终极品位之优劣高下，更在人物形象言语行动之描写，在这个意义上也可以说是"细节决定成败"。

细节描写既是纪昀所谓"才子之笔"与"著书者之笔"[①] 的区别，也是我国古代笔记与传奇小说之间最明显的分野。俄罗斯作家冈察洛夫的长篇名著《奥勃洛摩夫》，其开篇以中译文百馀页的篇幅写奥勃洛摩夫的起床，则是世界小说艺术重在描写成功的显例。上述自《义猴》《猿猴》至《猴诉》艺术的演进，则是这一成功经验的中国证明。

十五　《土地夫人》与《小豆棚·湘潭社神》

《坚瓠十集》卷三《土地夫人》：

> 正德中，顾东桥（璘）知台州府。有土地祠设夫人像，顾曰："土地岂有夫人？"命撤去之。郡人告曰："府前庙神缺夫人，请移土地夫人配之。"顾令卜于神，神许，遂移夫人像入庙。时为语曰："土地夫人嫁庙神，庙神欢喜土神嗔。"明年郡人复曰："夫人入配一年，当有子。"复卜于神，神又许之，遂设太子像。时又语曰："期年入配今生子，明岁更教令爱生。"顾既撤夫人像，又听其入配塑子，益见民之易惑而神不足信也。

这个故事说顾东桥为知府，深通"神道设教"之术，夺土地夫人的神像改嫁府庙神为夫人，一年后又据郡人之言为府庙夫人配一子，于庙中再设府神太子像。似处处顺应民意，实际是以自己都不信之"神"忽悠民众，以收拾民心。这位顾知府的做法固不足为训，但其做法本身所暴露统治者"神道设教"的虚伪有启民智的意义。此外，上列曾衍东《小豆棚》不乏取材

---

① （清）张友鹤辑校：《聊斋志异会校会注会评本》，上海古籍出版社，1978 年，《各本序跋题辞》第 15 页。

《坚瓠集》者，因思此故事中顾知府移土地夫人改嫁为庙神夫人情节，似亦为《小豆棚》所化用。

《小豆棚》这个疑似化用《土地夫人》情节的小说即《湘潭社神》。这篇小说的主旨是讽刺官员赌博，其故事核心情节是湖南湘潭镇秀才尹某为"北郭福社"神，与湘潭社神赌输，请张姓能走无常者邀冥司肩夫石五共舆夫人以偿赌债。至则先是遭湘潭社神的拒绝而回，后因"北郭福社"神夫人恼羞成怒，坚持以身抵债，仍"呼舆"再赴湘潭社：

> 张苦其烦，躲隐处，逸而归。瘄时天已曙，闻镇上人传社神增一夫人塑像。张至祠视之，果然，乃告曰："此北郭之社夫人也。北社神与我社神博，北社负，穷不能偿，以夫人抵。"后，北郭人来舁以归，至夜，其像仍返，屡舁屡返。今湘镇社主，齐人也，而北郭之神犹鳏焉。

按篇末作者识语曰："余于役彝陵，合郡守掾至丞尉，莫不从事于博。其胜者，虽属吏亦傲上台；负者，即长官且气沮于末僚，将不至北郭社神之去妻偿债也不止，呵呵！"证明本篇为刺时之作。但其托于一神夫人改嫁为另一神夫人的模式与《坚瓠集·土地夫人》无二，很可能是《小豆棚》作者曾衍东从本条受到了启发，待考。

十六 《行情》与《小豆棚·柳孝廉》
《越州赵公救灾记》

《坚瓠八集》卷一《行情》：

> 商贾贸易，物价贵贱曰行情，不曰理与势者，可见不能使价之画一，悉随时为低昂，故曰情。昔赵清献知越州，两浙旱蝗，米价腾贵，诸州皆禁增价，公独榜通衢，有米者增价粜之。于是商贾辐辏，价遂顿减，民赖以安。若以势禁之，则商贾裹足，米愈少，必至于乱。当事者不可不知也。

我国自古虽以农为本，但历史上不乏荒年，给民生带来极大伤害，乃至有流民演为起义者，如汉代黄巾、绿林、赤眉，明末张献忠、李自成等。故救荒赈灾为历代朝廷与地方政要大事，而虽千方百计，而难有万全之策，从而也是古代小说家们热心关注的社会政治问题。《小豆棚》一书作者曾衍东曾长期做幕和任职县令，亲历荒年和救荒之苦况艰难，书中多有涉及。其中《柳孝廉》写青州府诸生柳鸿图，夫妻完娶不久，逃荒途中，不得已卖妻，以图各自存活。其后，夫妻先后单独为同一富室收留，而因柳中举，得再续鸾胶，破镜重圆，极尽悲欢离合之致。故事固引人入胜，但同样引人注目的是故事因灾荒而起，当时官府救荒之无术，导致如柳生之人生波折，故作者于篇末论曰：

> 忆自五十、五十一两年，东省各府旱荒，苗枯棉槁，杼轴为空，民皆束手待毙。国家蠲免之令、赈济之事、备御之策，靡不周详，较之前古，实所未有。而野中饿殍为狗鸢食者，仍相望不绝。呜呼！"救荒无善策"，诚哉是言也！又复鬻妻卖女，比比皆是，官府知之而不禁，盖鬻之则妻女去，而父母与其夫获生，否则终为沟壑鬼耳！是时草根芝蔓，每斤十钱。市中有货食者，辄抢而奔，比追及，已入口矣。又有数十为群，沿村夺食，夜则放火。故日未晡即锢户，通宵不得安静。如柳生之幸，诚千万中之一耳！

其曰"救荒无善策"，固然诚恳之言，但也只能是说没有手到病除、顿起沉疴的绝对"善策"，故本条《行情》值得一读，而其所根据"昔赵清献知越州"故事更值得研究。

赵清献即赵抃（1008－1084），字阅道，号知非子。衢州西安（今浙江省衢州市柯城区）人。北宋时期名臣，有"铁面御史"之誉。历官至右谏议大夫、参知政事，以太子少保致仕。卒后追赠少师，谥号"清献"。其知越州救荒事详《曾巩集》卷十九《越州赵公救灾记》曰：

> 熙宁八年夏，吴越大旱。九月，资政殿大学士知越州赵公，前民之

未饥，为书问属县灾所被者几乡，民能自食者有几，当廪于官者几人，沟防构筑可僦民使治之者几所，库钱仓粟可发者几何，富人可募出粟者几家，僧道士食之羡粟书于籍者其几具存，使各书以对，而谨其备。

此言大旱之后，于"前民之未饥"即调查情况，做好赈灾预案。又曰：

州县史录民之孤老疾弱不能自食者二万一千九百馀人以告。故事，岁廪穷人，当给粟三千石而止。公敛富人所输，及僧道士食之羡者，得粟四万八千馀石，佐其费。使自十月朔，人受粟日一升，幼小半之。忧其众相蹂也，使受粟者男女异日，而人受二日之食。忧其流亡也，于城市郊野为给粟之所凡五十有七，使各以便受之而告以去其家者勿给。计官为不足用也，取吏之不在职而寓于境者，给其食而任以事。不能自食者，有是具也。能自食者，为之告富人无得闭粜。又为之官粟，得五万二千馀石，平其价予民。为粜粟之所凡十有八，使籴者自便如受粟。又僦民完城四千一百丈，为工三万八千，计其佣与钱，又与粟再倍之。民取息钱者，告富人纵予之而待熟，官为责其偿。弃男女者，使人得收养之。明年春，大疫。为病坊，处疾病之无归者。募僧二人，属以视医药饮食，令无失所恃。凡死者，使在处随收瘗之。

此言赵公之千方百计，处置周详，而《行情》所称赞乃其中"能自食者，为之告富人无得闭粜。又为之官粟，得五万二千馀石，平其价予民。为粜粟之所凡十有八，使籴者自便如受粟"一法。此法之重要在于"公独榜通衢，有米者增价粜之。于是商贾辐辏，价遂顿减，民赖以安"，即发挥今所谓"市场经济"的作用，吸引周边商贾输入，既打击了当地商贾囤积居奇，又增加了市场供给，平抑物价，使饥民即使卖儿卖女，也至少不至于无粮可籴，从而达到减轻灾情、稳定局势的目的。"若以势禁之，则商贾裹足，米愈少，必至于乱"，诚哉，斯言也！《越州赵公救灾记》又曰：

法，廪穷人尽三月当止，是岁尽五月而止。事有非便文者，公一以自任，不以累其属。有上请者，或便宜多辄行。公于此时，蚤夜惫心力不少懈，事细巨必躬亲。给病者药食多出私钱。民不幸罹旱疫，得免于转死；虽死得无失敛埋，皆公力也。

是时旱疫被吴越，民饥馑疾疠，死者殆半，灾未有巨于此也。天子东向忧劳，州县推布上恩，人人尽其力。公所拊循，民尤以为得其依归。所以经营绥辑先后终始之际，委曲纤悉，无不备者。其施虽在越，其仁足以示天下；其事虽行于一时，其法足以传后。盖灾沴之行，治世不能使之无，而能为之备。民病而后图之，与夫先事而为计者，则有间矣；不习而有为，与夫素得之者，则有间矣。予故采于越，得公所推行，乐为之识其详，岂独以慰越人之思，半使吏之有志于民者不幸而遇岁之灾，推公之所已试，其科条可不待顷而具，则公之泽岂小且近乎！

此言赵公知越州救荒之敢于担当，善于担当，堪当大任，堪称表率而有千古，故其终篇乃云：

公元丰二年以大学士加太子保致仕，家于衢。其直道正行在于朝廷，岂弟之实在于身者，此不著。著其荒政可师者，以为《越州赵公救灾记》云。

曾巩（1019－1083），字子固，世称"南丰先生"。建昌南丰（今属江西）人。嘉祐二年（1057）进士。北宋政治家、散文家，"唐宋八大家"之一。其为《越州赵公救灾记》以"著其荒政可师者"，意在推广此救荒之法并以自勉。当此四海扰攘、新冠疫情如野火燎原之际，有司与防治从业者正在宵衣旰食、冒险犯难，笔者虽非"实在于身者"，但读此《行情》，仍不免感慨当今之事，颇有如临《柳孝廉》"救荒无善策"之境，而倾心想慕有如赵清献之能担当者并有相应"善策"，故随笔以记之。

十七 《上大人》与《孔乙己》注

《坚瓠九集》卷四《上大人》：

小儿初习字，必令书："上大人，丘乙巳。化三千，七十士。尔小生，八九子。佳作仁，可知礼也。"天下同，然不知何起。《水东日记》言：宋学士晚年喜写此，必知所自。又《说郛》中亦记之，大抵取笔划稀少，童子易于识认耳。祝枝山《猥谈》云："此孔子上其父书也。""上大人"为一句，"丘"为一句，乃孔子名也。"乙巳化三千七十士尔"为一句，乙一通，言一身所化士有如此。"小生八九子佳"为一句，盖八九乃七十二也，言三千中七十二人更佳。"作仁可知礼也"为一句，作犹为也，仁礼相为用，七十子善为仁，其于礼可知也。

鲁迅小说《孔乙己》注曰：

描红纸：一种印有红色楷字，供儿童摹写毛笔字用的字帖。旧时最通行的一种，印有"上大人孔（明代以前作丘）乙己化三千七十士尔小生八九子佳作仁可知礼也"这样一些笔画简单、三字一句和似通非通的文字。它的起源颇早，据明代叶盛的《水东日记》卷十所载："上大人丘乙巳……数语，凡乡学小童临仿字书，皆昉于此，谓之描朱。"大概在明代已经通行。又《敦煌掇琐》（刘复据敦煌写本编录）中集已有"上大人丘乙己……"一则，可见唐代以前已有这几句话[1]。

《孔乙己》注"描红纸"与上引《上大人》记为同一事，而后者注解"上大人"文句为详，又关键字"己"作"巳"有异，即"孔乙己"或作"孔乙巳"，可相参观。又《坚瓠补集》卷一《糖担圣人》上半曰：

《支颐集》有《糖担圣人》诗，惜失其名："曾记少时八九子，知礼须教尔小生。把笔学书丘乙己，唯此名为上大人。忽然糖担挑来卖，换得儿童钱几文。岂知玉振金声响，仅博糖锣三两声。"

其中也用及"上大人"云云，并可参考。又《坚瓠一集》卷三《盗窃书》：

---

[1] 《鲁迅全集》（一），人民文学出版社，1981 年，第 438-439 页。

有人借郎仁宝《诗林广记》《楞严经》。其家为盗入，因犬吠而所窃无几。明日，仁宝访之，其人曰："并子之书失去矣。"仁宝作一诗云："西厢月黑夜沉沉，盗入君家犬吠纷。却把《诗林》经卷去，始知盗贼好斯文。"

郎仁宝（1487-1566），名瑛，字仁宝。仁和（今浙江杭州）人。明藏书家。因体病不仕，潜心学问，著有《七修类稿》等。本条写其被盗失书，却写诗嘉许盗亦"好斯文"，颇见其好学心性。鲁迅著作多引用《七修类稿》，而《孔乙己》中写道：

> 孔乙己一到店，所有喝酒的人便都看着他笑，有的叫道："孔乙己，你脸上又添上新伤疤了！"……"你一定又偷了人家的东西了！"孔乙己睁大眼睛说："你怎么这样凭空污人清白……""什么清白？我前天亲眼见你偷了何家的书，吊着打。"孔乙己……争辩道："窃书不能算偷……窃书！……读书人的事，能算偷么？"①

其写孔乙己争辩"窃书不能算偷"云云，当即从《盗窃书》故事郎瑛诗末句提炼化出。由此可知鲁迅为中国现代小说的开山鼻祖，但其创作的立意与描写，往往有从他所更为熟悉的古代典籍中化出②，为研究鲁迅所宜知。

杜贵晨，男，1950 年生，山东省宁阳县人，山东师范大学文学院教授。

---

① 《鲁迅全集》（一），人民文学出版社，1981 年，第 435 页。
② 杜贵晨：《鲁迅文学与古典传统——以〈狂人日记〉为例》，《山东师范大学学报·人文社会科学版》，2004 年第 6 期

一片新天地

——校点《全清小说》自我实录

郭兴良

四十年前的 1982 年 11 月 22 日，在武汉《水浒传》和《施耐庵墓志》的学术讨论会上，我与欧阳健第一次谋面，他很有说服力的发言，给我留下了深刻的印象。第二天傍晚散步时交谈，知道他在逆境中研究《水浒》，将要出版《水浒新议》。时我正讲授元明清文学，便向他索赠，他将我列入赠书名单，并马上寄给了我。第二年，我将反观历来学界视《荡寇志》为"反动小说"而撰写的《一座逆作者之愿而矗立的纪念碑》文章寄给他，他热情地加以肯定，遂促成了他的《谈〈荡寇志〉价值的来源》，在《曲靖师专学报》1985 年第 2 期发表。

大约在 1988 年左右，他约我参撰《中国通俗小说总目提要》。这是一次难得在他直接带领下的大型学术工程，我深感荣幸，便认真做了准备：一是动员图书馆购置了晚清四大小说期刊《绣像小说》《月月小说》《新小说》《小说林》；二是按提醒到云南省图书馆去看全国罕见的云南留日学生同乡会于 1906–1910 年创办的《云南》杂志连载小说的《死中求活》。我专门去了昆明，找旅馆住了几天，每天去省图看《云南》杂志，详摘了万多字的《死中求活》，按要求凝缩成 1000 多字的提要。1990 年 1 月，《中国通俗小说总目提要》由中国文联公司出版，据说韩国蔚山大学还全译出版了本书。其后，欧阳约我依收入《总目提要》所收条目，写成数篇鉴赏文章，收入他参与主编的《中国通俗小说鉴赏辞典》（南京大学出版社，1993 年）。

我当时虽然想就古代通俗小说作更深入研究，但环视此领域杰构如林，自己恐难取得像样的成果，便转而关注文言小说。1994 年 2 月，拙著《元明清文学探要》由云南大学出版社出版。云南大学中文系主任张文勋教授在为拙著写的序中说："在现在已取得可喜成就的基础之上，今后应适当缩短战线，在某一领域作重点深入的系统研究，例如像兴良自己计划拟对晚清文言小说的研究等等。"遗憾的是，由于系务、教学、各种社会事务的繁杂，偿还与此无关的文债，使我总是处于穷于应付之中。直到 2018 年 12 月 2 日，欧阳给我来电邀约参与《全清小说》校点，距注力于古代文言小说，至少荒离了二十五年！

听到欧阳熟悉而久违的声音，我既兴奋又犹豫。兴奋的是，在不多的有生之年，竟能参加这么一件早存心中且很有意义的盛事；犹豫的是，怕做不好，辜负了他的美意。他特别鼓励我说，年纪大了，就当作"学术养生"吧！一下就让我"激情燃烧"了起来。他与我生于同年同月，还长我 5 天，居然能主持如此巨大的学术工程，本身就是典范。想到四十年来的情谊，想到读他"人生磨难系列"的感同身受，如今能在他带领下做很有意义的事，我乐意参与，我决定跟着在校点《全清小说》新途上，做一个好好干活的劳动者。

于是我更换了新电脑，通过各种途径准备即将承担校点的底本，领会录入校对要点，以及有关文字统改、校点交流、样品示范、进度告知等，不断检查对照。又认真学习漆永祥《当前古籍整理诸问题刍议》、张剑《古籍整理应避免"后出转劣"》等文章，借以自警自励。"顺治卷"出版后作为最实在的范本，多次翻开借鉴，而且由此增强了信心与自豪，激发我按时按质交稿的紧迫感和责任感。

两年多来，我完成了十一件作品的校点，让我深深感到《全清小说》展现出的是这样一片天地。

这片天地很新

首先，《全清小说》呈现出中国小说的新貌。早在 2300 多年前，"小说"一词便出现在庄子笔下："饰小说以干县令，其于大达亦远矣。"（《庄子·外物》）意即用经过包装（饰）的细言小语来求取（干）高高的（县，通悬）美名（令），这与高深的思想理论学说（大达）差距也太大了。

庄子对小说的界定虽不无贬义，但毕竟肯定了它的存在，且将其定在非正统"主旋律"的大达之外，这里仍有着远为广阔的空间。虽然西汉末刘歆列诸子九流十家，贬抑小说家，但他无法取代或消弭小说的存在。到东汉初班固，则明确将小说家列为诸子十家之一，并论述了小说的来历、特征，与"诸子弗为"亦"弗灭"的原因。他在《汉书·艺文志》中说：

> 小说家者流，盖出于稗官，街谈巷语，道听途说者之所造也。孔子曰："虽小道，必有可观者焉；致远恐泥，是以君子弗为也。"然亦弗灭也。闾里小知者之所及，亦使缀而不忘；如获一言可采，此亦刍荛狂夫之议也。

孔子既肯定小说"必有可观"，又认为"致远恐泥"，这正道出了历史上小说的状态和亘古长存又不被看重的命运。

即便到了清代，小说繁盛了，人们在意识中仍偏于说部，因为白话长篇小说既符合讲究环境、人物、情节三要素构成的小说概念，许多人、包括不少中文系师生，说到清代小说，往往直认《红楼梦》《儒林外史》，即使知道《聊斋志异》是文言短篇合集，他们也从观念上分不清体例属性，而混归为同类。为了消除读者对清代小说属性界定认识不清，我曾建议把《全清小说》改名为《全清文言小说》或《全清文言古小说》。欧阳主编发来他的《"标准"的小说与小说的"标准"》，细读之下，我如同醍醐灌顶，方知以《全清小说》命名之妙，这是在为诸子之一"小说家"正名、并提供强大实例为之佐证啊。中国特色的"小说"，是具有中国气派、中国风味、中国智慧、中国审美意趣和以中国独有文言文为载体，所表现出中华民族文化心理结构的小说。《全清小说》由于它的集大成性，从而坐实了从孔子、庄子、刘歆到班固所奠基的中国小说、即诸子百家中"小说家"的正宗归属，它以磅礴之势陆续推出，必将让世人感到中国古代文学因之呈现的气象一新。

其次，《全清小说》第一次收入了过去许多未曾被关注、阅读、研究的作品，例如 2020 年 9 月出版的"顺治卷"，收书 30 种，多数未出过校点本，且多有以往未著录的珍本与孤本。即如我承担的项目中，取自《月月小说》的"啸天庐拾异""研尘剩墨"，就没有集成册校点，其他如"新笑史""新笑林广记""俏皮话""滑稽谈"等虽成册石印过，但与杂志原始文本仍有一些错讹，我都做了必要的校点和匡正，这类问题我将在以后另文说明。这说明《全清小说》有相当大部分曾是"未开垦的处女地"，它们"养在深闺人未识"多年，一旦露面，同样令人耳目一新。

这片天地很富

三四千万言的《全清小说》是中国小说的"富矿"，如今通过校点整理，相当于探明了"矿体"。我虽只是接触了全矿的极少部分，却已分明感受到了深处宝藏太多了。

要问《全清小说》富到什么程度，宏观展示我做不到，因为那要等全书出齐才清楚，但通过微观之见作一些推想，是可以作一些想象的。

就单体言，清代除《聊斋志异》外，鲜有能与《红楼梦》《儒林外史》乃至四大"谴责小说"比肩的；但就反映社会生活的全面、细致、写实而独特，《全清小说》并不逊色于同期说部，因为写作的随性、自由、迅捷、敏锐和落地生灰的实录性和新闻性，往往比同期说部更能反映社会各层次，尤其是知识阶层和社会底层人们生活情态的鲜活，其笔触可以说达到了无时无处不涉、无人无事不及的地步。

且不说我校点和阅读过的作品，单李伯元（1867-1906）一部《南亭笔记》，就让我感到了清代文言小说内蕴的富厚。

李伯元的长篇白话小说《官场现形记》，写尽了晚清官场的腐败黑暗、道德沦丧，说明整个政治体制窳败腐朽，已经不可救药了，连慈禧太后都感叹："通天底下一十八省，哪里来的清官？"然而，李伯元是否只看到晚清官场简直就是一个"畜生世界"，毫无一丝亮色呢？当然不是。作为诸子小说家的小说《南亭笔记》，出现在笔下的人物，虽然人们评价有褒贬，即使否定性人物，他也是"正常的坏人"，何况不少还是推动了历史发展的重要人物，例如林则徐、于成龙、曾国藩、左宗棠、李鸿章、张之洞等等。

让我从李伯元写的清朝皇帝说起吧。从康、雍、乾至嘉、道、咸，不仅写他们的政务，还写他们的生活细节：

> 康熙暮年，牙齿尽脱。尝在池上率嫔妃钓鱼取乐，偶举竿得一鳖，旋脱去，一妃曰："王八挠了（北京谓走曰挠）。"皇后在左曰："光景没有门牙了，所以衔不住钩子。"妃斜视康熙而笑不止。康熙怒，以为言者无意，笑者有心，因贬妃终身不使近御。

再看康熙后的几位皇帝：雍正日理万机，"罕御声色"，偶观戏时，戏中扮常州刺史者问："今常州守为谁？"犯了伶人贱辈擅问官守之讳，被立毙杖下。乾隆南巡，"素工献纳"之淮南道章攀桂，"以缕丝造吐盂"，帝大怒，致欲媚上求宠之章攀桂"终其身不迁其官"。咸丰躬身节俭，为缀补套袴洞，却花去银两数百。光绪朝时，入了军机的王大人，面对荣、鹿二权臣相争，只笑不表态，惹得西太后曰："你怕得罪人，真是个琉璃蛋！"打了受贿一个"中伏一虾，摇之则动"天然石王大人的脸。这些细事，突出并丰富了还"龙凤"为常人的个性，读来有趣，其处事行为，亦给人启发。

再说几位亲王，也各有特点：礼亲王号"啸亭外史"，深于许慎之学，13岁得《说文解字》，寒冬围炉失火，包衣群救至前，"王犹未释卷也"。肃武亲王豪格，射死张献忠，应了"吹箫不用竹"之碑文之谶。恭忠亲王嗜酒，喜唱昆腔，致侍者亦精此道，因而能轻易获赠。醇王春容大雅，监科考场时，被某考生携荷兰水不慎激射面颊，众大惊而他辞色不变，人服其涵养之深。这些记述，颇有稗官野史之味，而收益人之效。

至于出现在《南亭笔记》中的官场，则迥弃于《官场现形记》所写官场的污浊。略举数例如下：

于成龙：以直隶巡抚迁两江总督时，一按察使劝曰："公过清严，则上下之情不通；某意欲具一餐为公寿。"于笑拒曰："以他物寿我，不如以鱼壳寿我！"鱼壳乃两江巨盗。后在于总督谋划指挥下，终将鱼壳擒斩于市。因政绩突出，康熙谕彰："原任总督于成龙，博采舆论，咸称为古今第一廉吏。"

林则徐："平日用心周密，公牍必自披阅。"自备四册人名簿，每人兼注籍贯，自设编法，方便检索翻阅。他"由新疆释回，行至半路而卒"，死因或疑：有鸩之者，将毒涂于轿中扶手，时值盛夏，其气入于口鼻，事遂尚无形迹可查。

刘铭传：以军功起家，粗识文字，幕僚起折稿，遂命人诵之，"其不当意者，辄摇首命改"，而改处皆至紧要。"后改文职，益至谦抑，初学作小诗，后竟能文"。作为台湾首任巡抚，他开办铁路、煤矿。

曾国藩：居然会被骗。一天有客来访，曾见客"衣冠古朴，而理论甚警"，便"颇倾动"。客说胡林翼精明，不能欺；左宗棠执法如山，不敢欺；曾公非二人可比，"虚怀若谷，爱才如命，而又待人以诚，感人以德"，故不忍欺。说得曾公大悦，待如上宾，并授巨金托他代购军火。不料此人得巨金后，便去同黄鹤。公顿足曰："令人不忍欺！令人不忍欺！"

左宗棠：因与曾国藩不和，每见部下诸将必骂曾，而诸将多为曾旧部，他们烦不胜烦，说大帅不快于曾公："何必朝夕对我辈絮聒，吾耳中已生茧矣！"左帅还"好自誉其西陲功绩，每见人刺刺不休"。

李鸿章：《南亭笔记》详写了关于他的 10 多个小故事，录一如下："文忠暮年，蓄指甲长而曲，几如鹰爪，尝与海军武员握手，触其肤，几流血，武员大怒，拂衣而去。彼时国犹全盛，外人慑我威权，若今日则必遭殴辱矣！"文字不多，内蕴深矣。

张之洞：这是李伯元着笔最多的人物，16 卷的《笔记》，第 16 卷专写张，加上其他卷所涉，50 多个故事，数量是李鸿章、左宗棠相加总和的两倍还多。所写他博学强识，喜读书，通西学，训练童子军，号令不定时，反对滥用公款，痛诋吸食鸦片，不善骑马善骑驴，力废科举行新学，考察学堂、又觉人才不可恃，与李鸿章不和、李逝祭幛只一"奠"字、不多赞一词，等等。

此外，还有年羹尧、袁世凯、纪昀、郑观应、冯桂芬、曾纪泽、赵尔巽、吴大征、翁同龢、吴稚辉、王懿荣、胡雪岩等等，他们各自以不用的角色，争相登场表演。

《官场现形记》激愤之情强烈，不惜夸张到极致，而《南亭笔记》异常理性、褒贬有度，二者构成了李伯元的时代观、社会观，较好地将作家、报人、学者集于一身，仅一部笔记就足以看出《全清小说》有多么富厚了。

这片天地很美

我校点的清代最后两朝十一件作品，虽不乏美的爱情故事、美的风光环境描写，但给我留下深刻印象的美主要有：

一是新奇美。光绪、宣统朝，正值李鸿章称"三千年未有之大变局"时期，西学东渐吹来的欧风美雨，让更多西方人进入神州大地，随之带来了洋事物、洋名称、洋习俗、洋思想、洋艺术，甚至在传统的文言小说中，居然嵌进了英文、法文、日文，让开始睁眼看世界的中国人感到新鲜奇特。

一百三十多年前的庚子年间，光绪帝曾询问出使过英、法、德、荷、意、日的钱念劬："究竟现在我们中国政治比土耳其如何？"钱奏对毕，出以语人，"金知光绪于西国历史固无不浏览也"。

古老的神州大地，此时帝制面临结束，新思潮不断涌起，小说中的新派、旧派，各种意识形态碰撞、交流、融合，报纸、杂志、学校、演讲，推波助澜，很有点百家争鸣的味道，或者说呈现出万花筒般的状貌，留给人别样的审美感受。

二是智慧美。这突出表现在《中国侦探案》中。作者吴趼人有感于某些国人盲目崇拜外国人到了令人咬牙切齿、恨而不能斫其头、射其嗓咽的程度，在那些人眼里："外人之矢橛为馨香，我国之芝兰为臭恶；外人之涕唾为精华，我国之血肉为糟粕；外人之贱役为神圣，我国之前哲为迂腐。"他们将"我国之数千年之经史册籍，一切国粹，皆推倒之，必以翻译外人之文字为金科玉律"（本书弁言）。作者比较中外侦探案，认为外国侦探"非尽纪实也，理想实居多数焉"，故"必有超轶于实事之上，出于人人意想之外者"。吴趼人不满国人崇洋媚外，便急辑《中国侦探案》，以中国非凡的"中国能吏"破案，让读者去辨识："外人可崇拜邪？祖国可崇拜耶？"读完三十四个侦探案，结论自然不言而喻。

且不说精彩复杂的案例，仅举其中一个小例：

> 某妇杀夫后且焚其庐，夫弟控之官，官检验毕，直判妇谋杀，妇不服。官命取二猪，杀一活一同积薪焚之，后验结果：杀死而焚者，口中无灰；活而焚者，满口皆灰。而其夫口中无灰，妇乃伏罪。

此案名《烧猪作证》，全文除去标点符号，仅96个字。判案之精准、迅捷，描述之生动、明快，令人称绝。

三是情趣美。我校点的《新笑史》《新笑林广记》《俏皮话》《滑稽谈》，皆吴趼人所著，共345篇（含自序两篇）。其文章是名副其实的"短书"，字数多者数百，少者几十，最短如《新笑林广记·旗色》：

> 西例旗色均有分别，以红旗为危险，以黄旗为病，中国招商局之商旗，红底黄心。或指之笑曰："是危险而患心病者也。"

全篇45字、9个标点符号，末句点题，意味深长。

诸如此类的篇章数以百计，在忍俊不禁之中总让人默思回味，足够写一篇长文的，此不赘例了。

四是语言美。到光绪、宣统朝时，传统文言文由艰深典雅趋向浅俗易解，其格调与白话小说呈现某种程度的"互化"，即文言小说"白话化"，白话小说"文言化"。前述《旗色》通俗易懂，有些笔记中甚至会不时窜进白话、口语，如慈禧说的"你怕得罪人"；而白话短篇中，又有"吾欲将吾此数月之历史"之类。这种现象的出现，跟时代演进有关。开通民智，大倡白话，方能入大众；若传统文言一味艰深、佶屈聱牙肯定小众化，而满篇口语，又会弄得文字拖沓，难免肤浅。所以浅文言、雅白话自有其独特的美感，且可为当今书面语言所借鉴。

有些描述，如《南亭笔记》中写柏俊因科场案发，内阁某臣拟旨"法无可恕，情有可原"，欲脱其罪，被肃顺颠倒为"情有可原，法无可恕"，终治其罪；这与"屡战屡败"颠倒为"屡败屡战"颇有异曲同工之妙。

《全清小说》的语言美值得研究。在我承担的项目中，其语言之美，可说触目皆是，俯拾即有，可以说它是五四运动倡白话的一种铺垫或先声。

这片天地很大

《全清小说》作为最新标准编撰的清代文言小说总集，体量很大。从已经正式出版的《顺治卷》看，全卷6册，250万字，仅占全清的二十分之一。如此概算，《全清小说》出齐不下百部、4000万字。就我所承担光绪、宣统的部分作品看，不仅有集成册的，还有散见于当年报刊、从未有后人辑录过的，如《啸天庐传奇》和陆续发现的《新聊斋》（平等阁）《反聊斋》（破送）等。

《全清小说》不仅规模大，而且内蕴的信息量也很大，可以说它的外延与当年社会生活的外延几乎同大，与当年其他种类文学相比，虽不占"江山半壁"，也会是不可或缺的重要一块。

因此，随着《全清小说》的出版，清代文学史应当加以充实、甚至部分改写。同样，《全清小说》作为开端，由此上推，全明、全元、全宋、全唐直推到先秦，不仅可有体量更大的《中国小说总汇》，也必然会因之而对整个中国古代文学史做出重要补充和改写。

通过极小部分的校点，我对《汉书·艺文志》关于小说的界定和存续至今生命力的强大有了全新的理解，对能参与这项空前的学术工程，感到幸福和自豪。

因篇幅所限，校点的其他收获与体会，如语言（主要是文言）的训练，知识的增长，《南亭笔记》涉及文学、艺术方面的价值，单个作品的鉴赏与评价，问题的处理，面临的困难，等等，只好另外行文与大家交流并讨教了。

存一代精神气象，以待后贤之契会

刘昆庸

　　说部起于先秦，从事者虽欲成一家之言，终不免于"不入流"之讥。静思其故，盖事易动人，而理难耸听。且善叙事者，多不长于思辨，难入幽玄之境，作造微之谈，故不能列于立言者之席。然仅就叙事一端，则派分史部，亦自可观。且人情事理，言者条理其迹，闻者各究其则，其益人神智，增广见闻，自有不可掩者。且于人情之常，喜闻乐见者，踵事增华，渐渐刻画入微，亦文化演进之必然。以故从来虽视为小道，而作者独多，所积尤富；而泥沙俱下，良莠杂陈之疵，亦不得自免。

　　有清一代，异族入主中原，不能自安，故以帝王为天下师，挟孔孟以令天下士子。树理学为宗旨，讲习经义，而不敢越雷池一步。经者济世自救之道，既不能穷其理而究其实，则转而为文献考据之勤敏，于是朴学蔚为风气，成一代学术之大观。刚日读经，柔日读史，或讲义，或考史，或纪闻，其馀事为讲席馀沈，说部之流风。又上接经史流韵，传奇平话之风，其繁富驳杂，可游可息，可喜可惊。至今，清代经史考据之学，为人所重，校理者多；而子部、集部之丰，知者既鲜，见者尤难。于是有识有心者起，欲以"全清小说"为题，搜罗董理有清一代说部成绩，裒聚为著作之林。其功虽不能拟于芸台之十三经注疏，皇清经解之丛汇，亦一代文献之大观，实盛世修史之助也！

　　愚不敏，忝列编著之次。经手校正者七种，中有早已脍炙众口之名作，亦有未经人道之孤本。有补方志史乘之不足者，亦有说部之滑稽突梯，无关大雅者。丹黄之际，寝馈其笔墨心情，颇感一代之文字，自有一代之精神气象在。一代之心血寄托存焉，后人经手时，虽曰常琐屑小道，亦自有可观可爱者。或致远恐泥，颇亦觉隔代相亲。况复言近旨远，寄托遥深之笔墨，虽寓小说，实存大道。于今研讨之，上参经史，旁通古今，实有相视一笑、默然心会之遥契。校读者之心得，于句读间稍见其意，于题解小注，犹存深思之迹，现在校读者之思维，欲上接过去作者之文心，而下开未来学者之慧眼，于中，过去心、现在心、未来心，三心交光互映，万象森罗而不可得，是亦慧业公案，何妨同参。

文献之校理，在存一代之规模，发潜德之幽光，承前而启后者。往者已逝而非不关己，来者难思而寄望尤切，于往来之际，得与此存续大业，则文脉不绝，固因华夏文明久大之功，后生小子相与之用，亦得流布广远，岂非大幸！

余固知作者之心，校者之力，董理始终之组织者，不计工本乐成其事之付梓流通者，随此浩大工程之渐底于成，而为名世之功，遗后贤以无尽藏。是所馨香祝祷之，亦欢喜赞叹之。

2021 年 1 月 24 日 于福建师范大学

※　※　※

并不"此心光明"

遗言"此心光明，亦复何言"，让王阳明成了天下第一的真君子、大丈夫。张贵胜《遣愁集》卷二：叙王阳明既擒宁王，正德皇帝却要放了宁王，来个"亲自平叛"，形势对王阳明很不利，"适二中贵至浙，阳明张宴于镇海楼。酒半，屏人去梯，出简书二篋示之，皆此辈交通逆藩之迹也，尽付还之，二人感谢"。此举固有无奈之处，但将犯罪证据归还当事人，似不合"当从心髓入微处用力，自然笃实光辉"。（斯欣）

《全清小说》研讨会综述

于平

文物出版社与南京师范大学文学院联合举办的《全清小说》研讨会，2021 年 5 月 22 日在南京师范大学随园校区南山专家楼召开。出席会议的有：《全清小说》顾问李灵年、王立兴，《全清小说》主编欧阳健，南京师范大学文学院院长高峰教授，《全清小说》江苏省校点者；文物出版社社长张自成，古籍图书中心主任贾东营、副主任刘永海；教育部人文社科学重点研究基地福建师范大学闽台区域研究中心副主任吴巍巍；以及南京师范大学部分古代小说研究者。会议发布了新书《全清小说·顺治卷》（全 6 册），会议深入探讨了《全清小说》出版的相关问题，决定在《全清小说》编纂出版的同时，筹办《全清小说论丛》，以深入推进"全清小说"的研究。

文物出版社社长张自成在开幕式上致辞。他感谢南京师范大学文学院，提供了一块宝地来举办这个会议。会议具有承前启后的重要意义，一是向学界和广大读者展示阶段性成果，二是总结经验，交流研讨，为接下来《全清小说》九卷的顺利出版筑牢基础。他说，第一卷《顺治卷》共 6 册，从 2019 年上半年开始交稿，中间经过设计、排版、审校等工作，截至 2020 年底，全部印装发售，历时近两年。这两年中，出版社做了很多工作，在一些技术上的细节与欧阳健先生进行了不间断的沟通。后期的出版过程，也很曲折：为确保收书年代的准确，根据学术研究的成果，书目顺序几度调整；为做到尽可能不留遗珠，一旦有新的发现，双方及时沟通，并寻找合适的整理者，将新发现吸纳进来。此次新书发布会本该尽早举办，但受新冠肺炎疫情影响，一直推到今天。

张自成社长说，《全清小说》为清代小说的集大成之作，是迄今为止以最新标准编纂的清代文言小说总集，为学术界与小说研究界提供有关清代文言小说的完备资料，具有巨大的学术意义。《全清小说》收书500馀种，共计3000馀万字，有百位明清小说界的专家学者参与整理。李灵年先生将这套小说的特点，概括为三个字"新、全、精"；王立兴先生说："白话与文言，是清代小说创作的两翼。"通过这套书，我们会明白，以《红楼梦》为代表的清代白话小说，其实只是"明清小说"的冰山一角；认识了《全清小说》，才能让我们真正见识到在文学史上与唐诗、宋词齐名的"明清小说"，到底是一个什么样的庐山真面目。

张自成社长说，基于对这套丛书学术价值和社会价值的判断，文物出版社果断将其纳入出版计划，并作为重大出版工程来推动，积极申报国家古籍出版十四五规划。文物出版社是全国古籍出版社联合体28家成员之一，对传世古籍及出土文献的整理出版，是文物出版社一贯的传统，也是文物出版社图书出版中很重要的一个板块。全社上下对这套书的出版高度重视：时任中国书协主席苏士澍先生，亲自为本书题写了书名。文物出版社张广然总编辑两度出差福州，专程就全清小说的出版拜访欧阳健先生。这套丛书的前期整理和联系出版，欧阳健先生付出了20年，倾注了极大心血，过程非常艰辛。2019年底，我与古籍图书中心的相关负责同志，到顾问侯忠义先生家咨询《全清小说》的出版事宜。此时在这里，我们要向已故的侯忠义先生致以崇高敬意，感谢他对《全清小说》出版所做的工作及大力的支持。《顺治卷》全六册的出版，只是这项出版工程的第一步，为使这个重大出版项目尽快完成，文物出版社将继续加大对这套书的人力、财力、物力的投入。也期冀各位专家学者投入更多精力，来进一步加强书稿整理的质量，一起共同推进。希望通过各方的共同付出，将这部丛书打造成为一部传世经典。

张自成社长还特意向杨志刚先生表示敬意。他说，从2018年上半年开始，出版社的编辑通过"稀见笔记丛刊"的忠实读者杨志刚先生牵线，与主编欧阳健先生进行联系、沟通，表达了文物出版社有意出版这套书的意愿。经过多次磋商，2019年1月，正式签订出版合同，向他表达特别的感谢和敬意！

讲话后，张自成社长与《全清小说》主编欧阳健为新书揭幕，张自成社长代表文物出版社，向南京师范大学文学院赠书。会议还向与会学者赠送《全清小说》（顺治卷）。

南京师范大学文学院院长高峰教授讲话，对会议在南京师范大学召开表示欢迎。他说，南京师范大学的前身，可追溯到 1902 年创办的三江师范学堂，历经两江优级师范学堂、南京高等师范学校、国立东南大学、国立中央大学。1952 年全国高校院系调整，组建南京师范学院，1984 年改为南京师范大学。今天在大观园原址召开"《全清小说》研讨会"，可谓适逢其地。南京师范大学拥有明清小说的专家，如谈凤梁先生，著有《中国古代小说简史》《古小说论稿》等，主编《历代文言小说鉴赏辞典》，李灵年先生著有《清人别集总目》《中国古代文学作品选析》《聊斋志异导读》等，还有陈美林先生等，都取得丰硕成果。通过这次会议，相互交流成果，推动学术发展进步。

《全清小说》顾问李灵年教授讲话。他说，自己能以九旬高龄，参加《全清小说》新书发布仪式，与《全清小说》研讨会，感到非常荣幸。听了张自成社长、高峰院长的发言，受到极大启发与鼓舞。《全清小说》能在文物出版社出版，实在是难得的机遇。对于文物出版社传承文化的眼光与魄力，十分钦佩和赞赏。《全清小说》起步于二十三年前，全体校点者不离不弃，孜孜以求，今天终于梦想成真，喜出望外，热烈祝贺。清代文言小说，占清代小说半边天，受到人们的高度重视。古代小说的文体，与现代小说有很大区别。比如"丛残""志怪""传奇"等等体裁，还须与宋元以来出现的另一大系列的"通俗小说"加以区别。运用"古体小说"这一称呼，与过去所谓的"旧小说"和"笔记小说"都划清了界限。这次会议是工作会议，拓宽视野，总结经验，找出差距，增强文献意识。打造成精品，经得起历史的考验。

《全清小说》主编欧阳健讲话。他说，《全清小说》第一次研讨会，为什么选择南京师大文学院？除了高峰院长的热情支持，还有热心朋友江庆柏、田俊先生的精心安排，还有以下四个因素：第一，《全清小说》项目起步于南京。1997 年 10 月 17 日，在侯忠义先生主持下，在江苏教育学院百草园，召开了全国文言小说研讨会，确定了从文学角度、根据古今结合的原则，以"叙事性"为区分小说与非小说的标准。这是集体智慧的结晶，在学术上是一个创新。编纂《全清小说》的二十年，就是履行新"标准"的学术实践的二十年。第二，《全清小说》两位年高德劭的顾问李灵年、王立兴教授在南京。李灵年先生是南京师大文献学专家，著有《清人别集总目》等。王立兴先生是南京大学古代小说专家，著有《中国近代文学考论》等。我和两位先生结有四十的深厚友谊：二十世纪八十年代，江苏省明清小说研究会创建，就挂靠在南京师大古籍所。在刘冬会长的领导下，我们通力协作，组织了一系列活动，留下许多美好回忆。《全清小说》重新启动以后，我们每隔三五天就通一次电话，他们是《全清小说》名副其实的顾问。第三，《全清小说·顺治卷》顺利出版，江苏学人功不可没。二十年前完成的书稿，有王立兴先生校点的《云间杂志》三卷，陆林先生校点的《玉剑尊闻》十卷。王先生和女儿火青，是最早参与《全清小说》的校点者，校点十六种共一百二十万字。才华横溢的陆林先生，热情支持了《全清小说》。他的夫人杨辉，今天也到会了。他的学生张小芳，帮老师整理文稿，深厚的师生情谊，值得赞扬。《全清小说》重新激活后，在紧迫形势下完成的，有韩石先生校点的《女世说》四卷。现在出了"续修四库全书""丛书集成新编""四库未收书辑刊"等，都没收《女世说》的任何版本。马晴博士校点的《藏山稿外编》二十四卷，连凤凰出版社 2019 年版《南京图书馆藏未刊稿本集成·子部》也未收录；此书是 1997 年我得到徐忆农主任支持，在南京图书馆清凉山古籍部目验的。常州王振军、华云刚、于士倬三位博士，赶校了《虞山妖乱志》《岛居随录》《冥报录》，使得顺治卷得以完稿，顺利出版。第四，促成《全清小说》与文物出版社联姻的红娘——杨志刚同志，也在南京。2018 年 6 月，杨志刚给我发来微信，说他是古代小说爱好者，在我的博客中得知《全清小说》编纂与出版种种，问文物出版社的编辑想认识我，不知是否可以。由于他的热心，让我与刘永海同志建立了联系。经过半年沟通，达成由文物出版社出版的共识。夏允彝说："唐宋之时，文章之贵贱，操之在上，其权在贤公卿。其起也多以延奖，其合也或赟文以献，挟笔舌权而随其后，殆有如战国纵横士之为也。至国朝而操之在下，其权在能自立。其起也以同声相引重，其成也以其书示人，而人莫之能非。"（《〈岳起堂稿〉序》）《全清小说》不是国家级的，也不是省部级的项目；它的成立，是"操之在下"的，是"以同声相引重"的，是"以其书示人而人莫之能非"的，是靠自我成就取得话语权的。

欧阳健说，中国向有编纂一代总集的传统，诸如《全汉赋》《全唐诗》《全宋词》《全元曲》等，都是典型的范例。《全清小说》的编纂仿佛与此相类，实则大有不同。盖编纂赋、诗、词、曲总集，只要材料充分，断代明晰，将寻觅到的赋、诗、词、曲，统统收罗进来就行。而《全清小说》的编纂，却没有这么简单。为什么？因为小说的鉴别，从外观与形式上，是无法立刻辨识确认的。小说概念的界定，古今中外，歧义百出。而中国传统的小说，又有两个截然不同的系统：第一个出自班固《汉书·艺文志》。其所著录，有诸子十家，包括儒家、道家、阴阳家、法家、名家、墨家、纵横家、杂家、农家、小说家。十家中最后一家，就是小说家。班固以为，儒、道等九家，"皆起于王道既微，诸侯力政，时君世主，好恶殊方，是以九家之术蜂出并作，各引一端，崇其所善，以此驰说，取合诸侯"；而小说家，"盖出于稗官，街谈巷语、道听途说者之所造也"。班固的意思非常清楚：小说家与其他九家，虽各有出处，各有内涵，但作为"诸子"的地位，却是对等的。诸子十家之间的差别，不在形式而在内容，不在文体而在实体。换句话说，儒家、道家之间的区别，《孟子》与《庄子》的差异，不是文体的差异，而是实体的差异。它们的差别，从形式或文体上，是看不出来的。同样，诸子九家与小说家的差别，也不是文体的差异，而是实体的差异。它们的差别，从形式或文体上，也同样是看不出来的。要之，小说家的著作，既列入四库中的子部，应称之为"子部小说"。既然诸子九家不是文体，小说就不是属于形式范畴的文体，而是荷载中华文化的实体，这里的道理，没有诞生"诸子"的西方文化是难以明白的。就其内涵而言，"小说"与"大道"，不在一个等级线上；而就其形式而言，"小说""短书"，不是"宏论""钜制"。正是这种自觉的"谦退"，反而能出入任意，转圜自如，让小说家成了最有生命力、最为恒久的一家。他们写的是自己的所经所历，所见所闻，所读所悟，所思所触，上至理政方略，下至人生智慧，举凡朝野秘闻、名人轶事、里巷传闻、风土人情、异闻怪谈，无不奔走笔下，成了小说取之不尽，用之不竭的题材，这恰是"子部小说"生命力之所在。第二个出自宋元"说话"四家中的小说（与讲史、说经、合生并列），包括烟粉、灵怪、传奇、说公案（皆是朴刀杆棒及发迹变泰之事）。元明后出现的长篇说部，《水浒传》是"小说"的集合，如"朴刀"《青面兽》，"杆棒"《花和尚》、《武行者》等，所谓"事事集成忠义传，用资谈柄江湖中"是也。而《三国演义》在宋元"说话"四家中属于"讲史"，《西游记》属于"说经"，原本都不曾看作是"小说"。我们《全清小说》所要编纂的，正是有清一代"子部小说"的总集。从学术地位看，自汉代迄清，"子部小说"代有所作，数量众多，且得到正宗目录学版本学的认可。《全清小说》的编纂亮点，在于运用叙事的标准，对传统目录进行亦减亦增的工作：将一部分子部小说著录的如丛谈、辩订、箴规之作剔除；又将一部分杂家、甚至史部的作品列入。这一运作的最大特点，不是以目录学为出发点，而是以作品的客观存在为出发点。本书与《全唐五代小说》《全宋文》《全明诗》编纂的最大不同，是经过鉴定、筛选、编次的清代"古体小说"总集，体现了新的学术成就，是总结中国传统文化的重大工程。

全体合影之后，在《全清小说》顾问王立兴教授主持下，会议进入了三项议题的研讨。采用圆桌会议，不设主席台，不固定次序，自由发言。会议印发三份材料：1. 程毅中先生《〈全清小说〉读后》；2. 校点者刘昆庸博士《存一代精神气象，以待后贤之契会》3.《统改及易错易混字》。

会议的第一议题是：《全清小说》校点的学术问题与技术问题。会议讨论了"小说"概念的内涵和外延，"全"字的标准从宽或从严的选择。文言小说的特点就是杂而广，具有文学价值、史料价值和多种文献价值的不同取向，确实需要深入的研究和界定，还需要文献目录学的支撑。《全清小说》的出版，正好提出了一个可供分析探讨的案例。至于《全清小说》校点的技术问题，包括编次、校点与文字处理。而文字处理，又包括异体字的统一与简繁字的转化。原先以为比较简单，但实践下来，才发现问题相当地复杂。如异体字，在古籍中大量并存的状态。有校点者提出，对于古籍应予体认和尊重，帮古人改书，是不合适的。我们有五百种书三千万字的体量，可谓改不胜改，建议除僻见外，一般不改。这个意见，值得考虑。关于题解，有先生提出，应注意作者的定位，不要就事论事只谈小说方面的情况，而要顾及全人。题署用的是"点校"，应该采用"校点"，校勘校勘，以校为主。

通过讨论，加深了对全情小说史料价值和文献价值的认识。今后的工作，要秉承精益求精的精神，加强校勘力度，提高古籍整理的学术品位，打造出经得起历史考验的清代小说精品的文库。

会议第二议题是：《全清小说》的新发现与新收获。大家认为，整理校点是第一步。《全清小说》收有 500 种小说，而我们是校点者，掌握了第一手资料。传统文化的创造性转换，和古人对话，唐诗、宋词、元曲、明清小说。《全清小说》占了明清小说的四分之一，却是最有待开发的四分之一。《聊斋志异》《阅微草堂笔记》《子不语》之外，大多没有进入研究的视野。期待深入进行各方面的研究和探索。

会议第三议题是：筹备《全清小说论丛》，为清代小说研究提供学术平台。《全清小说》是文物出版社的品牌，也是咱们集体劳动的结晶。校点好，编辑好，印刷好，销售好，是一致的愿望。从更深处讲，出人才，出成果。发现、开拓、深化，有许多事情可做。创办《全清小说论丛》是一大喜讯，受到与会者热烈欢迎。福建师大文学院乐意承办，文物出版社全力支持，功德无量。从目前来看，国内学界关于古代小说研究的杂志不多，且大都是研究白话小说的，比如《红楼梦学刊》《明清小说研究》等等。而研究文言小说的杂志目前只有《蒲松龄研究》一本。《全清小说论丛》应运而生，不仅能填补文言小说交流和传播的空白，而且将成为凝聚和整合学术观点的重要阵地。李灵年先生指出："古往今来，凡提倡一种理念，创立一门学科，没有不从创办自己的刊物着手的。一个专业刊物，它不是某一研究领域的外在附加物，相反，它是某种专业研究的有机组成部分，是建立在专业的和学派的不可或缺的中心或平台上的。"与会者高度认同，《全清小说论丛》的应运而生是时代的需求。相信这本刊物未来将立足于学术研究的制高点，总揽全集，适当引导，不断深化古体小说研究的健康发展。

吴巍巍副主任代表福建师范大学文学院在闭幕式讲话，他说，自己是第一次参加文学研讨会，感到收获很大。他感佩老一辈学者的治学精神，感佩文物出版社慧眼识珠，感佩南京师范大学倡导支持会议。他说，文史不分家，文献编纂整理是大学问。《全清小说》中的事实与细节，对于清史研究有莫大的启发。他说，《全清小说》顺治卷出版，开了好头。后面工作要完善。福建师大是《全清小说》校点的主力军，对于《全清小说论丛》将会全力支持，回去报告成果，后续推进。期待明年在福州相聚。

文物出版社古籍图书中心贾东营主任作了小结，他说，本次会议是自《全清小说》（顺治卷）出版以来第一次全国范围内的学术研讨，与会学者就《全清小说》整理校点中的学术问题、编撰过程中的技术问题、出版过程中的编辑问题、《全清小说》的新发现、新收获以及筹备《全清小说论丛》等方面进行了广泛而且深层次地沟通、交流和探讨，对《全清小说》出版的学术意义和产生的学术影响和社会效益给予了充分的肯定，提出了很多建设性的宝贵意见，达到了相互学习与借鉴的目的，为接下来后续其他卷册的校点整理和出版提供了一个良好的开端，打了一个坚实的基础。古籍图书出版，一直以来是文物出版社传统优势，特别是近年来，古籍出版取得了长足的进步和发展，满足了学术界和广大读者多层次的需求，作为文博领域的专业出版社，我们有责任也有义务把《全清小说》后续卷册以更高地质量整理出版，让古籍里的文字真正活起来，化身千百，服务社会，嘉惠学林。

与会者一致认为，在《全清小说》顺治卷顺利出版之际，召开这次工作会议，十分及时，十分必要，十分成功。"全清小说"多年前立项，一度处于停滞状态，出版渺茫，今天梦想成真，令人喜出望外。与会者都是本书的校点者和古籍整理专家，大家深受鼓舞，增强了信心。研讨会畅所欲言，富有成效，为今后的工作确立了方向和规则。

于平，女，1952年生，陕西富平人，南京师范大学文学院副编审。